2020 中国随笔年选

花城年选系列

朱航满——编选

SPM
南方出版传媒
花城出版社
中国·广州

图书在版编目（CIP）数据

2020中国随笔年选 / 朱航满编选. -- 广州：花城出版社，2021.1
（花城年选系列）
ISBN 978-7-5360-9335-5

Ⅰ. ①2… Ⅱ. ①朱… Ⅲ. ①随笔－作品集－中国－当代 Ⅳ. ①I267.1

中国版本图书馆CIP数据核字(2020)第263967号

出 版 人：肖延兵
责任编辑：蔡 安 李珊珊 欧阳蘅
技术编辑：薛伟民 凌春梅
封面设计：Design
丛书篆刻：朱 涛

书　　名	2020 中国随笔年选 2020 ZHONGGUO SUIBI NIANXUAN
出版发行	花城出版社 （广州市环市东路水荫路11号）
经　　销	全国新华书店
印　　刷	佛山市浩文彩色印刷有限公司 （广东省佛山市南海区狮山科技工业园A区）
开　　本	787毫米×1092毫米　16开
印　　张	18.75　1插页
字　　数	340,000字
版　　次	2021年1月第1版　2021年1月第1次印刷
定　　价	59.80元

如发现印装质量问题，请直接与印刷厂联系调换。
购书热线：020 - 37604658　37602954
花城出版社网站：http://www.fcph.com.cn

目录

一溪清流
——序《2020 中国随笔年选》| 朱航满 ……001

辑一

胸中犹有少年事 | 王鼎钧 ……001
河流与文学 | 莫言 ……008

辑二

围城的第五天,灯火可亲(外一篇)| 舒飞廉 ……017
致母亲 | 李修文 ……024
无人可论江南事 | 小引 ……031

辑三

希腊记 | 于坚 ……037
海德堡艺术笔记 | 段炼 ……050
西高泉秦墓发掘记
——我的点滴回忆和感想 | 李零 ……062
复州记屑(外一篇)| 孙郁 ……068

辑四

花木丛中人常在 | 严锋 ……079

谦谦君子
　　——序曾孝濂画展"花花世界"｜熊景明　……091
燕祥往矣不可再得｜朱正　……099
秋月太迟春太早
　　——哭文瑜｜荆歌　……103

辑五

春夜讲唐诗记｜止庵　……113
苏轼与《赤壁赋》｜张宗子　……117
空城计札记｜李庆西　……125
把自己生下来多么艰难
　　——汉德克讲稿｜李敬泽　……132

辑六

走近张爱玲｜林青霞　……141
人物卷子：木心｜胡竹峰　……146
抖落思想的尘埃
　　——《野草》本事考｜阎晶明　……161
退后，远一点，再远一点！
　　——从沈从文的"天眼"到侯孝贤的长镜头｜翟业军
　　　　　　……170

辑七

从麻雀山到樱草丘
　　——关于赫尔岑的随想｜江弱水　……185

卡夫卡的两种解读 | 景凯旋 ……194
布鲁克纳札记 | 周志文 ……200
霍克尼：图像世界也许是可承受之轻 | 颜榴 ……204

辑八

一九二四年的北京大雪 | 张诗洋 ……215
吴宓和他的《世界文学史大纲》| 吴学昭 ……221
沈从文与故宫博物院 | 祝勇 ……228
关于夏志清的博士论文及其他 | 季进 ……244

辑九

爱书琐记 | 董桥 ……259
八十年代阅读生活忆往 | 沈建中 ……263
Wait and hope：未来总是美丽的
——杨苡先生、宁文兄和我 | 姚法臣 ……267
《读库》百期话库事 | 刘柠 ……275

一溪清流
——序《2020中国随笔年选》

_朱航满

  2020年的春天,坏心情似乎一直不断。新冠疫情肆虐,带来各种消息、各种言论、各种吐槽,令人闻之焦躁。记得病毒最猖獗之际,我总在深夜之时,通过微信公众号,来读一位叫小引的武汉诗人的随笔。那些文章,每每在深夜中悄然发表,记录他每一天在围困中的所思所想所见,沉静,尖利,又不乏一些抒情与感伤。这些文章,像一首首钢琴曲,静静地在哪个城市的一隅里弹奏,却有着一种神奇的魅力,让那些在深夜中无法入眠的人,获得慰藉。在困厄中的武汉,一位诗人用文字来表达他的思考。这是一份非常珍贵的记录,不但包括现实,更包括那些时日里,一位知识分子的情绪。令我感到高兴的是,在这次新冠之灾中,武汉作家没有缺席。除了这位并非大家都熟悉的诗人小引,作家李修文亦令我印象深刻。偶然读到他的一篇《致母亲》,这是一篇十分沉郁的文字,借用读古诗的方式,很好地表现了作家的内心情感。而这篇文字,虽然是一篇读古典诗词的随感,却是只有经历这场灾难的武汉人才可以如此来写,而他的读者,我以为是不但亲历了这场灾难,而且有的是亲耳听过在这场灾难中失去亲人们的倾诉,他们的体会才是最深的。

  意大利中古世纪暴发疫情,一些青年男女躲到一个郊外城堡,大家讲故事,说闲话,论世道,算是一种避疫的特别之举。灾难之中,我们也应多一些围炉读诗。《春夜讲唐诗记》是止庵在疫情期间的读诗札记,文章写得细腻而扎实,有着独到的见解。其中的一些见识,可见一种冷眼的犀利。这也是我特别喜欢止庵文章的地方。我一直认为，对于现实，他有一种清醒的悲观，不会因为令人炫目或耀眼的东西，而改变自己对于世事的一贯看法。止庵的文章看似平淡，但他把个人的情绪，完全压在了纸背。李庆西的"老读三国"系列，显示了其深厚的学识，我觉得，他更是会做文章的。此文的精彩，在于能够以精巧的笔触来阐释历史与文学，这篇《空城计札记》是他的代表之作。李庆西善于叙事，他通过史实、小说、戏曲等多个途径，来一步步地认识"空城计"这个文学故事的实与虚，以及这其中的历史人物。读完这篇文章，我们不得不感慨，有时候演义的历史，塑造了我们顽固的观念。知堂翁在《瓜豆集》中写文章，便是对于中国传统的小说演义很不以为然。

　　坏消息不仅仅是作为宏大叙事的疫情。这一年，我们失去了很多的人，或者因为疫情，或者只是寻常的生老病死，但每一个人的离去，对于与他相关的人来说，都是一种很坏的感受。其实，如果离开我们的，与我们自身没有直接的联系，而你却为他的离去感到一种发自内心的悲伤，便更能说明这位离去者的价值。这一年里，当我得知诗人和作家邵燕祥先生离去时，颇有一种特别的滋味。我与邵先生只有蜻蜓点水的交往，但对这位温润、坚定而有风骨的老人，一直心怀敬重。其实，我们失去的很多长者，失去的更是一个又一个的坐标。朱正先生的《燕祥往矣不可再得》，写他与邵先生的交往，相知相敬，文短情深，颇有一种清流不在的孤寂。苏州的陶文瑜先生是我微信朋友圈的一个友人，但我们仿佛只是相忘于江湖的隔空一握手。陶先生去世之后，我读到作家荆歌所写的怀念文章《秋月太迟春太早》，也更为生动地认识了这位有才华又善良又可爱的江南文人。惜哉，可爱的文瑜先生已远去矣。中国传统文化本就有一种来自儒家的君子人格，邵燕祥是其中的一种代表，陶文瑜则是其中的另一种代表。他们是我们这个时代的一溪清流。

　　谈到君子人格，这是我近年里越来越感兴趣的一个话题。我讨厌那些至高至伟的纸糊假冠，而对那些因为文化、教养熏陶出来的君子人物充满兴趣。严锋的《花木丛中人常在》是非常难得的一篇记人之作，此文写他的父亲辛丰年与章品镇的交往，散淡之中流露着历史的沧桑，人世的艰辛，却更是两位文人惺惺相惜的认同与帮扶。在文苑学林之中，辛丰年与章品镇或许都还算不上可以列入封神榜上的人物，但他们自有一种特别的光环与魅力，这便是他们的趣味、风骨与性情。关于辛丰年先生，花城随笔年选曾三选谈其人与其文之佳作，正说明这一人物的丰富与特别。熊景明女士的《谦谦君子》，是她为云南省昆明当代美术馆2019年11月"花花世界"画展所写的长篇序言，其中所写的，是我不熟悉的昆明植物研究所高级画师曾孝濂。熊景明说曾先生一生投身自己热爱的植物绘画事业，谦淡低调，兢兢业业，她评价曾先生是"不求闻达、下自成蹊""谦谦君子、宠辱不惊"，都是对我们有所启发的。这样一些甘于边缘的雅人君子，我们更应深深铭记。

新冠疫情期间，我也将自己感兴趣的一些作家的作品集读了一遍。这次来读，我采取了从作家文集入手，且尽可能回到编选和出版的现场。这样做的目的，是尽可能感受写作者在某一个阶段从事写作的兴趣和关注点，同时在回顾出版文集的过程中，可以感受到作家对于笔下文字的喜好与偏爱。如此这般，在不到半年时间里，先后将张中行、黄裳、汪曾祺、谷林、钟叔河等当代作家的文集，齐齐地翻读了一遍，也才似乎更深地走近了他们。重温他们手订过的文集，便是体味他们曾经斟酌与编排时的心绪。而我这才发现，那些好看又耐读的文章，似乎全都有着一种古朴而清明的气息。这古朴，乃是尽可能接续中国传统文章的文脉。他们的文章，常常可以使人想到陶渊明，想到苏东坡，想到张岱，这是当代中国文章存续的一个特别景象；而清明，则在于他们的写作，延续了中国五四以来的现代文脉，张扬着现代文明的精神。在不经意的娓娓而谈中，悄然传递着独立、包容与平等的思想。而他们文章之中，留存着中国文人的高雅趣味，亦是可亲可爱的。

为花城出版社编选《中国随笔年选》几年来，我意欲倡导的，正是这种古朴又清明的文章气象。在我读到的2020年随笔之中，还有几篇文章，令我击节而赞。影视明星林青霞女士的随笔《走近张爱玲》，真是令我惊讶极了。我甚至不能相信这样一位文坛之外的人，能对张爱玲有这样奇妙的解读，她是真的走近了这位民国才女。后来想想，林青霞亦是位有慧心的女子，她读张爱玲的作品，扮演张爱玲笔下的人物，又寻访张爱玲生活过的地方，更为重要的是，她也是一位历经滚滚红尘的性情女子，故而能够在某一刻，令她与前辈人物心有灵犀，由此才有了这光彩的素人之笔吧。林青霞的这篇文章，是纯粹质朴的，也是清通俊美的。张诗洋的《一九二四年的北京大雪》是一篇立意巧妙之作，可见写作者对于史料的娴熟，对于历史人物把握的妥帖，其中写沈从文、写鲁迅、写徐志摩，以及他们笔下的那场雪，都是充满深情的。读过这篇文章，真难说那是一个贫瘠的年代。那个时代，有那样美的诗与文，有那样美好的人物与故事，不由得一时有些恍惚了起来。

在这一年里，我亦为两组文章赞赏。其中一组与书有关。沈建中的《八十年代阅读生活忆往》，是一个人的精神史片段，又是充满温热的思想跳动，也还是一种民间的特别视角，故而尤显珍贵。姚法臣的《Wait and hope：未来总是美丽的》，乃是一位爱书人与一本读书杂志的故事，其间是对于美好的书缘、人缘与情缘的珍惜，令人读后心暖；刘柠的《读库百期话库事》，则是一位写作者与一本辑刊的故事，使我们看到了民间文化人的一种坚守。这些文章都是文海中的一股清流，虽细小而不乏力量。另一组文章涉及怀旧。李零的《西高泉秦墓发掘记》，写的是一段考古旧事，但亦是一种别样的个人纪事。李零的文笔是直抒胸臆的，长短结合的句子，犹如起伏错落的古物，令人发幽思而念贤人。孙郁的《复州记屑》是早年的一段记忆，复杂的历史印痕中是个人化的视角，有记叙，有反思，有感慨，诗一样的笔触，却没有丝毫轻浮，这是他独特的写法。王鼎钧和莫言都是大手笔，谈诗，谈小说，其中关于文学的记忆，有我们这个民族近一个世纪的片段，被他们打捞起来，再鲜活地讲述，两篇文章置于篇首而无须多言。

2020 年 9 月 15 日

辑一

胸中犹有少年事

_王鼎钧

人由童年到老年，总要经过几次蜕变，前期后期思想行为有段落。蜕，俗名知了皮，中药叫蝉蜕。这种蝉的幼虫在土壤里发育，周身包着一层半透明的硬壳，由出土到树上，不断地换壳慢慢长大。那些空壳和它的生活已经没有关联，文学家拿来比喻人生，西洋人另有说法，称之为"婴儿时代的鞋子"。

人到老年，忽然想做少年时代做过的事情，我的建议是马上去做，不必考虑有用无用，做得好做不好，因为老人需要自得其乐。我少时受过一点唐诗宋词的训练，后来立志做白话作家，那点训练就成了我的蝉蜕，婴儿时代的鞋子，深锁在储藏室最底下的箱子里。终于有一天，我忽然又想去排列那七言八句，平平仄仄，好像少年的我回来陪伴老年的我。

在我把诗词当作"文学红尘"之后三十五年，我因为向中国大陆寻人而写出一首古风，题目是《寻杨书质先生不遇》。我在十八岁那年，由陕西流亡至辽宁，少不更事，如盲人瞎马，深得杨书质先生照顾。后来天翻地覆，两世为人，感念随年龄增长。三十五年后，中国大陆改革开放，我写信给北京的侨办，请他们查访杨先生的下落，信末附了一首诗，希望侨办的官员知道我的迫切期待之情。

那首诗是这样写的：

> 胸中少年事，戎马一书生，秦月汉关路，白山黑水城。
> 冷齿论豪强，俯首启童蒙，刚胆能伏虎，傲骨不从龙。
> 处处风波涌，岁岁石榴红，烟尘迷踪迹，画图思音容。
> 鱼雁成何用，龟筮竟无灵，于今愿未了，但得再相逢。

侨办要我提供杨先生原籍的地址，或者全国解放时杨先生在哪个单位工作，我都不能，他们没有线索，也并未置之不理，感谢他们！把我的那首诗交给一家报纸，报纸把它当作投稿，登出来了。

这首诗虽然找人无功，却引起多位读者的反响，不用说，我受到很大的鼓励。我在寻找老同学陈培业的时候，也诉之于诗。

抗战后期我到大后方做流亡学生，陈培业是年纪最小的同学。我听说他历经土改、抗美援朝参军、转业教书和培训师资各阶段，几番风雨，到达晚晴。我心情激动，立马成诗：

> 翩翩最少年，闻鸡投笔起。出入祸福门，锻炼冰炭里。
> 北塞执干戈，南疆植桃李，情共青天老，心比明月洗。
> 大江推前浪，太仓散稊米，梦中执手问，同侪尚余几。

这首诗也感动了培业，找书法家写成立轴，挂在他的客厅里。

以上两首诗都是造句不拘平仄，韵脚同音字通押，虽托名古风，也没严格遵守古风的格律，不脱五四运动的自由思想。但是古人的这套玩艺儿，你跟他河东河西倒也罢了，若是你过了河，服了水土，你一定甘愿戴上他那个叫作"韵律"的镣铐，受他的艺术虐待。情难自禁，我也向律诗步步靠拢。2000年我七十三岁，西方称为千禧年，我沾染古诗词习气，为自己写了这么一首《千禧年自咏》：

> 匹夫因病闲，老境有回甘，爱憎皆无我，穷通各得缘。
> 千丝尘网破，一羽云霄宽。已了马牛愿，终成麟凤篇。
> 畏闻三字狱，喜说万言禅，偶以苍生念，篆烟付碧天。

诗后也有自注：麟凤篇，指我的回忆录。又，笔者平素爱读小说，称小说为万言禅。这首诗造句遵守平仄对仗，押韵就不管删、覃、先、寒的分别。四川老同学郭剑青有诗集赠我，我回七律谢他，其中有一联是："才下眉头休还说，都归象外易亦难。"我说这两句平仄不调，但我抵死不肯修改。他高吟一遍，低声告诉我："你这两句诗的确是鸡肋，弃之可惜。"彼此一笑而罢。

此间有很多人以诗词名家，我称他们为词人，表示和现代的诗人有别。我对他们说，律诗的清规戒律太多，填词时，一东的韵和二冬的韵可以在一首作品内通押，写律诗应该也可以。元稹的"曾经沧海难为水"，杜甫的"蓬门今始为君开"，开头三个字都是平声，今人应该也可以。他们说大师可以，初学不可以。我的意见相反，对内行的要求从严，对现代一般"票友"的要求从宽，尤其对在异邦文化中生活的现代人，门户宽一点，门槛低一点，律诗的活路也多一点。

也许有关系，也许没关系，他后来开班授课，教青年人写诗填词，"初阶"的课程用中华新韵，也就是同音字差不多都可以通押，而且用今人的读音，不用古人的读音。也并不严格禁止一句诗内开头三个字或结尾三个字都是平声或者都是仄声。

从前词人还有一个好习惯，别人写一首诗给他看，他也马上回写一首给那人看，其实都是给大家看，叫作"和"，读去声。他回写的这一首，韵脚（句末押韵用的字）跟对方来诗用的字一样，叫作"步和"。我也免不了和别人一唱一和，这时我就一切循规蹈矩。手边尚存有和喻大翔教授元旦诗：

诗心未已壮心收，
汉水何尝西北流？
花信风中大世界，
燕巢泥里小春秋。
寸长尺短岂无用？
人百己千肯且休？
安得洛阳千幅纸，
敲声锻句说从头。

写诗的人容易结缘，我认识了军界退休的袁华民先生，他用骈体文旅美观感，寄托对西方社会的忧思，我也用骈体文试拟一文答之，算是另外一种唱和。文曰：

苍狗百变，红羊万劫，上医会诊，名厨合烹。赤子服虎狼之药，小鲜尽鼎鼐之味。四十寒暑，几番沧桑，智者千虑而围堵无功，英雄一掷而和解乃始。民贵君轻，东扶西倒，知易行难，南辕北辙，大梦其谁先觉？黄河尚待水清。则有躲尽危机，销残壮志，虽五百兴亡，心忧天下，而三千弱水，来饮一瓢，士之过江如鲫，橘已逾淮成枳。楚晋同材，莺出幽谷之木，薰莸一器，鬼瞰高明之家，天道忌盈，富岁子弟多懒，人心惟危，八方风雨示警。国有殷忧，民无大志，日之夕矣！天何言哉？今有袁公，天地立心，重教务本，明道尊人。倡以四六，闻岂无愧乎？从者八九，趋焉敢后耶？已作草偃，再为鼓应，学步难继赵都，试追大雅，效颦可希，东邻何伤西子。

袁华民先生的公子中平是国学大师张隆延教授的弟子，因此张教授看到了我的作品，他认为非学院出身的白话文作家也能四六仿古，不可多得，蒙他青眼相加，我得以经常出入张教授授课的玉洁庵，和他的一部分门生做了朋友。他出版文集，由我为他编写了一份年表，附在书中。

既然和写诗填词的人声气相通，我也难免有时写诗送人。我在抗战时期读过的那家流亡中学，最后一任校长侯朝宪先生，在山东家乡养老，我写了一首诗安慰他。为了表示恭敬，我写了一首七律，而且平仄韵脚都遵守"平水韵"的规定：

> 每展舆图望汉城，
> 天涯犹记读书声，
> 门墙九仞绕归燕，
> 桃李十年化落红。
> 大木成琴藏晓籁，
> 钢梁磨剑露长锋，
> 三千弟子江湖老，
> 常颂前贤励后生。

老校长得诗大喜，四十年后，海外还有学生记得他。
诗人于归先生，中华版《当代名人录》有传，全文约七百字，摘要如下：

　　字还素，吉林人，民国十五年生。哈尔滨农业大学毕业，早年曾游学美日。来台后先后任中国文化研究所委员，"国立"历史博物馆美术委员会委员等，介绍现代艺术思想及美学之译述与评论。近年来筹组中日韩德法协会，译著有书道全集等八种，诗与评论单行本若干。

我记得当"现代画"传入台湾时，许多人因"看不懂"而自相惊扰。那是1960年代初期，台湾的社会还在闹"神经紧张"，而画家拒绝解释自己的画。有人对席德进说："有人认为你们在为共产党铺路，你们还不说个明白？"席德进悍然回答："我到法庭上再说。"我想，法官未必懂画。现代画先要使大家（包括法官在内）能接受，至少要使大多数人（包括法官在内）愿意了解。倘若平时不下功夫，临时突然上了法庭，又如何能说得明白？幸而有几位专家不辞辛劳、不避嫌疑，做现代艺术的辩护士，做那为现代艺术修桥铺路的工程师，于归先生正是其中一个。

于先生的艺术评论略嫌艰涩，对艺术殿堂门墙以外的人缺少感染力。虽然〈名人录〉以大半篇幅推举他"介绍现代艺术思想"，对他在诗和书法方面的成就一笔带过，但在台北文坛，他以诗人和书法家知名。

有一年于先生来美，以"口占"赠我，两诗是：

其一

不闻风雨恶，忍见过雁多。荟茫焉肯去，有笔动山河。
高怀旷古今，馨竹不为说，名篇超时俗，绝世未沉疴。

其二

风尘流水动，花月自天心，鸿文洛阳贵，称名古若今。
寂静含露竹，苍然老鹤云。一介高怀士，何日起沉沦？

我当时对他说，这样的两首诗我怎么当得起，我把它看作对海外的华人艺文界广泛的关怀与期许，在这个前提下，我请求他把这两首诗写成一个长轴，供我朝夕惕厉。他也认为这是个好主意。谁知他回到台北以后，被一辆车重重地撞了一下，地点就在他自家门外，那完全是他私家的空间。这一下撞得太重了！太重了！我记得台大历史系主任余又荪教授也是走在人行道上冷不防被车撞了一下，也是撞得太重了！太重了！还有，台大教授著名的评论家齐邦媛女士，也曾经在自家门外挨撞，所幸撞得很轻。这就是台北市的交通！

后来，我找出那语重心长的两首诗，央旅美书法家阮德臣先生以赵体行书写成斗方，悬之座右。这几年又是多少"忍见过雁多"，"苍然老鹤云"，但愿我辈有人真能"鸿文洛阳贵"，"名篇超时俗"！

当时这个圈子里有一位姚立民先生，丧偶多年，忽传黄昏之恋。他在网络上有自己的 Blog，那时他网站初兴，他们译成"部落"。我在上面常常读到他的艳情，免不了和诗表示庆祝，这真是"胸中犹有少年事"了。

其一，效姚立民词长题意，鱼虞通押。

尽信因缘莫信书，
红楼隔水对君庐。
问情何物缠绵甚，
望美一方辗转余。
寄意千敲如梦令，
得时双棹莫愁湖。
天心自古怜佳偶，
代代才人有相如。

其二，他人有心，余忖度之。诵姚立民词长新作蝶恋花，依原韵报之。

聚散由天天下小
恨铁成钢
愿化温柔绕
明烛海棠相见少
平川无际离离草
低唱浅斟何足道
拼尽浮名
换取嫣然笑
比翼乘云心愿了
一池春水不须恼

其三，长相思代有情人立言，立民大兄笑我。

影不离
志不移
如此星辰只为伊

天荒地老时

蚕成丝

泪成诗

前世来生总是痴

因缘莫迟疑

多年来,我左边是维新的诗人,右边是仿古的词人,他们各据壁垒,从射击孔看我,我常为他们沟通,没发生什么影响。想当年五四运动,两派互相攻伐,用词刻薄,至今积怨难消。词人常讥诮现代新诗呓语连篇,不知所云。我的说法是,人人都有说不出口、说不明白的情感,而诗是唯一允许含糊其词的文体,今人有,古人也有,它照样可能是很好的作品。说着说着,我就拿出自己写的一篇"感时"来:

研朱摹秦篆,纵横效蜗走,纸短有佚文,落笔皆速朽。
锦鲤枵腹来,饮冰当饮酒,金人无喉舌,安用三缄口。
望天天不安,乱云作兽吼。苍松伤流景,哭泣化垂柳。
柳絮效飞石,聚石成阵否?谁能移星月,一天俱是斗!

文章写到这里,该结束了,还有一段话可以加进来,不算多余。"僧敲月下门",这是唐代诗人贾岛的名句,定稿以前,究竟是僧"推"月下门好,还是僧"敲"月下门好?他很费踌躇。据说是韩愈在马路旁边告诉他"敲"比较好。我想,韩愈的决定太快了吧?他大概没有先让贾岛把整首诗念出来给他听听。"僧推月下门"的上一句是"鸟宿池边树",写的是非常幽静的夜晚,敲门有响声,把幽静破坏了,宿鸟也惊飞了,说不定绕树三匝,哇哇喊叫,岂止吹皱一池水。再说那是一个荒僻的地方,应该没有大寺,只有小庙,"山门破落无关锁",一推即开,表示僧人和宿鸟都心无窒碍。现在夜归的僧人要敲门,庙门从里面上了闩,僧人也有机心,难道庙里也有保险箱?出家人也有私房钱?未免违反贾岛的风格。

你看,吟诗填词,古人的这套活儿,把每一个中国字拿来摩挲把玩,像玩古董一样,有些字可以玩一辈子,"春风又绿江南岸",一个"绿"字可以玩一千多年,如此这般就忘了烦恼。古人说玩物丧志,我此刻的理解,丧志就是排除烦恼。

(原载《南方周末》2020年4月16日副刊)

河流与文学

—莫言

尊敬的校长，老师们，同学们，感谢贵校授予我荣誉博士称号，这个称号没给我增加学问，但可以给我的衣柜里增加一套博士袍服，这也是一件很好的事情。这是我获得的第十二个荣誉博士，也许，一百个荣誉博士头衔，也比不上一个真正的博士学位，就像一百条干涸的大河，也比不上一条水量充沛的小河一样。我已垂垂老矣，但还是在努力学习，为了使自己不至于被时代甩得太远，为了使自己距离一个真正的博士稍微近一点。童年时，错以为我家房后那条河，就是世界上最大的河。后来，我跟随民工队去离家两百里的地方挖掘加宽一条横贯胶东半岛的胶莱河，才知道胶河只是胶莱河的一条支流，全长不到一百公里，流域面积将近六百平方公里。从数字来看，实在是一条在国家地图上可以忽略的小河。后来我当兵离开故乡，跑了好多地方，见到了黄河、长江，才知道我家房后那条河的确是太小了。我热爱江河，对这方面的知识也就比较敏感。于是就知道了世界上最长的河是非洲的尼罗河，而水量最大、支流最多、流域最宽阔的是南美洲的亚马孙河。想想它的一万五千多条支流，想想它二百公里宽的入海口，想想它占全球河流总水量百分之二十的水量，都让我激动不安。那是多么壮观的景象啊！自从知道了这些，我便产生了一个梦想，那就是：到南美洲去，去看亚马孙河，去看亚马孙河的入海处。

2014年巴西世界杯，我看了终场比赛，也就是阿根廷和德国的那场争夺冠军的比赛。我的立场，毫无疑问地站在阿根廷一边，因为阿根廷是南美洲国家，而南美洲有一条亚马孙河。看完球赛后，我有点失望，因为阿根廷输了。很多阿根廷球迷在街上哭泣，当然也有很多德国球迷在街上欢笑。我也就略感失望而已，因为我此行的根本目的不是来看球，而是来看亚马孙河。

球赛结束第二天我就迫不及待地飞往玛瑙斯，中国的一家媒体在那儿为我安排了一个旅游项目,让我乘坐游船在亚马孙河上漂流一个星期。在飞机上,透过舷窗,我看到亚马孙河的景象。那么多曲折迂回,包围着或是分割着葱翠的绿洲。我从空中俯瞰过好几条大河,但都没有亚马孙河这样壮观美丽,这样富有蓬勃的生命力。

接下来的一周里,我夜晚睡在船上,白天随船在河道上航行,或是乘坐小艇,到热带雨林里去探险,或是到原始居民部落去访问,或是去垂钓食人鱼,或是去捉鳄鱼。日程安排得丰富多彩,事物新鲜得令人眼花缭乱。我看到了树上栖息的艳丽的鹦鹉,看到了挂在树上的巨大的蟒蛇,看到了粉红色的河豚跃出水面,看到了张着大嘴晒牙的鳄鱼,看到了在树梢追逐跳跃的猴子,看到了在幽暗的夜晚鳄鱼和兽类眼睛闪烁的光芒,看到了许多珍稀的植物,看到了孩子们赤着脚在泥地上踢球,看到了土著居民表演钻木取火,看到了殖民主义者建造的豪华庄园。我还听到了鸟类的鸣叫、兽类的嚎叫、人类的喊叫与歌唱。我还嗅到了森林的、河流的、植物的、动物的丰富的气味,而这些气味中,最让我感动和难以忘却的,是浩瀚的河流的气味。

船上有四十多位游客,来自世界上十几个国家。有一对阿根廷的农场主父子,与我成了酒友。我们品尝着丰富的美食,喝着花样繁多的鸡尾酒,一杯一杯又一杯。他们知道博尔赫斯,读过他的作品,并为自己国家有这样一位伟大的作家而自豪。甲板上那位花白头发的老水手弹着吉他,用苍凉的嗓音唱着民歌。我听不懂他的语言,但我大概感受到了他演唱的内容或者说他通过歌唱表达的情感。我坐在他对面喝着啤酒,看他的目光和他的脸。据说他是印第安人,原住民的后代。他唱的怎么会不是他的部族、他的祖先的记忆?血与火,刀与枪,屠杀与奴役,革命与反抗,死亡与爱情……无数的日子,犹如大树的年轮;无数的情感,通过歌唱传承。我的目光,当然也旁及船舷两侧辽阔的大河。这么多的水,这么多的水啊,汇集在这里,成为孕育万物的母亲般的滔滔大河。河,地球的血管,网络分布。有它就有生命;无它即是荒凉。河就是文明与文化的源头,当然也是文学的源头。

漂流在亚马孙河上,我很多次地想到了加西亚·马尔克斯、巴尔加斯·略萨、胡安·鲁尔福、阿莱霍·卡彭铁尔、安赫尔·阿斯图里亚斯、巴勃罗·聂鲁达、豪·路易斯·博尔赫斯、胡里奥·科塔萨尔、卡洛斯·富恩特斯、伊莎贝拉·阿连德、罗贝托·波拉尼奥……这灿若群星的拉丁美洲文学群体。我确实阅读过很多拉丁美洲文学,但我知道我所阅读到的,仅仅是拉丁美洲文学的极小一部分,但就是这一小部分已经让我受到了震撼和启发。

漂流在亚马孙河上的那些日日夜夜里,我经常回忆起许多年前,我坐在自家的炕头上,透过后窗观看胶河中滚滚东流的洪水的情景。那时候我是个少年，因为脚上生了一个毒疮，只能坐在炕上。大雨倾盆，无休无止，好像天漏了。不断地有新的洪峰即将到来的消息，通过挂在墙上的那个小喇叭传过来，送来恐慌与兴奋。村里的成年人，都到河堤上去了。他们提着灯笼，扛着铁锹，在河堤上巡逻着，观察着，随时准备堵漏抢险。后来连老人和孩子也上了河堤，因为一旦决口，在河堤上反而比在村子里安全。那时，村子里的房屋全都是土墙草顶，在洪水中会顷刻坍塌。雨下得太大，土地已经被水灌饱，只要在地上挖一个小坑，就会有水冒出来。不时地有邻居家房屋倒塌的声响传来。牛和羊都被解脱了缰绳，它们竟然也跑到了河堤上，它们的身体在颤抖，因为它们感受到了危险，它们极力地向人靠拢，也许它们感到靠着人才是安全的。鸡都飞到了树上，只有鸭和鹅，无忧无虑地在院子里戏水捕食。院子里的积水里竟然有鱼虾。谁也不知道这些鱼虾是从哪里来的。院子里还有一些马蹄大的蛤蟆在爬行，捕食。它们用毒辣的目光盯着树枝上的蝉，那些蝉便像中了魔法一样，掉落到它们嘴里。回忆到此，我不得不提起古巴牛蛙，这是一件被遗忘的旧事。当时，为了改善人民生活，中国的有关部门从古巴引进了牛蛙。我村临近的国营胶河农场，承接了引进牛蛙的驯养工作。但由于管理不善，致使牛蛙逃逸。地势低洼，潮湿多雨，沼泽、水塘密布的高密东北乡便成了这些逃逸牛蛙的天堂。它们很快繁殖成灾，本地的原生青蛙，成了它们的食品。每到夜晚，洪亮的牛蛙叫声使高密东北乡人民难以安眠。前年，我曾写了一首诗，提到了古巴牛蛙的事：

蛙，生命的图腾，繁殖的象征。与水息息相连，与河密切相关。它跳上一张白纸，成为小说封面。

我坐在炕头上，焦虑不安地看着河中的洪水。在我的视线中，河中的水似乎比河堤还要高。我看到洪水像一群群扬着鬃毛的野马，追逐着向东奔流。许多年后，1994年诺贝尔文学奖获得者、日本作家大江健三郎先生到我的旧居来参观时，他说他正在想象那些像野马群一样奔腾而来的洪水。他读过我很多小说，关于浪头像马群一样的描写，出自我早期一部短篇小说，题名《秋水》。这是我20世纪80年代初期的作品，也是在这部小说中，第一次出现的"高密东北乡"这个文学地理名称，如今就像加西亚·马尔克斯的马孔多小镇、威廉·福克纳的约克纳帕塔法县一样，成为文学研究者笔下一个熟语。我受过他们的影响，这是必须承认的；而加西亚·马尔克斯受过威廉·福克纳的影响，这也是毋庸置疑的。

坐在游船上，我看到夕阳把亚马孙河映照得一片血红，不时有大鱼从水中跃起，还有成群的水鸟在水面翔集。我回忆着胶河决堤的那个下午，先是河堤上响起了急促的锣声，伴随着锣声的是人的喧哗。我坐在炕上，看到似乎比河堤还要高的河水像熔化的铁水凝重而辉煌。决堤了！如果是在村子里决堤，那村庄片刻便会被摧毁，我也将被压在房屋里边，或者，我会随波逐流。我五岁时便无师自通地学会了游泳。村后只要有条河，村子里便没有不会游泳的孩子。尽管年年都有孩子被淹死，但孩子们依然下河洗澡，抓鱼，游泳。掌握到水里生活的技能是人类的热望和追求。游泳技术高超的人在村庄里受到普遍的尊重。游泳技术高超的孩子，必然会是孩子们的王。我看过骡马凫水过河，看过牛羊凫水过河，也看过猪狗凫水过河。在我所认识的动物里边，水性最好的是猪，其次是马；水性最差的是羊，其次是狗。这些动物的游泳技术也是无师自通，这些知识都是我的文学资源。

事后得知，那天下午，村后的河堤的确出现了险情，就在村中人奋力抢险时，几个少年在村子外扒开了河堤。河堤的黄土已被泡胀，只要扒开一个小决口，洪水便会奔涌而出，顷刻之间便冲刷出一道宽阔的泄洪通道。就这样，村子保住了，但村外的庄稼地和国营农场的古巴牛蛙养殖场、匈牙利良种羊养殖场、保加利亚良种鸡养殖场都被洪水淹没了。牛蛙从此便在高密东北乡泛滥成灾，成了外来的霸凌物种。

这些童年时期与水与河相关的记忆，都被我写进了小说，或者说构成了我的小说的重要部分。

前边提到过的那篇《秋水》，是我的文学王国"高密东北乡"的开篇之作，故事讲一男一女在一个被洪水包围的小山上生养后代的故事，这是我的文学的无意识的创世纪。接下来我写了一系列与河与洪水相关的小说。我在亚马孙河的游船上，聆听老水手歌唱时回忆起了我的成名小说《透明的红萝卜》里那位老铁匠在铁匠炉边夜晚吟唱古老民谣的情节。那个老铁匠的原型，是我的铁匠师傅。我十二岁时曾在修建泄洪闸的工地上，给铁匠师傅当过学徒。所谓"泄洪闸"，就是在河堤上修建一座有十二个涵洞的闸门，当洪水滔滔，影响到村庄的安全时，就把这泄洪闸上的闸门提起，让洪水泄到堤外的洼地里，以此手段保护村庄。修建泄洪闸的思路完全出自我那几个扒开河堤淹了国营农场养殖场，保住了村庄的小伙伴的事例。当然，因为淹了国营农场，他们都接受过调查，但他们都拒不承认是自己扒开的河堤。

我在这篇小说里，描写了河边的神秘夜晚，描写了一个感觉超常的孩子，他能够听到气味，能够看到声音，能够忍受常人不能忍受的肉体痛苦。他是个黑色的精灵。虽然我不是他，但他的形象里有我的生命体验，最起码，他与我一样，在河边的桥洞里，在幽蓝炉火映照下，聆听过老铁匠的歌唱：

……你全不念三载共枕，如云如雨，一片恩情，当作粪土。奴为你夏夜打扇，冬夜暖足，怀中的香瓜，腹中的火炉。你骏马高官，良田千亩，丢弃奴家招赘相府，我我我苦命的奴啊……

这些很像中国的传统戏曲里的唱词，似乎是在讲述一个被抛弃的女人对负心男子的抱怨，也曾有人问我这些唱词出自哪部戏曲，我说没有出处，是我随意写的，也是小说中人物随口唱的。他的唱词其实并不重要，重要的是他的腔调，那样一种从内心深处发出的充满了命运感的悲凉腔调，能使人感受到时光流逝、大河奔流、生命轮回等等人力无法抗拒的力量。亚马孙河游船上的老水手与我的故乡桥洞里的老铁匠——也是我小说中的老铁匠——的歌声息息相通。这种既悲观又达观的歌唱，是人与大自然融为一体的歌唱。这样的歌唱不需要唱词。我的故乡，确有人能作无词的歌唱，他只用几个简单的音节，用变化多端翻来覆去的腔调，便表现出了人生的一切内容。

我的故乡，曾有一个手足上生有蹼膜的儿童，他是我的小学同学。这样的人物很像马尔克斯《百年孤独》中的人物。20世纪60年代，我的故乡雨量充沛。不仅胶河里河水滔滔，很多洼地也都变成了池塘，这时候，有一位从省城贬下来的游泳健将担当了我们的体育老师。这位老师各种泳姿均能，但最擅长的是蛙泳，据说他是省蛙泳纪录的创造者。我们这些河边的孩子都会游泳，因之对这位要教我们蛙泳的体育老师极度蔑视。但当这位老师在水中对我们施展了他的泳技，尤其是他的蛙泳技术后，我们一个个都佩服得五体投地。唯一不服的是我们这位脚与手上生有蹼膜的同学。他提出要与老师比赛，尽管最终输给了老师，但老师对他的游泳天分极为欣赏。在老师的精心培养下，我们这位同学很快便获得了县里的、地区的少年蛙泳比赛冠军。老师说，他的成绩足可以跟省里的成年冠军抗衡。就在他与老师踌躇满志地想去参加省里的运动会时，一封举报信取消了他的参赛资格。举报的内容就是我这位同学手足间的蹼膜。那举报者在信里恶狠狠地说，"让人与一个青蛙精比赛蛙泳，这是不公正的"。于是，一个严肃的问题摆在了我的同学和我们老师面前：如想参加比赛，必须切除蹼膜；如不切除蹼膜，只能退出比赛。反复斟酌后，我们的老师出资，去医院为我同学做了手术，但遗憾的是，切除蹼膜后，我同学的泳技尽失。这是一个马尔克斯式的故事，在我心中沉睡多年，直到去年我才把它写出来。

是的，在亚马孙河的游船上我想到了这位同学和他的被切除的蹼膜，如果不是那位举报者多事，我的同学成为世界冠军也是可能的。既然这蹼膜丝毫不影响他的生活，而且还赋予他游泳的神奇能力，为什么就要切掉呢？由我同学手脚上的蹼膜，我联想到马尔克斯《百年孤独》中那个拖着猪尾巴的婴儿。这个具有强烈象征意义的形象，挡住了所有作家向这个类型的故事前进的步伐。我们不能写得比他好，那索性就别写了。这也是我把这位手足生蹼的小学同学的故事搁置了三十多年才勉强写出的原因。但另一个与我的邻居有关的故事，我永远也不能写了。这位邻居一直单身。据说他多年前曾结过一次婚，但新婚之夜过后即离了。离婚的原因讳莫如深。许多年后，当我开始小说写作时，终于用一瓶好酒、一条好烟，换来了他的秘密。原来，那位新娘长了一条尾巴。我的邻居对他的一夜新娘的那条尾巴的描绘栩栩如生，其中许多细节远比马尔克斯描写的精彩，但这个故事无论多么精彩，如果写出来，就会被认为是对马尔克斯的拙劣模仿。

我乘坐的游轮，似乎在我的睡梦中都在航行。我想当然地以为它是朝着大河的入海口进发。那一眼望不到边缘的河面，会在某个早晨突然出现在我的眼前，让我多年的梦想得以实现。我确实看到了水天相接的景象，像海一样宽阔的水面，但这里仅仅距离玛瑙斯数十公里，这只是几条支流与亚马孙河的主河道的交汇处。眼界所至都是浩渺的水，只有那一线墨绿，标志着那是热带雨林的边缘。在这样的时刻，我自然地想起了威廉·福克纳的小说《老人河》，那逃亡的黑奴，那密西西比河的滚滚洪水，那在洪水中挣扎着游泳的动物，还有肥硕的鲶鱼。当然我还想到了马克·吐温和他的名著《汤姆·索亚历险记》，以及《哈克贝里·费恩历险记》，这位在密西西比河上当过水手的作家，写起河来自然得心应手，他的小说大都是河上发生的故事。我也回忆起自己的小说《生死疲劳》，这是我2005年完成的作品，这部小说中有描写胶河的章节。胶河在我初期的小说里只是一条小河，但到了1996年我发表的小说《丰乳肥臀》里，已经成为一条波浪翻滚的大河，和长江差不多，但比亚马孙河窄一点。在我的小说《丰乳肥臀》中，胶河水面已经有两公里宽，游击队员们冒着生命危险渡到对岸，河面上，漂流着枯枝败叶和淹死的动物的尸体。在我的小说《生死疲劳》里，河面已经宽阔得望不到对岸，我让一只巨大的公猪，驮着一头小母猪，顺流而下，速度快得惊人，最后我让它们像飞鱼一样脱离了水面，直接飞到月亮上去了。这些当然都是想象，都是梦幻，但想象必有现实做基础，梦幻也是现实生活的倒影。如果没有童年时期在湍急的河水中顺流而下的游泳经验，我的确也写不出小说中这些奇特的场面。

尽管我没看到亚马孙河的入海口，但我看到了几条支流与亚马孙主河道的交汇，几种不同颜色的河水形成明显的分界，渐渐地混合在一起，带着各自的颜色和气味，带着各自的文化和记忆。你从高山走来，我从森林流过，最终汇成大河，进入大海。这形式这内容，与人类文明的交流与发展是多么相似。即将结束这次短暂的水上漂流之旅的最后一个晚上，餐厅提供的免费酒菜格外丰盛精美，大家聚在一起，干杯，喝酒，跳舞，恋恋不舍，我与那对阿根廷父子建立了深厚的友谊，互留通联方式。五年过去了，他们生活得可好？我当时也想过，这也许是我第一次也是最后一次来拉美，但没想到，第二年我又来了拉美。没想到过了四年，我第三次来到了拉美。上次我在秘鲁购买的羊驼绒大衣已经在我的衣柜里挂了四年，我从没穿过它，几乎忘了它的存在。船上的人知道了我的作家身份，他们让我发表一个简单的演讲。我说：来自天南海北的朋友们，中国有一出著名的戏曲《白蛇传》里有两句著名的唱词，叫作"十年修得同船渡，百年修得共枕眠"，这两句话讲的是人与人的缘分，在茫茫的人海中，只有我们这些人在这条船上共同生活了一周，这是多么大的机缘凑巧啊，所以我们要珍惜，并把这美好的记忆长存。

　　《白蛇传》讲的是人与蛇变成的美女恋爱结婚的故事。缘分发生在水上，没有水就没有河，从某种意义上说，没有河也就没有浪漫与爱情。我相信在亚马孙河宽广的流域里一定也流传着许多类似的故事，这些故事就是拉丁美洲作家们共同的文学资源。

　　故事发生在船上，这已经成为文学的经典模式，有许多这样的小说，但我首先想到的是加西亚·马尔克斯的《迷宫中的将军》与《霍乱时期的爱情》，那条马格达莱纳河，是哥伦比亚的大河，与亚马孙河没有关联，但我总觉得它是亚马孙河的一条支流。南美洲的解放者西蒙·玻利瓦尔在一条船上度过了他生命最后的时光，航程是他生命历程的象征，他的回忆与河中的波浪、岸上的风景镶嵌在一起，如同用各种彩色的丝线，编织了一条漫长的地毯。加西亚·马尔克斯的另一部杰作《霍乱时期的爱情》，我三十多年前曾经读过，2016年暑假，我用了一周的时间，从头至尾，又认真地读了一遍。我感觉书中最好的章节，是到处寻花问柳、始终不忘初心的阿里萨与费尔米娜暮年时那次河中船上的浪漫旅程。这是世界文学中罕见的描写，两个老人激动人心的爱情，犹如灿烂的晚霞照亮了天空。

　　我必须夸一下我自己的那部对中国社会变化产生过微妙作用的小说《蛙》，此小说以我的当了几十年妇科医生的姑姑作为原型，写了她的一生，尤其是她在中国的计划生育运动中所扮演的角色，以及她的痛苦与矛盾。小说的高潮部分发生在河上，浩瀚的大河，滔滔的洪水，载着孕妇逃跑的木筏，与载着姑姑追赶孕妇的机动船，展开了一场决定一个生命生死存亡的追赶。姑姑的机动船，当然最终赶上了木筏。但此时木筏上的孕妇已开始了生产。姑姑作为一个妇科医生的职业道德和作为一个计划生育干部的责任忠诚，在她内心展开了刀光剑影的斗争，最后，人性战胜了职责，姑姑对着那生命垂危的产妇伸出手，说：这不是魔爪，这是一个产科医生的手。

我写这本书的目的不是要揭露计划生育过程中的黑暗，而是想塑造一个以我姑姑为原型的妇科医生的形象。但正是因为我从人物出发的创作，使姑姑这个形象具有了真实感和说服力。所以此小说发表之后，引发了广泛的关注和阅读热潮。几年之后，在中国执行了三十多年的独生子女政策宣告废止，自由生育已成为指日可待的现实。我听很多人对我说过《蛙》这部小说对推动废止独生子女政策所发挥的作用，我不置可否，这当然不是谦虚，而是我真诚地认为，影响到某项具体的政策，只是某些小说发挥的副作用，真正的伟大小说的作用，是影响人的心灵，是人在生命道路上遇到巨大的困惑、难以解决的问题、不可逾越的障碍时，为他们提供一种安慰、一种启示和一份自信。

我坐在亚马孙河的游船上，时时刻刻萦绕我心头的，其实是我的故乡那条已经干涸了多年的胶河。从它的源头到它的下游，全程干涸。河床上长满了绿草，或是布满了沙石，尽管政府在河的两畔花费巨资建造了很多景观，但一条河流两侧的景观，必须依靠河水而美丽，干涸的河是地球上最丑陋的地貌，在干河两边造景如同为枯尸化妆。我们盼望着水，盼望着天降雨，但天就是不降雨。天把雨降落到许多地方，包括我们的邻县，但它就是不在胶河流域降雨。去年，我们周围几个县市大雨倾盆，水库满溢，河流决堤，洪水泛滥，唯独我们县无雨。我站在干涸的河底，仰望着天空，努力地思考着天不降雨的原因，但我想不出原因。我实在太怀念上世纪六七十年代的胶河了，我太向往在小说中被我十分夸张地描写过的波浪滔天的胶河了，我太羡慕生活在亚马孙河两岸的拉美作家同行了，你们的河里有水，你们的想象力和创造力就不会穷尽。

我故乡的河成了枯河，故乡的文友半开玩笑半认真地对我说：这都怨你，因为你写过一篇小说，题目叫《枯河》。我当然不认可他们的批评，因为我除了写《枯河》，我更多的是在写这条河水势滔滔甚至泛滥成灾的景象。我相信天道轮回、万物皆有周期的说法。我相信，已经干涸了三十多年的胶河会迎来一个雨量充沛、河水汤汤的新周期。如果河里有了水，河两岸的投资巨大的景观是否还是景观就会原形毕露，那些外表华丽的建筑是否经得起雨水的洗礼与河水的浸泡，也将显出真相。有了水的河，会改变这方土地上的一切，包括人的容貌、性情和思想。

我等待着新的周期的降临，但我的等待应是积极的，我会用意识向亚马孙河借水，让我的文学之河河水充盈。不，不必借水，干脆，我就把这条水势滔天的亚马孙河想象成我故乡的河，它就是我的河，它将给我灵感，给我启示，给我自信，就像一部伟大的文学作品给予读者的那样。

本文是 2019 年 8 月 6 日作者在智利迭戈·波塔莱斯大学的演讲。

（原载《上海文学》2020 年 5 期）

辑二

围城的第五天，灯火可亲（外一篇）

_舒飞廉

早上起来，阴天，冷，窗外鸟儿鸣叫不停。

九点来钟，出门去买菜。昨天市府发布了机动车限行令，没太看明白，还是自觉践行唉，所以征用了儿子的山地自行车。自从儿子弄了一辆像黑山羊一样的电动车之后，它已经失宠久矣，蒙上一层薄灰不讲，左侧的踏板轴也松脱了，找来斧头锤几下，算是斗上了榫。打足气，擦擦车，背上双肩包，穿上妻子指定的户外专用运动鞋、棉衣，戴上帽子、眼镜，也算是全武行。一人一车下电梯，按键上方提醒回家洗手的纸条还在，按键盘又专门蒙上了一层保鲜膜，可以随时剥离轮换，物业公司是有心的。

小区的"中百超市"规模不大，但麻雀虽小，五脏也是俱全，与前天蔬菜被扫荡一空比较，今天情况好了很多，黄瓜、番茄、豆角、倭瓜、平菇、青椒都有，只是没有叶菜，新鲜的猪肉也卖完，我来晚了嘛，活该，所以决心出小区，去一公里之外团结村菜场上的"中百仓储"。

这家仓储店是上下两层，有小区超市五倍之大，顾客不少，与我一样全副武装地挑选食物。看到货架与冷藏柜里，猪肉牛羊肉各色熟食等品种齐全，心里觉得安定，捡入购物篮中的东西反而变少。我买了一斤多五花肉、两根尾骨、一大块卤牛肉、两袋粉丝、四包薯片、一把小香葱、一束茴香、一小瓶玉米油、三罐1升装椰汁。

付款的时候，三个通道各有七八位顾客在排队，间距比平时要远。我隔壁的通道里，一个五十来岁武汉口音的男人想插队，说"在执行任务"，挂着口罩，嗓门很高，可以闻到浓浓的酒气，排在他前面的人都认了厌，由他得意扬扬地先付款。轮到我这里，我找售货员要了两个塑料袋，忙了半天，也没有将袋口捻开，售货员伸手过来，非常熟练地帮我扯开口子。下扶手电梯，有意识地没有去碰扶手。出大门的时候，眼前挂着厚厚的帘子，先我之前出门的，是一个年轻的小伙子，口罩，泳镜，但与我一样，没有戴手套，他侧身用肩头将布帘撞开，钻出去，好像孙悟空撞出水帘洞，我也如法炮制。

仓储的广播在反复播放"武汉每天不一样，嘿，武汉每天不一样，嘿嘿"的歌，还有承诺不涨价不断货的安民告示。仓储对面有好几家早餐店，热干面、面窝、生煎包、鱼糊粉、襄阳牛肉面都不错，从前热气腾腾，今天都关了门。当然，即便没有这次疫情，他们在春节也会歇业好几天，团结村菜市场也是这样。街面上，两家杂货店出了摊，一家药店也开着门，只是贴出字条："特殊时期，隔门售药"，大概是要求买药的顾客站在门帘外，大声地报出药名，售货员大姐会将药品由门帘内递出来，这时候，扫码付费真好。水果摊也开了一家，我买了两斤香梨、三斤冰糖橘，橘子还好，但是香梨要20元一斤，跟所谓的梨子润肺有关？水果摊还兼卖一点青菜，正是中百超市与仓储都稀缺的"尖板眼"，比如本地的小白菜、红菜薹、菠菜、茼蒿，贵，我装了一袋茼蒿，两斤九两，29元。

结果还是买多了东西，塞满双肩包不说，车龙头上也分别挂了两个塑料袋，骑在自行车上摇摇摆摆，好在街面与公路上人不多，车也不多，自行车斗折蛇行，也没有关系。只是出门前处理过的左侧踏板轴还是出了麻烦，又松脱下来，现在找修车铺是不可能的，将车推上沙湖路的人行道，由行道树下的鹅卵石堆里挑了一块鹅卵石，将踏板轴重新砸进去，感觉自己像一个疯狂的原始人。

小区凭卡出入的便门被粗暴地扎铁丝捆起来，乡村来的门卫，与尚在乡村里断路封村的同伴们，思路与力度并无二致。重新绕到正门，值班大哥持着电子温度计，嘀的一声测过我的体温，将我放行进小区。

回到家，妻子已经拿着盛满消毒液的小喷壶在等我，自行车、鞋子、衣物、双肩包、购物袋，一件件在铁门外仔细喷洒已毕，才放我进门。摘口罩，洗手，洗脸，洗鼻，洗头，换上睡衣，坐在沙发上，空调边，奔波儿灞总算是巡山归来。我觉得，此时此刻，小小的家，山洞，这个城市唯一可以不戴口罩的地方，是如此的温暖、安全，它的意义，好像以围城为背景凸现出来了。买菜这样的琐事，也因为值此时疫，而变成了一次冒险，一次仪式，一次惊恐，如同梅尔·吉布森的电影《启示》里，部族中一次打猎的行程。每一件放进冰箱的物品，粮食与蔬菜，也如此之珍贵，令人安慰。如果将病毒拟人化成执意要将我们的生活摧毁的魔鬼的话，它一定不会想到，经由它制造出来的疫病、死亡、流言、信息，在它的饱和攻击之下，我们的日常生活一下子敞亮起来，有了灵性，有了一点神光，被重新发现，变成了造物者的无尽藏，这大概是出乎它意料之外的吧。

吃完中饭，我又推车出门，骑行去工作室，干点活，比不停地刷手机，看微信微博要好。寒假之前的写作课，同学们交了结课的散文作业，好几位同学都写邮件来质疑我的评分，这些同学在各地顶着"武汉回来"的名头，惶惶不可终朝，家乡变成异乡，还不忘与我这个写作课老师切磋唉。游于艺，乐斯道，真的可以忘忧？有一位同学发来他新写的诗，"美。像蜻蜓盛开在标本里。丝滑透亮的翼，光洁笔挺的体。"你看，一种蒸汽朋克一般的美感，在死亡面前凸现出来嘛。去年十一月份，学生组织的科幻小说征文，命我做评委，10号我去上海参加一个小组讨论，看过一半，接着往下看。同学们的想象力真不错：星际的探索，人工智能，基因的变化，虚拟世界与现实世界的交汇……赶紧与上海讨论小组的朋友们联系，经过了两周的隔离，我的状态还不错，这些天，给他们添麻烦了。武汉交通隔绝，但是网络还在，父母在南宁弟弟家里打牌，姐姐一家三口在孝感家里看电视，妹妹一家正在村里做晚饭，我们用微信的视频聊天，开出四个小窗讲了十几分钟的话，跟从前聚在一起的吵吵嚷嚷并无不同。又看了十几页吉登斯，日之夕矣，阴沉湿冷的天气，黑夜的来临，是毫无觉察的。

锁上工作室的铁门，全副武装地骑车回家。翠柳街，东湖路，灯火堂皇，两三公里的路程，我遇到的行人，没有超过十个，遇到的车，也没有超过十辆，路边小卖部、药店、银行的ATM取款点有开门，酒店、餐厅、服装店、洗浴店、KTV，招牌灯都黑了，有一家烤肉店开着门，坐在店里的两个人，不知道是店主夫妇自己，还是顾客。一位中年男子出来遛狗，白色的斗牛犬，男子仍紧紧地攥着遛狗绳，狗大概是不太习惯空旷的街景吧，大声吠叫，颇有"狗吠深巷中"的情味，从前这个时候，人影幢幢，它是可以呼朋唤侣地巡游的。遇到街口的交通指示灯，我仍然会红灯停绿灯走。岳家嘴的立交桥四通八达地辽阔，有一点像高速公路。群星城、销品茂这样航空母舰一般的商业中心，寂寂在黑暗里。由东湖公园旁边路过的时候，发现林园里的彩灯，仍然在闪烁，刚刚布置好的灯会，凤凰在那里展翅，神龙在那里飞天，不知道哪一天能够重新开园迎客。梅园里的梅花呢？这一周会开到极盛，怕是有史以来，第一次"寂寞开无主"吧，二月初的新柳，二月底的樱花，三月中旬的牡丹呢？

  吉登斯说，流动性是后现代社会的特点之一，的确是洞见。天南地北的山珍海错，交会在华南海鲜市场，天意难测的病毒由脏乱与混杂的混沌中爆发出来。武汉在天下之中，八百万人在城，五百万人出城，由一个江汉朝宗的江湖出发，如影随形的疫病也因此扩散到全省、全国、全球。官员们检讨说要"谢天下"，潜意识里面对的，正是在"天下之中"行政的流动性困境吧。火神山也好，雷神山也好，隐喻的都是予楚国、予云梦泽的流动性的对策。"气蒸云梦泽，波撼岳阳城"，孟浩然大概不会想到，他的诗会成为今日病毒流布的一个隐喻。真希望他另外的诗，"春眠不觉晓，处处闻啼鸟"的从容，"襄阳好风日，留醉与山翁"的喜悦，也能够实现——我们不愿意错过东湖的灯会花朝，梅潮樱海，磨山春山可望，市民春服既成。

  现在，流动性已经被迟滞下来，飞机、高铁、长途大巴、小轿车，那些让我们"脱域"的，对时间与空间进行压缩的工具，多半都马放南山，停泊在它们的库里，我们坚壁清野，我们的城市是空的，是静的，长江汉水交汇在龙王庙，滚滚北去，我们好像都可以听到它流过城市的声音。

  但我们并不是一座空城。在街道后面，在立交桥后面，在二环三环的道路后面，是千百个社区，楼宇林立，灯火繁盛，并不比密云中的星辰、星座与星系少。每一个人，都因为这一场时疫，因为伤者与逝者的馈赠，得以发现自己的城市，自己的社区，自己的家，以"武汉人"的名义，得到重生。"夜阑更秉烛，相对如梦寐"，家里的灯，是温暖的，小区的灯，是温暖的，武汉的灯，也是温暖的。

  我跳下单车的时候，总算让自己由饱和性的火宅里摆脱出来了。推车进小区，门口的中百超市已经放下卷闸门，售货员有条不紊地整理货架，迎接明天的营业。值班大哥又嘀的一声给我量体温放行，口罩之上的双眼里，并没有慌张。晚上八点，我们小区的邻居们，正戴好口罩，在阳台的玻璃窗下，此起彼伏地喊着"武汉加油"。"邻人满墙头，感叹亦歔欷"，我们有家人，有邻人，有国人，身在围城，并不孤单。新年以来，就是在这一刻，我眼中有泪。

2020.01.28 武汉

开城这天

拉开窗帘，昨晚上映画"武汉必胜"的楼林间，云霞缕缕，红日灼灼，多么好的朝晖，洒入这开城第一日。我左思右想，回老家？麦苗青青，油菜草紫犹未凋谢。磨山？晚樱花如雨，惊红骇绿里，春山可望。学校？桂中路的法桐树影，朝阳斜射姗姗可爱。纠结了十分钟，跳出来的念头是去东湖公园，对，这时候，交给无意识！

门前扫码、测体温的师傅，平日多严厉，今天口罩以上的眼角都漾笑意。唰唰唰躬身扫地的环卫工大姐，过去两个月辛苦了。风驰电掣由二桥上下来的公交车被女司机开着，英姿飒爽里，多了一点刹车的温和。汉庭酒店门前的警戒线还未拆除，一身防护服的志愿者小伙子宇航员一般，坐在门前的长椅上，神色怅然，他们的工作还任重道远。过早去！良品铺子开了，无名小超市开了，中百超市门口排着扫码进店的队伍，小心翼翼保持一米"社交距离"，菜店的大哥大嫂们将红苋菜、小白菜、空心菜、黄瓜、瓠子、苔尖、黄豆芽、香椿芽、山笋摆到人行道上，水灵嫩绿，久违了，新鲜的时蔬。

川香牛杂，襄阳牛肉面，早点师傅立厨间忙碌，堂内空荡荡，客人们在门前用支付宝付款，端着一次性的面碗，去行道树下，将口罩撸下，挂耳边摇摇晃晃，蹲踞如蛙，抢筷挑面，大快朵颐，让我觉得好像穿越到乡村饭场。炸面窝的太婆也出摊了，盛滚油的炉子摆在尚未开门的时装店前，米浆面窝与苕面窝随着她手腕的推剔翻转，一一在热油里滚打成金灿灿的圆圈，外焦里嫩，逗人口水。她对她的顾客粉丝们讲："关了几个月，打麻将都有得钱。"您这个炉子，已经在武汉炸出一套二手房了啊，岂止是麻将钱，以后口罩也别摘，多卫生、多专业的样子。我吃什么？当然是蒋胜师傅的热干面！

蒋胜师傅一手执笊篱，一手从筷筲箕中面条山上取料，罗汉般的脸庞浮在开水深锅泛起的层层蒸汽里，提顿十余回合，二三十秒，将淘漉好的面条交给候在一边的爱人，挑入鸡精、芝麻酱、腌萝卜丁，淋一勺卤水，车转面碗，交给顾客去一边配料桌上，按自己的喜好，加入醋汁、蒜汁、葱粒、酸豆角、雪里蕻咸菜，口味重的，也可以取一点芫荽碎叶，七上八下挑好，端在手里，再拎着一杯温热的豆浆就可以出门。我麻利地配料，像在化学实验室，一边听到排在我后面的顾客在向蒋胜师傅和他的爱人说"新年好"，唉，正月十五雪打灯，二月花朝，三月寒食又清明，老朋友们的确是没有面对面拜过年。我在驾驶座上"享用"这鲜香热乎的天下第一面，味蕾的激发，来自五味的调和，身体的感动，来自缥缈的奇香。我心里想，到底是因为我是武汉人，才吃热干面，还是因为吃热干面，才变成了武汉人呢？这是一个问题唉。人生四大喜，他乡故知，洞房花烛云云，这第五大喜，大概就是：经过了漫长的等待，你又吃上了你城市的那一碗面。这碗面有灵，能召唤你的身体。

停车在东湖公园西北侧门的小停车场，扫码、量体温进园。早上八点，晨露如珠，朝阳穿林，迎着春光走在修长细黑柏油路上，好像是要踏入爱丽丝的仙境。四月八日，春之暮矣，花事稍减，但是满园的新叶多美！杉枝羽羽，樟叶簇簇，垂柳如眉，新竹刚刚由笋胞里抽出脖颈，尚沾惹着乳粉。枫树周身的叶片，好像是鸭园开闸，里面的小鸭子奔涌出来，用它们的脚掌印上去的。阳光照在路边的兰草上，每一株都像瑶池仙葩一般。这是四月的新绿，每一棵树，每一株草都重新回到春天里，阳春布德泽，万物生光辉，它们的身上有光，就像鸡娃鸭娃，牛羊崽崽，牙牙学语的孩童，吉光片羽，一闪即逝。

来公园早锻炼的人不多，大伙儿还是有一点怯，但来的都是"老东湖"吧。白鹤亮翅，野马分鬃，揽雀尾，穿深青衣裳打太极拳的老爷子，结伴攒微信步数的中年夫妇，戴耳机跑步的马尾辫少女，拿着单反照花照草的小伙子，比诸从前，人数百不及一。沿着湖边弯曲的杉树小道走向长天楼，排排杉树茁壮，之外是古媚的垂柳。一个中年男人坐在岸边钓鱼，柳枝抚在他的肩上，就在我路过的一瞬，他就由青荇绿藻间啵地扯起一条小鲫鱼，一拃来长，银光闪闪，唉，这是二三月间初长成的鱼苗，它还没有来得及领教鱼钩的厉害。垂柳之外，就是汪洋汗漫的东湖，春水波光，一望无际，浮动着十余里外的磨山、喻家山、珞珈山、南望山诸青山。垂柳之下，近岸的水面，尚搭着年前灯会的花台。东湖的灯会已经是年年余腊新正的惯例，我们亦曾在其中经历过不少的"青玉案"，"东风夜放花千树，更吹落，星如雨。宝马雕车香满路。凤箫声动，玉壶光转，一夜鱼龙舞"。这一届灯会，声光电动的新古典非遗花灯，来自四川自贡，原拟由去年十二月三十一日至今年三月一日迎客。开放十余日，旋即关闭，好像一位花腔的女高音，乍一开腔，就将她的"翕纯皦绎"强咽进了嗓子里。

小伙子拍照的碧潭观鱼之上，是灯会的"年年有鱼"灯组，年轻夫妇走过的，是灯会的"星光长廊"，老爷子在站立着小猪佩奇与米老鼠的花灯间打拳。好像按一个返回键重返过去的元夜，这些灯组通上电，就会流光溢彩，熠熠生辉，人潮即会席卷我们这几个来呷东湖头道汤的家伙。"年年有鱼""小猪佩奇"大概只能算是灯会的"翕纯""皦绎"的部分，尖板眼，还是在湖边的五六只花台灯船。它们泊在东风吹拂的绿水上，分成"光耀军运""两江四岸""楚韵九歌"三组，两江四岸部分，展示的是黄鹤楼、龟山电视塔、长江诸桥的模型，簇簇新，堂皇富丽。我最中意的，还是取意于屈原《九歌》，以编钟乐舞、细腰楚女、高冠士子展示的"楚韵九歌"。我有过计划，新年夜，坐航船，由楚风园，到落霞水榭，到行吟阁，到老鼠尾，中途来看这"袅袅歌声中缤纷绚烂"的灯火楼台，领教此番"武汉年味之最"。疫情之后，灯会说不定会重新开放，错过了除夕与元夜，端午？七夕？中秋？说不定会别有一番渡尽劫波的"光影画卷"？

回程，绕行吟阁与碧潭观鱼间的枫杨道，三五百米的林中路是我散步东湖公园的最爱，路边点缀的长亭短亭固然是翼翼欲飞，掩映它们的松、桂、枫、杨，每一棵都舒展自然，各各蔚然成林。一条青石路走上去，就是与湖畔行吟阁对望的屈原纪念馆，有屈原像立在馆前小广场。儿子五六岁的时候，常爱来这里开卡丁车，林中清风嫩，他呼啸来呼啸去，绿林小强盗汗如雨下，大惊小怪，一定是搅扰到坡上的屈大夫不胜其烦。

过去的六十余天，我隔离居家，写一个名叫《团圆酒》的小说，并没有报名去社区工作，心里是愧疚的。我读了一点废名、孙犁、莫言、韩少功的作品，又重新看了一遍楚辞。围城里的中年，《离骚》忧国忧民，上下求索，自然是感同身受，《招魂》却以楚地膏腴的四野、热烈的仪礼、淳厚的风土、丰富的食味给了我安慰，我的新小说也深受启发。至于"君思我兮然疑作，雷填填兮雨冥冥，猿啾啾兮狖夜鸣"（《山鬼》），这是围城中曾经的惊恐与怀疑；"登九天兮抚彗星，竦长剑兮拥幼艾，荪独宜兮为民正"（《少司命》），这是予公务与医务人员的感激；"诚既勇兮又以武，终刚强兮不可凌。身既死兮神以灵，魂魄毅兮为鬼雄"（《国殇》），前日满城的哀悼、降旗、驻车、汽笛长鸣，即是生者予逝者的切切追怀。

由屈原凝思眺望的小广场走下来，石板路边，园丁们穿着防护服，坐成一排，正在清理林间的杂草。屈子滋兰树蕙，有讨厌艾草与花椒的强迫症，抬眼看到工人的劳作，春风里愁苦的脸，会展露笑意？坡下东湖绿、山岭青、草木荣，我顺阶而下，脑海里跳出来的是《少司命》中的另外一句："悲莫悲兮生别离，乐莫乐兮新相知。"年轻时觉得它是一句情话，现在，它言说的就是武汉啊。

2020．5．8　武汉

（原载《文汇报》2020年1月20日、5月16日"笔会"副刊）

致母亲

_李修文

　　农历大年初七，夜深了，小雨不止，阳台上的花倒是开出了几朵，不知道从何处传来一阵男子的哭喊声："妈妈，妈妈！"我隔着窗子向外看，四处都黑黢黢的，终究一无所见——这是武汉因为瘟疫而封城的第八天，我早已足不出户，所以，我注定了只能听见哭声，却看不见哭声背后的脸。临睡之前，在一连多日的骇人安静之中，我又看了一个视频：一位感染上瘟疫而死去的母亲被殡葬车运走，她的女儿一边追着车向前跑，一边哭喊："妈妈，妈妈！"
　　——我从来没有像今天这样强烈地想念母亲。
　　夜来幽梦忽还乡，在梦里，漫山遍野都是母亲：幼时坐客车去县城里看父亲，只差五分钱，车费终于没有凑够，我们被赶下了车，一边走，母亲一边哭；少年时，月光下，我守在稻田的边上眺望着母亲，她将通宵不睡，连夜收割完整片稻田，就算她与我相隔甚远，微风也不断送来了她的汗味；大学毕业后，第一次回家过年，年过完之后，我要再去长春，临别时拒绝了她的相送，但是我知道，她一直跟在我的背后偷偷送我，我一回头，她便跑开了。其后，还是在梦里，我忽然开始上天入地，火车上、大海上、新疆边地、沪杭道中……我一步不停，四处游走，但是，处处都站着母亲。
　　此中情形，白居易早就写过了："鹅乳养雏遗在水，鱼心想子变成鳞。"他是在说：为了让儿女紧随在自己的身后，鹅会将自己的食物嚼碎之后遗落在水面上，而水中之鱼一心只想着子鱼的身上长出鳞片，惟其如此，它们才能算作长大成人。是啊，只要雏鹅还没跟上，子鱼尚未生鳞，母亲们便喊也喊不走，推也推不开。所以，管你是在杀伐征战，还是正落荒而逃，反正漫山遍野里都站着母亲，她说你受了苦，你便是千藏万掩，终究也是瞒不住，由是，古今以来，多少笔下云蒸霞蔚之人，只要念及母亲，全都变作了答话的小儿，问你吃了没吃,你就乖乖答吃了没吃,问你暖还是不暖,你就好好说暖还是不暖,再多的花团锦簇,都要听话退下,到了此时,那一字一词,不过是母亲让你咽下的一饭一粥:

爱子心无尽,归家喜及辰。
寒衣针线密,家信墨痕新。
见面怜清瘦,呼儿问苦辛。
低徊愧人子,不敢怨风尘。

写下这首《岁末到家》的蒋士铨,与袁枚、赵翼共称为"江右三大家"。其母钟氏,绝非目不识丁之人,自己也写有诗册一卷,且律儿甚严。因为家贫,自他四岁起,母亲便以竹篾为器,教他识字,到他十岁,为防他成为膝下之儿,母亲竟怂恿父亲,将他绑在马背上,跟着出门谋生的父亲遍游塞北苦寒之地。出门之前,母亲特地嘱咐他,在路上,不管遇见何等险阻,绝不作惊人之态,绝不发惊人之语,如此,见识方能积成气节;男儿之身,才能安得下一颗男儿之心。果然,就算后来蒋士铨被授翰林院编修,一生作诗也去空疏尚白描,而独重"忠孝节义之心,温柔敦厚之旨"。除了这首尽显人子之心的《岁末到家》,春愁与秋望,灾害与流民,他一一写来,如说家常却莽莽苍苍,实在是母命难违,也从不愿相违,越老,十岁出门前母亲说过的话便越清晰,它们在他的诗里住了一辈子。

晚清之时,翰林院也有一位编修,名叫周寿昌,忠直耿介,无论何人,但凡是非,皆敢犯颜,即便面对煊赫一时的名将赛尚阿,他也直接表奏朝廷,怒斥其作战不力。如此之人,必是群小之忌,非得要除之而后快不可,众口铄金之后,黑的白的全都被涂抹到了他身上,一时之间,人皆不敢近。恰在此时,周寿昌写给母亲的那首《晒旧衣》却不胫而走,多少人读之泣下,这才终于有人站出来表奏朝廷,为他说公道话。这首《晒旧衣》,由此在天下传诵,更是引得当年清明时,诸多不识一字的百姓请人将其写于纸,再焚烧在至亲的坟头:

卅载绨袍检尚存,领襟虽破却余温。
重缝不忍轻移拆,上有慈亲旧线痕。

妈妈,三十年了!你给我缝制的粗绨衣袍一直还在,衣领已残,衣袖虽破,一手触及,却仍有你的体温,妈妈,就算我想将它重新缝补,终究不忍也不敢轻易地将它拆开，只因为那里有你缝补过的痕迹啊妈妈！这一切，多像唐朝福建的第一位进士欧阳詹所言："高盖山前日影微，黄昏宿鸟傍林飞。坟前滴酒空流泪，不见叮咛道早归。"——妈妈，你看见了吗，黄昏来了！高盖山前的日头也快要看不见了，可是在我的身边，再也没有了你，满山的林子里，只有回巢的鸟在飞来飞去，你在哪里呢？怎么再也听不见叮咛我早点回来的声音了呢妈妈？

所以，和他们相比，我是多么幸运啊，就在刚才的梦境里，稻田边上，我睡着了，猛然惊醒，这才看见，月光也消失了，微风变作了大风；我站在稻田边四顾，全然看不见母亲的身影，一下子，我的心提到了嗓子眼儿，举步便在稻田里狂奔起来，脚底下，湿漉漉的泥巴飞溅，纷纷扑打在我的脸上和身上，可我什么也顾不上，一意向前，跑两步，再站住，之后又再向前跑，只是母亲在哪里呢？天可怜见，就在我哽咽着几乎要大声哭喊的时候，大风重新变作微风，又送来了母亲的汗味，我循着那汗味上前，一路都踩在母亲刚刚割倒的稻子上，眼泪却终究忍不住涌出了眼眶。

也因此，世间虽说多有堪怜之事，其中最是堪怜的，却是那些终其半生一生都在寻找母亲的人。譬如苏曼殊，其人身世，半生成谜，在故国，他是六亲不认的庶出子，年岁及长，他这才知道，就连庶母也并非自己的生母，直至二十五岁，他才东渡日本，第一次见到自己的生母。其后，谒母几令成病，倏忽之间，他竟七次探母，每一回相别，都是欲狂欲死，哪怕别后，他也要假托母亲之口来作诗："月离中天云逐风，雁影凄凉落照中。我望东海寄归信，儿到灵山第几重？"更有瞿秋白，其母在贫病之中不堪羞辱而吞火柴头自杀之时，年仅四十一岁。闻讯归来，跪倒在母亲身边的瞿秋白写道："亲到贫时不算亲，蓝衫添得泪痕新。饥寒此日无人问，落上灵前爱子身。"自此之后，要我说，这位历劫之子其实早已定居于孤寒之中，诸多因缘与生死，在母亲谢世之日便已一一了结，既然已经了结，眼前所见，便无一是苦，也无一不是苦，只不过，就算如此，心中到底还是有一桩事放不下，那就是母亲死后迟迟未能下葬。在写给羊牧之的诗中，这个在未来哪怕死到临头也要耽溺于集句之戏的人，照旧显出了一颗欲了未了之心：

君年二十三，我年三岁长。
君母去年亡，我母早弃养。
亡迟早已埋，死早犹未葬。
茫茫宇宙间，何处觅幽圹？
荒祠湿冷烟，举头不堪望。

子别母尚且如此，母别子又当如何？唐人李贺李长吉，天生"鬼才"，却只得年二十七岁。其母郑氏，儿丧之后，痛不可当，几无生念，恰在此时，半夜残梦之中，她又见到了儿子。儿子告诉她，自己之别母而去，不过是天庭里新添了一座玉楼，天帝令众仙作文以志，皆不能令他称意，故而将儿子从凡间招入天庭，现在，赋已成矣，儿子也已位列了仙班，不信你看我生前诗文，世人皆言我"贺诗清峭，人物超迈，真神仙中人"，如今，我不仅没有受苦，反而归于了无尽清虚，真可算得上是难得的圆满——这幻梦一场，是为名典"玉楼赴召"。杜牧逢人便会说起，李商隐甚至将其写进了《李贺小传》，说到底，都是因为不忍，都是因为要代替李贺紧紧抱住尘世里凄凉的母亲。

说回阳间尘世，安史之乱中，李白也亲睹过送别儿子的母亲："老母与子别，呼天野草间。白马绕旌旗，悲鸣相追攀。"宋亡之后隐居不出的于石，在诗中记下过一位被夫家驱逐的年轻母亲，她一边哭行一边回望尚还幼小的儿子："尔饥谁与哺，尔寒谁与衣，明年尔学行，谁与相提携？"还有元代的与恭和尚，纵算有佛法庇佑，人子之心仍然像大雁一样从寺庙里飞出，在母亲去世后的茅屋之上高旋不止："霜殒芦花泪湿衣，白头无复倚柴扉。去年五月黄梅雨，曾典袈裟籴米归。"更有常州黄仲则，年仅四岁，父亲便别妻弃子，撒手西去，此后全赖母亲扶持养大，虽说出世便有一身少年豪气，终敌不过世事寒凉，少年变作中年，豪气渐成穷酸气，瞿秋白论及他时有云："词人作不得，身世重悲酸。吾乡黄仲则，风雪一家寒。"到头来，浑身命数一如其师邵齐焘所说："性本高迈，自伤卑贱，所作诗词，悲感凄怨。"如此一来，时运断绝，他便不得不一次一次拜别老母，四处飘零谋生，才能换回活命的口粮，也因此，其诗《别老母》一出，虽说通篇都是苦寒之语，却叫天下里多少四处奔走又一无所获的儿子们鼻子发酸，背过了身去？正所谓，"唯彼穷途恸，知余行路难"，一切奔走、徒劳和欲走还留，全都被他说中了：

搴帷拜母河梁去，白发愁看泪眼枯。
惨惨柴门风雪夜，此时有子不如无。

就是这样：天底下的忠臣孝子，乃至贩夫走卒，又有哪一个，或是危急之间，或是一场生涯的真相大白之日，不想重新做回一条细线，再被母亲穿进手中的针孔呢？明末之际的史可法，困守扬州，先后五次拒绝清军劝降，最终大势难支，破城之日近在旦夕，城破之前，他给母亲写下了最后一封信，信中说："儿在宦途一十八年，诸苦备尝，不能有益于朝廷，徒致旷远于定省，不忠不孝，何颜立于天地之间！今以死殉城，不足赎罪。望母亲委之天数，勿复过悲。儿在九泉亦无所恨。得副将德威完儿后事，望母亲以亲孙抚之。"此一封信，悲意难禁，却又有无尽的慷慨之气溢出纸外，当时后世，但凡读到，有几人不为之哽咽，又有几人不为之胆色一壮？城破之后，史可法被押解至清军统领多铎身前，拒降数十次之后，引颈受戮。因为天气炎热，尸首很快腐烂，直到无法辨认，以致战后无法收尸，只得以残存衣袍下葬——人间与天上，草木和禽兽，你们何曾有知，离他死去相隔未远，督师白洋河之时，他还写下过给母亲的诗？

　　母在江之南，儿在淮之北。
　　相逢在梦中，牵衣喜且泣。

这一首《忆母》，只有寥寥二十个字，不说儿之将死，只说母亲的喜且泣，句句都是白话，字字里却有乱世：是啊妈妈，莫怪我们只能在梦里相逢，只因为，我除了是你的儿子，还是这满目乱世的儿子！事实上，比写下这首诗更早一些时候，史可法以大学士督扬州，恰逢明将左良玉以清君侧为由进犯南京，史可法只好回师勤王，当他渡江而归，抵达燕子矶时，左良玉早已望风而逃，而扬州势急，他也只好片刻不留，重又挥师渡江至扬州。在燕子矶，当他倚马北望母亲居处，举步难行之际，还曾留下过一首《燕子矶口占》：

　　来家不面母，咫尺犹千里。
　　矶头洒清泪，滴滴沉江底。

两首诗，四十个字，八十年之后，被那位写下过《岁末到家》的蒋士铨读到，恻隐终究难消，径自上了梅花岭去拜谒史可法的衣冠冢。其时乾隆十一年，蒋士铨春闱落第，归途中恰好路过扬州，上了梅花岭，只见残阳如血，人迹与残枝双双萧瑟，满目里唯有孤坟一座。念及阳世之人归家尚有母亲倚门而望，孤魂野鬼却只能在江山易主之后的残山剩水里望江而哭，又念及苏轼名句"岂似凡人但慈母，能令孝子作忠臣"——我的儿，你且行且去，是在尘世做人，还是在地下做鬼，为娘的，什么都遂了你，你要糖，我便给你糖，你要亡，如果，我是说如果，你铁定了心非得要亡，那么，我，也许你去亡。是啊，梅花岭上的蒋士铨所亲近的，不仅仅只有一个孤臣孽子，更有孤臣孽子的母亲，她也会和自己的母亲一样，"见面怜清瘦，呼儿问苦辛"，但是，她终究是一个孤臣孽子的母亲。是为此故，写下《梅花岭吊史阁部》的蒋士铨竟然一反其崇直尚浅之风，尽显激昂之气，开篇即直斥了致使一位母亲丢失自己儿子的南明弘光朝廷："生无君相兴南国，死有衣冠葬北邙。"而后才说："碧血自封心更赤，梅花人拜土俱香。"

——写至此处，天快亮了，而我依然没有像现在这样强烈地思念过母亲。

在幽暗的天光下，我看见阳台上的花朵旁边又多出了一颗花苞，然而，花苞边的枝叶，被风吹动，死死地按压住了花苞，就好像，既然知道灾难近在咫尺，母亲们使出了全身力气，这才惊慌失措地拦下了非要出门的儿子。恰在此时，楼里传来了婴儿的哭声，我知道，这个婴儿的母亲，那个年轻的见人就点头的姑娘，因为成了这场瘟疫的疑似患者，此时，一个人正关闭在这个城市的某一处自行隔离，所以一连好几晚，一到后半夜，整栋楼里都会响起这个婴儿的哭声，此中情形，多像清朝女词人倪瑞璿的忆母之诗："河广难航莫我过，未知安否近如何？暗中时滴思亲泪，只恐思儿泪更多。"可是，今晚却有不同，婴儿的哭声之后，我竟然听到了他的母亲，那个见人就点头的姑娘的哭声。猝不及防地，我的心骤然一紧，终究还是放下了心来，随即，我便听到了那姑娘的笑声，之后，那姑娘再接着哭，接着笑，终于还是号啕了起来：如果我没有猜错，那应该是，结束了隔离的母亲，终于回到了自己的儿子身边。

妈妈回来了！还有，妈妈笑了！幽暗里，我的鼻子也在发酸，记忆却不由分说地将我送往了各个与母亲相见之处：还是在幼时，母亲为了补贴家用，挑了一担子的面粉去汉江对岸的镇子上售卖，我也跟着她，亦步亦趋，雾气太大了，上渡船的时候，我几乎看不见她，突然又听见有人落入江水的声音，一下子，我被惊慌裹挟，大声呼喊着母亲，却听不见她的一句应答，我便一边喊，一边在雾气中的人群里横冲直撞，也不知道喊了多久跑了多久，一只手轻轻地搭在了我的肩膀上，我一回头，恰好看见了笑着的、刚刚从江水中爬上船、全身都湿透了的母亲；前些年，正在我债台高筑之际，父亲生病了，我和母亲全都在北京的医院里陪护，每天中午，母亲都会去食堂里打饭吃，只是每一回都回来得特别晚，这天中午，因为她回来得太晚了，所以我便去找她，半路上，手机响了，我仓皇着去找了一处避风之地接电话，哪里知道，一眼就看见了正在用开水泡着剩饭吞下的母亲，刹那间，我呆若木鸡，然而，此中所见，早已被黄仲则一言道尽——"此时有子不如无"——所以，最后，我并没有上前惊扰，而是跑回了病房里去等她，没过多久，我就看见她挂着一脸的笑回来了。

——写至此处，天已经蒙蒙亮了，妈妈，此时此刻，如你所知，灾难还在继续；如我所见，阳台上的花苞仍然迟迟没有打开。好在是，那啼哭的婴儿已经重新在母亲的怀中入睡,我也要睡了妈妈,但愿不要一觉醒来再看见殡葬车,再看见有人追着殡葬车一边跑一边喊:"妈妈!妈妈!"

(原载《芙蓉》2020 年第 2 期)

无人可论江南事

_ 小引

1

长期在武汉三镇生活的人,如果还有点关于"吃"的追求,大概都记得小桃园的鸡汤,德华的饺子,四季美的汤包,老通城的豆皮。这是老一辈人的美食记忆,顺带传递下来,让我们也记得。随之传递下来的,还有许多说不清、道不明的东西。它藏在一幢老房子中,也可能藏在一碗汤圆水饺热干面中,当然,更可能是走在路上忽然听见一句话——个斑马,莫回事撒。

我一直跟人说,世界上其实有三个武汉。武昌类似南京,汉口好比上海,汉阳就是天津,微风袭来,柳枝摇晃,来往的朋友在黄鹤楼下击缶而歌,呼啊嗨哟,大呼江水变春酒。

这是我出生的城市,这是我少年的城市,这是我读书恋爱的城市,这是我半生与之息息相关的城市。这座城市承载的不仅仅是我,也是你,你们的生命和记忆,不管这记忆是短暂还是漫长,是曲折还是平淡,在我看来,都像轮渡码头前的长江,它在武汉这一段开阔,舒缓,它静静地流过龟山蛇山,流过龙王庙,直奔大海。

而我们就是江上的船,有的停在岸边,有的正在江心拉响汽笛。

2

少年时代,父母分别在武昌汉口两地工作,我也经常随他们在长江两岸穿行。依稀记得,父亲带着我辗转去汉口见母亲——武汉大学正门有12路公汽,武水门口东湖边有36路公汽,皆可开到武昌江边的汉阳门。然后要坐轮渡码头过江,在江汉关下船,再转乘24路公汽到长办的职工宿舍赵家条。

当然,也有另外一条路线。有时候父亲会在清晨喊醒我,两个人在薄雾中顺着东湖弯曲的小路,步行去水果湖。在水果湖还有一趟1路电车,过长江大桥,终点站是汉口六渡桥。

应该是上世纪七十年代的事情了。东湖清澈见底,宝通寺寂静无声,水果湖和武胜路还有高大的梧桐树,长江大桥巍峨又雄伟,一列列火车悬空开来,桥头堡旁边站岗的解放军战士,英姿挺拔。

我在摇晃的车厢或者轮渡的汽笛声中翻阅连环画,大多数时候是《水浒传》,也看《三国》和《西游记》。彩色的封面,黑白线描的内页,我深深迷恋上那些传奇英雄们手中的各种兵器,方天画戟是吕温侯,丈八蛇矛是张翼德,三尖两刃刀是杨戬,五钩神飞亮银枪是罗成。我在课本的扉页和背后临摹这些兵器,想象着总有一天,这两样或者那两样兵器战作一团,然后秦叔宝把双锏一收,对我抱拳说:"兄弟,随我上山去吧?!"我暗自揣度,我想去的是虎牢关,并不是瓦岗寨。

其实是南柯一梦。我现在还记得《三国演义》是藏蓝色的封面。

3

八十年代初,在老武大的三区,就是现在的新图书馆对面,山脚下有一排建筑,主要聚集的是邮局、粮店和副食品商店,邮局背后的山坡上还有武汉大学最老的,也是唯一的新华书店。

记忆中书店一层楼,品字形,背靠珞珈山,面朝街道口。从邮局旁边的台阶走上去,一个空旷的场坪大约有篮球场大小,右边几间是书店职工的住房,左边大门敞开,进去就是书店。

让我来回忆一下山坡上新华书店的格局吧:进门右手是青少年读物,有玻璃柜台和收银台,连环画和其他的一些书,展示在柜台后的一张大书桌上。顺着右边的柜台往左，皆是靠墙高大的书架，依次是小说、哲学、教科书，不一而足。

《三国》从第一本《桃园结义》开篇到最后一本《三国归晋》一共63本，出版的时间几乎横贯我的整个小学生涯。多少小孩子想要积攒齐全整套《三国》，就像后来的孩子们多么想积攒全圣斗士星矢的洋画。甚至有同学不惜冒风险，组团前去新华书店偷书，方法是几个孩子同时要求售货员拿书，还的时候藏匿一本，仅仅是为了得到那本遍寻不见的《甘露寺》。

但他们终于被捕，像抵抗法西斯的游击队员，被叛徒出卖了。新华书店的人旋即来到学校，组织了五年级三个班的同学认真学习交流，让我们检举揭发，上交非法所得。参与偷书活动的几个孩子轮番上去朗诵自己的检讨，我和高峻、张钊坐在下面听，觉得陈永胜的检讨写得最深刻，因为他每次拿到新书，总是在放学后与我们分享。

他是自己人。

后来，陈永胜死了。据说是追隔壁家的鸡过马路时，被一辆运沙车撞到了树上。

夏日的午后，蝉鸣寂静，新华书店也安静得很。阳光刺眼，书店内外黑白分明，看书的人沉默不语，售货员昏昏欲睡。我昂首走进新华书店，那天我怀揣一块五毛钱，心里想，今天，终于可以买本小说了。

我自己花钱买的第一本小说，是《苦菜花》。

4

奇怪的事情总是在我们不经意的时候突然发生。一夜之间，街道口一带出现了大量的书店和报纸杂志亭。山坡上那间寂静的新华书店，突然就从我的记忆中消失不见了。随后如春花般绽放的是小草书屋、三味书屋等等机动灵活的书摊。

从武汉大学往武水方向，过友谊门，顺着小学走两三百米，有一个缓坡。左边是当年的菜市场，右边是附小旁边的旧苗圃。旧苗圃外，有几棵高大的水杉树，还有几棵一到秋天就金光灿烂的银杏树。

顺着缓坡往上走，有一个三岔路口，八九十年代名满武大的"小草书屋"就搭建在这里。之所以说搭建，是因为书屋本来就没有房子，白铁皮和帐篷就是屋顶，用板凳架着几张床板就是书架。没有柜台，没有隔断，所有的书全部敞开放在床板上，想看的人随意进来翻。老板姓谭，原来是个木匠，大儿子人称小宝，残疾人，据说是小儿麻痹症。他总是安静地坐在轮椅中照看书店，买书的学生来来往往，自觉排队找他付钱。

小草书屋，是我记忆中第一次接触到的独立书店。最开始是跨世纪文丛吧？然后是布老虎丛书，我以为。余华《河边的错误》、格非《呼哨》、苏童《红粉》，哦，还有博尔赫斯的花园、卡夫卡的城堡、本雅明的抒情诗人，我少年时代梦想的事情终于在小草书屋实现了。秦琼遇见了武松，赵子龙对上了岳鹏举，传说中的人物不再单独出现在《小说月刊》和《十月》上，他们粉墨登场，会集在武汉水利电力学院三岔路口一家小小的书店中，风云际会，白鹭远飞。

1992年春天，我可以把王朔和金庸倒背如流，《玉娇龙》谁写的？忘记了。只记得罗小虎对不起玉娇龙，玉娇龙离开了罗小虎。那是另一个版本的保尔和冬妮娅，欲望和理智，怯懦和献身，革命浪潮退去之后，只剩下薄如蝉翼的，并不可靠的理由。

要想时光倒流，请去下坡的地方。

5

我把时间表朝后倒拨十年，回到1982。

之所以要把时间回到八十年代初，是想说一说自己一直很恍惚，又捉摸不定的某些事情。我从来不认为写作于我的生命，是如何的重要，最起码，没有到要死要活的地步。但为什么我于写作这门路中的种种奇花异草，又心之念之呢？

八十年代初，当小草书屋还没有出现，我去邮局的报刊点次数最多，除开家中订阅的《武林》《奥秘》等杂志，能够得到的第一手外界信息，都来自这里。邮政系统的强大和流动性，在这时候体现出了最后的辉煌。邮政局有最新的杂志，邮政局有最新的邮票，邮政局有今天的报纸，邮政局有我完全不知道的外面的世界，还有，每到过年就铺天盖地，用一根根铁丝挂在风中摇晃的精美年历。

还是看书要排队的年代。母亲从图书馆给我借来《悲惨世界》和《复活》，我草草一翻，止步于那些拗口又精微的人名。好不容易借到《上海文学》，把书横放在桌上，自然摊开的那一页说明翻阅得最多，是《被爱情遗忘的角落》。小豹子在谷仓中凝视着存妮，"原来姑娘脱毛衣时掀起了衬衫，竟露出半截白皙的、丰美而富有弹性的乳房……"那一页被人细细抚摸，以至于纸张的颜色变得微微发黄。

电视上已经有了麦克·哈里斯，还有加里森歪戴着帽子说："戏子，酋长，看你们的了……"我们开始练武，合作社后面，有一大片空地放着上百个酱油坛子，我和几个同学黄昏时在那里玩耍，一边打撇撇，一边抱着酱油坛子锤炼内功。

忽然就读到了琼瑶，从《窗外》看到《几度夕阳红》，然后又读到三毛，从撒哈拉看到西班牙，间或还有亦舒和萧丽红。有一天在邮局的窗口发现了两本刊物，一本《台港文学选刊》，一本《世界电影》，我在前一本上读到了白先勇和张恨水，在后一本上看到了苏联电影剧本《两个人的车站》。

1983 年第 6 期《世界电影》封面是阿兰·德龙演出的《克里斯蒂娜》剧照，封底是《两个人的车站》剧照，钢琴师普拉东推着坐在行李车上的薇拉，身体微微倾斜，他的左手张开，似乎正在诉说着白桦林旁难以启齿的故事。那本书的定价，六毛五。

多年后，我终于在电影院看到了《两个人的车站》。当手风琴呜咽的声音响起，一瞬间就回到了八十年代的邮局门口，我踮着脚尖跟售货员说，想看那本，对，就是绿色封皮的《世界电影》。

6

也有看到所谓禁书的时候。

九十年代中后期，司门口一带有四五家书店，最著名的当属横街尽头，民主路上的三联书店和斜对面的新华书店。我骑着自行车从学校出发，顺着水果湖、洪山广场、白玫瑰餐厅、大东门、胭脂路，一口气杀到司门口。民主路两旁绿树葱郁，右边是些高楼，依稀还有一个火柴厂，左边靠山是些民居，毗邻连绵，白墙红瓦在树荫中晃动，每一扇窗户背后，都隐藏着什么样的秘密，并没有人去关心。我想，生活或许本来就是这样朝朝暮暮，平淡无奇，可以骑车去司门口三联书店看看，应该算是惊喜了。

三联书店在马路左侧，门前三棵巨大的法国梧桐，大约有几十岁年纪了。书店门脸宽阔，大气，灯光明亮，没有阴暗的角落。二楼有张圆桌，围着圆桌散放几张木头椅子，我喜欢坐在这里翻书，一看一个下午，三联书店写诗的下午。

明天多云

> 后天转阴
> 这很难得
> 除我认识的泥瓦匠外
> 还有几个人
> 躲在耶路撒冷
> 偷偷擦枪

出门在梧桐树下，遇见一个背着旅行包的中年人，他拉住我，低声问："朋友，想不想看别的书？"我扭头看了看他，微微颔首。中年人转身走过马路，在横街巷口等我，旁边有家刚开张的奶茶店。我点着香烟，像一个真正的老江湖那样慢慢踱步过去，问："有些什么书啊？"

他拉开旅行包，里面是二十余本书，印刷还算过得去，只是一眼看去就是盗版。各种书都有，小说历史类偏多。我沉吟了一下问，"多少钱一本？"那中年人左右望了望，"三本一百元，"他说，"我总在这一带卖书，你想要什么都有。"

我买了三本书，那是半个月的生活费，回家的路上车骑得飞快，像是发完电报的地下党撤离现场。春去秋来，没什么意外，偶尔去司门口，也是匆匆忙忙，直到三联书店倒闭，再没有遇见那个卖书的中年人。

7

后来读过些什么已经不重要了。

世界上，有三个武汉。世界上，没有什么东西比最初的如饥似渴更让人怀念和珍惜了。

每当我深夜独坐，不屑书中所云时，总是蓦然想起合作社背后那一排排整齐的酱油坛子。

夕阳下，酱油坛子边，陈永胜靠近我，他神秘地从书包中掏出一本用牛皮纸蒙住封面的连环画。他说，这就是那本《甘露寺》，他没有上交，一直藏在奶奶装棉被的箱子里。

（原载《小引诗歌》2020 年 3 月 14 日）

辑三

希腊记

_于坚

> 《荷马史诗》最广为人知的段落的开头是这样的:
> 那些住在雅典的人……(梭伦)
> 我去过雅典,但没有人认识我。(德谟克利特)

公元前 5 世纪建造的神庙留下的石头废墟、公元前 4 世纪建造的神庙留下的石头废墟、公元前建造的绘画陈列馆废墟、图书馆废墟、大学废墟、广场废墟、大会堂废墟、音乐厅废墟、圆形剧场废墟、私家花园废墟、竞技场废墟、豪门废墟、平民屋子废墟、罗马时代凯旋门废墟、拜占庭时代教堂废墟、19 世纪完工的正在走向废墟的老教堂、千年前的旧市场留下的摊位、19 世纪的破败长街(有几间住着幽灵)。

> 荒废的老街有一张祈祷的石凳
> 在黄昏,他时常走下大理石台阶
> 编织一个花环,并把它挂上他的圣像
> 一些迷途的羔羊偶然站在那儿,仿佛祈祷

缓慢而呆滞地咀嚼着凋零的花环

……

(扬尼斯·里索斯《隔阂》)

藏在面积大小不一的房间里的废墟——那些古代的残件、旧地板、断臂、独腿、面部被时间腐蚀的阿波罗、海伦石化的乳房、维纳斯的残缺之美，苏格拉底、亚里士多德、第欧根尼、阿伽门农等人的塑像被私人或者国家悄悄地转移到自己的幽深仓库、戒备森严的储藏室、密码费解的保险柜、有股莎草纸霉味的客厅、堆积如峭壁的书房、曲径通幽的丛林后院……如果在月光下朝着某家博物馆的窗子一窥，会看见在那些已经清理干净的废墟间，栩栩如生地走动着千年前的神祇，光明正大的私处在发光。废墟并不意味着过去时代的生活方式被抛弃，人们依然像大卫那样爱好锻炼，像海伦那样留着长发，或者像尤利西斯那样迷恋着大海，像柏拉图的祖母那样腌制着橄榄，新居的模式自远古传承下来，依然是框架结构的、沿用数千年前创造的柯林斯柱式或爱奥尼亚柱式。古老的生活形式只是换了部分材料，比如玻璃、铝合金，生活从未中断，手艺炉火纯青，人们通过材料的更迭和技艺的守旧来持续传统，废墟只是"温故知新"的导师、师傅。于是，雅典除了那些三步一岗五步一哨的废墟，还有永远春风吹又生的街头音乐会、暮色般的紫罗兰花园、20世纪的使用了钢筋水泥和玻璃的框架结构建筑物，挂着腊肠的小餐馆、被激情的手涂鸦的墙壁、卖无花果石榴和玫瑰的少女、死去不久的在案板上等着成为美味的鲱鱼、气味浓烈的胡椒、本地特产的海盐、用祖传秘方炮制的奶酪、刚刚从陶罐里捞出来的腌橄榄、来自穷乡僻壤的流浪汉、某人刚刚出版的诗集、手镯叮当耳环歌唱的作坊、长得像赫西俄德的教授（他的写真雕像流传至今），瞧，就是那位，正坐一处玻璃搭的棚子等着公交车呢；喝多了苦艾酒的萨福粉丝、衣着光鲜的拖着箱子走在人行道上的吉卜赛女郎、在充满神祇和英雄的俊美雕塑的城里从不减肥的胖子们（胖得那么舒服、惬意）、高视阔步的风度翩翩的猫（随处可见）、裹着黑袍的牧师黑人和艺术家——雅典到处都是艺术家，语言艺术家、厨房艺术家、古铜色的艺人、貌似雅典娜的无比自恋的时装艺术家、冰激凌艺术家、鲜花艺术家、餐馆艺术家（大厨、侍者，人人自有绝技）、面包艺术家、奶酪艺术家、火腿艺术家、文身艺术家、手风琴艺术家、泥巴艺术家、舞者、木匠、裁缝、表匠、擦鞋匠、侏儒艺术家、马车夫艺术家、出租车艺术家——他一路上用荷马的语言为我们介绍哈尼亚港口的一家餐馆："我最喜欢的一家，每个月都要去两三次，那家的羊肉啊！你一定要去，这是链接……"艺术早已超越了它发生以来的那种宿命的鹤立鸡群、"自以为神圣"的做作，成为盐巴式的生活方式。生活就是艺术。"光亮亮的雅典城,头戴紫云冠,人人羡慕……"(阿里斯托芬《骑士》)"只有在雅典,国家才不会妨碍个人生活。"(依迪丝·汉密尔顿《希腊的回声》)至今如此。有点像宋代的开封城,我想起来那本《东京梦华录》:"举目则青楼画阁,绣户珠帘。雕车竞驻于天街,宝马争驰于御路,金翠耀目,罗绮飘香。新声巧笑于柳陌花衢,按管调弦于茶坊酒肆。八荒争凑,万国咸通。集四海之珍奇,皆归市易;会寰区之异味,悉在庖厨。花光满路,何限春游;箫鼓喧空,几家夜宴。伎巧则惊人耳目,侈奢则长人精神。"艺术家根本看不出来,就蹲在那墙脚下,坐在那些玻璃窗子后面,就是那个将自己打扮得像一位流浪汉的小伙子(看不出来真的分文不名还是崇拜第欧根尼)……时间从未在雅典城逝去,各世纪的房间、家具都原样摆在这个城里,两千年以来的各种旧物杂陈,任由风吹雨打。死亡是时间的事情,你不能催它。就是后起的工程,似乎也乐于让雅典保持着一种废墟风格。落日像是一座蛋黄色的废墟,脱离了白昼的强光刺眼的阿波罗风格,向着酒神狄俄尼索斯的夜走去。月光下的街道像是一段段钢琴的废墟,醉醺醺的大学生在那黑暗小巷的残砖上徘徊。幽灵出没,讲着古老的雅典方言。文字并不能完全反映这些种类复杂的口语,通过书本学习到的语言根本不能理解幽灵们说的是什么。荷马是一个伟大的幽灵,他留下的声音被记录成各种版本,充满争议,揣摩他到底说了什么,是雅典学术的不朽魅力。雅典令人迷惑,置身其间,时间发生错乱,不知道自己到底是位于时间的哪个点。公元前四百年?四世纪?或者2019年的9月5日?我们订的家庭旅馆属于一个年轻人,他和他的女友骑着摩托来,交给我们钥匙就扬长而去。老掉牙的电梯,只能容两个人。100欧元一晚,里面有7个住过幽灵的旧房间,包浆在木地板上发亮,被谁们的脚印磨得棱角分明。5个阳台,还有厨房、起居室、餐厅、两个卫生间、洗衣机、咖啡壶、锅子、刀子、勺子、盐巴、油和上一拨租客留在冰箱里的牛奶、鸡蛋、三个番茄。衣柜里有股19世纪的霉味。窗子外面古木参天,挂着藤子。对面阳台上走出来一位裸着上身的男子,站了一阵,抽根烟,阿喀琉斯或者奥德赛?结实的腹肌闪着微光,古铜色。厨房里有一只中国制造的咖啡壶。得强迫自己睡上一下,倒倒时差。反常的夜晚,"他们已经忘记了祈祷或魔法"。(博尔赫斯《起初两个希腊人正在交谈》)数千年前神庙所昭示的东西如今已成为生活本身,神庙可以隐匿了。

> 虚假的发明并不能让房屋修葺得更好,
> 雨落下来,他的膝盖被打湿
> 书本和报纸也都湿透,在火车站

> 一个盲人小提琴手站在雨中
> 当他拉动潮湿的琴弦
> 他得到的不是音符,而是雨滴
> ……
>
> (扬尼斯·里索斯《苦涩的知识》)

天亮了,鸽子站在木头电线杆拉出的线条上,晃着小脑袋。旅馆对面的一处阳台上有个肥女在抽烟、喝咖啡、拖着裙子喂鱼,逗着落到晾着的垫单下面的灰鸽子,嘟着嘴模仿它的叫声。旁边的阳台,有些晾着衣物,有的在开花、有些空着,一个接一个,过了这条街,又在另一条街开始。街口杂货铺的楼上就是一个大阳台,后面的跟着排列过去,阳光此起彼伏,阴阳变化,这个阳台光辉灿烂,那个是忧郁的,另一个很温馨,那个是愤世嫉俗的,这个生机勃勃,含苞欲放,那个灰尘密布,坚硬得像是一块监狱用来放风的小球场……千姿万态,无边无际,停泊在城市这片大海上排列成直线的一个个小岛。另一家的栏杆上晾着一床朱红色的毯子,绣着金黄色的图案。地毯下面的阳台上坐着一对夫妇,男的在看报纸,女的在喝着什么。一个赤裸上身的男子站在阳台的一角抽烟。他们显然也发现了我,朝我招了招手。我刚刚来到雅典,正光脚站在垂地窗帘外面沙滩般凉爽的阳台上,有点受宠若惊。我的房间小到箱子只能立着放,阳台却几乎与房间一样大,推开双开门,光明涌入,窘迫立即坦荡起来。阳台上摆着玻璃面板、下面压着棉质桌布的小圆桌、两把篾编靠椅,打扫得干干净净,就像摆在浴室门口的脚帕。不知所措,我来自一个阳台大部分被封起来的小区。从小到大,阳台几乎没怎么用过,要么改成了厨房,要么用来做堆杂物的仓库,要么根本没有,那不是家庭的一个必需品。雅典是个有阳台的地方,身体的延伸部分,没有阳台的房子怎么可以住人?事关生命的质量,在阳台上消磨时间是一种日常的生活方式,就像餐桌上顿顿必备的奶酪、面包。雅典人崇拜古铜色,这种肤色来自太阳神阿波罗,到处是古铜色皮肤的家伙。"雅典娜这样说,用金杖触击奥德修斯,使他身上转瞬穿起洗涤干净的外套和衬衫,体形变得魁伟健壮。他立即显得皮肤黝黑,下颌周围的胡须呈现出乌黑的颜色。女神这样做完便离去,奥德修斯返回农舍,儿子见了惊异不已,惊恐地把视线移开,以为是神明显现。"(《奥德赛》)大街上、市场、购物中心、海边、船长、流浪汉、贵妇、学生、工程师、教员、编辑、专栏作家、清洁工、小贩、守门人、政客、诗人、出租汽车司机、百货公司的售货员、浪女……一个个晒得闪闪发光,神一般健美,人们以此为荣,酷爱阳光,酷爱强壮有力的身体,腹肌如海岸般坚硬,崇拜阿波罗神。"到了晚年,还像是一个运动员，体格健硕，黝黑结实，身体时刻保持在最佳状态下。他有着匀称、健美的身材，厄瑞特里亚古运动场上的雕塑可以证实这一点，因为这座雕像就是以他为原型雕刻的，几乎是一尊裸体……他经常进行体育锻炼，强健的体魄，完全达到了运动员的状态，耳朵扁扁的，皮肤上涂了橄榄油。"（第欧根尼·拉尔修《古希腊哲学的故事》）希腊有一种假期叫作阳光假期。赤身裸体的人随时可见，让阳光晒黑是一种古典主义。西欧和世界许多地方的人跑到希腊来晒太阳，加入这地方天经地义历史悠久的晒太阳运动，晒得黑黝黝的、无比荣耀的，仿佛被阿波罗上了一道漆，加冕了。古代留下来的雕塑显示阿波罗是个古铜色、肌肉健壮的运动员。不过大胖子，永远晒不黑的人也不少，各美其美。胖子们活得快活自在，大大咧咧地占据着空间，岿然不动。一家土耳其餐馆，桌子一排排支在人行道边。烤肉、海鲜、香肠、面包、土豆、奶酪、番茄、生菜柠檬、冰水、酒……一堆挨着一堆，似乎每个人都是饕餮之徒，怎么吃得完呐！转眼工夫，一张张丘陵密布的餐桌已成杯盘狼藉的平原，冒着战后的硝烟。旁边是一家市场，一个个摊位上铺陈着从地中海捕来的鱼类的尸体：鳕、鲆鲽、鲷、鲆、沙丁鱼、鳀鱼、蓝鳍金枪、狐鲣、鲭鱼……一条条翻着苍白的肚皮，腥气、怪味、腐味混杂，万物都置身在一口正在烹调中的大锅里。蔬菜和水果种类不多，屈指可数，苹果、香蕉、香瓜、葡萄和无花果。香料就太多了，一盒盒色泽深沉的粉末，叫不出名字，闻所未闻。一位裹着头巾的大娘推着一辆木头车，孙子坐在前面，卖大蒜，一欧元一串。市场的另一端有几家古董店。像水果店那样堆积如山，一个挤着一个，各种各样的家私，花瓶、烟灰缸、眼镜盒、陶罐、左轮枪、碗、勺子、刀叉、肥皂盒、酒瓶……应有尽有，都是家里用的东西，老东西。地下室还有，旧物件挤得人很难下去，稍不注意，一个东西就滚下来。古老的手艺一直流传到今天，做工极好，大部分是20世纪的手艺，价格便宜。旧物太多，不需要奇货可居。买了一个米诺斯风格的陶罐，老板说，至少有五百年的历史。看上去确实像个老家伙。这么多的旧物，人们不屑于造假。希腊没有新过，它一直旧着。西方最伟大的仓库，什么都在，没有遗弃。一切都在着，万物，人、手工、作品……这个地方没有天翻地覆，只是日复一日地炉火纯青。"寺庙，站立在那里，将其自身展现给人类。只要艺术仍然是艺术，只要神没有从寺庙中离开，对寺庙的理解就始终开放着。"（海德格尔）在雅典街头乱走，冷不丁就能遇到帕特农神庙，在一群建筑物的右侧，在一堆础石废墟上头、一个窗子所能看见的最远处、一条花枝乱颤的小巷的尽头、一位侍者满载啤酒、玻璃杯和冰水的托盘上面，一只猫耸起在脊背上的山梁后面，一台照相机的取景框里；手机就不用说了，每只手机里都有一座。一处阳台，一家酒吧，广场上、花园里、一家后院的晾衣绳上，一群游客要去的那个方向……"历史给我们的最好的东西就是它激起的热情。"（歌德）真是不可思议，2500年了，这座暗示般的圭臬的框架还在那里，激动人心，培养着判断力、理念，召唤、指示着世界的老年、中年、青年、幼年、婴儿、胖子、盲人、聋子、瘸子、疯子、小偷、强盗、诗人、官员、商人、流浪汉、男男女女……他们正一群群拄着手杖、背着旅行袋，边上的网兜里塞着一个装着冷水的水壶，一个跟一个走向帕特农。这是一种从每个人的千千万万的点抵达一个点的旅行。师法造化，雅典人用的是石头，帕特农神庙模仿了石头，创造出一个直线组成的框架，模仿了石头内在的看不见的质地，那种坚实、方圆、不朽，对于我们今天在世的人确实是不朽，你还能与2500年前的人看见同一件东西，就像看见太阳、星子、岩石、森林、石头、大海……而这并非造物主的作品，是人"认识你自己的"的作品，人自己为自己建造的尺度、标高、准绳、轻重、厚薄、冷暖、中正……永恒的古典主义、保守派，以不变应万变者，从来没有怀疑过自己。（在中国文明中，这种空间化的象征性尺度主要是通过对文的想象和书写来建构。汉字就是中国的神庙，西安碑林可以说是中国的帕特农神庙。）将来的人，后来的人，只是一次次在标新立异中回到这里，回到那种尺度中。就像歌德说的："莎士比亚的《亨利四世》，即使留给我们的这类作品全都失传，诗和修辞艺术也能凭借这一个剧本而完全恢复过来。""让我们记住古人是多么的伟大，尤其是苏格拉底学派如何给我们揭示出全部生活与行动的本源和准则，并且还告诫我们不要沉湎于空洞的思索，而要去生活和实践。""只要我们的学校教育一直把我们带回到古代里去，并且继续不断地推行希腊语和拉丁语的教育，我们就可以庆幸自己，这些作为掌握高度文化所十分必要的课程就永远不会湮灭。如果我们把目光放到古代身上，刻苦地学习它，并且怀着以它来改造我们自己的希望，我们就会感到似乎只有在那个时候，我们才真正成了人。"就像孔子讲的：温故知新，信而好古。帕特农神庙正是一所不朽的学校。真是非凡杰出的想象力，大地这团盘根错节的混沌乱麻，被想象成一根根直线，总结出一种所向无敌的、利剑般的功能，一切都似乎即刻可以在这线条下迎刃而解。此刻，这些石头垒叠起来的直线依然直指天空，崇高、坚决。某种古老的、永不衰竭的挑战。柏拉图、亚里士多德、苏格拉底、第欧根尼、埃斯库罗斯、索福克勒斯、欧里庇得斯……都出生在这神庙下。2500年后，海德格尔从黑森林专程而来，"那个曾经希腊人聚集在一起的地方"。一列火车响了，从伯罗奔尼撒站驶出，切开了密密麻麻的雅典。帕特农高于一切，高于雅典，高于大地上所有的丘陵、大海、橄榄树、无花果、蜂蜜、奶酪、图书馆、歌剧院、市场、摩天大楼、火车站、神庙、教堂……下面东正教教堂的钟声响起，不像在西方的城市是最高的声音，这些零碎的声音在下面，像是小鸟的叽喳声。宙斯的座位，屹立在阿克罗波利斯山的石灰岩高冈上。公元前447年建造的。用大理石凿出的圆柱横梁垒叠、铆接起来，曾经供奉着雅典城的守护神雅典娜女神。此刻只剩下一个矩形框架，有点像昆明郊区的没有砌墙的烂尾楼。这么说并无不敬，这种长方形的框架如今已遍及世界，从罗马到印度，从马其顿到远东，从昆明到京都……原型是轻微的米黄色石头材料，粗糙的表面有点像莫奈画的大教堂系列里的笔触，在落日的反射中，呈现为纯金色，仿佛真是金子打造的。

　　站在阿克罗波利斯山的峭壁边缘俯身看去，下面的街道像是一条条小溪。雅典城展开在平原上，蛆虫般地蠕动着，闪烁着，呻吟着，做着自己的小事。地中海在南方的天空下，灰蒙蒙，等待着什么。全世界的智者（那些想问"为什么是希腊"的人们）都拥向这座神庙，在阿波罗的天空下，心怀敬畏，扶老携幼，列队而行，摩肩接踵，挤挤攘攘，战战兢兢，担心着那些柱子会不会突然倒下来，柱子不是整根的，是一截一截地拼接起来。已经倒掉一些，这是一座废墟，希腊人正在修复它，安装了脚手架。8点开门，门票7欧元。开门半小时，里面已经水泄不通，到处是举着手机、照相机的手臂，导游大声吼着，许多人仰天长叹，或六神无主地走来走去。有一群穿白色紧身衣的击剑运动员以神庙为背景拍合影，大家高举着剑，欢呼着。这个石头框子没有遮阳之处，阿波罗的阳光之箭密集地、热辣辣地泼下来，逃都逃不掉，只能忍受。这是此地旅游业发明的一种现代祭祀，细节不同，敬畏、崇拜、迷信还是在的。就是从前，人们也是在毒日头下举行祭祀，祭祀并不在神殿里，在外面。"参加酒神祭祀游行的妇女通常头戴常春藤冠，身披小鹿皮，手里拿缠着常春藤、杖顶缀着松果球的酒神杖，敲着手鼓和铙钹，扮成酒神狂女。酒神祭祀游行带有狂欢性质。酒神的狂女们抛开家庭和手中的活计，成群结队地游荡于山间和林中，挥舞着酒神杖与火把，疯狂地舞蹈着，高呼着'巴克科斯，欧吼'。这种疯狂状态达到高潮时，她们毁坏碰到的一切。如遇到野兽，甚至儿童，她们会立即将其撕成碎块，生吞下去，她们认为这种生肉是一种圣餐，吃了这种生肉就能与神结为一体。"（希罗多德《历史》）"言之不足，故嗟叹之，嗟叹之不足，故咏歌之，咏歌之不足，不知手之舞之，足之蹈之也。"（《毛诗序》）不由自主，抹抹嘴就朝着那个方向走。阿克罗波利斯山不高，山顶没有树木，没有水源，山坡上分布着些羊群般的奶酪色石头，其间长着些枯黄的蔓草。一面是坡地，另一面是悬崖。坡地这边展开着雅典的居民区，悬崖那边可以看见远方的地中海。居民区与神庙之间隔着荒野，并没有连接。孤独的神庙。坡地和悬崖之间还有其他神庙、剧场。通向神庙的门厅、柱廊建立在缓坡上。一群巨柱。两根柱子之间看见的是另一根圆柱，横竖两个方向都是各种直径、尺寸统一的、A 到 B 或 C 的直线,就像某种从圆规、角尺、米达尺、图纸里长出来的尺寸精确的男性生殖器官。高耸、笔直、抽象、苍白。阴影投下,都是几何形状。高大、重要、威严、自信、绝对,不容分说,只能服从,跟着它走,绝无曲径通幽。谈不上风水,这个建筑本质上是一个战略要塞,一副战斗姿态。它以向上、必胜、终极来庇护,这不是失败者、犬儒、庄子们的神庙。曾经遭遇雷击、日晒、雨淋、掠掳、偷盗、遗忘、毁损、炮击、爆炸、改宗(改为教堂、清真寺),但是那个暗示着数学、几何、设计的矩形框架坚定不移,清晰明确,这一点意味深长。柱廊尽头是山冈顶部,平坦开阔的山头,地面没有清理过,还看得出初始的荒野,满地的石头碎块、蔓草。原始地面突然耸出一群非同凡响的石头,就像是一个尚未竣工的建筑工地。它一直是这样。保持着开始的混乱。整齐与混沌、形式与原委并存。没有任何庇护,鹤立鸡群,直指天空。出类拔萃的手工切割打磨出的磊磊巨石,坚挺、勃起。等距排列的多利亚式圆柱(其间刻着凹槽)仿佛一直在充血。柱子之间的石头墙不见了,风穿堂而过。大理石曾经被打磨得非常光滑,有一层冷冰冰的月亮色光泽,风吹雨打 25 个世纪之后,石头重返粗糙。一个白色的长方形框架,由 46 根顶端喷出手雕的花束的十米高的大理石圆柱组成。框架确立,然后为框架文身,雕梁画栋,令这个框架看上去不那么呆板。这种画栋雕梁与李煜歌咏过的不同,李煜的画栋雕梁,框架与文身浑然一体。帕特农神庙的框架太强大了,以致大理石表面的细节、那些精心设计的装饰物容易被忽略。它旁边的伊瑞克提翁神庙有一面柱廊上的圆柱被整根刻成了女神形象,六根柱子,表情凝固的女子,仿佛从山冈下的市场走上来,换了衣服,刚刚复位。这使得伊瑞克提翁神庙不像失去了神像的帕特农那么枯燥,但也显出平庸。"希腊人的悲剧合唱歌队却不得不在舞台形象中认出真实存在的人。扮演海神之女的合唱队真的相信自己看到的是泰坦巨神普罗米修斯,并且认为自己与剧中神祇是一样实在的。"(尼采《悲剧的诞生》)帕特农神庙离概念只有一步之遥,如果没有那些惟妙惟肖的雕塑为这个框架文身,它就是一座枯燥的空间性概念。可以放进任何一张图纸。"深沉的希腊人,唯一能够承受至柔至重之痛苦的希腊人。以这种合唱歌队来安慰自己。希腊人能果敢地直视所谓世界历史的恐怖浩劫,同样敢于直观自然的残暴,并且陷于一种渴望以佛教方式否定意志的危险之中。是艺术挽救了希腊人,而且通过艺术,生命为了自身而挽救了希腊人。""对于真正的诗人来说,比喻并不是一个修辞手段,而是一个代表性的图像,它取代某个概念、真正地浮现在他面前。"(尼采《悲剧的诞生》)砾石嶙嶙,很容易绊倒。太阳酷烈,晒得头晕。好在高处多风,偶尔掠过,即刻凉爽,仿佛是来自神庙本身,希腊的风神阿涅弥伊,有四个身体,北风神玻瑞阿斯、南风神诺托斯、东风神欧洛斯、西风神仄费洛斯，都是星星之神阿斯特赖俄斯与黎明之神厄俄斯的儿子。风来了，就找块石头坐下，喝口自己背上来的瓶装水。这些石头是山上的原石，依然深嵌在山体中。或许从前雅典村庄里的牧羊人也来这里坐过，听着石匠们叮叮当当地凿击之声，一只老鹰飞越神庙，天空高蓝。苏格拉底或者柏拉图来请求神谕的时候也坐过，说不定。"你们当然认识凯勒丰……有一天，他竟然去了德尔斐，向那里的神提出这个问题。先生们，我在前面讲过，请别打断我的话。他问神，是否有人比我更聪明。女祭司回答说没有。""最大的祝福便是通过疯狂来到我们身边的，他是众神赐予的礼物。因为德尔斐女祭司和多铎那女祭司处于疯狂的状态时便能给希腊人带来巨大的利益，但在她们清醒的时候却不能。"（《柏拉图对话录》）"弗洛伊德终于站在了雅典卫城，与在他之前的许多其他人一样，他被一种虚幻感冲击了。他用自己的眼睛看到的，在某些方面似乎还没有他从想象中所获得的体验来得真实。"弗洛伊德指出："一个了不起的想法突然进入我的脑海：那么，这一切确实存在，就像我们在学校学到的！""我不知道我们是否能够找到那些我们一直寻觅的地方？我也不知道，如果我们去往希腊尚存的地方，拜访这土地、天空、海洋和岛屿，拜访这被遗弃的庙宇和神圣的剧场，是否有一天我们能找到答案？"（保罗·杜若《海德格尔的希腊之旅》）

> 宙斯神殿　数学自虚无涌起
> 几何的骨头朝向天空
> 给一切以尺寸《论日月的大小和距离》
> 阿利斯塔克算出 $\alpha = 3°$
> 暴风雨在闪电中被柏拉图整理成直线
> 无望的卷尺日夜测量着荒野
> 英名千古　神叫作宙斯
> 最后的数据尚未到来
> 一闪即逝的是一块阴影
> 去迦太基的船就要开了
> 汽笛响起时　太阳暗了一下

市场密集在山坡上，像海浪一样拍打着帕特农神庙。很容易感受到"人类"这种概念。似乎全世界的人都来了。卖腌橄榄的、卖木瓢的、卖水的、卖盐巴的、卖胡椒的、卖鱼的、卖羊肉的、卖面包的、卖珠宝的、卖瓷器的、卖钥匙扣的、卖金项链的、卖古董的、卖花的、卖床单桌布的、卖拖鞋的、卖旧唱片的（我买到一张科恩年轻时的专辑）、卖碗的、卖花瓶的、卖酒的、卖烟的、卖玩具的、卖洗澡用海绵的、卖手杖的、卖磨脚石的、卖书的、卖圣像画的、卖肥皂的、卖药的、卖围巾的、卖手镯的、卖皮鞋的、卖皮包的、卖裙子的、卖内衣的、卖二手衣服的……"他的衣服以白色为主，干净整洁，被褥也是白色的羊毛制成的。"（第欧根尼·拉尔修《古希腊哲学的故事：毕达哥拉斯》）这种衣服还在，有家店只卖白色的衣服。古老的买卖，一眼看去，光怪陆离，时髦新鲜，其实都是基本的、关于日常生活、关于美、关于尊严、关于信用、关于趣味、关于好玩、关于友谊、关于爱、关于舞蹈……的东西，只是质量、做工、包装、样式与古代不同，胡椒装在小塑料袋里，盐巴也是。陶器店里的东西每个底部几乎都有作者的名字，艺术不是什么孤芳自赏，美，做工精湛，也要卖得掉。有一家卖圣像画的店，画师白发苍苍，随心所欲不逾矩。古希腊人流行的亚麻布、套衫、长裙、地中海蓝、橄榄绿、纯白、柠檬黄……依旧抢手。橄榄、奶酪、火腿可以直接伸出舌头去尝。世界各地的游客各自拎着塑料袋逛来逛去、鱼群般地穿梭，激动得发狂，精美又实用、富于想象力，想买的东西太多，这些手艺从7000年前的米诺斯传到现在没中断过，日常得就像天空一样。

> 那小贩来了，浑身上下
> 仍满是旅尘。他"香油！""树胶！"
> "最好的橄榄油！""头发香水！"
> 沿街叫个不停。但到处是喧嚣、
> 音乐、游行，谁听得见他？
> 人群推他，扯他，撞他。
> （卡瓦菲斯《公元前31年在亚历山大》）

这种古老的市场世界上已经不多了。吉卜赛人的歌队在其中游行，唱着歌，拉着手风琴，弹着吉他，要点小钱。其他乐队占据了各个要塞，教堂门口，街角，广场，弹吉他的、拉手风琴的、独唱的、三重奏、四重奏……一位女士忽然奔跑起来，她的钱包被窃，有人在她前面狂奔，拐进一处不见了。走着，一位老太太拉住我，让我锁好背包的拉链，并示意我要把包抱在怀里。我即刻忘了她的忠告。逛了一阵，我的背包三层的拉链都被拉开，大张着嘴。小偷不要我的照相机和护照，只拿走了钱，他们有规矩，偷得并不那么狠。古老的小偷，偷了几千年，与时俱进，手艺一直高超。没有小偷的市场可不是市场，小偷、骗子和讨价还价令市场充满古老的魅力，这个不是乏味、呆板、便宜的超级市场所能理解的。"有时候，偷窃、通奸以及偷窃庙里的神物也是合情合理的。"（阿里斯提珀斯）无边无际的买卖，大多数买卖后面都有一个古老的作坊，藏着不露面的首饰匠、铜匠、陶匠、木匠、农夫、渔民、糕点师……连锁店不多，钱嘛，每个人都赚一点，赚钱本身是一件好玩的事、手艺，一家独霸所有的买卖，流水线生产，乏味、不好玩。这是一个古老的真理，可惜正在被世界遗忘。市场自形成以来从未停业。只是卖的东西不一样了。表面上浑浑噩噩，其实精心设计，中间的蒙纳斯提拉奇广场四通八达，走散的人可以去那里集合，广场上放着一堆木材般的长条座椅，总是有位子，总是坐着大包小包、筋疲力尽的购物狂，乐手、诗人、小偷、警察、骗子、不三不四的家伙也在转悠。这一带专做走马观花的游客的生意，那一带昂贵精致，接待富可敌国的大款，另一处卖黄金饰品、金光灿烂的老店，一座小秤在收银台上散发着冷光。饭馆又是集中在另一处。侍者们一个个站在外面，向每一个过路者问好，只是问好，并不拉客。一位希腊大叔学会了两句汉语："好吃！不贵！"古董街也混迹其中，一家里面，站着三个海盗般的大汉，一个戴着墨镜，露着肩膀，上有文身。马云看中了一条铜铸的鳗鱼，问价，大汉拿出手机，对着它讲出一串话来，手机立即显示出汉字：这是一位周游世界的船长带来的，200欧元。我看中了一个陶壶，古董商说至少500年。这是一个毕加索式的酒壶。将方、三角形、浑圆、酋长头像、实用性结合在一起，有某种暧昧的性意味，一种超现实的抽象感、稳定感和荒诞感。可惜的是它水土不服，一到昆明就裂开一条缝。它活着。雅典市场。

  大海作乱　岛屿不安
  梁柱倒下　市场再次成为废墟
  买卖要继续　美人要补妆
  古希腊在普拉卡区
  现代在蒙纳斯提拉奇市场
  他来买盐巴　你要糖　我在找一把桨
  鱼来自地中海　布是一位嬷嬷织的
  卖黄金的要用秤　买果子的要出手
  讨价还价　小英语人人会说
  希腊语不讲这些　荷马还在流传
  提着袋子的都是老实人
  东张西望的是兜售赝品的
  背包客流着汗　他想要一块肥皂

橄榄色裙子就挂着那儿　风也喜欢
来一条吧　姑娘　那位店主来自威尼斯
他老婆就是卖奶酪的肥娘
那位崇拜柏拉图的教授
忽然扔掉刚刚挑中的小玩意儿　一甩风衣跑起来
有人偷了他的钱包
怎么追得上哪　那个英俊的贼
就像奥林匹克运动会上的长跑者
鼓起的后腿上有一股闪电般的青筋

从前，雅典城是这样建起来的：我们城邦把军费准备充足之后，应该可以把自己的财富用在这些建设上，它将使雅典的名声永远流传，它将使财富变成活跃的事业，从中出现各种工作，供应各样的需求，激发每一种技艺，推动每一只手，使全城邦的人几乎都能得到工资；他靠自己的资源，既装饰起自己，也养活了自己。一座座建筑拔地而起，显得异常宏伟，外观优美得难以模拟，因为每个匠人都想用自己的精巧手艺把工作做得比计划更好，建筑的速度更是惊人。每一项工程，看来似乎都需要几代人才能完成，但是这一切都是在一届政权之下的全盛时期全部建成的。据说，有一次，画师阿伽塔科斯得意地说，他作画又快又不费力。宙克西斯听到以后就说道"我却要用很长时间"。因为制作时省工图快就会使作品没有持久的力量也达不到完美。他就向人民提出一项规模宏大的建设计划；这项工作要用很长时间，要投入许多种工艺，这样一来，留在城邦的人，也不亚于水兵、戍卒、陆军，同样有了借口。可以从那笔公款中得到一份好处。因为，要用到的材料有石头、黄铜、象牙、黄金、紫檀、柏木，而制造和加工这些材料的行业又要有木工、铸工、铜匠、石匠、染匠、金匠、象牙匠、画匠、刺绣工、浮雕工，以及监督押运人员、商人，在海上有水手、舵工；在陆上又要有造大车的、喂牲口的、赶车的；还有编绳子的、织布的、制革的、筑路的、开矿的。各行各业，像将军带兵似的，都把自己召雇来的工匠编成一个个队伍，有如乐器听任使用者运用或身体听从心灵指挥一样，这样一来，就能按照需要把财富分配和散发给一切不同年龄、不同天分的人。它将使雅典的名声永远流传，它将使财富变成活跃的事业，从中出现各种工作，供应各样的需求，激发每一种技艺，推动每一只手，使全城邦的人几乎都能得到工资；他靠自己的资源，既装饰起自己，也养活了自己。每一项工程都十分完美，立刻成为古迹，但是又万古常新，直到今天仍像刚刚建成一样。它像是永世开放的鲜花，看来永远不受时间的触动，仿佛这些作品都被注

入了永不衰竭的气息和永不衰老的灵魂。(普鲁塔克《伯里克利传》)

(原载《芙蓉》2020年第1期)

海德堡艺术笔记

_段炼

一、黑森林的精灵

　　日子很快就进入 2017 年 12 月，我在维也纳大学只剩下两周的课，须要抓紧时间修订原本安排的欧行路线图。照欧行前的安排，我在维大讲课结束后，会于 12 月 22 日飞往伦敦。但由于学校调整课程，我提前补了课，可以早几天离开。于是我打算利用这几天的机会再往德国，去游德法边境黑森林一带的大学城，先到森林南端的弗莱堡看望老朋友，再纵贯黑森林，到北端的海德堡。

　　12 月 15 日系里有圣诞晚餐和派对，系秘书一再告诉我不可缺席，因为我是客人，这晚会也算是为我饯行，而我也一再确认会前往参加，不会拂了大家的美意，反正我改订的飞机是 17 日离开维也纳，时日充裕。但是我最终还是违了主人的心意，在 15 日下午临时决定不参加晚餐派对，因为我突然失去了庆祝节日的心情，宁愿在离开的前夜独处。

　　人真是奇怪的动物，有时受理性支配，可以早早将行程定制得有条不紊，有时又受情绪支配，做出临时改变，甚至改得心烦意乱。行程与时间地点有关，这是人的身体行程，人身在时空中活动，关涉月球运行，不仅引起海潮，也波动心潮。

　　从维也纳到伦敦的飞机票在欧行前就订好了，不能退不能改，于是只好任其作废，另订了一张从维也纳到瑞士巴塞尔的机票。弗莱堡是德国西部的边境城市，也是著名大学城，海德格尔曾在纳粹时期担任过校长，结果后半生惹上麻烦。毗邻法国的斯特拉斯堡和瑞士的巴塞尔也是大学城，三城皆是欧洲著名的文化古城。

这一程是我离欧返加的旅行，所以行李既多且重，不像此前出行那样轻松。为了中途暂停弗莱堡，我事先在巴塞尔订了宾馆，并告诉宾馆我会提前直接从机场将行李送去寄存，几天后才去入住，宾馆表示没问题。到了巴塞尔，朋友驾车到机场接我，我说先去宾馆放行李，然后再往弗莱堡。朋友说我瞎折腾，说是巴塞尔机场并不在瑞士巴塞尔，而是在法国斯特拉斯堡南部的一个小镇，我这才想起先前做行程功课时的确在地图上看到这个瑞士机场的实际位置是在法国，只是当时没介意。

就这样，不去巴塞尔的宾馆放行李了，甚至也不去住宾馆了，直接到弗莱堡住朋友家。当然，预订的宾馆房间与那张伦敦机票一样，不能退不能改，只能作废。这样看来，身体在时空中的行程，不仅涉及心绪，还涉及钱财，时空之行既是精神的，也是经济的。或许，这就是为什么空间批评要强调空间的物理、社会和精神的三重性。

对我来说，这三重性的核心是德国黑森林的精灵。黑森林之"黑"，是说林木浓密，终日不见阳光，成为阴森之林，于是，这就成了两百多年前格林兄弟童话故事的背景。格林童话是隐喻的，故事中人物的身体和精神都有所指。其中广为流传的故事《小红帽》，便将身体和精神的所指演绎得淋漓尽致。故事中狼吃掉小红帽，是恶的身体与善的灵魂第一次遭遇，而猎人杀狼救出小红帽是善的精灵的显现。在另一个版本中，小红帽在狼的身体内用剪刀剪破狼的肚皮而逃出自救，更是精灵的显现，也说明善与恶不能共处。

关于格林童话涉及的身体和精灵问题，也有怪论。有位学者著文说《小红帽》是关于炼丹术的隐喻故事，那红色的斗篷便是红汞的符号。此论一出，有化学家写文章反驳，说是小红帽被狼吃掉后，由于化学反应，红色斗篷应该变成银灰色，可是她逃出来后却仍是红色，所以这故事不是关于炼丹术的。

当然，我对黑森林的着迷，不仅仅是因为早年所读的格林童话，更是因为后来学习荣格心理学而对人心之"暗"的困惑，相信这"暗"是一种隐喻，黑森林便是喻体，而所喻则是自然的精神。

我在行前向朋友夫妇讲了去黑森林的愿望，没料到他们劝退了我去巴塞尔宾馆放行李的打算后，开车把我从机场直接拉进了黑森林。我事先在网上做过功课，得知森林里有一些小村子，村民以制作布谷钟而闻名。这是一两百年前欧洲的一种挂钟，钟面有一树洞，每隔一小时便有布谷鸟从洞里开门钻出来报时。现在，布谷钟是当地很萌的旅游纪念品。也有不少格林兄弟的粉丝到黑森林来寻找童话故事中的各种小屋，以了却他们儿时的心愿，而当地人也自然会遂了他们的意，照着故事的描写而建造各种童话小屋。不消说，布谷鸟以挂钟为巢，也是关于灵魂和身体的童话。

我们的车进了黑森林，山上已下雪，森林一片银白色，该叫白森林才对。下了车，先入我眼的不是童话小屋，而是林海雪原和滑雪场。我们三人徒步爬上一个山头，四下放眼环视，夕阳、浓云、红光给白森林投下了浓重的阴影。正好，落日从云缝透出的一片强光，洒在山下的莱茵河两岸，将河边的弗莱堡城照得通明透亮。在我看来，这山林与古城，恰似大自然的身体与灵魂。

二、身体的思考

在弗莱堡住了三天，然后乘公共汽车去海德堡。这是与弗莱堡齐名的大学城，也是思考之城。海德堡盛产思想家，而我的海德堡之行也是思考之行。此行是我对艺术史的思考，是思考何为艺术史，尤其是怎样以身体图像来叙述艺术史，探寻艺术史的灵魂。

当年美国小说家马克·吐温游历海德堡后，说这是欧洲最美丽的城市，而歌德则写过一首诗，诗名一语中的：《我把心遗失在了海德堡》。在二次世界大战中，海德堡是德国唯一幸免于战火的城市，因而是德国保留最完好的古城。到海德堡之前，我与弗莱堡的朋友聊起历史话题，说希特勒和丘吉尔之间有默契：我不炸你的牛津剑桥，你别炸我的海德堡。朋友不置可否，便上网查询，然后指着电脑屏幕上密密麻麻的德文对我说：美军轰炸机来过海德堡，因遇阴天浓云，便转往另一城市扔炸弹。后来美军轰炸机又到海德堡，但扔下来的不是炸弹，而是传单，说是我们的后人要来这里上大学，所以要保护这座城市。

但海德堡却以城堡废墟闻名，而我感兴趣的是这座城堡在历史上不断的毁与建，暗合了艺术史上身体图像的发展和演进。海德堡之"堡"建于12世纪，后来扩建，成为阿尔卑斯山北部最大的城堡。16世纪城堡被雷电击中，上层建筑坍塌，17世纪重建。随后，法国军队攻占海德堡，并于1688年炸毁城堡，而且放火将其焚为一片瓦砾。后来德国皇室再次重建城堡，但在18世纪后期，城堡再遭雷击，就此剩下断垣残壁，仿佛命中注定不可重建。

有资料说海德堡城堡现在仍在重建中，但我参观时却只见废墟维护，未见重建工程。那么，二战后海德堡保留下来的是什么？从山头的城堡废墟俯视海德堡老城，我看见的是城市的身体，也感受到这身体的灵魂。这身体由海德堡大学来体现，而灵魂则是大学精神，是深植于海德堡大学根基的人文主义精神。

海德堡大学是德国排名第一的大学，也是德国最古老的大学，始建于1386年，后来出过50多位诺奖学者。这所大学在历史上还出了很多著名哲学家，他们喜欢在古城对面的小山坡上散步，既隔河俯视古镇，也静心沉思，走出了一条著名的"哲学家小道"，成为后学瞻仰前辈的名胜。当年在此散步的哲学家中，中国读者熟知的有黑格尔、费尔巴哈、雅斯贝尔斯、弗洛姆、加达默尔、汉娜·阿伦特、哈贝马斯，还有纳粹宣传部长戈培尔。我的海德堡之行，当然不会错过这条小道，我也像前辈哲人一样漫步走过纳卡河上的哲学桥，顺着小道在山坡上前行，一路上既猜想前辈的沉思，也构思我现在正写作的这篇文章，考虑怎样简约而直接地从几十万年前的海德堡人，一直写到当代艺术中人的身体图像。

一百多年前纳卡河附近发现原始人化石，距今五十多万年，是欧洲人祖先尼安德特人的祖先，称"海德堡人"。在海德堡博物馆，有一层专门陈列当地的考古发现，从早期文明的石像雕刻，回溯到原始时期的陶器残片，再到更早的猿人化石，应有尽有。海德堡人是直立人，根据考古发现的下颚骨分析，他们在欧洲和非洲分布较广，延时较长，持续到十多万年前。海德堡人分两支，欧洲的一支后来演进为尼安德特人，后来因气候变迁而灭绝；非洲的一支演进为智人，后来从非洲迁入欧洲，取代了尼安德特人，成为现代人的祖先。

这就是说，海德堡人的身体，负载着人类文明的信息。20世纪西方考古学界相信，那位领头离开非洲进入欧洲的智人是女性，并给她取名露西。前两年好莱坞拍了一部女超人的科幻片，就叫《露西》，揭秘某种药物或毒品进入身体可以开启人的无限智慧和潜能。此片汉译名《超体》的"体"便与人体相关。

这样说来，考古的身体、宗教的身体、政治的身体、历史的身体、艺术史的身体，这一切使海德堡古城与人类文明史上的女性身体发生了关联。也正因此，我在海德堡博物馆参观馆藏绘画，便关注女性身体的图像，并思考其作为信息载体的作用，思考其究竟具有什么潜能、负载了什么信息，这些身体图像作为符号能指，其所指究竟是什么。

用21世纪的今日眼光看，博物馆珍藏的猿人化石、那些史前石雕人像，以及古希腊罗马雕刻和中世纪圣像，皆是人类进化的文献，是文明进程的视觉记忆。我的思绪沿哲学家小道从远古一路走到中世纪后，便关注这视觉记忆为后世艺术史的身体图像，留下了怎样的伏笔、为当代艺术预设了怎样的潜能。

三、 神圣的身体

由于对上述问题的思考，我按艺术史的时序观赏海德堡博物馆的藏画时，首先注意到文艺复兴大师维登（Rogier van der Weyden, 1399 – 1464）的名作《圣母子》（1455）。维登是北方文艺复兴的早期大师，影响遍及全欧，他绘制的圣母子，在图像的视觉形式上是这一类型的典范：圣母形象被描绘得端庄、典雅而慈祥，略带忧愁和沉思，仿佛在为人类的命运而忧虑。她以双手将圣子抱近自己，使二人肖像处于同一画框。圣子的形象被描绘得相对成熟，与婴儿的年龄不符，且身体和头像的尺寸也相对偏小，与圣母头像比例失谐。这"不符"与"失谐"是有意为之，因为耶稣生而知之，没有童真岁月，而圣母的宗教地位并不低于圣子，甚至高于圣子。

这貌似不符和失谐的图像设计，成为意大利文艺复兴大师们的范式，波提切利和拉斐尔皆如法绘制。虽有这一认知，我看维登笔下的圣母子，却更多地注目于圣母，将她看作普通女性，其图像涉及肖像和身体两方面，具有普遍性。

在过去，肖像是画中人的相貌记录，到后来成为画中人的精神显现，这是从客观再现转向主观表现，是从前现代向现代的转进。就圣母像而言，后人并不知道圣母究竟长什么样，所谓相貌的记录，无非是画家根据《圣经》的文本描述而发挥的想象。在这个问题上，当代视觉文化学者詹姆斯·霍尔（James Hall）的《自画像文化史》（2014）一书并未道出什么新知，倒是今日德国艺术史学家汉斯·贝尔廷（Hans Belting）在《脸的历史》（2013）一书中，指出了肖像作为精神面具而具有的传播功能。那么，维登的圣母像给时人和后人传递了什么信息？在我看来，这信息十分重要，具有"反物化"的颠覆性意义，这是我对圣母像的独家解读。

这解读来自肖像与身体的关系，我且从西方艺术史学的三个不同视角来说明。在20世纪中期的现代主义时期，英国艺术史学家克拉克（Kenneth Clark，1903—1983）出版了《裸体艺术》（1956）一书，作者以着衣和无衣的不同，来区分裸体和裸像的审美价值，指出裸像是一种艺术形象，从而为历代裸像进行了正名。到20世纪后半的后现代时期，英国另一位艺术史学家史密斯（Edward Lucie‑Smith, 1933— ）出版了《西方艺术中的性问题》一书。此书的第一版（1972）区分了裸像的色情和情色两方面，指出情色裸像具有克拉克所说的那种审美价值，但在新版（1991）中则做了重要修改，将裸像的情色问题，改称为后现代的性问题，将色情和情色又重新拉回到一起。至20世纪末，西方艺术史学被文化研究主导，克拉克和史密斯的议题，一变而为女性身体的"物化"（objectification）问题：在女性主义艺术史学者看来，女性身体一直是男性偷窥的对象，在男性权力的凝视中，女性只有作为客体的身体，而且是作为性物（sexual object）的客体身体，缺少自主身份。

有了这三种史学观作前提和参照，我眼中维登的圣母像，便不再仅仅是文艺复兴时期世俗的普通女性形象，而更是21世纪的"反物化"形象。我这看法涉及两方面，一是圣母的"无性"与"性物"的反转，二是圣母的"神化"与"物化"的反转。

从基督教的角度看，圣母无性怀胎，圣子的出生与性无关。因此，画家们描绘圣母子图像时，通常不会涉及性，无色情之虞。就图像构成而言，维登这幅画基本属于肖像画，但又大于肖像，处在肖像与人体之间，于是画家有机会描绘圣母的身体。画中圣母的穿着十分严整，拒绝了看画人关于性的任何联想，未给男权凝视以任何可乘之机。

从艺术史的角度看，圣母形象从来都是着衣的形象，即便文艺复兴以来出现了圣母露乳的图像，但那不是男性性欲望的对象，而是哺乳小耶稣时的形象，其露乳的情形仅存在于母子之间，画家的描绘属于对圣经叙事的客观视觉化，而非主观表现。面对这样的形象，若有男性看画者将其作为窥淫对象，便会产生深度自责的精神折磨。而且，维登的圣母像并未露乳，画家描绘的既是世俗女性的形象，也是神圣女性的精神图像。

上述两个反转，是我借圣母图像而对今日文化研究之"物化"和"性物"两个关键词的颠覆和消解，是我解读维登绘画的一家之说。这一解读并未到此为止，而是随着艺术史的发展而从神性图像转进到了世俗图像。

四、符号的身体

我在海德堡博物馆解读的世俗图像，是19世纪丹麦画家埃克斯伯（ChristofferW. Eckersberg, 1783—1853）的人像画《宽衣女》（1840），描绘一位短发女子在室内宽衣的情形。在西方艺术史上，这幅画的绘制，处于从浪漫主义向写实主义过渡时期，该画既有浪漫特征，又有写实特征。

所谓浪漫特征，是画家对宽衣之后裸露的美丽人体所表达的赞美之情。衣饰是人的身份符号，所指为穿衣者的社会归属和地位。褪去衣饰，没有了符号能指，所指被悬置，人的身体变得纯粹，尽显理想之美。就人体构形、用笔用色来说，画家像古希腊雕塑家那样塑造理想化的纯粹人体，将其描绘为美与雅的典范。为此，画家甚至将画中人尚未脱去的下半身衣饰，画得像是古希腊衣饰，尤其是白色亚麻布的质地和纵向的条纹皱褶，衬托了上半身的古典式裸体之美。

所谓写实特征，是说这幅裸体人像显然来自模特写生，具有记录现实生活之细节的叙事性。此画描绘画中人宽衣的行为过程，其上半身已全部脱下，仅衣袖还套在手腕上，模特正做出从手腕上取下衣饰的动作，接着就该脱下半身了。在叙事学上说，画家选取的这一行动瞬间，是开端、发展、高潮、结局四阶段中的最后一程，是高潮之时的暂停，结局即将出现。然而，画家将这一瞬间处理得如此单纯、宁静、肃穆、平和，使现实主义的模特身体获得了理想化的浪漫主义端庄。

从后现代和文化研究的视角看，衣饰即纹饰、文本，这既是自然刻写在女性身体上的印痕，也是文明进步所刻写的印痕。于是，所谓宽衣的女人，便是卸下外来附加物，卸下自然和文明加诸自己身体的印痕和符号，而自文本身体返回到纯粹身体。如此这般，世俗的身体图像便以其端庄典雅的理想之美，而直抵灵魂和精神的纯粹性。

所以，面对这幅画，我须要再回到艺术史来解读，以便洞悉西方绘画进程中身体图像的卸妆过程。在浪漫主义和写实主义之后，西方绘画进入自然主义时期，以印象派为代表，至 19 世纪后期以后印象派为代表而进入现代时期。于是，我就这幅画而提出一个艺术史的问题：脱完衣饰之后又怎样？或问：身体图像的叙事在高潮之后会是什么？艺术史已经给出了答案，这就是现代主义。但脱下衣饰后的现代主义有什么意义、现代绘画中的女性身体有什么价值？从前面的思考和解读中，我得出的答案是：现代主义完成了从神向人的世俗转进，绘画中的女性身体自文艺复兴走下神坛，然后又从现实主义的"物"演化为 20 世纪的"精神"载体。

这一步骤貌似反向的艺术史进程，揭示了 20 世纪艺术的自身矛盾和内在复杂。尽管如此，读画仍得进行，而帮助我继续读画的，是海德堡博物馆的北欧画家马斯瑞尔（FransMasereel, 1889 - 1972）绘制的《女人如猫》（1920）。画中一位完全褪去衣饰的女子，与一只黑猫同卧，画家绘制其身体图像所用的淡淡粉红色，给人色情的联想。

意大利当代学者艾柯（Umberto Eco, 1932 - 2016）于上世纪九十年代初在哈佛大学讲课时，从叙事学角度讲到过色情文学的判定问题：关于性行为的细节叙述，如果叙事时长超过了行为时长，便有色情的嫌疑。从这一观点看，如果身体图像对性细节的描绘不厌其烦，有过度之嫌，那么就可以判定为色情。

但是，马斯瑞尔并未执着于性的写实细节，而是以表现主义的简约笔法，高度概括地描绘了世俗女性的身体图像。画家虽然涂抹了一点明暗影调以表现立体感，但与其说这是写实的，不如说是立方主义的，而野兽派的直率色彩，则赋予这幅人体以精神性。这不同于文艺复兴前后的宗教精神，而是在世俗的情色中强调抽象的纯粹精神，也就是"猫"这一符号所指涉的感性和性感。所谓"女人如猫"是西方文化和民间传说，西方人常用 pussy 一词来指猫，也指像猫一样的感性以及性感的女人，并以此而超越了此词所指的女性器官的本义。

正好，这幅画的旁边挂着同一时期德国画家斯勒沃格（Max Slevogt, 1858—1932）以表现主义的流畅笔色绘制的《双猫图》（1925），为现代主义那抽象的纯粹，给出了具体的注解：性感与感性同在。不过，若从女性主义的观点看，"女人如猫"极可能是对女性的偏见，这幅女性裸体画，有可能是被男权文化刻写了表意符号的文本身体。因此，女性主义者须要由此返回去，给裸体重新穿上衣饰，以便审视这文本身体，审视其社会角色。

于是，在女人宽衣之后，便有了另一种身体图像的可能性，这就是重新着衣。这时候，作为符号载体的女性身体图像，便被赋予了完全不同的意义。若说现代主义是内在的、形式主义的，那么，这不同的意义就正好相反，是外在的、社会性的。

这样的作品便是博物馆所藏的海德堡本地女画家汉娜·娜吉尔（Hanna Nagel, 1907—1975）的《自画像》（1929）。这是一幅简单的自画像，着衣，没有性感的暗示，通篇透露出德国人专有的执着、严谨和自信，以及女画家独立自主的个性精神，或如中国过去倡导的"铁姑娘"精神。娜吉尔的精神是一种德国精神，考虑到画家绘制这幅自画像的特别年份，我联想到纳粹艺术的一些特征，例如亢奋的宣传鼓动，类似于同一时期苏联的社会主义现实主义艺术。然而，娜吉尔是个反纳粹的画家，她在柏林的美国艺术学校学画，然后为俄国文学作品绘制插图，例如契诃夫和高尔基的作品。因此，我不得不重读娜吉尔，将她那亢奋和自制，解读为女性主体意识的觉醒。

若用后现代和文化研究的术语说，这一觉醒主要表现为身份意识，这既是性别身份，也是政治身份，其中包含着对男权意志的抵制。这样读画，易于理解娜吉尔自画像中的自主精神，以及画家对抗纳粹的意志。也许正是在这样的意义上，德国艺术界将娜吉尔称为"柯勒惠支第二"。

五、艺术史的身体

埃克斯伯的《宽衣女》是我读画的岔路口,我在海德堡博物馆参观时,总是要返回到这幅画,从其叙事高潮后的结局,去解读另外的画。在解读了裸体女人的身体图像后,我返回这岔路口,重选另一条路,去读着衣女人的自画像。现在我再次返回这个路口,掉头回溯艺术史的发展,在回头路上解读另一类不同的着衣女人的身体图像。

这就是德国画家阿道夫·霍尔泽(Adolf R. Holzel, 1853—1934)的绘画《画架前拿着罐子的女佣》(1906)。与娜吉尔的《自画像》相对照,这幅画可以解释女性自立精神的缘由。霍尔泽的画是根据写生所绘,从画中人的衣着判断,这位手拿水罐的女子应该是仆人,或是化装成仆人的模特。画中人微低着肩背,稍微转身扭头,向主人(画家和看画者)露出浅浅的微笑,泄露了她的附庸身份。如果说娜吉尔的自主精神是一种身份意识,那么,女仆的卑微又何尝不是她对自己之身份地位的自觉意识。即便画中模特由画家的妻子扮演,这位妻子对自己的从属和依附地位,也有清晰的意识。

她要抗争吗?不会的。从她的身体语言,从她捏着披肩的手,从她肩背轮廓的微弓弧线,以及她脸上期待主人发话的表情,都透露出她对生存状态的满足,她只希望继续保有这一现状。她预示了后来的女性主义吗?没有,我没看出一点预示。但是,她的家庭和社会地位,以及她的身份意识,却是娜吉尔《自画像》的反衬,衬出了后来女性主义的必要性。正因此,我才以"艺术史的身体"来作为本文的议题,也作为解读此画的话题。

当代学者对艺术史的宏观叙述,有社会史、文化史、观念史、图像史、风格史等等说法。在这诸多史中,我认为图像史比较靠谱。对我来说,艺术史上的女性身体图像,无论全身还是肖像,也无论是裸体还是着衣,都一并合为关于人的图像史。我在海德堡博物馆解读和思考馆藏的身体图像,认识到这些图像不仅是艺术史上人的身体作为画题的发展演变,更重要的是,这一演变展示了人对自身的认识过程。因此,图像史包含了观念史和社会史,也包含了文化史和风格史。

在海德堡博物馆,我不仅近前细读馆藏绘画的身体图像,也在时间和空间上退后远观,我看出身体图像的变化是艺术史的发展之纲。这涉及身体与肖像的关系问题,或说图像与形象的关系,前面已有涉及,现作进一步阐述。

就客观的视觉再现来说,肖像是广义的身体图像的一部分,因为广义的身体概念包含了人体的头部，而狭义的身体图像与肖像则有所区别，前者注重头部以外的身体部分，后者强调身体的头部，尤其是面部。就主观的思想表现来说，艺术家制作身体图像的目的，是以身体为符号能指，其所指在艺术史的不同时期各不相同，例如后现代时期的所指是身份政治。与之相对，肖像画作为符号能指还有更多的意指功能，例如自我表现，这是人物形象的所指。就艺术发展的历时性来说，现实主义偏重人物形象的刻画，现代主义却转往抽象，而后现代与当代艺术则返回到身体，将人的身体用作工具，使之成为观念的载体。

作为观念的载体，身体图像与身份政治也涉宗教问题，这让我不得不反思历史，因为历史是艺术史的叙事语境。欧洲文化来自古希腊罗马文化、基督教文化、日耳曼蛮族文化的合流，这三种文化也是西方艺术发展演变的重要前提。在罗马统治后期，基督教成为国教，这既开化并同化了来自北方的蛮族，也保护了古罗马的文化传统，促进了欧洲文明的持续发展。但发展到中世纪，教会以其专制而逐渐变为社会进步的障碍，教权与王权既和且斗，而政教分离、文艺复兴和宗教改革，才使西方社会重新进入发展的快车道，并借启蒙运动和工业革命而领跑世界。

在这样的历史背景中，我们可以理解为什么基督教宣传在西方艺术史上走下坡路，并由此洞悉那些鼓吹宗教立国的谬说，此说认为中国若想赶上西方，需要宗教立国。事实上，西方文明之所以后来居上，与邻近的其他文明相比，正是因为政教分离，教会权利退缩，才使科学人文和民主自由有了发展空间。就艺术史而言，身体图像的发展，便见证了艺术世俗化的趋势。

六、 精神的身体

西方现代艺术早期的身体图像，主流是世俗化，这虽在一定程度上有图像崇拜的成分，但也有反"偶像破坏"的心理趋势，并在现代主义绘画中展现得更明确，直到20世纪中期纯粹抽象作为一种艺术形态而出现。

我的意思是，被一些艺术家视作崇高审美理想的纯粹的精神性或精神的纯粹性，直到二战后才得以实现，这就是简约主义和抽象表现主义成为当时的主流。在这之前，现代主义者们也一直追求精神、寻找纯粹，但其眼界局限于视觉形式，只能在现代主义诸流派的各类形式中故步自封，而未企及纯粹的精神，一时无法超越艺术的世俗性。

在海德堡博物馆，德国画家斯密特·如特鲁弗（Karl Schinidt – Rottluff,

1884－1976）的绘画《菊花女》（1919）便是一例。如特鲁弗是德国表现主义社团"青骑士"的创建人之一，原本研习建筑，却狂热地卷入了表现主义大潮，这幅手拿菊花的女子像，集中体现了"青骑士"的表现主义特征。从身体图像的视角看，画家绘制这幅画时，关注点已离开了人物形象，而转向强烈的对比色彩和运笔的力量。这笔色中虽有精神因素，但画家对精神的表达，却离不开身体图像。虽然表现主义也有隐喻意味，例如以菊花来指精神，但画中菊花也与身体一样是具象的，尽管十分简化。

简化只是抽象的一方面，而非全部。与《菊花女》并列挂在海德堡博物馆展墙上的霍弗尔（Carl Hofer, 1878－1955）双人体《卧床的女子》（1919）一画也是如此，虽然其色彩稍微柔和一些，用笔也不是那样直来直去。霍弗尔是两次世界大战之间德国表现主义艺术的领跑艺术家，他的艺术被纳粹贴上了"堕落"的标签。纳粹所谓的堕落，除了不听从其宣传，就是反写实、反理想化，而这几条却也正是表现主义的重要特征，因为表现主义注重的是以单纯的形式来表述个人情绪。

挂在同一面展墙上的还有甘本东克（Heinrich Campendonk, 1889－1957）的绘画。这位画家比前两位出道晚一点，但也参与了表现主义艺术，是"青骑士"的一员。不过，甘本东克不同于前两位，他的绘画有立方主义的设计感，例如双联画《男耕女织》。如果说表现主义的个人情绪与热抽象相关，那么立方主义的设计感便与冷抽象相关。在我看来，甘本东克那冷峻而理性的设计感，透露了他对纯粹精神的理解和向往，但他没能从自己所处的时代突围出来。他与大多数欧洲现代主义者一样，没能进入二战后的简约艺术和抽象表现主义大潮，没能获得最终的纯粹性，没能企及大象无形的纯粹精神。

身体图像在西方艺术史上的发展进程，虽有朝向精神性的趋势，尤其在20世纪前半的现代主义时期，但却很难抵达纯粹精神的境界。在此，我们应该认识到这一趋势所内含的自身矛盾：精神一旦纯粹，身体图像就会消解；或者说，精神性抵达纯粹的境界之日，就是身体图像的消解之时。这恰好是二战后美国抽象表现主义的实情，例如德库宁（Willem de Kooning, 1904－1997）笔下那些破碎的女人体图像。与波洛克（Jackson Pollock, 1912－1956）的激情和罗斯科（Mark Rothko, 1903－1970）的理性不同，当身体图像从这两位抽象表现主义者的绘画中消失时，德库宁却热衷于针对女性的暴力，他总是在抽象的形式中，不停地绘制破碎的女人身体图像。

在海德堡博物馆观看欧洲绘画中的身体图像，并思考这些图像所内含的艺术史叙事，我认为，艺术史叙事中的身体图像，顺应了从宗教到世俗，再到精神的艺术发展主流，此主流止于20世纪中期。这之后身体图像的主流，是从欧洲的早期现代主义，例如表现主义和立方主义，一变而为美国的后期现代主义，例如简约主义和抽象表现主义，再变为西方的后现代和当代艺术。

美国所代表的20世纪后半期的艺术潮流，在海德堡博物馆并无作品陈列。离开博物馆，我从海德堡古城的老区，漫步至城外的新区，见到一尊巨大的金属半抽象活动雕塑《堂吉诃德》，矗立在高楼大厦前的交通要道旁，仿佛是四百多年前那位疯狂骑士正跃马横枪，不解地看着21世纪的车水马龙，害怕重演大战风车和羊群的愚蠢闹剧。

我从堂吉诃德雕塑看到的是，在美国文化所主导的后现代和当代艺术大潮中，身体图像并未真正消解。在从宗教到世俗再到精神的艺术史进程中，人文艺术经历了一个根本的变异，这就是身体图像的符号所指从神性转移到人性，而人性既是抽象的纯粹的，也是具体的图像的，并超越了性别。虽然纯抽象可以抹除外加于艺术的文化政治，但也可以回归身体。

正因为这一切，在本篇的论述语境中，身体图像成为艺术史叙事的中心话语，艺术史成为身体图像的历史。这便是我在海德堡博物馆的看画所得：身体图像与纯粹精神之间的悖论在于，身体图像的精神性一旦达于抽象和纯粹，那么身体图像便被消解。事实上，身体图像可以不断趋近于纯粹的精神性，但永无抵达的可能，否则艺术便终结了，而人文艺术却是不可能终结的。

（选自《读画之道：欧洲美术馆旅行笔记》
南京：江苏凤凰美术出版社2020年8月出版）

西高泉秦墓发掘记
——我的点滴回忆和感想

_李零

我是一九七七年进中国社会科学院考古研究所工作，刘仰峤同志推荐，夏鼐先生批准，安排我在图书资料室整理金文资料，为《殷周金文集成》做准备。王世民先生领导我、刘新光和曹淑琴，在小院南面的房子（今小白楼处）工作，隔壁住着莫润先。当时，刘雨、张亚初还没来，陈公柔还没解放。

我在所里，连学习带干活，前后七年。大量工作是核著录，对拓片。此外，还跑各大图书馆，核对《中国考古学文献目录》，负责处理人民群众来信。刚到考古所头一年，我通读"三大杂志"（《文物》《考古》《考古学报》），做了两箱卡片，后来成为《新出金文分域简目》的素材。

我进考古所那阵儿，考古所刚从中科院划归社科院。所里的年轻人有北京大学毕业的刘忠伏、缪雅娟、杨焕新、吴加安、冯浩璋，山东大学毕业的白云翔、王吉怀，四川大学毕业的王仁湘、朱乃诚。这些人，当时是"小萝卜头"，想不到，后来成了"老同志"，有些还担任领导。

一九七八和一九七九年，考古所招过两届研究生（硕士生，当时还没有博士生），所里又来了一批年轻人。

一九七八年，第一批硕士生，九个人，金则恭、黄其煦跟安志敏，马洪路、吴耀利、王仁湘跟石兴邦，靳枫毅跟佟柱臣。研究方向以新石器为主。

一九七九年，第二批硕士生，九个人。陈平、李零跟张政烺，研究殷周铜器。赵超跟孙贯文，研究石刻。熊存瑞跟夏鼐，研究唐代金银器。安家瑶跟宿白，研究中国早期玻璃器。

我们的领导，安志敏是一室主任，张长寿是二室主任，苏秉琦是三室主任。安志敏还是研究生院考古系的主任。王世民、陈公柔、张长寿是我们的所内指导老师。郭振禄负责研究生，今已去世。

北大招研究生，俞伟超先生曾动员我考北大，给我讲了很多故事。考古所让刘仰峤同志给我做工作。他劝我说，夏先生对你的工作很满意，考古所已答应为你转正，明年所里招商周汉唐的研究生，你还是报考所里的研究生吧。

当时的考古所，对我来说，像诗一样浪漫，画一样美丽。每天挤公共汽车，从中关村到美术馆，路很长，我会找个地方靠，把书掏出来，站一路，读一路。从办公室到图书室，我都是跑步。我非常珍惜我在考古所的工作。

夏先生留学英国，学埃及考古。埃及考古属近东考古。近东考古最重视铭刻学。他把铭刻学定位为特殊考古学，属于考古学的一部分，并不歧视铭刻学。

建所初期，夏先生就有个庞大计划，想由考古所系统整理甲骨、金文、简牍、石刻。为此，他请徐森玉为考古所主编《历代石刻图录》（后辞去主编），调陈梦家来所筹划《甲骨文集成》《殷周金文集成》（后《甲骨文集成》交历史所，最后出版了《甲骨文合集》）。陈梦家去世后，他还考虑往所里调人，重启原先的计划。当时，小屯南地甲骨是一组，金文是一组。我在金文这一组，李学勤是我们这组的顾问，经常来所指导工作。我跟他合写过《平山三器与中山国史的若干问题》，发表在《考古学报》一九七九年第二期。

为第二届硕士生招生。一九七八年十月六日，孙贯文见夏先生。夏先生打算请他出任考古所特约研究员，主持历代石刻整理。一九七九年一月九日，夏先生与王世民到三里河访故宫的吴仲超院长，请唐兰出任考古所殷周铜器方向的研究生导师。想不到，唐先生刚答应，三天后去世。不得已，夏所长又请张政烺当这一方向的导师。这都是为了学科建设。我和陈平跟张先生，培养计划写得很清楚，为《殷周金文集成》培养人。赵超跟孙贯文，也是为考古所整理石刻的计划留人。

研究生三年，课很少，主要是为《殷周金文集成》打工，核著录，对拓片，到各大博物馆拓铜器，继续过去的工作，我为《殷周金文集成》整整干了六年，陈平也干了三年。

西高泉发掘是考古所为我和陈平安排的考古实习，卢连成是发掘主持人。老卢是陕西师范大学毕业，有很好的史学训练和地理眼光。他参加过周原考古大会战和宝鸡国墓地的发掘，对宝鸡地区的考古了如指掌，有丰富的田野经验。我还记得，他来考古所前，曾来所介绍宝鸡地区的新发现，历史所的人也来听。一九七八年五月，考古所调他过来，就是为了加强陕西的工作。他是我学考古的老师，真正的老师。

从前，干西周考古，大家都看《沣西发掘报告》。《沣西发掘报告》后，有两个报告最重要，一个是《宝鸡国墓地》，一个是《张家坡西周墓地》。这两个报告，老卢贡献最大。我毕业后，在沣西干过，还是跟老卢、陈平一起。他做过什么，我非常清楚。

一九八一年，我们去宝鸡，先到西安，住考古所西安研究室。我和陈平在小饭堂吃饭。陈平跟研究室主任马得志唠嗑，东北话，你来我往，谈得十分热闹。饭后，陈平问，刚才那位是谁，我说，你的顶头上司。

西安，到处是"露布"（即广告），广告新到的"石头眼镜"。陕西的老农民特别喜欢这东西，戴上跟熊猫似的。

我们的实习地点为什么选在西高泉，原因是一九七八年初，这里有两处重要发现。一是宝鸡杨家沟公社太公庙村出土秦公钟五件、秦公镈三件；二是太公庙西南一公里的西高泉村发现三座秦墓，出土铜器二十二件。两次清理，发简报，都是老卢经手。秦公钟镈，我写过文章，《春秋秦器试探》，发在《考古》一九七九年第六期。老卢送过拓片给我。

去工地。车出西安，路难行。咸阳、兴平、武功、扶风、岐山、凤翔，沿途是熙熙攘攘的农村集市，一步一步往前挪。那年雨大，宝成铁路断路。我们到周原，正好看见倒塌的法门寺塔。想不到如今，佛门圣地，红尘万丈。

明清时期，经历数次关中大地震，法门寺塔开始倾斜，几称危塔，1981年8月24日，法门寺塔倒塌。

韩伟、尚志儒他们在挖南指挥大墓。韩伟去过我们的工地，我们也去过他们的工地，巨大的墓坑，每年只能挖一层。陈平想看八旗屯的东西，我们去站上看过。韩、尚二位，现在都不在了。

我和老卢住一块，陈平单住。西高泉就在凤翔原下。泉水流过村子，哗哗作响。陈平嫌吵，夜里睡不着，叫人把水引到别处。

工地上，有个喇叭放秦腔。秦腔和秦墓很搭调，高亢，苍凉。老卢把七十多座墓一分为三，一人管一摊。晚上，我们一边粘陶片，拼器物，画平面图、剖面图、器物图，为每件器物做卡片，一边海阔天空聊大天。干到后来，老卢说，你图画得不错，剩下的平面图，你就包了吧。有些不归我管的墓，平面图也是我测我画的。

村里，上上下下，全靠老卢打点。有一天，老卢说，队长有个闺女，想叫你引上，我说我一个儿子就够了，哪能再添闺女。工地结束回北京，我才知道，宾努亲王的女婿把我儿子打了，鼻青脸肿。

队里请了个妇女为我们做饭，每天每顿一模一样：芹菜油泼辣子面。芹菜、辣子，我从小最怵，不吃没的吃。熬到快回家，老卢说，咱们改善一下吧，买了只羊。陈平准备大显身手，为大家做葱爆羊肉。我在墓坑里，很深，墓口好像井口，井口突然冒出一张脸："李零同志，干得不错嘛。"原来是石兴邦先生。那时,工地没有梯子,都是踩着脚窝上下。我爬上来,陪石先生回家吃饭。陈平的葱爆羊肉,让他赶上了。

后来,二室主任张长寿也来了。他赌气不用研究室的吉普(我们下工地是他派的车,给他惹祸了),独自一人,骑个自行车,从西安骑到宝鸡,前来视察。队里的场院,陶器摆了一地,陈平跟他讲排队,挨了一顿训。

最有意思的是,墓地最后一座墓是汉墓,土堆得像座小山。三线工厂的工人骑着摩托打兔子。深秋的旷野,没处躲,没处藏,可怜的兔子,慌不择路,从墓口一头栽下,正好掉在民工怀里。他说,他不吃兔肉,只要兔皮。晚上,我们在炉子的铁盖上烤兔肉,倍儿香。我终于相信,宋人不愚,守株待兔,不是不可能。后来,我的斋号就叫"待兔轩"。

我和陈平有分工,陈平搞秦,我搞楚。后来,他成了秦专家。我们在工地,经常讨论秦。

春秋时期,秦的东西,序列最完整。多年来,我一直关注秦的研究,从老卢和陈平那里学到很多东西。这里讲一点感想。

秦是嬴姓国家。《史记·秦本纪》说,嬴姓分十四支:

> 太史公曰:秦之先为嬴姓。其后分封,以国为姓,有徐氏、郯氏、莒氏、终黎氏、运奄氏、菟裘氏、将梁氏、黄氏、江氏、脩鱼氏、白冥氏、蜚廉氏、秦氏。然秦以其先造父封赵城,为赵氏。

司马迁说的"以国为姓"是以国为氏。这十四支,有些在山东,如运奄在曲阜,菟裘在新泰楼德镇,莒在莒县(初在胶州,后迁莒县),郯在郯城;有些在苏北和皖北,如徐在泗洪,终黎(钟离)在凤阳;有些在河南,如江在正阳,黄在潢川,脩鱼在原阳;有些在山西,如蜚廉和赵在洪洞赵城;有些在陕西,如秦在宝鸡。将梁、白冥不太清楚。此外,葛在宁陵,樊在信阳,养在沈丘,属于豫东;梁在陕西韩城;大骆之族在甘肃礼县。这五族也是嬴姓。武王克商后的东夷、南淮夷(徐为大),平王东迁后的秦,战国时期的赵,皆其著称者。秦只是嬴姓各支中偏西的一支。

考古发现,同是嬴姓,物质面貌,差距很大。器物什么样,跟族的关系远不如与地的关系大。如徐近群舒,黄近楚,秦近周、戎,彼此通婚,器物难免混杂邻居的特点。地域好比酒杯,族群好比酒水。人是活的,地是死的。酒是鸡尾酒,分别盛在一个个杯子里。我们是从遗迹遗物的区域特征认识物质文化。

以往,学者研究秦,往往把陇西的西犬丘和陇东的秦混在一起,统称

"秦文化"，并把非子邑秦的秦定在清水，这是不太妥当的。司马迁的记载讲得很清楚，非子邑秦的秦在汧渭之会，即宝鸡，时间在周孝王时。礼县的秦公大墓是庄、襄二王的遗存。陇西早于庄、襄二王的类似遗存是大骆一族的东西，不能叫"秦"。

宝鸡地区的秦是"周人分土为附庸"，属于"岐以西之地"（见《史记·秦本纪》），与周关系更密切。礼县的类似遗存与戎关系更大。

文公重返秦地，居邑应在陈仓北阪城一带。葬地，陵随邑转，也在附近。文公、宪公葬西山，应是宝鸡西山，而非礼县西山。具体地点曰衙，唐代叫秦陵山。我怀疑，这个有待探索的地点可能在陵原一带。秦四畤，除密畤在渭水南，鄜畤、吴阳上下畤也在宝鸡西山。

宪公、武公迁平阳，葬平阳。平阳是凤翔原下的平地，为秦、雍之间的过渡地点，既平且阳。雍的意思是高起的地方，正好相反。太公庙即秦武公的大墓所在，大墓配车马坑和乐器坑，与大堡子山相似。乐器坑即一九七八年出土秦公钟镈的地点。

大堡子山乐器坑出土秦子镈，秦子是谁？或说秦子即静公，被盗大墓的墓主是文公或静公，我觉得不太合理。我认为，文公重返秦地，死葬秦地，秦子镈是助葬之器，墓主是他的先人。秦子是襄公太子，即尚未即位的秦文公。文公、静公的墓应在宝鸡。

西高泉墓地距太公庙只有一公里，应属平阳邑的范围之内。墓地发掘，意义不光在器物排队，更重要的是，它是文公返秦后、德公迁雍前秦人自西向东迁徙的过渡环节。

三十八年，弹指一挥间。老卢长我三岁，陈平长我两岁。如今，我们都老了。我都七十一岁了，朝七十二岁奔，更不要说他俩。

我的同学，除安家瑶，全都离开了考古所。赵超不能留所，直接去了国家文物局古文献研究室（一九九一年，他回考古所，是徐苹芳先生当所长时调他）。我留所里，一年后，去了社科院农经所，又一年调到北大。熊存瑞去了美国。陈平去了北京市文物研究所。老卢比我们走得晚（一九九六年），也去了美国。

记得当年，我跟老卢上胡智生家，宝鸡市的楼房破破烂烂。有一回，为了体会德公迁雍的空间感，我们夜游，顺着今天上凤翔原的那条路往上走。回头看脚下的宝鸡市，灯火星星点点、稀稀拉拉。想不到，如今的宝鸡市，高楼大厦、灯火通明。

胡智生病逝。老卢多年未见。

我们发掘那阵儿，老卢带我们看过宝鸡的山山水水，如太公庙出秦公钟镈的地点、茹家庄墓地、汧渭之会和金台观的宝鸡博物馆，我们在金台观合影，照片还在。

这以后，我多次到宝鸡，看这看那，一直没回过西高泉。

二〇一六年八月二十六日，借便开会，故地重游。董卫剑陪我去西高泉和太公庙。当年的西高泉墓地，现在是幼儿园，旁边盖了很多房子。门口的水渠，泉水依旧，水还是那么清，静静地流淌。

逝者如斯，青春不再，别有一番滋味在心头。

附记：本文为西高泉秦墓发掘报告而作。感谢陈星灿、朱岩石，感谢张天恩、田亚岐，感谢他们促成这本报告的出版；感谢陶怡曦、齐晓晓，感谢冯丹、张煜珧，感谢他们的后期整理和辛勤劳动。

二〇一九年十一月十八日写于北京蓝旗营寓所

（原载《读书》2020 年 6 期）

复州记屑（外一篇）

_孙郁

　　一位日本朋友到平遥古城访问，见街市的古朴与布局讲究，大叹汉文明的奇妙，于是写了一篇随记来。我那时候在编副刊，看到他的文章觉得有点简单，似乎没有搔到痒处。便说，那样的访问，看到的只是空旷的外壳，人间烟火不见的时候，自然接触不到古城的灵魂。倘能够见到地方的贤达，或许才能解平遥的真意。不过这样的机会不是人人都有，这样的时候，退而求其次，看看地方的艺术，有意外的收获也说不定的。

　　记得柳田国男曾叹日常生活才有文化的隐秘，他是日本的谣俗研究专家，就从民间艺术里，窥见本民族的精神底色。我们现在了解东瀛历史，浮世绘、歌舞伎、能乐，都是不能不去关顾的存在，这些里记载了民风的点点滴滴。这一点与中国相似，我们古人的智慧，许多都折射在艺人的辞章里，稍稍留意民间艺术，对于历史深处的东西，便会别有心解。

　　但古中国的情形比日本复杂一些，因为易代多，文化总有些变异。用一个模式去看过往的遗存，总不得要领的。研究谣俗，大概要关注个体的记忆吧。有时候我们忽略的是那些不入流的文字和物件，诸多沉默在时光深处的遗物，总有些我们觅而难得的存在的。

　　我这个年龄的人，大凡有过古城生活经历的，印象里都会有关于旧式民风的记忆。二十世纪五六十年代的古城，明清的建筑还存有，街市里的民国影子多多，习俗里也略带有一点古意。我生活的那个复州城，有大致完整的城墙、书院、寺庙，及切割均匀的街道，和平遥古城颇为相近。我幼年随家人搬到这个地方的时候，古风还有，明清的格局依然。只是古塔、戏台已经残损，除了清真寺还有活动外，天主教堂和孔庙都变成废园了。

　　复州城已有千余年的历史，是辽南重镇，明清之际曾繁荣一时。民国时是县城所在地，抗战胜利后，县城改到瓦房店，它也渐渐衰落。要了解旧时的光景，只能从某些风气里感受一二了。城里门店很多，平时商业气味重，不远的地方是下洼子市场，各种生意红火。城外还有骡马交易地，到了周日，四周赶集的人都来了，颇为热闹。除了商业发达，城里还有诸多文化生活，明显存有古意的是中心街二楼的文化站。我对于那座小楼有些好感，可惜后来拆掉了。印象深的是正月十五放焰火，文化站的人站在楼顶，将礼花点燃，漫天的银花散射，如梦如幻，给孩子莫大的欢喜。日常的时候，楼里也颇为热闹，时有琴声传来，大概是有人在排练节目吧。对于一个世俗化的小城而言，这个地方有点特别。红尘滚滚之中，文化站来往中人，好似是不食人间烟火的，也缘于此，孩子们感到了其间的可爱。

我偶尔也去文化站凑热闹，渐渐地认识了里面的人。站长姓逄，是个矮胖子，说起话来有点哮喘。他的眼睛亮亮的，与人天然地亲近。这个人三教九流都能对付，爱说笑话，是一个复州通。他好像没有读过几天书，但民间艺人的杂耍、二人转、拉场戏、评戏都很明白。也善于写点戏曲小品，文字是口语化的，四六句分明，合辙押韵，很有乡土的气味。文化站每年都张罗各种活动，演戏、高跷会、灯会等。本来，城里有文墨的人很多，就水平而言，还排不上他，但那些老人多已经靠边站，二十世纪六十年代后，逄站长就成了城里家喻户晓的人物。

他身边聚集着不少的艺人，多为四周乡下的，唱二人转者尤多。这些人平时在家务农，逢年过节，就赶到文化站里，彩排新的节目。演出多在完小的操场上，临时搭上台子，招来无数的观众。节目呢，都是乡间情调、男女爱情、婆媳恩怨、历史传奇。"文革"前演出的节目多是东北流行的曲目，如《西厢》《古城会》《夜宿花亭》《火焰山》《请东家》等，数量可观。曲子唱多了，民众也多学会了。东北的一些民歌，也流行很广，《黑五更》《十大想》《瞧情郎》《打秋千》都有市场。二人转、民歌中有些文不雅训，免不了黄色段子，但也有的写得俗中带雅，比如《西厢》开头唱道：

  一轮明月照西厢，
  二八佳人巧梳妆，
  三请张生来赴宴，
  四顾无人跳粉墙，
  五鼓夫人知道了，
  六花板拷打莺莺，审问红娘，
  七夕胆大佳期会，

八宝亭前降夜香，
九（久）有恩爱难割舍，
十里亭哭坏莺莺，叹坏红娘。
……

　　句子介于文言和俗语之间，这些吟唱，传统的读书人觉得有点俗气，市井里的百姓却听得有滋有味。古城有演戏的传统，除了评戏，就是影调戏。城里城外有好几个演出团体，有的与文化站没有什么关系，他们演起剧来十分野，耍得开，唱得浪，台上台下被点爆了一般，引得下面的观众噼里啪啦鼓掌。男男女女聚集多了，自然也生出爱意，成双成对不必说，婚外之情也暗中涌了出来。当年一位男演员和一个姑娘爱得死去活来，因为已经有了家室，又难以重婚，生了女孩便给了一个鳏夫。那孩子很是漂亮，与我恰是邻居。我们叫她巧姐，其样子与生父颇像。巧姐到了很大都不知道自己的身世，我们这些野孩子虽然心知肚明，却没有一个人说过此事。这是城里的风气，看破不说破，也是儒家的一点遗风吧。

　　"文革"到来，文化站自然受到冲击。站长被点名批判，说过去的艺术庸俗，封建意识浓厚，是古城的毒瘤。为了自保，老逄也站了队，但因了属于"保皇派"，也招来不小的麻烦，受到了反对派的打压。有一次老逄带着几个人敲锣打鼓去参加一个文艺活动，走到中心街，被红卫兵堵住，牌子砸了，旗子也扯了。于是各种罪名也来了，演出落后的剧目、演员作风问题，一一被晒出来。站长流着泪说自己无辜，表示以后一定好好改造思想，净化城里的空气。

　　文化站开始发生变化，不久成立了宣传队，演出样板戏和革命戏曲。那时候县里、省里常常搞汇演，要求自编自演，文化站每年都要送一些节目到上面。给逄站长提供剧本的有几个老人，有一位是城外驼山乡的老顾，六十多岁了。他与儿子都喜欢曲艺，农活之外，在家里编写一些作品。老人读书挺多，尤注意搜集戏曲本子。许多年后我还拜访过老先生，他很是木讷，说话脸红，讲起明清以来的戏曲沿革，显得有些激动，口吻里有一点旧文人气。但他的文字有时过于拘谨，不能放开，不及逄站长的作品开朗。另一位老唐，是供销社的推销员，会编段子，肚子里颇多学问。他写过大型评剧，谈吐间有旧式才子的气质，对于民间旧式戏文，研究很深。据说运动来临，也遭了大难，于是思想求变，对于新政策和时风也颇留意，写出的本子也能被上面认可。老逄很欣赏这位才子，关键时刻，靠着老唐的本子支撑着各种演出。

　　我身边几个同学成了宣传队里的活跃分子。到了晚上，文化站传来音乐声，多是辽南影调的曲牌，几个人嗓子吼得场面爆裂，像六月的朗日，蒸着热气。我有时到了那里，看到男男女女认真的样子，羡慕得很，于是也很想挤进宣传队，做一名歌手。但自己的条件不行，内行人一看就属于演艺之外的人，这曾让我生出不少的遗憾来。那时候宣传队已经不再演出民间的戏曲，一切都革命化了。有几个同学因为出色，被部队选中，还有的去了县里的剧团。文化站一时成了古城青年梦飞的地方。

如此红火的文化站，其实只有两个工作人员，与逄站长搭班的是老韩，一位戴着眼镜的先生，平时寡言寡语，名气没有老逄大。老韩比逄站长文静一点，书读得多，且有点美术修养。我那时候常到他那里借书，图书室能见的是《鲁迅选集》《马克思传》《李自成》（第一卷）《科学社会主义》《巴黎公社》《欧仁·鲍迪埃诗选》等。到了晚上，街里只有文化馆的灯亮着，阅览室有大人坐在里面浏览着什么。老韩的人脉广，知道谁家有什么时期的旧藏，谁喜欢什么版本，对于城里的历史也比常人清楚。我很感谢老韩，他借给我的书从来不催，有时候还主动推荐一些作品给我。一些内部出版物，就是在他那里看到的。

二十世纪七十年代初，各种运动平静了下来，周日的时候，文化站会聚集一些喜欢扎堆聊天的人，多为书友。他们在一起谈天说地，彼此开心得很。这些人年纪很大，多叫不出名字来。有位张老爷子颇为传奇，过去是县衙的小吏，政治上受过冲击。他读书甚多，对于复州历史烂熟于心。据说收集了不少当地先贤的诗文，在小的范围内传阅着。老先生述而不作，眼高手低，但看不起一般的读书人，对于身边的朋友，从不掩饰自己的观点。他经常点评城里历代文人的笔墨，说起话来声音震耳。高兴的时候要吟诵几句县志里的旧诗，谈兴正浓间，唾沫飞出，如入无人之境。自然，士大夫的迂腐气也是有的，许多人并不尊敬他。老人有句口头语："那时候的人啊……嘿嘿嘿，不说了。"

有时候大家会说起过去县衙里的人的书法，老爷子便道："清末的几位还好，民国间的几位就差了。"

"那么，现在城里的几位写得如何？"

"江河日下呀。"

站里的空气就这样热起来了。

我那时候年纪小，他们说话，不能插嘴，进不了老人们的语境里。他们有时候会聚在一起唱京剧，摇头晃脑中，忘了己身。这些人对于逄站长的那些东西不以为然，觉得城里流行的东西太浅。但他们喜欢的东西，都过于小众。不过在街市一片红的时候，这个地方的一丝古意，倒映衬出诸人的特别。

多年后，我从市里师范学校毕业，分在县文化馆工作，每年都要回到古城几次，文化站自然是必到的地方。那时候正在编一张小报，有个民间文艺栏目，便想起逄站长和老韩，希望他们提供一点稿件。逄站长投来的稿件都是民谣与二人转，土里土气的句子，因为很有生活气息，一般都能刊用。老韩不太会写文章，便介绍了几个作者。张老爷子对此不感兴趣，拒绝了我的约稿，但一位宫先生却显得积极，写了不少文章，便与其慢慢熟悉了。

宫先生住在城南，那时候已经七十多岁，仙风道骨的样子，走起路来轻无声响，白胡子随风抖动着，仿佛从古代画面走出来的人。老先生的文章都是文言，写的是复州八景、民国风俗、市井往事之类的短文，骈散相兼，编辑起来很是费劲。一些字在印刷厂字库里没有，只好替他改动。不料他十分不满，来信说不可更改，否则退稿云云。我后来多次去他的城边的小屋，房子破烂得很，桌上有几册《史记》《汉书》《白居易集》等，余者都是乡下寻常之物。听老韩介绍，宫先生新中国成立前在家办私塾，有时候还坐堂行医。这些给了我一种神秘之感，就学识与文章而言，我经历的老师中，能及其水准的还不曾有过。

他写作的范围很广，游记、金石品鉴、清代逸事等，深入浅出，又很古朴。宫先生在古城里，不显山不露水，而山川地理里的人迹风物，均在心里深刻，实在是一本老词典，内中有许多丰富的东西。后来县里人写地方志，多参考了他与一些老人的资料，倘不是有这样的老人在，远去的时光里的人迹物语，也许永远不会有人知道了。而我那时候觉得，能够用美的古文表述山川旧迹，真的切合得很。流行的白话文缺失的，可能是那种儒雅、简练之气。我自己开始留意近代以来的文言文写作，也是那时候开始的。

与宫先生多次接触，感慨于他的博识。比如在一座寺庙前，他看到牌匾，告诉我写匾的人当时生病了，章法有点不对。有一次我陪一位作家到古城玩，拜访宫先生。席间谈及清代八旗文化，老人滔滔不绝。他说不懂满文，就不能弄清清代历史，用汉语思考满族旧迹，往往不得要领。随口说了几句满文，让在场的人大为惊异。朋友说，您这么有学问怎么窝在这里？老人笑道，过去古城内外比他有学问的人多了，自己实在算不了什么。

宫先生渐渐被许多人知道了，省城一个老编辑看到我寄去的小报，对老人的文章大为佩服，希望能够写一点东西给他们。宫先生开始不大情愿，觉得自己的东西与时风不合，有一点落伍。但拧不过大家的催促，还是写了几篇关于辽南民间掌故的随笔。文章投寄过去，泥牛入海，一点消息都没有。我后来到省城开会，知道稿子被主编毙掉了，原因是过于古奥，佶屈聱牙的文字不合刊物风格。宫先生知道后，什么也没有说，此后大概就不再给外面的刊物写文章了。

二十世纪七十年代末，古城慢慢地拆了，最难过的是那些读书人，有的便想整理一点乡邦文献，给后人留下点什么。县里不久成立了民间文艺研究会，会议召开的地点选在古城。那一天，来的都是复州有文墨的人。逄站长高兴得不行，找了一家老饭馆招待大家。我第一次认识了几个专于书法和国画的人，还有几个刚摘掉右派帽子的教师，他们对于文史都有一点研究。大家围坐一起，开心地扯东唠西。说起民国时期的友人的雅聚，一切趣事都引起大家久久回味。言及古城被拆，张老爷子伤心落泪，千年古城就这样没了，真的可惜。那天逄站长有些醉意，说了许多感伤的话。席间宫先生赋诗一首，很有感情，其中一句"可怜一觉复州梦"，至今还记得。这些大半生不太得意的人，好像忘了己身的荣辱，谈兴浓浓，直到深夜才慢慢散去。

复州这个地方的文脉，在一些人眼里都上不了大雅之堂。外来的人看到县志，记住的是民国几位县长的古诗，或几个骚客的文字，普通人的作品睡在街市的一旁，没人去看。其实那里掩埋的人与事，惊心动魄者多多。例如辛亥革命时期的一个烈士石磊，就在城里留下了好的诗文，城里的老少，多会背诵他的临别诗。到了二十世纪五六十年代，古风渐稀，余脉还是残留一二的。世人不解其意者，无非那遗存的不入时尚。像逄站长的文字很土，有些不太正经，就没有时代语义，大的报刊自然不会入眼。而宫先生的文字又过雅，乃桐城余影，一般的编辑将其视为遗老之作，也与时风隔膜的。现在想来，他们的一俗一雅，未尝不是古城的一种标记。一个来自巷陌的寻常之音，一个系远古的遗曲，以不同的符号生活记录古城的经验，没有什么不好。与我们这些只会写时文的人比，他们有时甚至显得更为有趣。

我离开辽南后，没有再与逄先生和老韩联系过，那时候心在域外文化之中，不太看重乡土的遗存，内心怠慢了这些乡贤。又过许多年，回到复州城，听说逄站长、张老爷子、宫先生病逝了，老韩还健在。文化站接任者姓金，有很浓的故乡情结，也很是能干。他组织城里的老人，绘出了古城的模型，恢复了横山书院，博物馆也建起来了。书院收集了辽南千百年间的一些地上和地下文物，残碑断垣中，依稀看见往昔的时光。古城的模样已经没了，连同曾经认识的人。走在熟悉又陌生的故地，忽想起苏轼《伤春词》里的句子："纵可得而复见兮，恐荒忽而非真。"对于消失的一切，又能说些什么呢？

劳我一生

从前看到卡夫卡写给父亲的信，见到其小心翼翼的样子，很为这位天才作家难过。父亲对于他是个残暴的存在，不能在其面前坦然对话，内心的苦楚，自然要多于常人。而我有时候想，卡夫卡后来在写作上的成就，是不是也要感谢父亲的压抑？这是心理学的问题，我们这些门外汉，一时是说不清楚的。

许多人的成长与父亲都有直接的关系，但每个人的情形并不一致。周海婴生前多次和我讲起鲁迅对他的溺爱之情，内心有着无限的感激。但我有时候觉得，鲁迅的舐犊之情，其实也未必没有负面的因素，因为过于随便，便少了戒律，自然影响了孩子寻找陌生化的生存的冲动。周海婴一辈子在父亲的影子里，这幸福中隐含的不幸，也不是没有吧。

在与周海婴二十余年的交往中，我也感到了他有一种无法摆脱父辈影响的焦虑。那种淡淡的哀愁，也许只有身边最熟悉的人才能够了解些许。有一次去香港开会，一路上我与他谈论着早期记忆，他很好奇我的经验，问我的父亲如何管教孩子。我的回答让他吃惊，父亲在我的生活中位置并不重要，而且长期是一个空白。

海婴先生叹道：人真是各自在不同的世界里。

我的父亲与海婴先生同龄，他是没有得到过父爱的人，很小就过继给自己的伯父。不料他自己婚后，随即出现了不正常的生活。我刚刚懂事，他又流放到农场，对于我的教育很少。与一般家庭的孩子比，我是野生的孩子，缺少的是温馨的家族里的氛围。在很长时间里，我的记忆中没有父亲的身影，他处于缺席的地位。而且有一段时间被迫与母亲离异，我们曾天各一方。

关于这一切，我一直想写一篇文章，迟迟没有动笔的原因，是自己的经验也许过于特殊，并没有典型的意义。而且那样的时代的氛围，现在的青年人未必能够了解的。

但终于动笔来，因了一些现实的刺激。肯定"文革"的论调四起的时候，我的愤愤不平之情油然而生。担心的是噩梦的重演，尤其那些青少年，希望他们不要再过一种非正常的父子生活。他们不知道，"文革"最大的问题之一是，亲情被一种虚假的意识形态代替了。

那一段岁月里的人与事，今人解之定然很难。少年时代的我对于父亲的记忆很少，因为他在离家很远的地方，每两个月才能回到家来一次，一般晚上到，早晨出发，行踪颇有些诡秘。我周围的朋友一直以为我没有父亲，他们偶尔见到那张陌生的面孔，还以为是家里的亲戚。总之，在我的周围人的印象里，我们的家有些稀奇古怪。

父亲中上等个子，清瘦，样子有点蒙古人的气质，一口标准的北京话。他年轻时代是个文艺青年，流浪的时候写过不少诗歌。后来在国民党部队受过训练，不久在长春投诚起义，便成了中国人民解放军沈阳军区前进歌舞团的创作员。因为不满意部队的单一，自己考上了大学，但毕业工作不久，就因为历史问题而被开除了。小城里偶有几个认识他的人，都觉得他不合时宜的样子，斯文的外表，谦逊的目光，好似和大家不在一个时代里。

很长一段时间，对于他的身世我了解不多，觉得与母亲这样红色家庭出身的人比，过于复杂。待到上学的时候，他回来的次数渐多，一般都在节日。他像个客人主动和我聊天，这时候爱讲一点诗词给我，把《唐诗三百首》拿来，他自己先读，然后让我背诵其间的篇什。我完全不懂其间的意思，慢慢才对内蕴有所了解。时间久了，习惯了这种交流，我对于古诗文的感觉，就这样断断续续涌动了出来。

父亲读古诗的时候，是摇着脑袋吟唱，这是私塾时代养成的习惯。他喜欢杜甫的诗，对于其间苍凉意味的欣赏，伴随了终生。但最初他教我的多是李白、白居易的作品，也许觉得更好理解一些吧。"文革"后期他买来一本郭沫若的《李白与杜甫》，反复翻阅，有些地方写了心得。我翻看他留下痕迹的这本新书，发现他似乎对于郭沫若有点不满，主要是作者把杜甫讲得太低了。那时候他说的一些话，我还不能理解，状态和周围的人颇不一致。这是我读到的第一本关于古代诗人研究的书。自然，多是懵懵懂懂，阅之而不得要领的时候多多。

除了教一点诗，我们之间没有别的深入的联系。父亲一生没有打骂过我，永远都是客客气气的样子。他一直觉得自己的历史问题影响了我的前途，有着强烈的负疚感。这种客气的样子，让我在他的面前很是放松自然，有的时候感到他的可怜。我少年时代建立起的对于父亲的态度，至今依然感到有些奇怪。

1967年他被关进大牢，大约有一个月的时间吧，我每天要去那里送饭。因为怕见到熟人，总是从胡同里穿行。那时候母亲也失去了自由，我和妹妹做的饭很难吃，窝窝头、白菜。看护人说不能带肉蛋，饮食都极为简陋。有一次在牢门口见到父亲，他走过来搂着我，显得异常地激动。他知道全家正在难中，一切都与自己有关，痛不欲生的感觉都挂在脸上。

不久他从城里的关押所流放到很远的地方，此后多年没有音信。我的班主任老师为了保护我，给我改了姓名，以为不再随父姓，这样可以与"反革命"的父亲一刀两断。我随了母亲的姓，一生没有更改，但那变化，在那时还是对于我略有一点用处的，因为形式上已经与父亲不再有什么关系。

有一段时间，他偷偷回来看我，那时候他与母亲正是离异的时期。见面的地方在城南的澡堂子，我们泡在弥漫着蒸汽的池子里，彼此都看不清面孔，只能听见他浑厚的男中音。他问这问那，帮着我搓洗。后来知道，他的时间紧，每次请假回来不能超过半天。洗完澡，还领我到店铺里买一点零食，叮嘱我不要惹妈妈生气。说话的时候，声音有点颤抖。我不喜欢他懦弱的样子，每每见到他忧戚的表情，自己也有些难为情。这个时候他往往塞几块钱给我，摸一下我的头，就坐着公共汽车返回农场了。

这种秘密的见面，也给我带来一种负担。害怕被同学见到，因为说不定会被汇报给学校。但也盼望见到他，在他那里，总能得到一点有趣的东西。我被他的博学吸引，好似肚子里有个万宝箱。在我所认识的老师中，比他儒雅、多才的人不多，只是胆子太小，有时候过于脆弱。我自己的性格里，多少染有类似的遗传。

当他几年后与母亲恢复了关系的时候，我们的家庭才慢慢正常起来。每年春节最渴望的是父亲的归来，他会带来许多山里的特产，烧饭的水平也很高，会炒各种风格的菜肴。我的母亲不会做饭，平时全家在学校食堂对付，自己家的饮食，永远马马虎虎。

他偶尔喝一点酒，喝多了的时候，便有点话多，总愿意讲老家的日子。父亲出生在一个大家族里，小时过着富人的生活。那时候过年，老家人极为讲究，风俗里的隐含，有儒家文化最为本然的东西。他很留恋这些古老的遗存。不过他沉醉在这种讲述的过程时，母亲常常要打断他的话。以为多是封建时代的腐朽之事，还是不提为好吧。这时候感到父亲的扫兴。他好像觉得自己是一个犯人，微笑马上就从脸上消失了。

我的记忆里，父亲总和我谈及自己的死。还在二十世纪六十年代中后期，他就暗示过我，死后一定要通知内蒙古的亲人，并把自己的骨灰埋在一棵树底下。那时候我还是个孩子，父亲遗嘱般的叮咛，对于那时候的我多少有些残酷。然而彼时的死人很多，被打死的、自杀的不时出现在小镇上。这样的苦运是否会降临到我们家里，都不能预料。有着心理准备的父亲，其实也有几分坦然的因素在。

农场有一些人因为活不下去，自己了断了人生。父亲常常去帮助料理后事。他懂一点乡下殡葬的规矩，每每将仪式搞得较为得体。从长春被围困时期到朝鲜战争，他身边的朋友死去的很多。而随时可能遇有不测，则是他内心的一种准备。他对于死亡的感受似乎比一般人要强烈，那些复杂之情，恐怕不能用简单的概念描绘的。

有时候，我觉得父亲有点像陀思妥耶夫斯基笔下的受难者，内心极为丰富，但行动上却那么迟疑。他对于自己年轻时代信仰三民主义，有着真心的忏悔，认为自己确实是罪人。但有时候他也常常沉浸在青少年时代生活细节的回味里，似乎那种生活在一生里最为珍贵。他一生都在这种矛盾里摇摆，早先喜爱的小布尔乔亚文学精神渐渐被革命文学意识所取代，并且深受左翼思想的冲击。

在基本的生活态度上，他有一种积极入世的意识。哪怕有一点可能，都会尽力做一些有趣的事情。"文革"后期，形势略有变化，那时候到处是宣传队，农场也组成了剧团。场长知道父亲曾是沈阳前进歌舞团的编剧，便点名他戴罪工作，希望自编自演，能够在全省农场系统亮出光彩。这是他十八年劳改生涯里最被信任的日子。半年内写出了话剧《珍珠河畔》，在宣传毛泽东思想的热潮里，这剧目一时成了县里较为显赫的精神标志之一。

首演在一个骑兵营的礼堂举行。农场的工人和部队的战士坐满了礼堂。演出的内容很简单，是农场水稻实验的故事，两条道路的斗争。内中不乏说教，还不到半小时，就有人退场，观众的喧哗声也出来了。父亲在广播里喊大家安静，但没有人听。我坐在下面，出了一身冷汗。觉得这样的节目，思想正确，但没有艺术的吸引力。

《珍珠河畔》的失败，父亲一定十分沮丧。但上面的领导，却表扬了农场宣传队的进取精神。据说该剧还在一些分场巡演过，反馈的情况与先前大致一样，父亲的心情真是五味杂陈。我隐隐地觉得，他以这样的方式讨好了时代，但那个时代不属于他。因为在别人的世界里思想，自己的灵魂却是干瘪的。

1978年他正式平反了，终于回到了教育界。将近二十年没有教书，但似乎没有影响他的热情。回到高中之后，全身心投入到教学之中。他的课很受欢迎，尤其关于作文，许多人都信服他的理论。但他对于文学性过于看重，对于应试教育，多少还有一些隔膜。大家都认为他的水平很高，可教出的学生，分数并不都很理想。

他用民国那样的教育理念去思考高中的教学，思路与时代完全不符。几年后，他意识到自己更适合从事文学创作，不久就去了文联，有了时间开始自己的创作工作了。

晚年的父亲在文联十分快乐。这是他一生最为惬意的时期。那时候我已经到了北京工作，对他的具体情况却知之甚少。他的朋友卢全利、林丹、侯德云都在纪念他的文章里说他帮助了许多文学青年，办杂志的时候倾注了诸多心血。其学识和文章，在小县城里一直有不小的影响力的。

他虽然恢复了写作，且出版了几部作品集，但还是谨小慎微，生怕再犯错误。那些作品的力度，自然也打一些折扣。不过他的鉴赏文章水平很高。《文心雕龙》《苏轼集》都是他喜欢的书。一些读书杂记在北京的报刊上也发表了一些。那些文字都沉稳、酣畅，比他的剧本和小说要老到很多。

有时候偶尔打来电话，和我讨论文学界的一些问题，对新出的现象有着好奇之心。有一次他看到我在杂志上的一篇文章，把他吓坏了。写信说：这样的观点是犯忌的，千万不可如此云云。看到这文字的时候，我便想起他在农场劳改时温顺的样子。这个年轻时代以"浪子"为笔名的诗人,到了老年,已经不太敢再放逐自己的思想了。虽然他自己那么欣赏杜甫和鲁迅,而现实生活里,活成杜甫、鲁迅的样子,不妨想想自己的后果。

我知道他内心的复杂性。从心里讲,他对于二十世纪八十年代涌现出的许多观念是赞同的,但在表述自己的思想时候,又把这些隐藏起来,用一种大家可以理解的语言行文。这给自己带来了某些安全,但艺术上和思想上要有创建,那就很难了。

父亲在晚年被多种疾病所折磨,看他留下的遗稿,依稀残留着一丝苦味。但先前忧郁的性格似乎有点变化,对于往事不再去纠葛曲折,也原谅了那些整过自己的人。他常常沉浸在对过去的回忆中,写了大量的小说和散文。这些,我都读得不多。他对于我不太过问那些文字,其实有些悲哀。但一面也觉得,两代人的隔膜,总还是正常的吧。

他去世前的几个小时,我带着妻子和女儿匆匆赶回他的身边。他躺在医院病房用微笑的眼光望着我们,显得异常平静,衰老的面容里流动着柔和的光,告诉我说,一生没有遗憾,很知足。

这是他留给我的最后一句话,那一年,父亲八十二岁。

我有时候想,我与父亲的关系,好似畸形时代的一种特异的存在。我们没有旧时代的那些规矩,但彼此都很平等。也没有现代家庭那样的正常秩序,是在动荡里互相瞭望的。汪曾祺对于非正常时代的父子关系有过描述,他审视自己的时候,写下了《多年的父子成兄弟》这样的妙文,那是他主导的自由精神的外化。父亲与我,还不是兄弟般的感情,好似朋友一般,有时候甚至像单位的同事。这是一种什么样的父子之情呢?在革命的年代,在生死难保的岁月里,这样的家庭故事,隐含着悲剧的意味,然而年轻一代,对此未必明白的。

许多年后整理父亲的遗物,看到他在《庄子文选》边写的一些批注,才知道其对己身的态度。那些关于生死的文字,他都很认可。庄子谈到生死,以为是天命运行之迹,那看法比我们今人高明。因为他没有用不朽之类的话抚慰后人,显得通脱、大气:"夫大块载我以形,劳我以生,佚我以老,息我以死。故善吾生者,乃所以善吾死也。"(《大宗师》)就对于人生的意义而言,我们词语里的虚幻之影,庄子早就察觉,故那语言背后的对于意义的消解,其实是看到存在的虚妄。父亲知道内中的意蕴,他自己在晚年平淡的样子,易让我联想起古人的遗绪。虽然他自己一生逆多顺少,是个失败的人,但"知其不可而安之若命"的古训,他还是深味于心的。

(原载《随笔》2019年第4期)

辑四

花木丛中人常在

_严锋

一

章品镇伯伯是我父亲辛丰年最好的朋友。

1945年抗战胜利前夕，地下工作者章伯伯亲自把我父亲从日伪占据的南通城送进了解放区。父亲先从南通坐船到上海，去股票交易所把家里的股票卖了，分了一部分给另一位在上海做地下工作的朋友陈禀谦，接着去有名的茂昌眼镜店给自己配了一副1100度的近视眼镜，蔡司镜片。剩下的大部分钱，连同一份同家人告别的信，托表哥带回给在南通的奶奶。然后章伯伯联系了一艘沙船，一种不易搁浅的平地帆船，趁黑启航。当夜风雨交加，在吴淞口他们还遭遇了一艘巡逻艇，不过敌人并未上船检查。接近天明时他们在海门青龙港上岸，这个港口当时还不在我们手中，但伪军管得松，给钱即可通过。他们朝北步行几个小时后，进入了已是解放区的二甲镇。南通城里离二甲镇也就几十里路，但是封锁很严，从上海绕一个大弯子，去近在咫尺的梦想之地反而容易。

章伯伯把父亲交给一位负责文艺工作的姜科长，介绍说：他懂音乐。然后就与父亲分手，另有任务了。父亲进了文工团，过了几个月不知为何解散，又去找章伯伯，章伯伯把他介绍到如皋文协编一个刊物，但是那里也在准备撤退，章伯伯又把他介绍到为根据地培养各种干部人才的苏中公学做文艺教员。之后的几年中，两人都在苏中分区一带工作，分多聚少，但书信不断。20世纪90年代，我有一次去南京买吉他，顺道看望章伯伯，他给我一包保存了40多年的书信，是我父亲1945到1949年间写给他的，里面讲的都是随军的见闻。父亲行军每到一处，就找农民记录当地的民歌。信中还有记录的歌谱，说是向巴托克学习，民歌中有民族最深切的灵魂。结果我竟然把这包信遗落在火车上。后来在新民晚报连登了一个星期的寻物启事，毫无回音。当时如果有微博和网络，估计能找回来。我自知闯了大祸，好几年不敢告诉父亲（他还不知道有这包信的存在，章伯伯也没和他说）。后来，我终于有勇气向父亲坦白了。没想到他毫不在意，反而安慰我说：那些信也没有什么意思，丢了就丢了吧。

1949年，父亲随军南下，一路打到厦门，从此一直在福州军区工作。章伯伯去了南京，历任《苏南日报》副刊组组长，《苏南文艺》《江苏文艺》《雨花》主编，江苏省文联副秘书长，中国作协江苏分会秘书长，江苏人民出版社副总编等职。1957年，父亲去南京看望章伯伯，在他青云巷家里住了半个月。家北侧有家烧饼店，做扬式烧饼，香酥可口，是两人的最爱。他们每天早上清茶一壶，烧饼一篮，畅叙别后，快活无比。父亲走时还带了两簸篮烧饼。

"文革"中，两人都被打倒。章伯伯在常州金坛县劳动改造，父亲被遣送到老家南通一家砖瓦厂做砖头，断绝了与外界的往来，两人失联。到1970年左右，章伯伯的境况有所好转，恢复了部分工作，他即到处托人打听父亲的下落。林彪事件后，父亲也得到了某种程度的平反，恢复党籍，原地复员，还是在砖瓦厂工作。这次的平反后父亲做的第一件事，就是带我去北京。我们在北京玩了5天，住在陈禀谦叔叔家。作为一个来自农村的小学生，这是我一生难忘的经历。然后我们去了南京，在章伯伯家住了6天。这6天中，父亲与章伯伯从早聊到晚，我们没有去任何地方玩。我还记得当时的困惑：北京那么好玩，为啥只玩了5天，南京哪儿都没去，为啥却待了整整6天？

1976年夏天，我小学毕业，父亲让我一个人去章伯伯家过暑假，在那里住了两个多月。地址是青云巷23号，在鼓楼西北约1000米处，东接高云岭，南邻傅厚岗。这个地方有来历，很多深宅大院，明代是府军后卫部队驻扎地，民国时期住过孔祥熙、李宗仁、叶楚伧等大员。靠近湖南路十字路口西南角，路边围墙里有两座两层的小楼，其中一座在解放战争中是解放军二野派在南京收集情报的据点。而马路对面的围墙里即是国民党情报机构中统的最高指挥部。这样的情节，任何一部谍战片里也想象不出来吧。1949年后，这一带成为南京党政干部和文艺界人士的住宅区。章伯伯住的一座小楼的2楼，一上楼梯是一间小小的客厅兼厨房，左手是章伯伯沈阿姨的卧室兼书房，右手是很小一间卧室，大儿子章民住。还有一间卧室，小儿子、保姆、我三个人住。这样的空间，用今天的标准来看当然非常局促，但我那时因为一直在农村与父亲住一间茅草顶的屋子，来到这里如登天堂。其实按照章伯伯的级别，本可以享受更好的待遇，但他同父亲一样，都不是有意愿和能力去争的人，摊到什么就是什么，一住就是30年。楼下有个院子，章伯伯种了不少花草，每天浇水打理。他那时身体不好，又是拖着尾巴的走资派，处于半赋闲的状态，有很多时间与这些花木为伴。

　　那次父亲让我给章伯伯带去一封信，章伯伯一看之下，哈哈大笑，把最后一段读给我听，其中最重要的是这样一句："毛毛别无他好，唯嗜馄饨。"用今天的话来讲，这父亲是亲生的无疑了。于是章伯伯一有空就带我出去吃找各种馄饨。第一家是南京当时最有名的"老广东"馄饨，在中山路靠近新街口。店面不大，极度拥挤，每一个吃客背后都站着一个、甚至两个准备占位的人。馄饨两毛钱一碗，一碗十只，这在当时可谓天价，因为其他店的馄饨最多一毛一碗。汤是原汁鸡汤，馄饨皮色微黄，韧滑清香，肉馅中还有一只虾仁，那个味道真是永生难忘。90年代，"老广东"搬了地方，经营内容也改为以大菜为主，那个馄饨再也没有了。

　　旧的吃完了还去找新的，我们为馄饨跑遍了整个南京。有一天下午，章伯伯从单位回来，兴奋地对我说：夫子庙那里开了一家新的馄饨店，我们去吃！马上赶到那里，那个馄饨是红汤的，奇辣无比。最远的一次，我们坐公交车去南京长江大桥边上的一家馄饨店。为什么要跑那么远，现在也想不起来了，只记得那种满世界找馄饨的快乐。

　　7月28日，唐山大震，全国各地都纷纷搭建防震棚。到了晚上，我们就去睡在沈阿姨任教的小学的防震棚内。那段时期，时常大雨滂沱，警报起伏，人心惶惶。一天下午大约一点多钟的时候，我和章立在家，章伯伯突然回来，满脸乌云，低沉地说了一声：毛主席死了。他一会儿又去单位，留下我和章立在那里目瞪口呆，大脑一片空白。这之后不久，我回到南通读中学。中学刚上几天，一位同学指着报纸上的一张照片说：这几个人是坏人。很快，消息传出来，中国进入了一个新的时代。

二

"文革"结束后，章伯伯和父亲都得到彻底平反。章伯伯担任了江苏人民出版社的副总编，父亲则主动要求退休，他要把损失的读书时间夺回来。在整个80年代，父亲专程去南京看过章伯伯几次。我对此印象深刻，因为记忆中父亲主动去看望过的人，只有两位，一位是章伯伯，一位是贾植芳先生。父亲是个看上去极度内向的老宅男，几乎从不主动与人交往，退休后几乎从不出门，从不参加任何社会活动。他有一种焦虑感，总觉得来不及了。来不及什么？来不及看书。他年轻时就被人视为书呆子，年老了就更加任性。家里来了客人，他就会很着急，因为会占用到他看书的时间。有时候聊了一会儿，他会拿起一本书自己看起来，有点像今天的年轻人在人群中拿起自己的手机。这种时候，如果我在场，就会替他与客人聊天。我很小的时候，就觉得自己比父亲更懂人情世故。

但是，对于章伯伯，他是心之所至，说走就走。当时从南通到南京只有坐江汉轮船航班，要一天一夜，一般是买四等舱，有卧铺，可以睡一觉。有一次去看章伯伯，票卖完了，他又急着走，就买了一张二等票。那回父亲随身带了很多书，用一根扁担挑着上了船，他喜欢用扁担挑行李，大概也是长期劳动改造的作用吧。到了二等舱门口，父亲要进去，服务员一看他这身行头，把他往外面推，用手指着说：下面，下面！有一次父亲听说章伯伯生了病，也是急着要去南京。当时他自己身体也不好，我就劝他先缓一缓。父亲厉声斥我：章伯伯人都要死了，我还不该过去吗！吓得我一声不吭。还有一次他带我弟弟去看章伯伯。他们一起去看了一部当时热映的美国科幻片《未来世界》，也就是去年大火的美剧《西部世界》的前身，父亲和弟弟都觉得很有意思。回来的时候，他们的船同另一条船相撞进水，所有乘客都被转移到前来救护的船上。父亲回来后讲述当时的情景，说大家都很平静。不过，从此以后，他就不愿意坐船了。

章伯伯也来过南通几次，有一次就住在我解放路老家。他胃不好，我每天给他下面条。要下熟了捞出来用凉水冲，然后再用水和酱油重新煮，真是奇怪的习惯。他每次到我家都会带一些客人来，他住在我家的时候，更是有各路人马来看他，令父亲不胜其烦。有一次，我正在洗带鱼准备做饭，章伯伯带着一群人来了，我一看，其中有一个是范曾。我家同范曾还有点亲戚关系，他的哥哥叫范恒，是我的姑父，也是父亲和章伯伯早年一起参加抗日进步活动时的好友。父亲一直不喜欢范曾的做派，但章伯伯对范曾却十分爱才。那天我把刚洗过带鱼的手用水冲了一下，给范曾泡了茶，想来那茶中难免有带鱼的味道。

前几年，有一天晚上我梦见范曾画巨幅3D国画，栩栩如真，效果惊人。梦里我对章伯伯说：他画得比过去好多了。章伯伯说：当然，当然。那时候章伯伯已经不在了。

下面这件事就比较重要了。章伯伯一直非常欣赏父亲在音乐和文字上的造诣，80年代初，他见父亲皓首穷经，读而不作，觉得十分可惜。正好有一个出版社托他组稿，就建议他写一本音乐方面的普及读物。父亲写了，没想到却遭到出版社退稿，理由是既不够普及，又不够专业。章伯伯并不气馁，又推荐给三联书店，找到中央音乐学院的专家进行评审，获得好评，终于出版。这就是父亲的第一本音乐著作《乐迷闲话》。毫无疑问，如果不是章伯伯带他参加革命，父亲肯定会有一个完全不一样的人生。如果没有章伯伯的大力推动，就不会有《乐迷闲话》，不会有之后的《读书》"门外乐谈"专栏，也不会有辛丰年。

不会有辛丰年，也可能不会有不少其他人。1981年，我参加高考，拿到江苏省南通市外语类考生总分第一（外语类数学分数供参考，不计入总分，我那年数学考了满分，如果算上去的话就是江苏省文科总分第一名），但是在体检的时候查出来转氨酶45，被取消录取资格，其实这个数值在今天算正常。1982年，我再度参加高考，这回改考文科，拿了全省总分第一，体检也合格，结果被人举报前一年曾经体检不合格，被要求重新验血，结果转氨酶又鬼使神差地偏高，大学又要泡汤。当此关头，章伯伯去找了江苏省高教厅厅长顾尔钥，其实也是父亲的老朋友，但父亲是从来不会去求人帮助的（章伯伯除外）。活动的结果，为我又组织了一次验血，这次合格了，我上了复旦。

去复旦的时候，章伯伯为我写了四封推荐信，分别给贾植芳、潘旭澜、陆士清、唐金海四位老师，让我给他们带去。我在社交方面也是继承了父亲的部分惰性，去复旦之后竟然没有去看这几位老师，当然也没有投递这些推荐信。反而是潘老师和唐老师后来从章伯伯那里听说后主动到宿舍来看我，现在回想起来十分汗颜。到了二年级下半学期，有一天晚上我和同学翟宝海贸然敲开了贾植芳先生家的门，临走的时候我怯生生地拿出珍藏了两年的推荐信，贾先生一看之下，哈哈大笑：你早一点拿出来嘛。后来，我成为了贾先生的研究生，他讲起章伯伯，也是非常好评。贾先生也是个不喜欢官的人，但章伯伯是少有的例外。他有篇文章写到与章伯伯的交往。那是1978年，乍暖还寒，贾先生还戴着"胡风分子"的帽子，因为编辑一本现代文学集，去南京与出社洽谈。先是编辑与他约定去看章伯伯，结果章伯伯抢先一步到旅馆来看他，说贾先生是他们请的客人，理应由他来看望。贾先生这样写他当时的感受：

> 光凭这番话，我就觉得这位穿中山装、头发花白、身材瘦长的长者（其实他比我年轻），并不像是一个出版官，而倒是一个很重情义的知识分子，或者说，是一个没沾上官场习气、没变质的知识分子，一位从事出版事业的知识分子，正像我在旧社会上海滩上相熟的那些私营出版社的老板朋友一样。我当时就认定了这位章总编是个应该交的、可以长交的朋友。这可以说是我这次南京之行的最大收获，是我在大难之后的又一份"后福"。

我对章伯伯最深的印象，他是个好人，永远在帮助别人的好人。这也是所有我接触过的认识他的人共同的看法。父亲也是个好人，也帮过很多人，但帮的都是他身边的亲戚朋友。相比之下，章伯伯帮助的范围要大得多，意义也要深远得多。从1949年他担任江苏省主要文艺杂志和文艺工作的领导人开始，他把很多寂寂无闻的人推上文坛，也在力所能及的范围内保护了很多人。50年代主编《苏南日报》文艺副刊的时候，他发现了高晓声，非常欣赏高那种"顺溜溜淌出来却又黏又糯，很有咬嚼"的语言。这颗文学新星因为"探索者"事件而折翼，20年后归来，把《陈奂生上城》《李顺大造屋》交给章伯伯，章伯伯推荐给《人民文学》《雨花》《钟山》，高晓声立刻成为当时文坛最耀眼的明星之一。其他如陆文夫、方之、忆明珠等许多作家也都得到过他的推助。

80年代我在上海读书，常去南京玩，去了就住在章伯伯家里。有一天我在复旦教室里自修，一位同学来叫我回寝室，说是有人找我。同学特意强调是坐着出租车来的，那年头出租车可是个稀罕物。我回寝室一看，来人叫孙建军，原来是南通文工团的大提琴手，身材高大，一身艺术气息。他女友也一起来了，姿容妙曼，不可方物。我们简陋的学生宿舍仿佛被这一对璧人照亮。孙建军以前常来我家，后来他考上了南京艺术学院，父亲把他介绍给章伯伯，他在南京搞了不少文艺活动，章伯伯帮了他不少忙。孙建军说：这回他是出国留学，取道上海，章伯伯特意托他给我带个东西。我打开他郑重带来的包裹，原来是我上次住在章伯伯家时遗留下的一双袜子。

到了90年代，我还是常去南京，那时候章伯伯已经告别青云巷，搬到长江路新宅，楼下就是高晓声家。那个房子是非常宽敞了。有一次我去陈思和老师家帮他修电脑，陈老师接了一个电话，突然问我是否知道章品镇先生家的地址。我当时脱口而出：南京市长江路肚带营 18 号 1 单元 301 室。陈老师吃了一惊，说你记性真好。我当时没好意思说：这是我唯一记得的别人家的地址。

三

1987 年，江苏省评选第一届江苏文学奖，获奖者有陆文夫、高晓声等人。他们也给章伯伯发了个奖：伯乐奖。这个奖他当然是当之无愧，但听上去就像是个安慰奖。但是事情并没有算完。在 80 年代，章伯伯写了一系列人物随笔：李俊民、范当世、吴天石、傅小石、顾民元、钱松嵒、周瘦鹃、高晓声、陆文夫、汪昌煜……他与这些人交往非浅，加之文笔老到，文史精熟，写来活灵活现，如在眼前。比如他在《花木丛中人常在》一文中回忆 50 年代创办《雨花》时，向周瘦鹃请教。周很热心地联络了很多人，又谈封面和装帧，捧出一大沓《礼拜六》，其中一个封面是一幅漫画，画一个运动员踢出一只足球，球一半被踢到封面外面，读者看了就想知道球去哪儿了。他又抽出下一期，球已经踢到这期封面，把一个路过的老人撞了个手脚朝天。章伯伯的人物随笔大都收在《花木丛中人常在》《书缘未了》两本小册子中，我经常向人推荐。那样的文笔，现在是没有了。

章伯伯早年就读无锡国专，校长唐文治先生，真正的国学大师，对他十分赏识。无锡国专出过一些非同小可的学生。陈尚君老师曾经讲过唐文治先生怎么教陈老师的老师朱东润先生读书。唐上课，带领所有同学读古文，从头读到尾，不作一句讲解。读到高兴时，会拍拍他喜欢学生的肩膀说："好啊，我们一起读！"1937 年，73 岁且双目皆盲的唐先生，带无锡国专学生迁校广西，一路坚持上课。岁末在株洲，天雨泥滑，他于旷野中命学生坐下，朗诵《何草不黄》："匪兕匪虎，率彼旷野。哀我征夫，朝夕不暇。"今天国学骗子太多，其实都是国学的高级黑。但国学的真精神是有的，那就是唐文治先生垂范的师道传承。章伯伯说，唐先生晚年目盲，授课全凭记忆，所引文一字不差。无锡国专是了不起的。

章伯伯文章数量不多，但篇篇都是好文，笔力浑厚，文气精纯，令人想见当年无锡国专高才生的风采。这些文章在那时还是获得了不少粉丝。有一天我在家中，父亲有点生气地说：章伯伯现在也虚荣了。我问是怎么个虚荣，他说前不久与章伯伯通电话，不知怎么聊到某某现在出名了，章伯伯突然说：我现在也出名了。我听了暗自发笑。父亲是个对人和对己都非常严格的人，轻视一切浮名，以及对浮名的夸耀。这也是爱之深责之切吧。我达不到父亲的境界，无法完全摆脱对浮名的追求,但也多了一点对他人追求浮名的宽容与理解。现在想想,章伯伯那句话也许就是个幽默呢,甚至是自嘲呢?退一步说,他就是有那么点小小的虚荣又如何呢?当然,父亲对章伯伯的认真和苛求,也是珍稀的品格,值得尊重。

章伯伯写过很多他认识的人,但是唯独没有写过父亲。这是为什么?章伯伯的说法,是父亲不让他写。我能理解父亲不让章伯伯写他的原因:如果夸他,以他为人的一贯原则当然不能接受;如果是批评他,从心底里讲大概也是不能接受。所以,怎么都不能接受,干脆就不让写了。根据严晓星的说法,后来他终于说动了父亲,允许章伯伯写他了,但不久章伯伯就老病缠身,卧床不起,写不动了,终成永久的遗憾。

我现在还有非常后悔的一件事,就是没有在他们生前问清楚他们当初究竟是怎么认识的。现在可以确定那是在1943年,中国备受蹂躏,灾难深重的岁月。章伯伯和父亲都曾经讲到过那种家国沦丧的切肤之痛,正是这种忧患和对光明的向往让他们走到一起。他们都出身当地的豪门,章伯伯家是吕四的大地主,我爷爷曾任孙传芳手下的淞沪警备司令、上海警察厅长兼卫生局长。严晓星听章伯伯亲口讲过这样一件事:他家里兄弟姐妹多,他们起来上学,爸爸还没起,晚上忙功课,爸爸还在外面应酬,一年父亲和子女也见不到几次面。有次章伯伯在学校被表彰,颁奖的校董就是他爸爸。偏偏那天晚上爸爸回家早,遇到了章伯伯,大惊:"你不是白天来领奖的那个孩子吗?来这干吗?"

章伯伯曾经和我谈起他年轻时到我南通老家来玩,衣服破了,我奶奶还亲手替他缝补。我当时听了就觉得很奇怪,家里那么有钱,为什么还要补衣服,为什么家里没有人为他补衣服?更奇怪的是:为什么我的奶奶,前上海最高军政官员的太太,会给一个青年学生补衣服?从前有钱人的事,有点让人搞不懂,光凭想象是不行的。

1941年,章伯伯担任共产党领导下的青年抗日协会会长,1942年筹备南通地区文代会性质的"端午会",被日寇在家乡逮捕,后因尚非共产党员,加上家族势力的活动被释放。1943年5月,时任中共南通城区宣传工作负责人的曹从坡(曹也是我父亲的好友)来找章伯伯,要他代编一个我党控制的伪《江北日报》副刊,于是就有了《诗歌线》副刊。协助章伯伯编《诗歌线》的最重要的助手,就是我父亲。他们约定了办刊的底线:绝不发有利敌伪的稿件,内容上力求健康,艺术上绝不马虎。《诗歌线》一共办了四十多期,成为南通进步文学青年的重要阵地。这些作品,抒故国之思,写劳工之苦,发敌伪统治下青年内心的愤懑。在艺术上,意象朦胧,晦涩跳跃,这固然是为了逃避敌人的审查,也呈现出对现代主义诗风的追求,成为研究中国现代诗史的重要文献。

1980年，章伯伯在江苏人民出版社副总编任上，主持出版了《九叶集》，收录了40年代九位具有代表性的中国现代主义诗人的作品，"九叶诗派"因此得名，并加入了新时期初关于朦胧诗和现代派的大讨论。从《诗歌线》到《九叶集》，我们可以看到中国现代诗歌在空间上的呼应与时间上的绵延，这也是一条不绝如缕的"诗歌线"。

抄两首章伯伯和父亲的发表在《诗歌线》上的小诗：

灯盏下

　　于轲（章品镇）

瓦片上沁出的一点火
嘶嘶地……
眼前，几十条
书上的路，
没入了
无边的夜气。

想是：
盖世英雄
秦叔宝，
身无分文、
困在夜店中。

旧画

　　勾芒（辛丰年）

射破
公民课上的
空气冻，有
五月的鹰唳一声，

其余的都
散跌在
无人的大操场

无人的操场上
小同学去
识得一根
鹰的羽毛

　　章伯伯和父亲，一生信仰革命，追求光明，同时他们始终保持着对艺术的热爱，这使他们在坚定的信念之上，始终保持了柔软的心灵和人性的悲悯。他们都是鲁迅的信徒，都喜欢张宗子，都喜欢卞之琳。两人还有一个共同的爱好：张爱玲。作为老革命，鲁迅的信徒，竟然还终身酷爱张爱玲，这是比较罕见的。1980年章伯伯帮父亲借了张爱玲的《传奇》和《流言》，父亲把这两本书用手抄了一遍。夏志清《中国现代小说史》80年代初传入大陆。章伯伯搞来一本，借给我父亲。他俩对书中贬鲁的部分十分不满，又为褒张的部分而激动。

　　章伯伯写过一位他的老上级李俊民，曾任"联抗"部队副司令、苏中第九军分区副专员、江苏省文化局长。有一次李俊民请他吃饭，上来一大碗蟹子豆腐汤，豆腐以梭子蟹的卵磨成，汤里加上碧绿的蚕豆和雪里蕻咸菜，色香俱全。李俊民对章伯伯举箸相邀，说："没好吃的，吃点情调。"那正是严酷战争的间歇，"情调"与环境有违和之感，却永远停留在章伯伯的记忆中。无独有偶，父亲有一次去见李俊民，远远听到他正与他人高谈阔论，有一句飘入父亲耳中：我是喜欢安德列夫的。安德列夫是鲁迅偏爱的俄国作家，其作品有个人主义和颓废色彩，当时在苏联已被列为反动作家了，李俊民却毫不忌讳这些，当然这位曾受过鲁迅褒扬的资深革命家后来也是命运多艰，吃尽了张春桥的苦头。李俊民的事情，章伯伯写过一篇《一位跋涉者在回顾》，很有传奇色彩。我想，在从前的革命队伍中，像李俊民、章伯伯、父亲这样始终保持浪漫情怀和五四气质的人是有的，他们都是革命者，也是文学青年，永远的文学青年！

四

我最后一次去见章伯伯,沈阿姨已经去世,他本人卧床不起,在家中由保姆照顾。那次他同我讲了两件之前从来没有说过的事情。一是战争时期他住在一个祠堂里,睡梦中感觉他母亲掀开了蚊帐,俯下头来注视着他。恍惚中他还撑起了身,看见她穿着双红绣鞋。这时有脚步声传来,他就惊醒了。过了不久,家里有信送来,他母亲去世了,正是他做梦的时间。还有一件就更离奇了,章伯伯告诉我说,沈阿姨从去世之日起,天天来看他,就坐在床边,同他说话。怎么个说话法呢?章伯伯说,沈阿姨其实不能说话,是通过把字写在他肚子上的方式同他交流。后来有一天,沈阿姨对他说,满了一百天了,她要走了。从此再也没有回来。

我听了默然不语。章伯伯此时已经相当虚弱了,但是神志看上去非常清醒。这是幻觉吗?我心里是这样想的,但我可以这样对一位病弱孤独、痛失爱妻的老人这么说吗?当然不能。同时,我也宁愿这不是幻觉。

相比之下,父亲是一位彻底的无神论者。有一次我问他:如果上帝本人出现在你面前,你也不相信吗?父亲说:那我一定会认为是自己的脑子出了毛病。有一段时期,我对宗教的作用十分感兴趣,觉得人无法单靠自己来克服人性的弱点,须要借助某种外在的超越性的力量。但是,一想到父亲,我又觉得这样的想法是不成立的,人类完全可以在不需要宗教的情况下达到道德的完善。

2005年,严晓星去南京看章伯伯。一见面他就郑重地说:"近来身体衰退得厉害,估计没多久活了。我死了还是要回南通的,儿子已经替我买好了墓穴。不过我又有个新想法:还是年轻时交的朋友好,我很怀念和他们在一起的日子!已经去世的不管他,还在的,大多在南通,想让程灼如联络一下南通还在世的几位老友,严格、穆烜、邱丰……问他们愿不愿意将来葬到一起做邻居。他们你也差不多都认识,能不能请你帮我传个话,问问。当然,他们另有想法就算了……"他接着又说:"这事八成严格要反对,所以等其他人都联络完了,最后再和严格说,不愿意就不勉强。"

晓星回来奉命转达,父亲说:"我们都是唯物主义者,怎么还搞这个!"事遂罢。

2013年3月26日,父亲去世,终年90岁。5月4日,章品镇伯伯去世,终年92岁。我现在想起他们的时候,脑子里会浮起赵传的一首歌,《你我的约定》：

那年你决定朝北而去
而我却必须往南而行
你渡过那条潺潺小河
而我却翻越这座高山
经过多少年一切都已无法找回
你我却都背负着各自的疲惫
是否该丢掉心中的累赘
擦干这些年来的眼泪
别忘了当年你我的约定
希望能总有一天再次相聚
共同分享彼此过去的经历
再从头展现当年的豪气

（原载中华书局《掌故》第6辑）

谦谦君子
——序曾孝濂画展"花花世界"

_熊景明

2004年对中国植物学界意义非凡。5000多万字，9000多图页的《中国植物志》出版，记载了中国3万多种植物的科学名称、形态、生态环境、地理分布、经济用途和物候期等。这部巨制是近百年来，无数中国植物学家努力的成果。此时，为该书做出卓越贡献的许多植物学家早已长眠地下，先驱者包括胡先骕、陈焕镛、钟观光，秦仁昌、俞德俊、蔡希陶、王启无等。钟观光先生早在1914年立下誓言："欲行万里路，欲登千重山。采集有志，尽善完成。"他在四年中到11个省采集腊叶植物标本1万6000多种。秦仁昌在欧洲拍摄的近2万张中国植物标本照片。胡先骕1934年就提出必须制作中国植物志。

《中国植物志》正式编撰始于1959年10月，全国80余家科研教学单位的将近500人应邀参与这项浩瀚工程。其中一名虾兵是昆明植物所19岁的见习绘图员曾孝濂，他未曾想到这将是他毕生的工作，他深爱的志业。岁月悠悠，他从一名敬业乐业的绘图员，成为一位享誉中国的植物画家。

"植物学找到了他"

绘画的兴趣大都与生俱来。曾孝濂小学时迷上画画，眼准手准，画什么像什么，令同伴刮目。有同学从旧货摊买到一块放大镜，用装肥皂的木箱和网球筒自制幻灯机，曾孝濂画了一组连环画"空军英雄张积慧"，算是他平生第一次"展出"。他考入昆明第一中学后，有空就涂鸦，替班上的黑板报画装饰画。到初二，他发现凡是爱画画的同学成绩都不好，觉得自己必须走正道，从此"戒掉"画瘾。

曾孝濂就读的昆明恩光小学，是一所教会学校。校长毕业于北平女子师范大学，是一位三民主义的坚定信仰者。每天早上，全校同学集合在操场上，参加升旗仪式，唱校歌。男孩女孩扯直嗓门高声唱，称为"吼校歌"：

金马碧鸡，一东一西。
滇池翠微，能起涟漪。
知恩报恩，宜勉力。
得光发光，当自强。
啊！今天下，吾来时，我们明日是栋梁。

感谢上帝，付我来使。
年纪虽小，能知廉理。
知恩报恩，宜勉力。
得光发光，当自强。
啊！今天下，吾来时，我们明日是栋梁。

晚年回忆起来，才知道原来一直不明白的"今天下午来时"，其实是"今天下，吾来时"。然而，得光发光当自强，明日做国家栋梁的信念，像种子一样埋在心中。

对儿时曾孝濂影响最大的是他的祖父曾鲁光，中国第一代矿业家，亦是一位有骨气的文人。他1882年出生于滇东北威信县泥坝子村，自幼聪颖、勤奋。24岁走出大山，考入昆明新开办的云南中等农业学校。再三年，跨洋进入日本秋天矿业专门学校。和那个时代满腹兼济天下理想的年轻人一样，加入了同盟会。他一度卷入政治核心，和黄兴、宋教仁等人均有交往。他始终明白自己的使命是调查矿产，开发地利，实业救国。他1913年接任湖北铜矿公司经理，五年后回云南任政府实业顾问，花两年多时间到各矿区考察，后出任云南工业学校校长以及云南省最大的企业，个旧锡务公司副经理。

曾鲁光1942年起辞去工作，回昆明建了一座林园，亲自栽花植树，培植优良果树。这里是曾孝濂的第一个"植物园"。放学回家，先爬到树上吃个够，他的小学同学还记得在他家头一次尝到脆皮李子。祖父的书房很大，从四库全书、四书五经到资本论都有，这些藏书后来捐给了云南大学。绘画之外，曾孝濂最大的喜好便是阅读、思考。他有时半夜醒来，灵感闪现，起身记在小本子上。家学渊源也。

1958年高中毕业，出乎意料，曾孝濂没盼到任何大学的录取通知书，他做好进工厂的准备。不料几天后，接到昆明植物研究所的聘书，从此还可以拿工资，不再负累父母，喜出望外。许多年后，他才知道命运的关照和植物所两位领导有关。当年昆明的植物研究工作站将升格为直属中科院的植物研究所，须要大大扩充，而植物专业的大学毕业生很少。于是昆明分院刘院长和植物所副所长、中国著名的植物学家蔡希陶想到一个办法，从云南省各地的第一中学招聘并非因成绩不合格而未被录取的高中毕业生。这一有远见卓识，敢于担当的决定，让30多名年轻人进入植物学领域，植物所成为他们的大学和研究生院。多年后，他们中大多数成为植物所的骨干；曾孝濂在内，有17人并被评上高级职称。此乃后话。

他用叔本华的格言激励自己，"不管命运如何降临，不可太高兴，也不必过分悲伤"。回顾此生，曾孝濂觉得没进入大学反而是命运的关照。中科院昆明植物研究所与昆明北郊的风景名胜黑龙潭公园毗邻，坐落在占地800亩的元宝山上。曾孝濂来到，仅四围环境就令他兴奋不已。他被分配到植物化学室工作，因为画黑板报受到赏识，正好所里接到的植物志编撰任务需要绘图者，将他调去植物分类研究室，跨入他终生不渝的事业：画植物。

他接到的第一桩任务是画唇形科植物，一画就是五年。令他立刻爱上植物画的原因很简单：太难了，太考人了。四个雄蕊，两长两短，黏在花冠上的位置须要画得非常准确，子房要破开。花盘的形状各各不一，有的像手，有的像馒头。要在解剖镜下观察入微，也要去看该植物在大自然中生长的环境，鲜活的姿态。要画得准确，又必须将它画活，形似神似。五年中，曾孝濂寻遍元宝山，采集了山上所有的唇形科植物。每天带着浓厚的兴致，一笔一笔认真描绘，练就一手基本功。

在西方，有功力的植物画家被称为植物学家，在中国画植物画的人，被当成植物学家的助手。他们是些耐得住寂寞，甘于坐冷板凳的"工具"。《中国植物志》出版后，获得国家自然科学一等奖。获奖者名单上，没有一位绘图者的名字。曾孝濂和他的同行没有计较，只觉得能够参与制作国家典籍，是此生莫大的荣幸。

"范文澜他们写《中国通史》须要做到'无一句无出处，无一字无根据'，我们编写《中国植物志》同样是'无一花无出处，无一叶无根据'。要忠实地为植物树碑立传。这项工作占了我整个生命的大部分时间，我为之心满意足。"曾孝濂这番话，让我想到当年在操场上引吭高歌"今天下，吾来时，我们明日是栋梁"的那个小男孩。

"走进植物王国"

造就一位出色的画家，需要命运助力。《植物志》的编撰被"文革"中断了，却给曾孝濂带来意外的机缘。对着植物标本画了多年之后，曾孝濂1967年来到西南边陲的热带雨林中。他被派去参加国务院"5·23办公室"组建的700人团队，寻找对抗疟疾有效的民间中草药；同时为备战需要，制作"热区野菜图谱""热区军马饲料"。他在与越南、老挝、缅甸接壤的林区度过五年，历经艰辛。他描写道：

"广袤的原始森林像一座巨大的绿色迷宫，雾霭中巨木林立、藤蔓纵横，万顷苍翠间生机勃勃、野性十足。阴森幽暗，潮湿闷热，没有见过的虫子四处爬行，老树新枝盘根错节挡道，藤蔓荆棘横行。"

辛苦没有白费，野外团队终于筛选出一种有效的抗疟植物：黄花蒿，后来被科学家提炼为青蒿素。50年后，屠呦呦因为这一成果获得诺贝尔医学奖。曾孝濂在另一部机器上的螺丝钉位置同样令他满足："我参加的工作都是很大的系统工程，每个人只能完成其中很小一部分，随着任务完成，那一页也就翻过去了。但是，那些记忆中的场景至今仍历历在目，永远翻不过去。过程重于结果，那段经历对于我十分珍贵。"

这五年让他真正走进植物世界，看到植物为了生存，如何尽其所能去争取阳光，去深入土壤扎根以屹立不倒，吸取养分。植物、动物如何相互竞争，又相互依存。造物主的鬼斧神工，令人对大自然的敬畏油然而生，"我经常看着树叶发呆，看着看着，就会觉得树叶有一种灿烂之极，归于平淡的美。它在秋天飘落，掉在地里腐烂，变成无机物为来年的新芽提供养料，养育小苗长成大树，带来生命的绿色，这就是轮回"。

"一花一鸟皆生命，一枝一叶总关情"。他意识到植物画不是冷漠再现，须要以科学家的眼光观察自然造物，用艺术家的热情描绘自然之美。"不仅要画得像，画得准确，更重要是要画得生动。得用心灵去体会，才能在画中表达植物的'神'与'魂'。每种植物各形各色的生命状态，都源于对外界环境的适应和对生存的渴望"。

他在电视节目《朗读者》中谈到的自己的感受，成为佳话，为大众传诵："花是种子植物渴望生存和繁衍，演化出来的绚丽而奇妙的表现形态。花本意不是为人而开，人类自作多情。但人从花那里，得到爱和美的启迪。"一草一木一花，曾孝濂眼中均有个性，都有故事。他善于用诗意的语言讲述：

"绿绒蒿长于海拔 3000 至 5000 米高原，生在石头缝里。想象一下，你在空气稀薄的高山之巅艰难迈步，紫外光刺眼。在那样严酷的环境中，突然看到一株鲜艳、活力四射的花挺立在寒风中，绸缎般闪亮的花瓣微微抖动。带来何等惊喜。

"地涌金莲是中国特有种，花期长达九个月。它是佛家植物'五树六花'之一，叶片似芭蕉，花像金莲，金灿灿的包片丰满厚实。

"地衣是一种很奇怪的植物，似菌非菌，似藻非藻。其实是菌和藻合璧，取长补短，自然界很多物种都有同样的互生共存现象。我们想不到蚂蚁会'放牛'，保护蚜虫，然后吃蚜虫的奶。"真希望有一天曾先生将他心中的植物故事写下来。

"不求闻达　下自成蹊"

曾孝濂将他的朗读献给植物学家，曾经担任昆明植物所所长的蔡希陶先生。他是曾先生此生遇到的第一位贵人。两人在工作上并没有直接交往，却惺惺相惜，成为忘年交。蔡希陶既是严厉的领导，亦是慈祥的长者。曾先生认为"蔡老当（权派）"是他接触过的学者中最为真诚的一位，无论做学问、待人接物都表现出赤子之心，在任何情况下都坚持讲真话。这位老一辈的植物学家让曾孝濂看到如何做人。

1968 年"文革"武斗开始，元宝山不再寂静。祸兮福所倚，此时他结识了来自北京的同事张赞英。"怎么会有这么好的女子？这么多年同在一个机构却彼此不认识？"共同的遭遇令他们走到一起，携子之手，与子偕老。曾夫人是一位名副其实的贤内助，相濡以沫半个世纪，曾先生能专心作画，夫人功不可没。他自嘲道：我读过一个小学，一个中学，四十年一个工作；一个老伴，一个儿子，一个孙子。什么事都从一而终，没有见异思迁，单调里面隐含了丰富。

1991 年，命运来敲门。国家邮电局邮票印制所决定出一套杜鹃花邮票，到处物色设计者。从来没接触过邮票设计的曾孝濂被提名，自己并不知道。这天，所里的电话接线员将在山上劳动，满身泥污的曾先生叫去听电话，他就这么稀里糊涂地闯入邮票设计行当。他设计的《杜鹃花》在五套参选作品中脱颖而出，并一举获得当年最佳邮票设计奖，为他始料不及。

此后，他多次接到国家邮电局约稿，先后设计了九套花鸟主题的邮票。《杜鹃花》外，《杉树》《君子兰》均获得年度最佳邮票设计奖，创下获此殊荣最多者的纪录。《百合花》获得优秀奖。他设计的《苏铁》《珍禽（中国与瑞典联合发行)》《绿绒蒿》《孑遗植物》都深受集邮者的喜爱。2008年设计的《中国鸟》，在第十三届政府间邮票印制者大会上，获得最佳连票奖，令他成为迄今获得该奖项的唯一中国画家。

作为植物画家，曾先生设计花鸟邮票有专业优势，而更主要是他认真严谨的态度。他认为邮票不代表个人，代表国家，是一个国家的名片，不敢怠慢。每次接受邀约，他都像受到重托，全力以赴。没有把握的地方，请教研究该植物的专家。有趣的是，很久以来，植物画家曾孝濂鲜为人知，在中国集邮者群体中则享有盛名。

曾孝濂的祖父说过一句简单的话，"一个人的存在，不依靠旁人的评价"，成为他的座右铭。他很赞赏佛教的说法：得之淡然，失之泰然，争其必然，顺其自然。千百年来无数人吃斋念佛要达到这一境界，谈何容易。曾孝濂的法宝是他的画笔，心里不痛快，只须握笔画画，用不了多久，阴霾一扫而光。

曾孝濂的不求闻达，不计得失，在我这个俗人看来，简直过分。他珍惜自己的时间，对媒体采访，办画展的要求，尽可能谢绝。2017年，因为感激昆明植物所给他的机会，感念老上级蔡希陶的知遇之恩，他同意在所里办一个小型画展。此时，他已经是一位全国著名的植物画家。我在展厅见到画展开篇介绍道："曾孝濂，中国科学院昆明植物所老职工。"觉得太好笑了。打电话问他，是谁给他这样的头衔。他呵呵一笑说：是我自己写的，我就是个老职工呀。

穿梭在热带雨林五年期间，曾孝濂被林中鸟吸引。花和植物处于静态，鸟却飞来飞去，画鸟的挑战，引起他的创作冲动。这年，曾孝濂来到北京动物园，找到一个小房间，支了张行军床，一住八个月。白天看鸟，拍照片，晚上画鸟。回忆往事，曾先生调皮地笑起来：住在里面，还不用买门票呢。准确是他的第一标准，曾先生到动物研究所标本馆仔细观察，记录每一种鸟的特征，不放过细节，然后再去请教中国著名的鸟类专家杨岚。所花的工夫不足为外人道，这大概就是科学画画家的特质。

曾孝濂觉得自己退休前像是机器里的一颗螺丝钉，野外采集标本，伏案作画；别人看不起，自己乐在其中。退休是他事业生涯的分水岭，从此没有单位派给的任务，可以随心所欲，尝试用新的画法，画新的题材。至今，他尝试过版画以外的各类绘画。就画家而言，可谓从不"安分守己"。

"谦谦君子　宠辱不惊"

　　1991年，曾孝濂应邀来到香港中文大学，参与香港植物志的编撰。我第一次在学校遇到一位讲地道昆明话的同事，一见如故。之后一年中，得以常相聚。印象中每次见面都听他讲和他共事的植物学家胡秀英教授的故事。这位80岁的学者是位虔诚的基督徒，心地善良，对研究一丝不苟。有一次，他们一道去野外采集标本，胡秀英准备脱鞋下水，曾孝濂说，我替你去吧。"不可以，我得自己去摸清楚它的根系。"脾气倔强的胡教授和来自昆明的画家有许多共同之处，不久便成为好友。

　　曾先生离开中大时，胡秀英将自己最珍惜的一枚奖章，港督颁与她的"香港之星"交给他说，请你替我保存。数年后，一次我夏天回到昆明，曾先生正儿八经地告诉我，有件事要请我代办。原来他要我将奖牌带回去还给胡教授，"我保存了好多年了，这个奖是她得到的最高荣誉，不能放在我这里"。胡教授无儿无女，当曾先生亲人一般，"保存"当然只是一种说法而已，我劝他继续留着，后来他另外找到人带回香港还给胡教授了。

　　曾先生离开香港后，我们联系不断，见面不多。每次与他们夫妇相聚，都像是昨天才分手，有讲不完的话。按昆明人的习惯，两家人也成了朋友。90年代初一个夏天，曾先生带我和哥哥一家参观黑龙潭植物所，我才知道昆明有这么一个美丽幽静的世外桃源。夏日阳光下，曾先生围着水池奔跑、蹦跳，替小婷婷捉蜻蜓，仿佛就在昨天。我们从此叫他"蜻蜓爷爷"。

　　回忆和曾先生的交往交谈，显然他是一位君子，我是俗人。他家住在昆明翠湖边，一次我去到，加入他们爷孙每天的活动，到附近的圆通山动物园看鸟。已经快到关门的时间，我们一路小跑。进到园中，只见展馆壁上挂的都是曾先生画的鸟。"他们知道这是你的画吗？得到你的同意了吗？"我的问题很世俗，很香港，君子的答案早猜到。我忍不住去对工作人员说："你们知道这些画都是这位先生的作品吗？"对方肃然起敬，但没有（如我所想）提议今后不收他的门票。

　　如果不是《读库》主编张立宪独具慧眼，出版曾先生的画册，使得他有机会在《朗读者》节目亮相，恐怕至今他依然籍籍无名。电视节目中，他的真诚打动了无数观众，光芒盖过同台登场的知名人物。这篇文章的初稿中，我写了关于他不计得失的一些故事，在他的要求下全删了。

"深秋之泰然"

出名的代价是时间被借走,偷走。曾先生不喜欢参与热闹的事,只想独自画画。他说:"人生跌宕起伏,我经历了那么多,现在处在一个相对最好的时候。基本上国泰民安,个人宽松自由,想做什么就做什么。太满意了,太满意了。"前些年他和老伴天南海北去看植物,为了看胡杨林,曾经在野地里蹲了一夜。他完成了20多幅动植物的大画,目标是100幅。他尤其渴望去画从年轻时候便顶礼膜拜的西双版纳热带森林。2018年初,云南当代美术馆提议为他办一次画展,他逃避了。今年,经朋友多番劝说,动之以乡情,才答应下来。

曾先生有位好朋友,研究天蓝星科植物的国际权威李恒。她一辈子钻高黎贡山找标本,被称为高黎贡山女神。这位90岁的朋友告诉曾先生,她订了个五年的研究计划。"我只订了三年计划,你比我大十岁,那哪行,我也要定五年计划。"

祝愿画展成功,祝曾先生实现他的五年计划以及五年后的种种计划!

(原载昆明当代美术馆2019年11月"花花世界"画展)

燕祥往矣不可再得

_朱正

燕祥小我两岁，竟先我而去，很觉得悲哀。

我和他1980年订交，四十年来时有交往。现在要作文回忆，真像是一部二十四史不知从何说起。这里只说一点文字方面的交往。他给我的书写过三篇序，多是溢美之词，这里就不引用了。如果引用，这篇文章就会变成吹嘘自己的文章了。我也给他的书写过三篇序，这里倒可以说一说。

1996年纪红兄将黄苗子、杨宪益和燕祥三个人的旧体诗选编为《三家诗》一书，嘱我作序。我在序言中说到燕祥："他很早即以新诗赢得诗名，旧体诗发表得少，这是他旧诗的第一次结集。以前只在朋友间传阅。看了的都说好，都说比他的新诗更好。对于这种赞扬，他却说'是含蓄地说我的新诗写得不好'。我要说：并没有这样的意思。不必具体到某一位诗人，只是一般地拿旧诗同旧诗来比，就是拿一种经历了千百年间千锤百炼臻于成熟的文学体裁来同一种不过尝试了几十年的文学体裁相比，旧诗有一种先天的优势。旧诗格律严，虽说不易学，却又是一种现成的凭借。写新诗却无此凭借，还得寻求和创造新的完美的表现形式，其实更难。鲁迅也以为萧军的旧诗比新诗好。聂绀弩的旧诗集《散宜生诗》比新诗集《山呼》更受人重视，就都是这个缘故。"

1998年花城出版社秦颖先生约我和他合编一部思想者文库，其中就有一本燕祥的《非神化》。我给这本书写的序言说："诗人邵燕祥，是一根会唱歌的芦苇（帕斯卡尔说：'人只是一根芦苇。'）；杂文家邵燕祥，是一根发议论的芦苇；而作为本质意义上的知识分子，邵燕祥是一根会思想的芦苇。这样说，是有他的全部著作作证的。打开他的书，就可以看到他在为苦恼着他的那许许多多问题思考，他也把这些问题提到读者面前，强迫读者同他一起思考。""燕祥的许多文章，只是把问题提了出来，却没有同时贡献出一个'解决问题的最佳方案',也许这正是作为思想者的他的一大优点吧。"

我给2016年出版的《一万句顶一句——邵燕祥序跋集》也写了序。燕祥出这一本序跋集和我有一点关系。那是2013年6月6日我收到青年朋友陈徒手寄来他的新著《故国人民有所思》，就写信给燕祥：

> 收到陈徒手的新著《故国人民有所思》，得读吾兄写的长序，我就想，吾兄大可编印一本序跋集，专收给别人写的，不收给自己写的序跋，特别是为一些右派难友书写的序跋一概编入，也有存目的意义。你看好吗？

他当天就回信：

> 尊议很好，只是我真正给右友作的序言，除为兄所作二篇，为戴煌作短文二三篇，以及为茆家升、倪艮山等少数几篇外，写的并不多，再说，编了谁肯出？

我回信：

> 不光是右友的序跋，找得到的都可以编进去。至于哪家出版社出，你也想想看，我也想想看。比方说，给陈徒手出这一本书的三联，或我们都出过书的东方，似都可以去问一问，你的书稿，我想，他们总是会欢迎的。
>
> 我兄序跋集，已问过东方出版社，他们表示愿意接受出版，我是不是可以把你的电话和信箱告诉他，让他直接和你联系？我兄所作的序言，我记得还有：胡遐之《荒唐居诗词钞》序言，以及《为作》。要都是电子文件，这书编起来会很快。我兄是否愿意着手？

燕祥嘱我为这本书写一篇序。我在序言中，引用了书中好些警句，如"任何时候真正的诗人都是批判的，因为诗人都是感性的理想主义者；而从来没有无追求的批判，能在诗人痛苦的批判中听出诗人对真善美的虔诚追求，就算把诗人和诗都读懂了"。这大约也是诗人燕祥的夫子自道吧。"忧患意识和批判精神，正是打油诗的灵魂。""只有在'认识你自己'的同时，力求认识动态中的历史和现实，才能使我们和后代从历史性的苦难中真正获救。"

2013年7月31日他收到序言后给我来信：

> 太好了！你从我文字中引出的话，我看着甚至觉得很陌生，很新鲜：我说过这样的话吗？可见我日益老化，日益麻木。想过什么，说过什么，全忘得差不多了。因此感谢你的序言起了画龙点睛的作用。也许读者真的会在你指引下看出我这些旧文还有点新意，有点曾经的思考？

可是这本书联系出版很不顺利，直到2016年4月才得以在北京十月文艺出版社出版。

我和燕祥还"合著"过一本书。我在做《重读鲁迅》的时候，得到燕祥于"乙酉冬至"即2005年12月22日送给我新出的散文集《我的心在乌云上面》，在其中读到了《重读鲁迅的"费厄泼赖"论》和《重读〈肥皂〉》这两篇，十分喜欢，连忙打电话请他同意将它们编进这本《重读鲁迅》里，鲁迅的这两篇我原来也是计划要评说的。有了燕祥的文章，我当然不必另写了。我对他说：这样，我的读者固然要看这本书，你的读者也会注意它了。他同意了。这本书就在2007年以朱正邵燕祥合著的名义在东方出版社出版了。我很高兴同他有这样一次合作。

也就是在这一本《我的心在乌云上面》里的那篇《杂文到鲁迅已经写完了吗》里，燕祥这样表白自己："我作为一个几乎专事写杂文（而且是继承鲁迅精神的杂感文，因为我这么有意地自勉或无意地标榜过，人们自然就这么要求）的作者。"我以为这可以看出燕祥是以成为鲁迅事业的后继者自许的。从燕祥的大量杂文作品中，可以看到他确实是像鲁迅那样，总是对有害的事物不遗余力地抨击，为现在和未来不倦地战斗。

2007年北京十月文艺出版社出版我的《一个人的呐喊》，出版社为了营销，在卷首一页印了严家炎、邵燕祥、王得后、钱理群、孙郁、陈丹青六位先生简短的评语，燕祥的评语是：

> 书刊影视，例有儿童不宜者。
>
> 鲁迅的书和讲鲁迅的书，也有"不宜"：不但如鲁迅说的，"蚊子"不宜，"苍蝇"不宜，"叭儿狗"不宜，而且"二丑"不宜，"做戏的虚无党"不宜，帮闲、帮忙以至帮凶都不宜，"花瓶"或非花瓶的书报检查官不宜，从指挥刀下骂出去的评论家自亦不宜。
>
> 除此之外，向一切读者开放，尤其是青少年乃至儿童大宜，朱正此书应该是写给他们看的。——他们是中国的希望，人类的希望。

后来这本书经过修订，于2013年以《鲁迅传》的书名改归人民文学出版社出版，这六位先生的评语都是保留了的。

我写《小人张凤举》一文的时候，要写他的结局，没有查到，只记得在什么地方看过的材料，就写了："抗日战争期间，张凤举落水附逆，看来不是偶然的了。"这错了。2009年10月1日燕祥来信给我纠正："张凤举其人，我后来在陆铿的回忆录中看到，'8·15'后他在东京的'中国代表处'（？）供职。"这只是一例。凡见到我书中的毛病，哪怕是错字，燕祥都是一一告诉我的。

30多年前，燕祥送给我一首诗：

秋晴寄朱正

秋晴共记此登楼，
浮世光阴那用偷。
闭户耽吟非雪夜，
拂衣不去是闲愁。
石头孰与杂文重，
白眼宜从虎尾投。
一夕纷纷夸砥柱，
江河未废自长流。

这首诗就收在《邵燕祥自选旧体诗稿》里。以"不废江河万古流"相许，这样的评语是应该要"除去一个最高分"，不能当真的。当然我知道，这是燕祥对我的期许吧。

40年的交情。正有许多问题要同你讨论，怎么你突然撒手就走了呢。

（原载《南方周末》2020年8月5日副刊）

秋月太迟春太早
——哭文瑜

_ 荆歌

11月6号，飞往马德里的前夜，我在微信里对文瑜说："我去去就回，你要好好的！"他说："好的，兄也多保重，节奏放下一点，多寻属于自己的开心，等兄回苏！"我们互发了拥抱的表情。我仿佛抱住了他消瘦得没有了一点脂肪的身体。那天在他古城区的家里，大家就是这样跟他拥抱的。向黎、晓蕾等美女和他抱在一起的时候，我还在一边说："好了好了，周阿姨看到了！"周阿姨是文瑜的妻子，也是他早年的学生，不知道为什么，他一直都是这样称呼他的妻子，我们便也随他这么叫。这个玩笑话，在彼时，其实一点都不好笑了，因为这深情的拥抱，有着无比的苦涩和酸楚，仿佛告别，仿佛永诀！

怎么会发展得这么快？燕华君跟远在西班牙的我，保持着热线联系。才一个月不到啊，怎么就突然昏迷了呢？文瑜兄，你昏迷的时候是什么样子？我即使不闭上眼睛，脑海里也不时浮现你的样子。你昏迷是因为困了吗？还是因为累了？你就是困了累了，想闭上眼好好睡一觉，对不对？

这时候，我收到了吴义勤的微信，他要联系陶文瑜，想请他为《中国当代文学研究》画一幅画或者写一幅字，以祝贺创刊。我就对吴义勤说，陶文瑜病了啊，病得很重。我没有说他已经昏迷，因为我不想他昏迷，我只希望他只是累了，要好好睡一觉。于是我对吴义勤说："你加他试试吧！"

第二天我给文瑜发微信，问他是不是加上了吴义勤。没有回复，没有回复！我就想，他还在睡，但是，等他醒来，一定会看到的。

果然，下午就收到了他的回复。不过，他没有写字，只是截了图，那是他跟吴义勤的简短对话。吴义勤说："文瑜兄好，好久未见了！"陶文瑜说："领导好。你来过苏州，我们见过。但我后来告诉人家，说我认识你，他们都说你不可能认识那么大的领导。"一般人也许不会相信，这是一个从昏迷中短暂醒来的人所说的话。而我知道，这就是他说的话，他就是这个德性。若在平时，我是要会心一笑的。但是那一刻，我的眼泪淌下来了。文瑜兄，你不可以这么开心的，因为你已经昏迷了呀！

是的，他已经决定从星期五开始停止透析了。

大概有十年时间了吧，他每周都要透析。高血压影响了他的肾脏，从每周一次，到了最后每周有三个下午，他都是在医院度过的。我记得那时候他第一次发病，被送进医院，我和海山得到消息，立刻匆匆赶去，彼时护士正把他从急救室推出来。护士一边推，一边问躺着的文瑜："陶老师，这是几啊？"护士伸出三根手指头，放在他面前。她是担心高血压会引起病人的视觉丧失呢，还是意识的模糊？我们听到平躺在急救床上的陶文瑜，很干脆地说了句："勿要瞎卵点，是三！""瞎卵点"是常用的吴语，意思是"搞七搞八"。

那时候，我们笑了。因为他说得真好笑。但是这一次，他跟吴义勤说了也许是同样好笑的话，我却无论如何笑不出来。

因为我知道，死亡的使者，已经在不远的角落里窥视着他了。而敏感智慧的他，也早就觉察到了，他早就说了很多不祥的话。10月初我去医院看他，他告诉我说，他在给自己编一本诗集，里面选了56首诗。他确凿无疑地知道，自己的生命，将要在这个数字上终结。

他停止透析的决定让我愕然。但是很快我就感到安慰，并且为他的智慧和勇敢所折服。我的父亲母亲，都是因癌症而去世，他们死得有多艰难，我想除了用"炼狱"来形容，不会有更好的表达。10月份得到消息，文瑜肝上的肿瘤已有14厘米之巨，我感到不寒而栗。我父母那样的悲剧，眼看着就要在亲爱的朋友身上重演。可是现在看来，尿毒症竟然可以救他，可让他免受生命最后无谓的煎熬。停止透析，这是一个多么英明也是多么残酷的决定啊！他等于选择了安乐死。

10月住院以来，他一直在选择，一直在安排，甚至连怎么发讣告、理事饭安排在什么饭店，他都安排好了，就像平常他热心地为朋友办这办那一样。他在病房里偷偷抽烟，喝着大杯里的茶，依然谈笑风生。仿佛我们不是去探病，而是赴他又一个有趣的饭局。仿佛他不是得了绝症，而是碰上了什么好事，值得让朋友们快快乐乐地分享。他一刻不停地说话，就像平常一样，他说着眼前的事，也说过去的事，无一例外的是，都是好玩的事。他把大家逗得哈哈大笑。笑从来都是对他的鼓励，因此他说得更来劲了，谁都插不上一句嘴。前去探病，总得问一问病情吧？但他就是不给你这个机会。他一如既往，当着主角，成为中心，他说什么都是有趣的，说什么都是好笑的，当然也是才华横溢的。

他说:"荆歌,我有了一副新对联,叫作'一本杂志应运生,两任主编干到死'!"《苏州杂志》是当年改革开放的产物,陆文夫先生创办了这本刊物,我要说,它真的是越办越好。陆文夫去世后,范小青当了主编。小青去省作协当主席后,主编就成了陶文瑜。杂志一路走来,愈加的丰饶别致。如果苏州的往昔风流在今天依然有迹可循,那么,《苏州杂志》里是有足够多的蛛丝马迹的。文瑜是一位天才的主编,他既保留了杂志纯正的苏州味道,又大大地拓宽了它的疆域、开掘出了它的深度,让它成了很多读者深爱的、值得像艺术品一样一期期收藏起来的高级别刊物。

没错,《苏州杂志》只是一本地市级刊物,但是这个小家碧玉,每期都以大家闺秀的气度盛装出场,秀外慧中,仪态万方。文瑜的生命,是与这本杂志、是与更驳杂的苏州文化融合在一起的。他对自己身份的确定,除了诗人、书画家,还是非常重要的"名刊主编"。曾经有一次活动,海山兄拍摄了一张他和程永新、贾梦玮的三人合影,文瑜贴图发朋友圈的时候,文字说明是:"名刊《钟山》主编、名刊《收获》主编、名刊《苏州杂志》主编。"

他总是这样,说着半真半假的玩笑话。幽默是当然的,但是,其实也是他自信甚至自负的表露。他爱别人,也是爱自己的,他夸别人很多,也没少夸自己。用范小青的话来说,他这个人身上,最缺的就是自卑了。他经常打电话给我,第一句话就是:"荆歌,我跟你说哦,我真的很牛!"我知道,他这样开场,就是要开始猛夸自己的书法了。他的字,其实早就有了很大的江湖名声,他不自夸,也不会被埋没。我说过,要让陶文瑜高兴,别夸他的诗,甚至不用夸他儿子,只要夸他字好就行,他就会觉得你人好,一定会请你吃饭。在我看来,他的字当然是好,哪里用得着他来亲口告诉我。我常常会不耐烦地打断他说:"你的字当然好,你字好,这是全世界人民公认的!"他就得意地笑了。他曾兴奋地向我报喜,他光荣地加入了江苏省书法家协会,并把会员证挂在了办公室的墙上。眼看他还要继续自夸,我说:"这样吧,你放一些字在我这里,我帮你卖。当年黄宾虹的画,不就是傅雷帮他卖的吗!"他于是写了一沓笺纸、些许扇面给我,我就在微信朋友圈帮他卖。生意很好啊,很多人都是通过我而收藏了他的字画的呀!

让我心中颇为不快的是,我的字也好啊,为什么有些人,在我吆喝自己的字画时,他们装着没看见,而我叫卖陶文瑜的字,他们却一个个土豪似的慷慨解囊?有时候,我真心觉得,他能把字写得这么好,其实是很讨厌的。是的,我嫉妒了。也许不光是嫉妒,我们这对近40年的老友,还常常因为一些鸡毛蒜皮的小事闹别扭,就像几十年的老夫老妻一样。但是不管几十年是欢欢喜喜还是打打闹闹,我们都是最好的朋友,文瑜你说是不是?

我们相识的时候，才 20 多岁。30 多年间，我们在一起吃过多少次饭，打过多少个电话，玩过多少次牌，有多少共同的朋友？那又怎么说得清楚！

范小青说，你一直像父亲一样爱着我们。我明白她的意思，其实像我、海山，还有我们很多很多的朋友，也都有这样的感觉。在苏州这个地盘上，在我们的生活里，有你和没你，肯定是不一样的。在苏州，似乎没有你解决不了的问题，没有你搞不定的事。大到生老病死，小到我进了城，去哪里才能吃到一碗好汤团，这样的事也要打电话问你。而你，总是不厌其烦，总是热心管着所有的事。你甚至还会说："你在原地等我，我马上过来带你去吃！"文瑜兄，苏州有你多好啊！苏州没了你，又会是怎样的一个苏州呢？

你当然不是我们的父亲，我的亲生父亲也从来都没有像你这样对我好的。多年兄弟，我觉得咱们倒是有点像柴米夫妻呢！我们有太多太多的时间厮混在一起，说有意思的话，做有意思的事，也说无聊的话，做无聊的事。

你总还记得吧，我俩和车前子、长岛坐了一辆绿皮火车，在一个卧铺包厢里，一连打十几个小时扑克。到了连云港，又打通宵，然后回来的火车上接着又打，一直打到凌晨，实在太累撑不下去了才睡。刚入睡，就听到有人喊："苏州到了！苏州到了！"我从上铺一骨碌下来，一脚踩在一只方便面碗里，那是你吃剩下的吧，还有小半碗汤呢！我要脱掉袜子，你却对我说："下车再说！下车再说吧！"我们下了车，到了月台上，却听你大声喊道："哎呀，我还穿着火车上的拖鞋呢！"我对你说："不就是一双拖鞋吗，你就别还给他们了！"可是你说："那我的皮鞋在车上呀！"

更早的时候，你和车前子、叶球他们，骑了自行车，先是来吴江约上我，然后大家一起去同里。那时候，吴江县城通往同里的公路，是窄窄的。两辆汽车交汇的时候，我们朗诵着叶芝和艾略特诗歌的自行车队，几乎就要被挤到公路边的农田里。好在，那时候汽车很少。我们坐在退思园的桂花树下喝茶，没有其他游人。那时候，还不像今天这样有如此多的人知道同里。一帮写诗的 20 多岁的青年，在同里幽静的下午，除了诗歌，还说了些什么呢？在今天遥望那个日子，我只记得，当时，一位戴着眼镜的慈祥老者从我们面前拄杖而过，车前子说："他是不是沈从文呢？"那个人确实很像沈从文，但他肯定不是沈从文。

海山兄在同里工作的那段时间里，我和你经常过去看他。说是去看海山，也许是个借口，也许我们只是需要一个理由常去同里玩玩。但是，到底谁是谁的借口，又怎么说得清呢？享受同里的恬静和古意，与享受友谊，纠缠在一起。晚饭之后，我们三兄弟通常是会打上一会儿牌。扑克牌掷在桌面上的声音，越来越响了，我们知道夜也越来越深了。在夜的最深处，同里的巷子，又是怎样的呢？我们在河边走着，看到月光将树影挥洒得一地，微风摇着树叶，发出沙沙的声音，仿佛轻柔的水的絮语。月光照亮了桥面，桥上光滑如镜的石头，将午夜演绎出别样的风情。它们水一样在桥板上，这儿一汪，那儿一洼。我们的脚踩上去，溅不起一点儿水花，却踩歪了自己的影子。

有一段时间，我们还经常一起去泡澡堂子，你那时候还有着很好的身体。我们把肉身泡得红红的，躺在椅子上喝茶的时候，就会说说诗歌和小说。你说你喜欢我的小说，而我呢，自然也喜欢你写的诗。你的诗，十首里面，总有七八首是我非常喜欢的。我也许是唯一能完整地背诵一首你诗歌的人，我这么说，当然常常有人不信，于是我当众背了，一字不漏，一字不差，谁又能不服呢？

让我再背一遍吧，现在，只背给你一个人听。是的，那首诗，名字叫作《清明》：

　　雨啊
　　久久不歇
　　烘托清明时节
　　清明
　　就是借景抒情

　　老屋檐连绵的嘀嗒
　　叩开心中莫名的牵挂

　　明天有雨
　　后天有雨
　　晴和的日子啊
　　姗姗来迟

　　伞也无消息
　　你也无消息
　　丝丝的雨弦啊
　　叫我从何弹起

是的，多年的兄弟，可能更像是老夫老妻吧！本以为这种友谊可以继续下去，一直到老，到真正的老，老到坐在轮椅里，靠在冬天的墙角落晒太阳。也许还会聊小说,也许还会讨论诗,也许连诗连小说连字画都不说了,只是说说儿女,只是说说儿女的儿女,比如你的孙子陶最,他可能都已经有了如花的女朋友,可能都已经有了会叫你太爷爷的小宝贝了。可是你怎么突然就走了呢?

　　死神来得太快了!而这一切,却都在文瑜的意料之中。住院之后,他写了几首诗,已经广为流传,让无数人泪目。

　　　　再见吧朋友再见

　　　　就当是和以往一样
　　　　大家聚在一起
　　　　很开心的样子
　　　　散去的时候
　　　　你把我送到路口
　　　　我们挥挥手告别
　　　　然后你拿出手机
　　　　把朋友圈里我的名字删去

　　　　再见吧朋友再见
　　　　你深留在我心间

　　　　想我的时候
　　　　就看看我的诗吧
　　　　我出生的时候就想
　　　　这一生会遇见谁呢
　　　　我离开的时候就想
　　　　我竟这么走运
　　　　我碌碌无为的一生
　　　　因为一些和你相处的日子
　　　　才有了诗意
　　　　你是我的字里行间

　　　　命中注定要分手
　　　　答应将来再见面

大地留不下我
我要到天上去
从天上看下来
街道　快递　点心铺　公交车
面包店　幼儿园
白发老头扶着生气的老太
走进家门
所有的世俗
美丽的慌张
我是多么依依不舍啊
你们

朋友再见不话别
不把伤悲锁眉间

我还欠金仁顺和戴来
二个扇面
戴来说不急的
反正马上冬天了
有一天我要叶兆言
为我写个书法
兆言说过一阵吧
我还能写再好一点的
后来我从拥挤的人群中走过
竟见到了你们的身影
我拼尽力气喊着
你们的名字
却没有声音

死亡不算新鲜事
活着也不更新鲜

他在医院把这首诗发到我的手机上，彼时我正在吴江新华书店的会议室里，和海山、徐总、小易他们聊天。海山兄看出了我神情的异样，问："你怎么啦?"我说:"陶文瑜这是在写绝命诗啊!"

于是我就给大家念这首诗。我想我是没有把它读完,因为我哽咽了,读不下去了。

这首诗因为提到了叶兆言,小海把它发给了兆言。兆言读了诗,噙着眼泪说:"诗是好诗,但是但是,这个人病了呀,得了重病呀!"

是的,他病了,病得很重,他知道自己将不久于人世。

文瑜一生,写了很多好诗。虽然他总是像话唠一样挥霍他的才华,把无数精彩的念头和句子随手抛掷于酒桌茶馆等嘈杂的场合,但他依然有许多沉静的时刻,把诗写得别有洞天。这几首在生命最后写下的诗,无疑会成为他的代表作,传之后世。它的好,已经超越了所有的技巧,言辞简朴到了近乎素白。但是白雪下面,是有着热乎乎的生命温度的呀,是有着活泼泼的对生活的爱、对生的依恋的呀!

这几天朋友圈到处都是泪水,马德里也在下雨。文瑜,请原谅我远在天涯,不能抚着你的灵柩为你送行。我只能委托燕华君代表我去送你。谁让你走得这么匆匆的呢?不是说好了等我回去的吗?不是说好要再带一大包火腿屑回去给你烧咸泡饭的吗?

有那么多人喜欢文瑜,我想,肯定不只是因为他的有趣。他确实是有趣的,但不只是滑稽,他泛滥的幽默,让他变得可爱,但更为感人至深的,是他的待人接物,是他的古道热肠,是他"小热昏"后面的温暖和深情。

还有他可爱的字画,还有他妙趣横生的诗。

他是有大爱和大智慧的人。

诗人小海说:"昨夜我仿佛成了孤儿。"

昨夜,自然是指文瑜走后的那一夜,他永远离开了我们的那一夜。

潘向黎说,我们知道他要走,我们也知道他不希望我们难过,我们也做好了不难过的准备。但是,我们还是难过,难过极了!

对谁来说,死都是一堵黑暗的墙。文瑜面对死亡所表现出来的淡定沉稳,显示了他超凡的勇气和智慧。他用他面对死亡时的姿态告诉我们,应该怎样热乎乎地生,又应该怎样有尊严地死。文瑜,你值得我们为你骄傲,值得我们好好学习。金仁顺说:"陶老师离去的方式,给我们做了生死课最美的示范。"

苏州有陶文瑜和没有陶文瑜,肯定是不一样的。苏州如果没有陶文瑜,《苏州杂志》主编办公室的门上,就不会有:"春姑娘敲门,陶爷爷在家"这样有趣的春联;就不会有"该姑娘时不姑娘,不该从良偏从良。百宝箱里旧文章,文人好似杜十娘。""缥缈山下看梅花,又看旧人又看花。花是萍水相逢人,人是一生一世花。""不羡仙人羡凡人,不求功名求太平。一天和尚一天钟,自己撞钟自己听。""回头看看来时路,走过路过也错过。亏得当时也错过,才有现在不啰嗦。""早知山河有今朝,何不当年生清朝。和风轻唱春消息,一轮秋月朗朗照。""昨日要比今天好,明天终究胜今朝。一生难过是现在,秋月太迟春太早。""花瘦叶瘦年纪瘦,只道天凉好个秋。春风马蹄江南岸,老夫当年也枝头。""不害别人即功德,不伤自己也是佛。你好我好大家好,有说无说瞎说说。"这些好玩的打油诗了。

好在苏州有过陶文瑜。有过一个写得一手好字的陶文瑜,有过一个写出无数好诗的陶文瑜,有过一个精通苏州美食的陶文瑜,有过一个才情跟古人相比"只输年代"(文瑜常用的一方闲章)的陶文瑜,有过一个爱朋友也被朋友深爱的陶文瑜。英年早逝,当陶文瑜确知自己患上了不治之症后,他说:"天妒英才啊!"是啊,这样的妙人,天不妒他,又去妒谁呢?(黄小初语)

因为有陶文瑜这样的名士风流,苏州的文脉才不致断绝,苏州的文化才更加摇曳多姿。文瑜走了,英年早逝,让人痛惜。然而心痛的感觉和眼泪,终究都将成为过去,都将和整个一代人,和一代代人,白云一样飘入看不见找不回的虚空。未来的人们,肯定会忽略眼泪,却会记得陶文瑜。瓜棚豆架茶余饭后,必将会说起这个人,就像说起唐伯虎、文徵明,就像说起沈三白和《浮生六记》。

(原载《收获》2020年第2期)

辑五

春夜讲唐诗记

_ 止庵

大疫期间,足不出户。晚饭后有暇,就记忆所及,给家人讲解唐诗。每次选一家之作四五首,或绝句,或律诗,或古风,若是《长恨歌》《琵琶行》那样篇幅的一首也就够了。内容太简单的,或用典太繁复的,都不宜讲。抄几则稍成片段者,就教于方家。

王昌龄《听流人水调子》:"孤舟微月对枫林,分付鸣筝与客心。岭色千重万重雨,断弦收与泪痕深。"第二句"分付"继以"鸣筝",弹奏开始;第四句"收"上接"断弦",乐曲戛然而止。二者之间有呼应关系。第二句与第四句各有一个"与"字,前一个是拓展,将"鸣筝"(题目中的"流人"所为)与"客心"(也就是诗人自己)联系起来,展开隐藏在字面背后的人生与世事;后一个是收束,将"千重万重雨"归结到"泪痕"这一点上。可以说是"从大到小"。第一句诉诸视觉;第二句诉诸听觉;第三句既是视觉形象,也是听觉形象;第四句则从视觉("断弦")转为听觉("收"),再转为视觉("泪痕深"),一切都安静下来。可以说是"从动到静"。从第一句到第三句，其间有时间的变化（"微月"到"雨"），或许还有空间的变化（"枫林"到"岭色"），当然也可能只是目光由近转向远，所见景色由亮转向暗，"岭色"是形容迷茫一片。通常诗歌达成意境，往往是从小写到大，从静写到动，这首诗恰恰相反，所达成的意境却深邃而辽远，是因为诗中情感深厚，感官的广度浓缩成为心理的深度。然而这里描写感情非常克制。第二句有意隐去了"分付"的主体，而"流人"只见于诗的题目中，"流人"与"客"的身世际遇，均未著之字面；这一句中"客心"如同"鸣筝"一样都是意象，却是当成一物来写的。只是到了全诗末尾，形容"泪痕"曰"深"，才见情感色彩，正是恰到好处。"泪痕深"又呼应第二句的"客心"，虽是"客"之所见，却也深感共鸣。回过去看，第一句和第三句中的物象都带有主观因素，蕴含着"流人"与"客"浓厚的情绪。第三句既可以理解为自然界的声音，也可以理解为乐曲之声。记得先父沙鸥先生曾说，诗的意境来自于形象与感情达到完全的融合，这首诗算得上是好例子。

贾岛《题李凝幽居》："闲居少邻并，草径入荒园。鸟宿池边树，僧敲月下门。过桥分野色，移石动云根。暂去还来此，幽期不负言。"唐朝诗人中，我自忖心境最相契合的是贾岛，他的诗概而言之，曰空，寂，幽，冷。此诗中间两联，写了四个动作或变化，却予人静谧无声之感。所有的动作都是惯常的，所有的变化都是恒定的。颔联近观，颈联远望，此种静谧由局部展开至于全体。至于"推""敲"二字哪个更好，朱光潜在《咬文嚼字》中说，推可以无声，敲不免有声；推只有僧人自己，敲则庙里还得有人应门。这些我都赞同；但他说"比较起来，'敲'的空气没有'推'那么冷寂"，我却觉得，敲有如前人之"鸟鸣山更幽"，而未必一定有人会来应门，只是期待而已，兴许久久不来，让人在那里空等。至于朱氏担心因此"惊起了宿鸟，打破了岑寂，也似乎频添了搅扰"，在我看来，这句的"僧"与上句的"鸟"仅仅是两个意象，彼此没有同在一个现实情景里的关系，类似诗人别处所写的"归吏封宵钥，行蛇入古桐"（《题长江》）、"雁过孤峰晓，猿啼一树霜"（《送天台僧》）等，只要这些意象共同达成所需要的意境就行了。

贾岛《客喜》："客喜非实喜，客悲非实悲。百回信到家，未当身一归。未归长嗟愁，嗟愁填中怀。开口吐愁声，还却入耳来。常恐泪滴多，自损两目辉。鬓边虽有丝，不堪织寒衣。"诗人有的诗意象丰富（不少五律的颔联或颈联，一句中容纳三个意象，如前引"鸟宿池边树，僧敲月下门"等），字斟句酌；有的诗（多是古风）则如这首《客喜》，直抒胸臆，质朴无华，上承魏晋诗、《古诗十九首》乃至《诗经》笔意。唐诗写旅愁的很多，很少如这首揭示内心和境遇到这般深切程度的。三四句，七八句，都刻画入骨，非有亲身体验不能道得。结尾归到一个细节，简直惊心动魄，且见出苦吟的功夫。杜甫《登高》尾联"艰难苦恨繁霜鬓，潦倒新停浊酒杯"，刘禹锡《酬乐天扬州初逢席上见赠》尾联"今日听君歌一曲，暂凭杯酒长精神"，都是类似写法，最后落到实处，以免写空泛了。

李贺《苏小小墓》："幽兰露，如啼眼。无物结同心，烟花不堪剪。草如茵，松如盖。风为裳，水为佩。油壁车，夕相待。冷翠烛，劳光彩。西陵下，风吹雨。"诗人在他最好的、最具代表性的诗作中所知、所见、所感的那个世界，完全不是我们（包括唐朝大多数诗人在内，李白与李贺也根本不是一路）通常所知、所见、所感的世界。他的《李凭箜篌引》《梦天》《金铜仙人辞汉歌》和这首《苏小小墓》似乎也有一点真实（假如把传说也视为一种真实的话）的依托，但这个真实多半也是他想象出来的，或者借助想象使其脱离了原来的真实。有人说，李贺诗里的境界好比《红楼梦》中的大观园。我答，大观园是重构的人间，李贺的诗所描绘的是非人间，完全不同。

李贺《梦天》："老兔寒蟾泣天色，云楼半开壁斜白。玉轮轧露湿团光，鸾珮相逢桂香陌。黄尘清水三山下，更变千年如走马。遥望齐州九点烟，一泓海水杯中泻。"此诗前半，尚且是对既有传说加以经营，想象出一个天上仙境，自第五句起，诗人自己进而置身其中，因此拥有了一个从人间之外俯瞰人间的奇特视点，而且运用得那么充分，无论时间（"更变千年如走马"）还是空间（"遥望齐州九点烟，一泓海水杯中泻"），都非人间寻常想象所能企及。贾岛写的是人间里的非人间，李贺写的是人间外的非人间。

杜牧《九日齐山登高》："江涵秋影雁初飞，与客携壶上翠微。尘世难逢开口笑，菊花须插满头归。但将酩酊酬佳节，不用登临恨落晖。古往今来只如此，牛山何必独沾衣。"苦雨老人说："我所觉得有趣味的是杜牧之他何以也感到忍过事堪喜？我们心目中的小杜仿佛是一位风流才子，是一个堂骥（Don Juan），该是无忧无虑地过了一世的吧。"（《杜牧之句》）堂骥，今译唐璜，拜伦叙事长诗《唐璜》的主人公。在我看来，杜牧是一位有真情但不久久留情，哀伤而不痛苦，虽然深谙世事无常，笔下却相当简洁明净的诗人。这首诗读到"菊花须插满头归"，或许稍嫌迹近轻浮，但有上句"尘世难逢开口笑"兜底，又觉得并不过分，只是偶尔舒展一下而已。下一联也是如此，第五句"酬"字未免来得随意，第六句"恨"字却动人心魄。

陈陶《陇西行》："誓扫匈奴不顾身，五千貂锦丧胡尘。可怜无定河边骨，犹是春闺梦里人。"我从第二句"五千"想到，第三句之"骨"及第四句之"梦里人"，自非单数，而是累累白骨散落在荒凉之地，"春闺"也分布于天下各处。这正是此诗震撼人心的地方。那些春闺梦是暖暖的、长长的，太阳升起犹迟迟未醒,同一个太阳也照耀着具具白骨,而这曾是一个个年轻、强壮、用"貂锦"装扮得漂漂亮亮的将士。一具白骨,一位梦里人,对应一处春闺。我把这意思说与友人史航,他说,"可怜"也是要乘以五千的。

二〇二〇年三月五日

(原载《文汇报》2020年4月13日"笔会"副刊)

苏轼与《赤壁赋》

_ 张宗子

五次赤壁之游

自元丰三年二月至元丰七年四月初，苏轼在黄州住了四年零两个月。在此期间，城西北长江边上的赤壁，是他经常去游览的地方。他不仅喜欢这里的开阔景色，周瑜破曹的三国古战场传说，又容易引发他这关于兴废成败的遐想。心肠好而又富于才情的人，多半有孩子气，许多看似矛盾的方面汇于一身，聪明时是聪明到极点，单纯时是单纯得仿佛从不曾食过人间烟火。苏轼爱玩，也会玩，兴趣广泛，赤壁岸边到处散落着漂亮的鹅卵石，有些像玉一样温润晶莹，浅红深黄，色彩美丽，有些带着指纹一样细细的纹理。他每次去，都挑拣一些带回，日积月累，竟然积攒了两百七十多枚，用一只古铜盆注满清水养着。据他向人夸耀，精彩的那枚，活脱一个老虎或豹子头，口鼻俱全，甚至还有一双炯炯有神的眼睛。

四年里去过赤壁多少次，他恐怕自己也记不清了。他在《记赤壁》一文里说，这里"断崖壁立，江水深碧"，风平浪静的日子，"辄乘小舟至其下"，然后舍舟登岸，凭高望远。来的次数多了，他对赤壁一带极为熟悉。赤壁下有个徐公洞，虽然叫洞，其实不是洞穴，只因山石曲折深邃，给人山洞的神秘之感，因此得名，还攀上古时一个姓徐的名人。山顶有鹰巢，住着一对鹰。这是他见过的，后来几次写到。据说还有两条蛇，有人见过，他没有。

他在诗文里明确记述的赤壁之游，至少有五次。第一次是元丰三年，也就是他初到黄州那年的八月，是和儿子苏迈划着小船去的。其后两次，分别在元丰五年的七月和十月，与朋友同游。这三次都是夜游，后两次夜游的结果，便是著名的《念奴娇·赤壁怀古》词和两首《赤壁赋》。第四次仍在元丰五年，那年的十二月十九是他四十七岁生日，当天，朋友们特地在赤壁下为他置酒庆生。

第一次的父子同游，苏轼在回复友人参寥子的问候时有过简单的介绍：其时他住的地方离江边不远，划着小船就去了。八月初，不到十天就是中秋，"秋潦方涨，水面千里，月出房心间，风露浩然"。"西望武昌，山谷乔木苍然，云涛际天。"这两段描写，后来略加修饰，都用在《赤壁赋》里。大约节候相近，所见景致亦无大异。"西望武昌"，在赋里是"东望武昌"，或是船在江中方位不同的缘故。

苏轼父子经常夜游，越是险怪之处，越是喜欢趁月色明亮的夜晚去，大概月下景色别具幽趣，也更有惊险之感。四年后写的《石钟山记》，记载那次探险也是他"独与迈乘小舟至绝壁下"，所见情景酷似《后赤壁赋》中所写："大石侧立千尺，如猛兽奇鬼，森然欲搏人。而山上栖鹘，闻人声亦惊起，磔磔云霄间。"渲染得有声有色，令读者如身临其境，连山上栖息的猛禽被惊起的细节都一样。

第二和第三次之游，两首赤壁赋已有描写。前赋所记那一次，我们只知道同游者中有此前不久才从庐山来探望苏轼的四川绵竹武都山道士杨世昌，他在苏家住了大约一年，所以，七月和十月的两次赤壁之游，他都在场，前赋中的吹箫者就是他。文中既然写"客有吹洞箫者"，可见客不止一人。后赋之游，除了杨道士，其他人的名字苏轼也没有提。当然，我们可以猜测，苏迈是每一次都参加了的。

第四次即十二月十九日的那次，时间应该是在白天，因为同游的人全都兴致勃勃地登上了山顶，"踞高峰，俯鹊巢"，而不是像后赋里，只有苏轼仗着酒意，独自冒险去攀爬，而且上去后，四顾无人，觉得景色过于凄清，心中凛然，顿觉惊惧，很快就退下来了。当苏轼和朋友们把酒临风、谈笑正欢的时候，江上远远传来笛声，在座的郭遘和古道耕，是苏轼在黄州新交的朋友，都妙识音律，他们说，笛声颇有新意，决非俗人所为。下去打听，方知是年轻的进士李委，早就仰慕苏轼，听说当天是苏轼生日，特地作了一首新曲《鹤南飞》，前来助兴。《鹤南飞》之后，李委另外演奏了几首曲子，"坐客皆引满醉倒"。趁着大家兴致正高，李委请求苏轼为他写一首诗，苏轼当即题了一首《李委吹笛》，诗曰："山头孤鹤向南飞，载我南游到九嶷。下界何人也吹笛，可怜时复犯龟兹。"

再过一年，元丰六年的八月五日，苏轼还有一次赤壁之游，也是第五次赤壁之游，具体经过见苏轼写给范子丰的信。其时李委即将离开黄州，前来与苏轼告别，他们再一次"小舟载酒饮赤壁下"，李委吹笛，"酒酣，作数弄，风起水涌，大鱼皆出。山上有栖鹘，亦惊起"。

这个栖鹘，不知为何苏轼这么津津乐道。每次谈及，怜惜之情，溢于言表。他津津乐道，后人也爱屋及乌，把它当成了心头的挂念。吴曾《能改斋漫录》里说："东坡谪居于黄五年，赤壁有巨鹘，巢于乔木之巅。后赋所谓'攀栖鹘之危巢'是也。韩子苍靖康间守黄州，因游赤壁，而鹘已去。"韩子苍即韩驹，著名诗人，他是苏轼的四川老乡，早年作诗学苏轼，后来受过黄庭坚的影响，因此被吕本中列入江西派，但他自己并不乐意。靖康到元丰六年，过了四十余年，鸟寿有限，巨鹘即使没有迁移，大概也已作古了。为这事，韩驹还写了一首游赤壁诗赠给何次仲："岂有危巢尚栖鹘，亦无尘迹但飞鸥。"（《登赤壁矶》）不仅栖鹘不见，连东坡先生的遗迹也荡然无存了。

苏轼文中提到赤壁山顶的鸟，都是鹘，也就是一种鹰，唯有《李委吹笛》诗的小引里写作"俯鹊巢"，这里的鹊，大概是鹘字的误写。

《赤壁赋》与《月赋》

《赤壁赋》横空出世，宛如天外之音，后人叹赏之余，不免议论纷纷，都想为这篇千古奇文找出点来历，发现一条直达玄秘之境的门径。大词人周密说苏轼多用《史记》语（其实苏轼最爱《汉书》，还有《后汉书》），后赋末尾的"开户视之，不见其处"，很像《神女赋》，他因此得出结论，说苏轼是以文为戏。罗大经也认为苏轼作文"步骤太史公"，具体而言，《赤壁赋》与《伯夷传》"机轴略同"，都是以虚为实，笔致灵动。南宋学者、也是苏轼的眉山老乡史绳祖说，前赋自"惟江上之清风"至"相与枕藉乎舟中，不知东方之既白"，是把李白的"清风明月不用一钱买，玉山自倒非人推"两句十六个字，演绎成七十九个字，青出于蓝，更加奇妙。话当然没错，可是这个意思，早在王羲之的《兰亭序》中就已经有了。"惟江上之清风，与山间之明月，耳得之而为声，目遇之而成色，取之无禁，用之不竭，是造物者之无尽藏也，而吾与子之所共食。"不就是王序的"仰观宇宙之大，俯察品类之盛，所以游目骋怀，足以极视听之娱，信可乐也"吗？

归有光说《赤壁赋》脱胎自陶渊明的《归去来辞》。如就文章"潇洒夷旷，无一点风尘俗态"而言，两首《赤壁赋》和陶文都有近似之处，但也仅此而已。无论文章的思路和章法，还是文中表现的情绪，都与陶文没多大关系。《归去来辞》通篇洋溢着脱出樊笼、复归自然的轻快情绪，《前赤壁赋》和《后赤壁赋》则是无可奈何中的自我安慰，故作旷达，而难掩内心的伤感（前赋）和忧惧（后赋）。要说《赤壁赋》确实有所仿效，仿效的乃是谢庄的《月赋》。《前赤壁赋》与《月赋》的关系，正如王勃的《滕王阁序》与王简栖的《头陀寺碑文》。

两首赤壁赋同是记游，但侧重点不同。后赋偏重记事，前赋偏重议论。前赋背景紧扣月亮来写，实际上也可看作一篇《月赋》，措辞和命意，多有借鉴谢赋之处。譬如"白露横江，水光接天"两句，便自谢赋的"白露暧空，素月流天"化出。在谢赋中，陈王曹植望月有怀，背诵《诗经》中的咏月名作，其中的"殷勤陈篇"，即陈风中的《月出》。"月出皎兮，佼人僚兮，舒窈纠兮"三句，引起后文思念的话题。苏赋的"诵明月之诗"，说的也是这首诗。此外，《赤壁赋》中的歌："桂棹兮兰桨，击空明兮泝流光。渺渺兮予怀，望美人兮天一方。"更和谢赋中的前歌如出一辙："美人迈兮音尘阙，隔千里兮共明月；临风叹兮将焉歇？川路长兮不可越。""隔千里兮共明月"一句，还被苏轼化用到寄赠弟弟苏辙的那首众口传诵的中秋词中，"千里共婵娟"遂成千古名句。

望美人兮天一方

这里还要提到一点：所谓远方美人，过去多认为如同在屈原赋中，借指君主。作赤壁赋时，苏轼因乌台诗案被贬。远离京城而不忘君，当然是很可理解的事，苏轼自己也经常谈到。到黄州不久，他在致好友王定国的信中，就称赞王定国有如杜甫，虽处困穷之中，一饮一食，未尝忘君，每封信"皆有感恩念咎之语，甚得诗人之本意"，说自己虽然不肖，"亦尝庶几仿佛于此也"。但美人指美好之人，可以是君王，也可以是朋友和兄弟。谢庄赋中虚拟的情景，是曹植由于多位好友的故世，"悄焉疚怀，不怡中夜"，于是赏月遣愁，并请王粲作赋。王粲歌中遥不可即的美人，既指生死永隔的故人应场和刘桢，也指分散在异地不能相见的兄弟如白马王曹彪等。乌台诗案，很多人受到苏轼的牵连，其中与他关系最亲近的王晋卿和王定国，处分最严重，一个被削除所有官爵，一个被流放到宾州。弟弟苏辙也被贬官到筠州。他此时的处境，和遭受猜忌的曹植颇有几分相似。赋中怀念的美人，显然以指这些亲友更贴切，也更符合赋的整体气氛。

人的情绪是复杂的，对于同一件事，今日与昨日，昨日与明日，想法都可能不同。即使是完全相反的想法，也不能说一个必真，一个必假，因为它们都是一时一刻的心境的真实体现。就像孟子说的，中国的知识分子，穷则独善其身，达则兼济天下，永远存在着双重选择，端看时势如何。自孔子以来，都是如此。即使杜甫，最关心时政和民生疾苦的诗人，也有很多时间，想到的只是天各一方的弟妹，只是艰难生活中一点小小的田园之乐。所以，特定的意象、比喻、典故、情境，具体所指，要放在上下文的关系中，放在文本特定的情绪氛围里，才能作出恰当的理解。《赤壁赋》不像杜甫那些关心时事的咏怀诗，是在抒发"致君尧舜上，再使风俗淳"的理想，而是表达了一种流连风月、看淡荣辱的出世情怀。

这种情怀，我们可以用其元丰三年的《答李端叔书》为证。苏轼在信中说自己，"自得罪以来，深自闭塞，扁舟草履，放浪山水间，与渔樵杂处，往往为醉人所推骂，辄自喜渐不为人识"。又说，名高必招嫉妒，不如默默无闻："轼每怪时人待轼过重。"弹劾苏轼的三凶何正臣、李定和舒亶，其中舒亶就是一位非常有才气的文学家，诗词都不错，他的札子，明显与李何二人不同，很专业地抠苏诗的字眼，非置苏轼于死地不可。这就是一个才名不及者的狂热妒恨。苏轼愿意"不为人识"，虽是愤激之辞，却也发自内心，然而无名可以借炒作来出名，一个凭作品深获天下敬仰的人，难道可以反炒作来使自己重新"泯然众人"吗？

有一个与《赤壁赋》相似的例子，是他的《西江月·黄州中秋》。有学者认为这首词作于元丰三年的八月十五。开头两句是"世事一场大梦，人生几度秋凉"。结尾两句是"中秋与谁共孤光，把盏凄然北望"。按词意，很显然地，这个"北望"中的不能同杯共盏的知心人，如胡仔《苕溪渔隐丛话》所指出的，系指弟弟苏辙。但也有人认为，苏轼谪居黄州，郁郁不得志，"凡赋诗缀词，必写其所怀，然一日不负朝廷。其怀君之心，末句可见矣"。其实，我们稍稍想一想就能知道，且不管开头人生如梦的感慨，就说这"把盏凄然北望"，如果所望的是君王，凄然二字用在前头，无论如何也是不妥当的。

更能说明问题的是作于元丰五年九月，也就是作于前后《赤壁赋》之间的《临江仙·夜归临皋》，词中意思也正好上承前赋——游仙的幻想引出出世的念头，下启后赋——知"身不由己，不能自主，乃拘于外物之故"，醉中悟道，醉即是梦。这首词的核心思想，"长恨此身非吾有"，和两赋一样，也是化用庄子的原句——《庄子·知北游》："舜曰：'吾身非吾有也，孰有之哉？'曰：'是天地之委形也。'"

正因为前后两赋抒发的个人情感并不那么"积极向上"，并不那么"主旋律"，甚至关于曹操的那些议论，还有可能被人认为是借古喻今，语含讥刺——"固一世之雄也，而今安在哉？"很像针对当政者而发的。蔡京专权时就有人因类似的言论而被追究直至杀头。而自北宋末年到南宋的大部分时间，告密相当流行。文人之间有私怨的，没有私怨却别有所图的，动不动就去举报别人诗文中有违禁之处。早先，文同就曾告诫过苏轼，"北客若来休问事，西湖虽好莫吟诗"。到苏轼晚年，好友郭祥正还不断提醒他，"莫向沙边弄明月，夜深无数采珠人"。我读到"夜深无数采珠人"，真是感慨万分，也难怪苏轼在《志林》多次提到"忧患之余"，提到他"平生遭口语无数"。再怎么说，就算天下识字者都是欧阳修那样的正人君子，《赤壁赋》也决不会让人读过会产生"苏轼终是爱君"（宋神宗语）的印象。苏轼对此自然心知肚明。发牢骚在熙朝盛世肯定是不讨好的事，因此是危险的事。所以在赋成后的第二年，即元丰六年，当他应友人"钦之"请求，为之书写《赤壁赋》时，便很慎重地嘱咐对方不要拿给别人看："轼去岁作此赋，未尝轻以示人，见者盖一二人而已。钦之有使至，求近文，遂亲书以寄。多难畏事，钦之爱我，必深藏之不出也。"

这个钦之，现在一般认为就是傅尧俞，北宋仁宗、英宗、神宗、哲宗四朝重臣，和苏轼一样，也是新法反对者。苏轼为他抄写的《赤壁赋》，现藏台北故宫博物院。

虚而遨游

苏轼自小喜读庄子，两赋取意庄子之处，比比皆是，但也有一些不容易看出，或看出了却未能尽得其意的地方。比如"盖将自其变者而观之，则天地曾不能以一瞬"一段，句式和用意均仿《德充符》中的"自其异者视之，肝胆楚越也；自其同者视之，万物皆一也"。宋人早已指出这一点，今天的各种注本也都注明，但《德充符》这段文字之前还有一段话："仲尼曰：'死生亦大矣，而不得与之变，虽天地覆坠，亦将不与之遗。审乎无假而不与物迁，命物之化而守其宗也。'"这个意思，就是苏轼所说的"物与我皆无尽也"。

再如赋中的"浩浩乎如凭虚御风，而不知其所止"。御风自然是用《逍遥游》中"列子御风"之典，但"不知其止"也有讲究，即庄子所说的"乘天地之正，御六气之变，以游无穷"。《后赤壁赋》中的"返而登舟，放乎中流，听其所止而休焉"。意思近似，出处在庄子《列御寇》篇："巧者劳而知者忧，无能者无所求。饱食而遨游，泛若不系之舟，虚而遨游者也。""虚而遨游"四字，可以说，正是前后两赋的主旨。

"共适"还是"共食"？

苏诗多异文，苏文亦然。异文多的原因，一是传抄的错误，二是后人自以为是的修改，其中有改得好的，也有改得不好的，但改得好不能成为取代真本的理由，三是作者自己的修改，杜甫和苏轼都喜欢反复修改作品，所以常有不同稿本并存的情况。《赤壁赋》最有争议的是"造物者之无尽藏也，而吾与子之所共适"者一句。现在的绝大多数选本中，都作"共适"。但传世的苏轼手迹上，却都写作"共食"。孔凡礼先生点校的《苏轼文集》，就将"适"字改回"食"，并在注释中说，"'食'原作'适'，今从集甲卷十九，《文鉴》，三希堂石刻"。至于改的理由，孔凡礼征引了多家旧说，最重要的两条，一是《朱子语类》卷一百三十记载"尝见东坡手写本，'食'即原作'食'"而且当年苏季真刻东坡文集时，问食字之义。答之曰："如食邑之食，犹言享也。"说明苏轼的手稿上这个字是写作"食"的，食的意思是享用。其次是清代李承渊《古文辞类纂》校勘记中记载，桐城派大师刘大櫆解释"食"，还有另外一层意思，引明人娄子柔的话说，佛经有"风为耳之所食，色为目之所食"语，东坡盖用佛典云。

我最早留意此事，是因为读了清末书画收藏家裴景福的《河海昆仑录》。裴景福说：《赤壁赋》中的"'食'字寻常刻本均作'适'，明以来书家屡书之亦同，吾见东坡墨迹书《赤壁赋》者二，均作'食'。其最初本为元丰甲子将去黄州前数日书赠潘邠老者，指顶楷书最精，藏予壮陶阁。前明人凤洲尔雅楼，后有贾秋壑印，亦作'食'字，与三希堂本同。按耳食出《史记》，人所共知也，而《阿含经》云：眼以色为食，耳以声为食，又目以睡为食，亦本佛经，周栎园曾引之。是'共食'二字，上顶'耳目'句，句法最为精密。若用'适'字，便少味。"

裴景福也说到苏轼的墨迹写作"共食"，其中一幅是苏轼在离开黄州前几天抄赠好友潘大临的。这一幅，不知今天尚在人间否。另外，裴景福是桐城派文人，桐城派作文章讲究义法，他读文章，注意文章的规范，对于《赤壁赋》中用"食"字，他就有个很好的看法："食"字既然出于佛典的"眼以色为食，耳以声为食"，那么"共食"两字正好紧扣前文的"耳得之而为声，目遇之而成色"，如果用"适"，就照应得没那么好，谈不上法度谨严了。

看了诸家征引的宋元明人的意见，给我的感觉是，赞同用"适"字的都是明以后人，宋人则觉得原文作"食"字没什么疑问。裴景福也说，只有明朝以来的书法家抄写时才把"共食"写成"共适"。我去查了查,直到元人赵孟頫的《赤壁二赋帖》,这句话还是写作"共食"的。据此猜想,这个"适"字,可能真是明人刻书时改的。明人喜欢改古人的书,一是常把比较生僻的字改成较通俗的字,二是把他们觉得太俗的字改成比较"雅"的字,不知古人的用字有很多是看似极俗而实际上藏着出处的,"食"字就是如此。

改用"适"字,理由也很明显,因为这是庄子书里多次出现的一个重要的字,既能和苏轼喜欢庄子联系上,庄子用"适"字的几处,意思和《赤壁赋》也能契合。庄子用"适",主要为以下四处:

《大宗师》:古之真人,不知说生,不知恶死。其出不䜣,其入不距。翛然而往,翛然而来而已矣。不忘其所始,不求其所终。受而喜之,忘而复之。是之谓不以心捐道,不以人助天,是之谓真人。……若狐不偕、务光、伯夷、叔齐、箕子、胥余、纪他、申徒狄,是役人之役,适人之适,而不自适其适者也。

《达生》:忘足,履之适也;忘要,带之适也;知忘是非,心之适也;不内变,不外从,事会之适也。始乎适而未尝不适者,忘适之适也。

《骈拇》:夫不自见而见彼,不自得而得彼者,是得人之得而不自得者也,适人之适而不自适者也。夫适人之适而不自适其适,虽盗跖与伯夷,是同为淫僻也。

《寓言》:生有为,死也亏。公以其死也,有自也;而生阳也,无自也。而果然乎?恶乎其所适?恶乎其所不适?天有历数,地有人据,吾恶乎求之?

适的本义是往,到,归,进一步引申为符合,适合,舒适,安适。前引庄子三例,第一例和第三例中,适的意思都是安适,第二例,适的意思是合适。第四例中的适是去往的意思,与苏文关系不大。

"适"没有享用的意思。苏文中的"而吾与子之所共适",我们可以多拐几个弯,把它引申为"喜欢""玩赏",但总不如"享用"贴切。

退一步说,就算"适"字源出庄子,意思更丰富,就算我们可以假定是苏轼后来把"食"改为"适"的,但毕竟没有证据,而唯一确定无疑的,是苏轼的手迹,是他自己明确无误地写作"共食"的。

(原载《财新周刊》2020年5月30日)

空城计札记

_李庆西

一

"空城计"是诸葛亮初出祁山的收官之笔,事在《三国演义》第九十五回。因马谡失却街亭,诸葛亮只得安排退兵之计,自引五千人马去西城县搬运粮草。不料司马懿父子率十五万大军蜂拥而来,这时身边没有一个能上阵的将官,而五千军中却有一半运粮走了。无奈之下弄险大开城门,以虚应实,眩惑对方。眼见诸葛亮在城楼上焚香操琴,司马懿疑有伏兵踟蹰不前,终竟不战而退。此节本是蜀军撤退的过渡情节,寥寥千余文字却成了压轴的重头,在三国层出不穷的谋略叙事中,实为最令人叫绝的一计。

《三国演义》以陈寿《三国志》为蓝本,许多奇崛的情节亦自有其本事。如,曹操下套离间马超韩遂,那种桥段怎么看也像纯然出自小说家手笔,却是《魏志·武帝纪》建安十六年记事。不过,"空城计"这故事并不见于《三国志》诸传,亦未载入《晋书·宣帝纪》(按,陈寿撰《三国志》因避讳不作司马懿传,《宣帝纪》可补此缺),实际上小说这番描述根本不见于任何正史,实是文学虚构。然而,之前失街亭和后来的斩马谡,却是于史有征(《蜀志·诸葛亮传》)。将虚构的"空城计",裹入一场实有其事的战役。那是蜀汉建兴六年(公元228年,即魏太和二年)春天的事情。

不过,据史志记载,诸葛亮这次伐魏,对方主帅是曹真,而非司马懿。如《魏志·明帝纪》谓:"太和二年,蜀大将诸葛亮寇边,天水、南安、安定三郡叛应亮。遣曹真进兵,张郃击亮于街亭,大破之。亮败走,三郡平。"《曹真传》亦谓:"诸葛亮围祁山,南安、天水、安定三郡反应亮。帝遣(曹)真督诸军军郿,遣张郃击亮将马谡,大破之。"曹真坐镇郿县(今陕西眉县),披坚执锐冲在前边的是张郃,这回没有司马懿什么事儿。

其时司马懿居于宛城(魏之荆州治,今河南南阳),《晋书·宣帝纪》曰"加督荆、豫二州诸军事"。之前因新城太守孟达反水,司马懿率兵奔袭上庸(今湖北竹山一带),斩孟后并未远赴天水郡加入战事,而是"振旅还于宛"。如果按蜀魏战争编年史来安排"空城计"这故事,在城下听诸葛亮操琴的应该是张郃,司马懿杀入蜀境尚在两年之后(魏太和四年)。

二

"空城计"这故事由来已久。《蜀志·诸葛亮传》裴松之注引晋人郭冲条述诸葛亮五事,其第三事曰:

> (诸葛)亮屯于阳平,遣魏延诸军并兵东下,亮惟留万人守城。晋宣帝(即司马懿)率二十万众拒亮,而与延军错道,径至前,当亮六十里所,侦候白宣帝,说亮在城中兵少力弱。亮亦知宣帝垂至,已与相偪,欲前赴延军,相去又远,回迹反追,势不相及,将士失色,莫知其计。亮意气自若,敕军中皆卧旗息鼓,不得妄出菴幔。又令大开四城门,扫地却洒。宣帝常谓亮持重,而猥见势弱,疑其有伏兵,于是引军北趣山。明日食时,亮谓参佐拊手大笑曰:将有强伏,"司马懿必谓吾怯,循山走矣。"候逻还白,如亮所言。宣帝后知,深以为恨。(建兴五年裴注)

这就是"空城计"故事原型。郭冲的记述确是极好的小说材料,此条所谓"敕军中皆卧旗息鼓,不得妄出菴幔。又令大开四城门,扫地却洒"这一番安排,尽被《三国演义》取用;而诸葛亮之"意气自若",则化作身披鹤氅焚香操琴的城头表演。以小说描述的"空城计"场面对照郭冲此条,可见基本上是按其原型加以渲染铺叙。郭冲所述本乃小说家言,裴注亦注意到其说与史实相抵牾,乃谓"冲之所说,实皆可疑",一个有力的依据就是司马懿其时在宛,不可能与诸葛亮直面相睹。

值得注意的是,郭冲此条开头一句:"亮屯于阳平,遣魏延诸军并兵东下,亮惟留万人守城。"给出的地点是阳平(即汉中阳平关,在今陕西勉县)——诸葛亮本人留守阳平,也就是说,这个原始版本的"空城计"故事应是发生在阳平。诸葛亮几次北伐都是从阳平大本营出发，按郭冲之说倒是险些让司马懿抄了他的老巢。《三国演义》将地点挪到了西城县，有意将故事嵌合到初出祁山的战事之中。

不过，将地点摆到西城县，方位明显有误。因为西城县不在祁山以北。西城乃魏之荆州魏兴郡治（在今陕西安康市），跟蜀方出兵的祁山、天水一线不在一个方向。如果按小说叙事情境，诸葛亮险遭围城的地方应该是天水郡的西县（在今甘肃天水附近），而不是魏兴郡的西城县。诸葛亮从阳平关出兵，是从箕谷向西北—东北方向运动，从地图上看，祁山—西县—天水—街亭，大致是逐次向北的节点（见谭其骧《中国历史地图集》第三册），西县正在蜀军进退路线上。

三

西县，西城县，一字之差，很容易发生舛错不是？但这里的混淆好像不是这么简单。

再看郭冲三事，其"遣魏延诸军并兵东下"一语，分明是往东南方向的魏兴郡进发，那是曹魏控制的荆州西北部，西城县正在这个方向上。由此可见，这原版"空城计"是以另一场战事为背景。其实，郭冲四事说的才是初出祁山之役，如谓："（诸葛）亮出祁山，陇西、南安二郡应时降，围天水，拔冀城，虏姜维，驱略士女数千人还蜀。"（建兴六年裴注）此与蜀、魏诸传所述略同。那么，这回"并兵东下"为何来着？唯一的可能就是为接应孟达反水而出兵，从《中国历史地图集》上看孟达所据新城郡就在魏兴郡下方。只是没有史料可以佐证诸葛亮有过这样的东征之举。也许实际上并未发生战事，司马懿仅八日就率部从宛城杀到上庸，魏延策应不及只得偃旗息鼓，因而未及见诸史家笔端。当然这是基于郭冲叙事的假设。

魏延向魏兴—上庸进发，与杀向汉中的司马懿"错道"而行，这正说明对方是从魏兴郡那边过来。这一点，郭冲并非凭空结撰，诸葛亮出祁山之后，司马懿已屯兵魏兴郡（西城）。

《魏志·曹真传》记述，太和四年（蜀汉建兴八年），曹真向魏明帝曹叡建言："蜀连出，侵边境，宜遂伐之，数道并入，可大克也。"明帝采纳了这个分兵进入蜀境讨伐的方案，"（曹）真以八月发长安，从子午道南入，司马宣王泝汉水，当会南郑"。南郑（今陕西汉中市），即汉中郡治，这次进讨意在拿下汉中。按《蜀志·后主传》的说法，曹魏是作三路进兵："（建兴）八年秋，魏使司马懿由西城、张郃由子午、曹真由斜谷，欲攻汉中。"

曹真此番出师不利，被大雨堵在陈仓，并未进入蜀境。但司马懿一路倒是长驱直入，《晋书·宣帝纪》曰："四年……与曹真伐蜀。帝（按，指司马懿）自西城斫山开道，水陆并进，泝沔而上，至于朐，拔其新丰县。军次丹口，遇雨，班师。"可是，从地图上看，宣纪叙述的进军路线有些令人费解。司马懿到了朐（今重庆云阳县），还拿下了汉丰县（今重庆开州区，新丰系汉丰之误，建安二十一年刘备析朐置汉丰县，参钱大昕《廿二史考异》卷十八），这两处均属巴东郡，在汉中、巴西两郡之东南，看上去是走了相反的路线。说是"泝沔而上"，却是沿着长江往上游绕远，莫非是要走西汉水？不过，学界有一种有争议的说法，这一地区在南北朝之前出现严重地质变化，因嘉陵江袭夺古汉水上游而形成沔水（汉水/西汉水）分流，已无法确定其改道之前的走向（参周宏伟《汉初武都大地震与汉水上游的水系变迁》，载《历史研究》二〇一〇年第四期）。考虑到这一层，未可遽断司马懿当日是怎么个操作。

只是张郃一路不见说起。查《魏志·张郃传》，并未记述从子午谷攻汉中之事。倒是两年前（魏太和二年），诸葛亮再出祁山之际，张郃为救陈仓，率部"晨夜进至南郑"。那回杀到南郑，诸葛亮已粮尽而退。但太和四年攻蜀只是《后主传》提到张郃，而《明帝纪》大抵将其归入曹真一路（《华歆传》说曹真从子午道伐蜀，那么张郃是换到斜谷那边，还是跟曹真并作一路？这两处相去甚远，不至于混称一路）。

不管是何年何时，张郃能够进至南郑，那应该是一座孤城。没有证据表明诸葛亮是否被围在城内。蜀军撤退之际，粮草被设置为一个话题……这些因素凑到一起，"空城计"的外部条件已廓然在目，难道不能想象，曾深入蜀地的司马懿可以替代张郃出现在城下？

在《三国演义》中，太和四年攻蜀之事在第九十九回，却是将司马懿跟曹真拴到一处，都被大雨阻在陈仓城内。当然，这是小说家移花接木的手段。就像鲁迅说的"嘴在浙江，脸在北京，衣服在山西"，郭冲的叙事也很可能是这样一种拼凑。但是反过来说，史家笔下纷纭歧出的叙事亦未必没有事实与想象之舛互。当然，还有一些耐人寻味的空白。就说这一年，蜀汉建兴八年，诸葛亮行状不详，其传中偏偏漏缺这一年记事。是年，《后主传》仅有一句提到诸葛亮，魏兵欲攻汉中，"丞相亮待之于城固赤坂"。赤坂，在南郑以东。

四

在《三国演义》成书之前，三国文学叙事主要见于宋元说话和元杂剧。宋人说话有"说三分"的家数，但究竟有哪些关目，如今已不可知悉，流传于世的话本只有元至治时建安虞氏刊印的《新编三国志平话》一种。这部话本对《三国演义》有着明显的影响。然而，《平话》并没有采入郭冲叙述的"空城计"这个段子。

不但《平话》没有这一出，今存二十一种元杂剧三国戏中同样没有"空城计"。如将搜索范围扩衍至元剧乃至宋元南戏和金院本三国戏残曲及所有存目，也还是找不见这个剧目。元代以前的剧本、残曲及存目收入《三国戏曲集成》合计有七十七种之多，其中像"桃园结义""战吕布""千里独行""单刀会"等重要剧目均有两三种以上不同版本，却没有一例以"空城计"为题材。再查《武林旧事》卷十所列"官本杂剧段数"名目，里边没有三国戏，而《辍耕录》卷二十五宋金"院本名目"只有《赤壁鏖兵》《刺董卓》《襄阳会》《大刘备》《骂吕布》五种。

三国戏曲的题材分布有两个值得注意的现象：一是以刘、关、张和蜀汉叙事为主，二是主要讲述诸葛亮南征之前的故事。这种取舍实大有讲究，审视历史亦自伴有某种审美态度。北伐出师未捷，不啻开启一部蜀汉衰亡史，小说家于此灌注的悲剧意概不大容易为戏曲观众所接受（况且戏曲演出往往与喜庆相掺和），故涉及蜀汉后期的元剧仅有王仲文《诸葛亮秋风五丈原》（今存残曲）一种。不仅元代以前是这样，甚至《三国演义》成书之后出现的明清杂剧、传奇亦同样如此，很少有取之小说第九十一回以后的关目。

传奇往往是几十出的连台本大戏，如明无名氏《草庐记》，缀合诸葛亮出山辅佐刘备的一系列故事，不只是三顾茅庐，一直演到刘备入蜀称帝为止。再如，清室允禄长达二百四十出的《鼎峙春秋》，剧情从刘、关、张结义至武侯七擒孟获，其中与小说或历史记载相关的叙事只到诸葛亮南征归来为止。见好就收，明显是一种叙事意图。不过，清代传奇和杂剧也不是完全没有做三国后期文章的。如夏纶的传奇《南阳乐》、周乐清的杂剧《定中原》，就是一种另类三国戏。二者都是从诸葛亮五丈原禳星切入，然后就脱离了小说和历史叙事，整个故事就是演绎蜀汉国运起死回生的大逆转，诸葛亮禳星得以延寿，灭了司马氏父子，灭了曹魏和东吴而一统天下。但因为是从五丈原说起，早先"空城计"一节自然不在其内。

不管避讳还是纂述，总之早先戏曲家并不看好这个表现诸葛亮智谋和胆略的故事。不能说没有技术上的原因（譬如其戏剧冲突难以形之于外，仅凭唱功表演剧情有相当难度），或许更主要的是，那种弄险退兵之计也还是"出师未捷"的注脚。

应该说，"空城计"之成为著名戏曲剧目，大抵在京剧兴起之后。据今见资料，大概最早演出《空城计》的是余三胜（一八〇二至一八六六），署名倦游逸叟的《梨园旧话》（见张次溪编纂《清代燕都梨园史料》）开列余氏擅演的剧目中就有《空城计》。在印刷物尚未普及的时代，戏曲的传播作用无疑优于小说，"空城计"成为国人妇孺皆知的故事，京剧功莫大焉。顺便说一下，"空城计"这名目恐怕也是源自戏曲，《三国演义》书中从回目到内文都未见此语（毛宗岗回评虽曰"坐守空城"，却未名之"空城计"）。然而，这个题材何以迟至清咸丰同治间才被搬上戏台，未是三言两语所能道明，大抵要从世事变迁乃至社会文化心理诸方面寻找原因。

五

坊间所谓"三十六计"小册子，将"空城计"列入兵家韬略，实为大谬。按《辞源》释义，此乃近世好事者附会古语立为名目。其实，诸葛亮这步险棋绝不同于"暗度陈仓""围魏救赵"之类，只是处于特殊情境的应变之策，其独特之处正在于不可复制。

就谋略效应而言，"空城计"或可归入古代战例常有的疑兵计一类。从《三国演义》多处写到的疑兵战术来看，此计能蒙住对方恰是各种因时因地的变招。如第四十二回，刘备当阳撤退时，张飞于长坂桥截阻曹兵，命手下用马匹拖曳树枝搞出"尘头大起"的样子，让曹操疑有伏兵而不敢追杀。又如第九十五回，司马懿从西城退去，关兴、张苞于武功山阻击，也是虚张声势疑惑对方，仅以三千人马做成漫山遍野都是蜀军的假象。

疑兵计通常是以弱搏强，以虚应实，玩的是心理战。就兵家常理而言，这是一种反其道而行之的谋略。兵者的"诡道"，首先是一种诱敌之策。如《孙子兵法》所谓"能而示之不能，用而示之不用"（计篇），说的是要装出一副不能打的样子让你来打，背后自须实力支撑。长坂坡林间"尘头大起"，武功山遍野"鼓角喧天"，却是将文章反过来做，是佯装声势使对方止步于阵前。

但"空城计"的设意又恰恰相反——目的是阻挠对方进攻，偏又摆出一副不设防的样子。明明是拒敌之策，又像是在诱敌深入。诸葛亮城头操琴的优容自如,那不慌不躁的神态,让人根本看不出是逞强还是示弱。按说司马懿应该明白《孙子兵法》所说"无恃其不攻,恃吾有所不可攻也"的道理。可这里是拐了几个弯的反向思维,竟未能勘破此义,自是绕进了这颠倒舛互的套子里。

当然,诸葛亮敢玩这一手,实是抓住了司马懿谨慎而多疑的性格;司马懿之所以不进而退,却只知诸葛亮亦是谨细之人,未料其敢于如此铤而走险。不过,这说的只是一面的道理。以小说描述的情境,双方兵力如此悬殊,诸葛亮实际上已无路可走。既已身处险境,那就不是主动弄险的事情。事后众人皆惊服"丞相之机,神鬼莫测",诸葛亮倒是说了一句大实话:"吾兵止有二千五百,若弃城而走,必不能远遁,得不为司马懿所擒乎?"

打也不是,走也不是,只能将拒敌之策隐于诱敌的假象之中。但这"示之不能"的假象还不能做得太像,否则将司马懿引入城内就坏事了。可想,"空城计"营造的从容淡定,只是从进退两方面模糊对方的判断,因为这其中有一个难以调适的悖论:既不能拒敌,更不敢诱敌。在兵家眼里凡事都要反过来看,司马懿戎事倥偬之际没有时间考虑其中的荒谬,只能凭感觉行事。所以,归根结底是性格问题,性格即命运。

作为无奈的应对之策,严格说"空城计"未必一定有胜算,但也算是危急之中抓住了最优选项。诸葛亮的运气在于对手是司马懿,如果杀到西城的是张郃,就绝无这一出好戏。从这个意义上说,"空城计"是诸葛与司马的"共谋与合作"。

然而有趣的是,许多读者和观众都愿意将诸葛亮此举作为制胜的计谋,视为初出祁山之优胜记略。尽管史家缄默不语,尽管文学叙事又显得夸张而多少有些乖谬,但人们对此还是津津乐道,因为人们愿意相信诸葛亮总有神算妙策。这就是布斯在《小说修辞学》里揭示的那种情形:"作者与读者背着叙事者秘密地达成共谋,商定标准。正是根据这个标准,发现叙述者是有缺陷的。"

(原载《读书》2020年第8期)

把自己生下来多么艰难
——汉德克讲稿

_李敬泽

2019年10月10日，瑞典学院宣布了2018年和2019年度的诺贝尔文学奖获得者，他们是波兰的奥尔加·托卡尔丘克、奥地利的彼得·汉德克。

这两位，汉德克我们比较熟悉，他2016年来过中国，国内翻译出版了他的主要作品，九卷之多，洋洋大观。托卡尔丘克呢，我感觉大家都不太熟，反正我不熟，这几天总是把她说成"邦达尔丘克"，一边说着一边知道我说错了，邦达尔丘克我熟啊，那是苏联的大导演，我看过他导的《战争与和平》。然后一边想着一边说：波兰女作家邦达尔丘克……

一个文学奖评出来，不管是诺贝尔奖还是别的什么奖，只要这个奖有影响力，大家关注它，就一定会有或大或小的争议。相比之下，比如诺贝尔化学奖或物理学奖就没什么争议，国际数学界还有一个奖，叫菲尔兹奖，那就更没争议，评出来我们只能膜拜。为什么无争议？原因很简单，那都是最强大脑啊，哪儿轮到我们插嘴，我们都不懂啊。物理学、化学、数学，搞到那个段位，都不在常识范围之内，公众不能也不必参与。文学就不一样了，很少有人会谦虚地承认自己不懂文学，文学事关人类生活、事关经验和情感，提供想象和言说，人是什么样、人应该和可能是什么样，这几乎不存在什么唯一的真理，大家都有发言权，大家的感受和想法和判断肯定千差万别，在千差万别的对话中逐步形成相对的公论。所以，关于谁是世界上最好的作家，很难有绝对的答案。比如，我就不太明白为什么瑞典学院那些女士们先生们，他们把这个奖都颁给了托卡尔丘克，偏不肯颁给阿特伍德。托卡尔丘克的小说我紧急补课看了一本，《太古和其他的时间》，我的感觉是，阿特伍德是女巨人，托卡尔丘克相比之下还是个文艺青年。

当然，我的看法也可能是偏见，我很羡慕那种人，他们把自己搞成小宇宙，他们的偏见就是他们的真理和科学。这很好，但我做不到。当我们确认谁是好作家、哪一部小说是好小说时，每个人都是从自己的有限性做出判断。什么是有限性？就是我们每个人都有独特的性格、禀赋，有自己的经验背景和知识背景，你的趣味和偏好。我就是个钢铁直男，我就喜欢《三国》《水浒》，受不了《红楼梦》，有问题吗？没问题，你喜欢就好。但另一方面，文学给我们的最好的礼物，就在于，它不仅仅是一面镜子，让我们从中找到和认出我们自己，它还是我们住宅之外的一条街道、村子之外的一片原野，让我们去结识陌生的人，见识那些超出我们感知范围的事，让我们领会他人的内心、他人的真理，由此，我们才不会成为自身存在的有限性的囚徒，我们去探索和想象世界和生活的更广阔的可能性，或者更准确地说，是不可能性。什么叫不可能性？就是在你的小宇宙里你认为这不可能，想都没想过，但是，现在，你打开这本书，看着不可能的事物，如何被想象、被确切地展现出来。

所以，现在，就谈谈汉德克。本来还应该谈谈托卡尔丘克，但是，以我有限的阅读，她对我来说不是"不可能性"，她是令人厌倦的"可能性"，这样的小说我读上几十页就知道大致如此、不过如此，而读小说的其中一个理由，就是我们希望能靠它抵御人生的厌倦。

汉德克是奥地利人，生于1942年，今年77岁了。关于他的生平，这些天大家已经看到了很多介绍，我就不细说了。汉德克曾经嘲讽诺贝尔奖，说该奖的价值不过是六个版的新闻报道。现在呢，他自己也变成了刷屏两三天的新闻人物。在突然激增的关于汉德克的知识中，我特别感兴趣的只有两点，第一点是他的身份。

身份政治是后冷战时代世界文学的一个重要主题，在新的世界政治和文化格局中，"我是谁"成了一个很纠结、很尖锐的问题，这绝不仅仅是启蒙话语中个人的自我意识问题，它还涉及族群、政治、权力关系。对于全球化体系的边缘地区和边缘人群来说，身份政治尤为重要，比如女性、女权。这次诺贝尔文学奖的评奖，一个焦点，就是要有女作家。有没有女作家，不仅是文学问题，更是政治问题，关系到"政治正确"，这个压力很大，所以瑞典方面赌咒发誓，昭告天下，一定要评一个女作家出来，结果就是托卡尔丘克。而汉德克，他看上去好像没有这个敏感的、边缘的身份问题，他是白人男性，奥地利是欧洲和西方文化的中心地带，按说他应该很知道自己是谁，不会为此而焦虑。但其实，他的生父和继父是德国人，至于他怎么就成了奥地利人我也懒得追究，反正德国和奥地利搞成一家历史上也不止一次；我要说的是他的母亲，母亲是斯洛文尼亚人。斯洛文尼亚人的历史说来话长，简单说，就是大部分在斯洛文尼亚，一小部分在奥地利，汉德克的母亲就属于这一小部分，所以才认识他父亲。那么斯洛文尼亚在哪儿啊？就在奥地利南边，是南斯拉夫的一部分，而十几年前的民族主义狂热，把南斯拉夫打成了一片血海。这件事对汉德克的身份意识、对他的创作乃至对其生活都造成了很大影响。

关于汉德克，还有一点是我特别感兴趣的。除了剧作家、小说家，他还是"世界蘑菇大王"。据他自己说，他是世界上蘑菇知识最丰富的那个人，是不是吹牛我也不知道。蘑菇还不是可吃的蘑菇，茶树菇、猴头菇、平菇、松茸什么的，不是，汉德克并不是专精蘑菇的吃货，他感兴趣的是不能吃的、吃了要发疯死人的毒蘑菇。据他说，世上的毒蘑菇有二百多种，他都认识。他为此还写了一篇带点儿自传性的《试论蘑菇痴儿》，一个人痴迷于蘑菇，寻找蘑菇的故事。顺便说一句，除了蘑菇这一篇，他还写了《试论疲倦》《试论点唱机》《试论成功的日子》《试论寂静之地》，这个"寂静之地"就是厕所，我读的书不多也不少，很多年前在《荫翳礼赞》里读过谷崎润一郎写厕所，然后就是汉德克这一篇。

现在，我们看到了一个有博物学兴趣的作家。这样的作家中外皆有，比如纳博科夫也有这方面的兴趣，他不研究蘑菇，他研究蝴蝶。写作这件事，上班下班没法分得清楚，作家整个的生命都会放进去，蝴蝶蘑菇也会不知不觉地进去。纳博科夫的小说就有蝴蝶之美，汉德克呢，他的写作也有毒蘑菇的风格。毒蘑菇艳丽、妖冶，一点也不低调，这艳丽和妖冶是危险的，它是诱惑，也是攻击，骗取你的注意，抵达它的目的，它的目的是什么呢？当然是你的中枢神经啊，麻醉、致幻、休克等等。所以，汉德克的写作，一直受到毒蘑菇的复杂意象的影响。——前几天，我正这么聊得起劲，有个家伙在旁边嘀咕：那个，毒蘑菇也有不艳丽的。我一下子就熄火了，啊？是吗？那好吧，汉德克的写作一直受到毒蘑菇的复杂意象影响，比如毒蘑菇的低调、家常，它不会引起我们的警觉，它欺骗我们，潜入我们的神经，控制我们的意识，就好比语言……这时，又有一个小家伙在旁嘀咕：汉德克说的是二百多种蘑菇，不是二百多种毒蘑菇。——好吧，算我没说，下次他来我请他吃云南菜。

瑞典学院对汉德克有一个简短的评价："他兼具语言独创性与影响力的作品，探索了人类体验的外围和特殊性。"

——关键词是"语言"。语言问题是我们理解汉德克的那把钥匙。汉德克有一个非常了不起的奥地利同乡：维特根斯坦。维特根斯坦启动了哲学在20世纪的语言学转向。关于人、关于人的存在，两千年来众多哲学家苦思冥想，提出无数说法，到维特根斯坦这里，他说，你们都想多了，都没想到点子上，关键在语言，人存在于语言之中。他的论述很艰深，这里不必细说，总之，他的看法深刻地影响了后来的西方哲学和文学，比如在汉德克这里，我们能够清楚地看到维特根斯坦的影响。

汉德克在中国最有名的作品是《骂观众》。2016年他来中国，所到之处，大家跟他也不是很熟，没有那么多话题可说，所以，一搭话就是请您谈谈《骂观众》。老头儿后来都有点烦了，说我1966年刚出道的时候有一个《骂观众》，到现在在四十多年了，又写了那么多东西，你们老提《骂观众》，这么些年我不是白活了吗？

但《骂观众》确实重要，从《骂观众》入手，我们可以理解汉德克的根本想法和根本姿态、他的世界观和方法论。从那时起，他已经写了四十多年了，他的风格当然有变化，但是，这个根本似乎没有变。

《骂观众》很简单，但是惊世骇俗。这是一个剧本，和我们所熟悉的戏剧完全相反，它没有故事，没有人物，没有情节，舞台上也没有布景，甚至就没有传统的舞台与观众的区分。从头到尾，就是四个人，站在那里，喋喋不休、夹枪带棒地骂观众。你们这些蠢货，你们要看的所谓戏剧，不过是"用语言捏造出一桩桩可笑的故事来欺骗观众，将他们引入作者精心设计的圈套"，你们"心甘情愿地受愚弄，毫无思想、毫无判断地接受一种虚伪的、令人作呕的道德判断"。

《骂观众》骂的仅仅是戏剧吗？不是的，从根本上说，汉德克是在骂语言。汉德克的创作起于对人类语言的质疑和批判。他和维特根斯坦一样，认为人存在于语言之中——我们之所以是个人，那是因为人类发明了、学习了、使用了语言，离开了语言，我们就什么都不是，就是没有自我意识的动物，语言是人之为人的根本条件。但由此也带来了一个大问题，那就是，语言是外在于我们的，是异化之物。语言不是我发明的，也不是你发明的，是我们学来的，是一整套社会的和文化的知识、传统、能力，强制性地传给你、教给你，你不学行不行？当然不行。在这个意义上说，我们的思想、我们的存在都受语言的支配，这种支配是根本的，是你自己意识不到的，越意识不到越根本，我们都以为是"我说话"，实际上，我们想想，大部分、绝大部分情况下，其实都是"话说我"，我们对此习以为常，我们意识不到。

所以，就要"骂观众"，就要通过这样的冒犯性行动，迫使你意识到这个问题。过去我们讲"灵魂深处爆发革命"，对汉德克、对维特根斯坦来说，灵魂深处在哪里？就在语言里。语言绝不仅仅是被使用的工具，也绝不仅仅是指涉及客观事物的符号系统，不是中立的、透明的，它自带世界观和方法论，任何一种语言，它都积累、生成着复杂的意义，正是语言所携带的这些意义支配着我们的生命和生活。举一个简单的例子，法国作家罗兰巴特在《恋人絮语》中曾经谈到，恋爱作为一种情感体验，它植根于一套恋爱话语，不是指向生殖的，而是指向精神的、隐喻的、游戏的这么一套话语。《阿Q正传》里，阿Q面对吴妈，有话要说，又说不出来，憋了半天，憋出一句：我要和你困觉！这就不是恋爱，这是生殖和找打。阿Q不是五四青年，他没有一套恋爱话语，他如果说，我想和你度过每一个夜晚，那会怎么样？也许不会挨打，没准还能谈下去。电影里、电视里、小说里，凡恋爱言情，必须是普通话，用地方方言一定笑场，为什么？因为在中国，恋爱话语本身就是用白话、普通话、书面语建构起来的，我们每个人都是在语言提供的现成剧本中演戏。

如果仅仅是谈恋爱倒也罢了，问题在于，这种语言的力量，它会变为统治权力和统治秩序，它会从生命的根部驯服人，它会让你不知不觉就认为女人就是低男人一等，穷人就该永远受穷，唯上智与下愚不移，等等。汉德克的作品，都是从这个问题出发的，都是从对语言的这种警觉和批判出发的，由对语言的批判，到对资本主义文化和社会的批判，到对人的存在的反思。从最初的小说《大黄蜂》开始，他就从根本上质疑传统的西方文学，认为那些小说，不过是为人们提供理所当然的、骗人的世界图像，小说作为一种语言方式、话语方式，是虚构的，但渐渐的，这种虚构入侵乃至支配和替换了现实。在汉德克看来，要造反、要革命，就是要从语言干起。

语言是如此重要和基本，它是人类存在的条件和根基，也是文学的条件和根基，在这个问题上干革命，肯定会带来很复杂、很严重的后果。

首先一个后果，就是汉德克认为，所有那些我们以为是小说的小说，有故事、有情节、有人物、有命运等等，都是骗人的，都体现着语言造就的统治秩序。那么现在，你为了让人们觉醒过来而写小说，你怎么办呢？你必须写不像小说的小说、不像戏剧的戏剧。所以，读汉德克，你得准备好，你如果是一个19世纪小说爱好者，那你肯定会很生气，你倒不一定觉得他在骂你，但你肯定会觉得他在浪费你的时间。

另外一个后果更为根本，就是，你认为语言是人类的牢笼，使我们既无法认识自己，也无法认识世界，但同时，人又不得不在语言中存在，汉德克还得用德语写小说，那么怎么办呢？这不是无解的悖论吗？

在汉德克看来，这正是人的悲剧所在。在他的另一部戏剧《卡斯帕》中，一个人生下来，喘气儿，活着，当然这还不行，他得"通过语言真正地生下来"，于是就开始学语言，但是，"当我学会第一个词，我便掉进了陷阱"。卡斯帕这种进退维谷的命运就是人类命运的象征。可以说，汉德克的写作就是为了应对、反抗这个命运，把人从作为一种统治秩序的语言中被解救出来，让人身上、人心里那个沉默的、无言的"我"活过来，发出声音，获得语言，不是"话说我"，而是"我说话"。

但是,"我说话"何其难啊,一个人去掉现成话语的遮蔽和支配,把自己、把这个所谓的"主体"呈现出来,这是很难的事。这就好像我们自己,现在忽然发了疯,"惟陈言之务去",排除所有现成的话,看见今晚的月亮你不要想李白苏轼、不要想嫦娥玉兔,你只把今晚的这一轮月亮说出来,赤条条无牵挂地说出来;然后同样的,关于你的生活、关于你自己,你不要小说化、鸡汤化,你排除所有现成的意义话语,你说吧——我估计绝大部分人就无话可说了,反正我是无话可说,一台电脑卸载了系统,那还怎么运行?

这既是逃避和反抗,反抗语言的规训,同时,也是探索、发现,你不得不最直接地注视自己和世界,并找到、发明相应的语言。在这个过程中,你实际上是要成为自己的上帝,要有光,靠自己的光照出自己、创造自己,你自己把自己生出来、长起来。在生活中,真要这么干,跟疯了也差不太多,所以,我们没必要这么干,我们读汉德克的书就行了。

但汉德克的书真难读啊。说老实话吧,我把他的九卷本摆在那儿,一本一本翻,每一本都没翻完,读不下去。当然,我本来就是一个深刻地接受了语言规训的人,而汉德克是"骂观众"的,是"骂"我的,他的小说不是回音壁,不是音乐会,他一点儿都没打算让我舒服,我舒服了他就失败了。尽管如此,我还是很好奇,想看看他如何通过语言把自己生出来,但在这里,又碰到一个问题,就是语言。瑞典学院所夸的语言当然是汉德克的德语,而我读的是翻译过来的汉语,从德语到汉语,等于过了一遍筛子,故事、情节、人物、命运,那还可能剩下不少,而这些在汉德克那里本来也没多少,他有的是"语言",但偏就是这个语言,过完筛子就基本不剩下什么了。我读汉德克,总觉得结结巴巴、不知所云。咱也不敢说翻译有问题,而且我相信,汉德克的德语原文很可能也是结巴的、缭绕的,不会那么流畅,他本来就是要表现意识和主体的原初的生成,这种生成肯定是不熟练的,不可能顺口。这种语言瑞典人能看出好,看出创造性,汉语读者能不能看出来我就不敢说了。从译本来看,我读得最舒服的是《骂观众》,精确、流畅,是好汉语,但是我多少又有一点怀疑,是不是翻得太好了,少了一点原本的狂乱、粗暴?总而言之,我不能对你说我喜欢汉德克的作品,由此而来的一个教训是,人还是应该学语言,除了汉语,最好还要学外语。

事情就是这样,我认为我理解汉德克的理念,但是我不知道我是否喜欢他的作品。而且,就理念来说,虽然看上去很本质、很尖锐,但我总觉得那近于屠龙之技,杀龙的技术,技术很高很新,但龙在哪里?或者说,在欧洲语境下,他的批判缺乏真正的政治性。我就是爱看个传统戏,虽然照你这么说,确实也有问题,但说到底是多大的事呢?值得你这么撒着泼地骂?来都来了,看你骂了半天了，那就鼓个掌呗，又是多大的事呢？人固然是生存于语言，一竿子插到语言上去，能搞出五花八门精致的理论，也能搞出各种惊世骇俗的当代艺术，但也很可能回避了现实的和结构性的社会政治疑难，沦为无关痛痒的撒娇。这不仅是汉德克的问题，也是欧洲、特别是西欧文学的问题。我在别的场合说过，西欧小说已经失去了动力，因为它的意识封闭掉了，自以为"真理在握"，它不再能面对真正的问题，不再经受人类生活严峻复杂局面的考验。

然后，考验来了，正好掉在汉德克头上。我一开始说了，他母亲是斯洛文尼亚人，虽然属于奥地利这边，但毕竟斯洛文尼亚民族的主体是在南斯拉夫。我们知道，20世纪90年代，冷战结束后，社会主义的、以斯拉夫人为主的南斯拉夫土崩瓦解，发生残酷的内战，这是二次世界大战后在欧洲发生的唯一一场战争，而斯洛文尼亚率先宣告独立，投向西方阵营，为这场战争拉开了序幕。后殖民后冷战时代造成了世界上很多人在身份上的纠结、危机，忽然南斯拉夫打起来了，换了别人也就是看新闻看热闹，而汉德克，他妈妈也是斯洛文尼亚人啊，能说没关系吗？没关系也有关系了。由此，我们也看到身份问题的复杂性，身份可不是身份证上的照片和号码那么简单，人有层层叠叠的身份和认同，比如我，是中国人、是山西人、是山西运城人、是山西运城芮城人，像个俄罗斯套娃，但我要是碰见河北人，我又马上变成了河北人、河北保定人、河北保定完县人，因为那是我母亲的家乡。我的认同可能随境遇而变化和变换，认同与认同之间、身份与身份之间，很多时候并行不悖，你是个山西人一点不妨碍你同时是个司机、是个男人、是个父亲、是个中国人，但有时会发生冲突，会撕裂和断裂，特别是，在严峻的社会历史局面中，人很可能会陷入身份危机，某些自然的、休眠的身份可能被唤醒，人甚至会脱胎换骨，为自己发明新的身份、建构新的认同。比如汉德克，他身上流着斯洛文尼亚人的血、斯拉夫人的血，对他来说这未必是多大的事，但现在，在眼前的这场悲剧中，他忽然意识到他不是看戏的人，他不是新闻的看客，他的批判性理念，过去是运行在语言层面、个人的日常经验层面，现在，他面对着大规模的杀戮、仇恨，面对历史和现实矛盾的总爆发，他身在其外，心在其中，他觉得斯洛文尼亚的事、南斯拉夫的事一定程度上也是他自己的事。

于是，他来到了塞尔维亚、斯洛文尼亚、波斯尼亚，一路走过去，写了三篇文章：《梦想者告别第九王国》《多瑙河、萨瓦河、摩拉瓦河和德里纳河冬日之行或给予塞尔维亚的正义》，还有《冬日旅行之夏日补遗》。这三篇文章在中文版中收入了《痛苦的中国人》，据说这本书卖得不错，因为大家看书名觉得和咱们有点关系，实际上没什么关系。这三篇我认真读了，对我来说，汉德克此前的作品如果是飘着的，那么这三篇就是他的锚，扎到了泥泞的、迫在眉睫的人类的困境和苦难中去，在极其复杂的历史和现实境遇里艰难地探索什么是真实、什么是正义。

　　南斯拉夫问题，确实极其复杂，上千年的一团乱麻，如果在这里说清楚，就不是谈文学，变成讲历史了，而我对此也毫无准备。简单地说吧，在当时，在西方舆论中，在西方知识界、文学界，关于南斯拉夫的内战形成了一个固定的剧本，牢不可破，在这个剧本中，塞尔维亚是邪恶的，是进行种族屠杀的一方，塞尔维亚领导人米洛舍维奇几乎就是一个小号的希特勒，美国人就是这样认为的，西欧人、德国人就是这样认为的。但是，我们知道，汉德克对这种写好了的剧本根本不信任，那往往只是意识形态的统治秩序的产物，而就南斯拉夫来说，这套剧本显然是冷战的延续，不仅因为南斯拉夫曾是一个社会主义国家，更因为南斯拉夫、塞尔维亚是"斯拉夫"，北边还有一个"斯拉夫"，就是俄罗斯。现在，汉德克来到昔日的战场，从冬日到夏日，他面对着阴郁、沉默的人们，那些塞族人，那些被指认的罪人。给我的感觉，他的行文、他笔下的人依然是迟疑、艰难、不连贯的，但我想，这未必完全是翻译的问题，这也不仅是从空无中自我生成的艰难，这是一种被专横的话语暴力压制着、压制到沉默之后的艰难，是面对世界无话可说、知道说了也白说的无望和凄凉。在这里，汉德克对语言和文学的批判落到了土地上、落到了焦土和废墟上，扩展到对媒体语言、信息语言的政治批判，他发现西方媒体围绕南斯拉夫发生的事制作了一套远离真实、漠视真实的非黑即白的图景，深刻地控制着支配着人们的思想，进而控制和改造了现实。在这里，虚构就是这样变成现实的，语言就是这样抹去声音的。汉德克面对着这片土地上活生生的悲剧，他忍不住想象，一切本来可以不这样，原来的南斯拉夫或许能够构成第三条道路，各民族可以在其中和平相处，但是，在西方的推波助澜下，南斯拉夫被毁掉了，他说：这是一个很可耻的行为。进而，他站出来说：我们也应该听听塞尔维亚人的声音，我们应该思考一下塞尔维亚人的正义。

　　也就是说，汉德克并没有简单地站在斯洛文尼亚这边，实际上，就像刚才说的，斯洛文尼亚率先独立，迅速完成了民族和国家身份的转换，不再是"斯拉夫"，而是属于中欧、向着西欧。我的感觉是，汉德克对于这个民族如此轻率地转身是痛惜的，在他的眼里和笔下，这个新的国家如此轻佻，他一点也不喜欢德国化的斯洛文尼亚。他的认同经由斯洛文尼亚转向了原来的南斯拉夫，这使他的批判意识获得了一个支点：人们站在审判者和成功者一边，为什么不听听被审判者和失败者的声音？这到底是不是一个公正的、追求真实的法庭？

　　然后，汉德克就闯祸了，就被骂惨了。在大街上骂观众是要付出代价的，背叛他的西方精英身份和认同的结果是，汉德克成为西方文学界和知识界公认的"混蛋"。这厮获得诺贝尔奖，他们气炸了：你们怎么能把奖给了这么一个家伙，他说塞尔维亚也有正义，他甚至参加了米洛舍维奇的葬礼！

在这件事上，我佩服瑞典学院。他们艺高人胆大，他们敢于发一回疯，以此证明他们没有失去语言和精神的弹性。虽然以我的知识，无法对南斯拉夫问题做出深思熟虑的判断，但这样一个作家，他一直力图自己把自己生下来，离群索居，艰难地让沉默化为语言，然后，在命运（对不起，他不喜欢这个词）来临时，他忽然发现，所谓"人类体验的外围和特殊性"在越出了资本主义世界的日常经验之后原来竟是不可触碰的，他走过去了，决意把自己放到困境中去，走进被放逐的人群之中，至此，被他生下来的那个自己，才真正走进世界。这个欧洲老炮儿，他让我想起阿尔及利亚战争期间的加缪，我因此喜欢汉德克，尽管他在很多人眼里是个混蛋，尽管他的大部分作品我其实看不下去。

汉德克，他也是吉姆文德斯的著名电影《柏林苍穹下》的主要编剧，在那部影片里，有一首诗一直回响：

当孩子还是孩子时，走起路来摇摇晃晃，幻想小溪是河流，河流是大川，而水坑就是大海。

当孩子还是孩子时，不知自己是孩子，以为万物皆有灵魂，所有灵魂都一样，没有高低上下之分……

（原载《花城》杂志2020年第1期）

辑六

走近张爱玲

_林青霞

张爱玲写的《小团圆》一出版我就买了,每次看看就放下,在床头一放就是11年。正如宋淇说的,第一、二章太乱,有点像点名簿,可能吸引不住读者"追"读下去,我记人名最差,经常看着看着就走神。年头因为新型冠状病毒的关系,许多时间待在房里倚在床上看书,不时扫到床头小桌上的《小团圆》,仿佛它在向我招手,于是我下定决心仔仔细细从头读到尾,读到一半,男主角邵之雍出现我就放不下了,惊心动魄地吸引着我看完。有些画面非常熟悉,仿佛在《滚滚红尘》里出现过,心中纳闷,我拍的时候《小团圆》还没出版,三毛编剧时怎么就知道剧情的?虽然之前大家都说我演的是张爱玲,我也没去证实,那时候我没接触过张爱玲的书。看完《小团圆》我再拿出《滚滚红尘》DVD仔细看一遍,发现剧情其实并没有完全复制张爱玲和胡兰成的故事,只是女主角沈韶华的身份是作家,男主角章能才是汉奸,戏的开场沈韶华被父亲关起来,中场男主角避难期间女主角到乡下去找他,发现他已经有了别的女人,从此分手,这一小部分像而已,其他全是三毛的精心创作。我估计三毛是从张爱玲早期的散文和胡兰成的《今生今世》中汲取了创作灵感。三毛必定是非常欣赏张爱玲的,她是在向张爱玲致敬。我倒真希望我演的是张爱玲,就算沾到一点边也够我沾沾自喜的了,尤其是现在自己也喜欢写写文章。

开始全面走进张爱玲的世界,是在一个月前,有一位朋友传来三十四集的许子东《细读张爱玲》音频节目,因为打不开,我第二天即刻买了几本许子东的同名著作,自己留一本,其他分送给朋友,以便交流心得。在读书之前,先把他要讨论的文章看了,把平鑫涛送给我的整套张爱玲找出来,还有胡兰成全集和一些有关张爱玲的书籍,一本一本看,这也是我第一次那么有系统地读书。

胡兰成写的《民国女子》真是把我迷醉了。他躺在院子草地上的藤椅晒太阳,看苏青寄给他的《天地月刊》杂志,翻到张爱玲写的《封锁》,不觉坐直起来,细细地把它读了一遍又一遍,他觉得大家跟他一样面对着张爱玲的美好,只有他"惊动"(胡兰成原文如此——编者注)得要闻鸡起舞。这样的知音难怪张爱玲第一次跟他见面就聊了五个小时,送她回家到弄堂口时,胡兰成说:"你的身材这样高,这怎么可以?"原来他不高啊?我还以为胡兰成像《滚滚红尘》里的章能才那样高大英俊而有书卷气呢。但只这一声就把两人说得这样近。胡兰成的语言和文字既感性又性感,让心高气傲的张爱玲卸了甲缴了械。据胡兰成的回忆,张爱玲送给他的照片后面写着:"见了他,她变得很低很低,低到尘埃里,但她心里是欢喜的,从尘埃里开出花来。"明知道他有两个老婆五个孩子,还是跟他说"我想过,你将来就只是我这里来来去去亦可以",张爱玲爱得真惨烈。

最近一个月我把能找到的有关张爱玲的著作、信件、访问稿和学者的评论,统统放在床头从晚上看到天亮,跟朋友聊张爱玲一聊两三个钟头,朋友说我都变成张迷了,我开玩笑地说我不是张迷我是胡迷,胡兰成的文字让我陶醉,张爱玲让我想一步一步地走近她,在文字的世界中与她相知。

张爱玲在《谈看书》中引用法国女历史学家佩奴德的一句话"事实比虚构的故事有更深沉的戏剧性,向来如此",并说恐怕有些人不同意,不过事实有它客观的存在,所以"横看成岭侧成峰"。我向来喜欢看真人真事的书,总认为人家用真实的生命谱写他们的故事是再珍贵不过了。张爱玲一生的传奇和强烈的戏剧性绝对是毋庸置疑的。

张爱玲的外曾祖父是晚清重臣李鸿章,父亲、母亲和继母都出身官宦之家,她却没有因此得到任何好处,只稍微提一提就被同期的女作家潘柳黛嘲讽"黄浦江淹死一只鸡就说成是鸡汤"。张爱玲在一九九〇年代出的《对照记》

里有一段，跟祖父母的关系只是属于彼此，看似无用、无效，却是她最需要的，他们只静静地淌在她的血液里，等她死的时候再死一次，最后一段只有四个字"我爱他们"。这么庄重的四个字出自她的笔下让我非常惊讶，她是如此孤傲，看她的文章似乎从来没有写过她爱谁的，可见她是多么须要爱人和被爱，我看不出她父母爱她，也看不出她家人爱她。

都说张爱玲对人情世故十分冷漠，读完《张爱玲私语录》才知道她情感之丰沛。宋淇、邝文美夫妇对张的才华极度地欣赏，以至于在精神上和生活细节上无条件地付出。在他们四十年的书信往来中，我充分感觉到张爱玲的温暖和柔情的一面。一九五五年张搭船赴美国纽约，送船的只有宋淇夫妇，船一离港她就痛哭不已，她母亲黄逸梵自她四岁起就经常理箱子远赴重洋，她也只是淡淡的，并没有哭。在美期间张一天总要想起邝文美两次，生活上发生的事情她已先在脑子里跟邝说了一遍，看到善良优雅的好女子也总要拿邝比一比，结果还是感觉邝胜于她们。到了一九八〇年代他们三人都患有重病，信里互相慰问和勉励对方，即使病体欠安，宋氏夫妇还是为张爱玲奔波张罗，邝文美经常为她跑邮局，张爱玲寄了三百块美金给她，让她付些杂费和出租车费，我又一次惊讶，邝的付出岂是三百美金了得的，邝也感尴尬，但为了避免张尴尬只好收下，张事后还解释这是跟她姑姑学的，什么都要算得清清楚楚。一九五七年她母亲黄逸梵在英国去世前曾写信给她想见她最后一面，她也只在回信中寄了一百块美金，但她却在临终前立下遗嘱把著作权、遗产全都给了宋氏夫妇。他们三人之间的信任和深厚的情感人间少有。

张爱玲在一九三九年，她十九岁时写的《天才梦》，最后一句"生命是一袭华美的袍，爬满了虱子"，仿佛她一早就预知自己的未来，或是她一早就设定一个无形的牢笼，自己一步步地走进去。在《小团圆》里做母亲的蕊秋对女儿九莉说："我只要你答应我一件事，不要把你自己关起来。"张爱玲真实的人生里，生命最后十几年被虱子所困，她把自己关起来谁也不见。记得一九八一年我在旧金山，独家出版张爱玲书的皇冠杂志社社长平鑫涛打电话给我，他在加州，想跟张见一面，她都不肯见他。那段期间她几乎每个星期搬一次家，住过许多汽车旅馆，因为皮肤病的关系一天要照十三个小时的日光灯，每半个小时要用水把眼睛的虫洗掉，脸上的药膏被冲掉又要补搽，这样一天共花二十三个小时在日光灯下。我直觉认定这是一种精神上的病症，照理说不可能换那么多地方还有虱子，眼睛也不可能会生虫，于是我打电话请教精神科医生李诚，李诚怀疑是惊恐症和身体上的幻觉，严重了会感觉虫在身上爬，我说其实是不是并没有虫？他说是的，但他说这是可以医治的。

我认为张爱玲是生命的斗士，她在一九六八年接受殷允芃的访问时说：

"人生的结局总有一个悲剧。老了,一切退化了,是个悲剧,壮年夭折,也是个悲剧,但人生下来,就要活下去,没有人愿意死的,生和死的选择,人当然是选择生。"想想她一个人在加州,自己不开车,要看牙医、要看皮肤科医生,还要不停地搬家,但她从来没有放弃过,努力地活着。最终在一九九五年九月九日,她被发现在洛杉矶 Westwood 家里静静地离开人世。她的遗嘱执行人林式同去接收遗体时记载当时的场景,他说张爱玲是躺在房里唯一的一张靠墙的行军床上去世的,她的遗容安详,只是出奇地瘦,保暖的日光灯在房东发现时还亮着。一九九五年九月三十日,她七十五岁生日那天,林式同将她的骨灰撒在太平洋上,灰白的骨灰衬着深蓝的海水向下飘落,被风吹得一朵朵,在黄色的太阳里飞舞着,灰落海里,上面覆盖着一片片红玫瑰与白玫瑰花瓣。张爱玲的一生比任何虚构的小说都富有深沉的戏剧性。

张爱玲的名气没有因为她离开人间而降低,她的文字留下了数不清的经典句子,她说:"成名要趁早啊,来得太晚,快乐也不那么痛快。"相信张爱玲一生最快乐最痛快的日子是一九四三年和一九四四年,那是她创作的高峰期,多产而佳作连连,就像她形容曹雪芹的《红楼梦》是现代小说一样,她即使写于半个世纪前的作品,现在看起来亦是非常当代。《红楼梦》有红学,张爱玲也有张学。她在二十三岁已经大大享受到成名的快乐了。

张爱玲是在成名初期认识的胡兰成,在胡兰成眼里张爱玲是民国世界的临水照花人,他说看她的文章只觉得她什么都晓得,其实她却世事经历得很少,但是那个时代的一切自会来与她交涉,好像"花来衫里,影落池中"。你看要不要命。一个作家能够得到如此懂得她的知音,怎么都值了。他们精神上吃得饱饱的,胃口倒无所谓。据胡兰成最亲密的侄女胡青云的口述回忆录《往事历历》中描绘,"他们家里只有两个碗,一个大碗一个小碗,大碗是胡兰成用,小碗是张爱玲用,小菜只有一只罐头,油焖笋。从厨房里开好拿出来,也没倒出来,直接吃,别的菜一点也没有"。

三毛生前曾经跟我约定一起去旅行,带着我流浪的,但最后她却步了,理由是我太敏感,很容易读出她的心思。我也曾想过我如果在张爱玲面前肯定无地自容,她的眼睛像 X 光,里里外外穿透人,在她文章里,对人的外表、长相、穿着、动作都有详尽的描绘,连人家心里想什么她都揣测得很深,正如胡兰成说她聪明得似"水晶心肝玻璃人"。张爱玲在文字里提到过我朋友江青,她在给夏志清的信上说"江青那么丑怎么能演西施,将来电影一定不卖座",江青跟我聊起一点也不介意,我们两个还笑得不得了,我跟她说,被张爱玲点到名是你的荣幸。在纽约张爱玲去按李丽华的门铃,她写道:"李丽华正在午睡,半裸来开门。"我问金圣华难道李丽华上面不穿衣服就来开门?金圣华笑说那表示衣冠不整。

张爱玲的文字像是会发光似的，每颗字都是一颗钻石，闪闪发亮地串成好句子就像一条钻石项链，让你忍不住一看再看，有时会默念几遍。她笔下的人物都像是活着的，让你爱、恨、情、仇跟着她转。《小团圆》里九莉爱邵之雍我跟着爱，九莉后来鄙夷邵之雍那句"亦是好的"，让我本来觉得心动的话刹那间也可笑起来。她痛苦的感觉，"五中如沸，浑身火烧火辣烫伤了一样"，我心绞痛，因为她把那痛彻心扉的感受透过笔尖真实地呈现在你心上。她那特有的张氏幽默，看得真过瘾。在散文《私语》里，她形容她从被关了半年的父亲大宅里逃出，"每一脚踏在地上都是一个响亮的吻"。紧要关头叫了黄包车竟然还要讲价，并且高兴着没忘了怎样还价。在《第二炉香》中那二十一岁的英国女孩愫细，纯洁天真得使人不能相信，她和四十岁大学教授的新婚之夜，穿着睡衣蹬着拖鞋狂奔地逃出夫家，拖鞋比人去得快，人赶上了鞋，给鞋子一绊。这样生动的电影画面随处可见，让你难以忘怀。

短篇小说《年轻的时候》第一段："潘汝良读书，有个坏脾气，手里握着铅笔，不肯闲着，老是在书头上画小人。他对于图画没有研究过，也不甚感兴趣，可是铅笔一着纸，一弯一弯的，不由自主就勾出一个人脸的侧影，永远是那一个脸，而且永远是向左。"我看了心里一惊，那不就是我吗？我读初中时一样喜欢在课堂上用单线画女孩的侧面，也是脸向左方，我立刻拿出铅笔在书上画出我当时画的侧面女子，发觉嘴巴那块不成比例，又画另一个，灵光一闪在额前一勾，代表覆额头发。后来在《沉香》里发现张爱玲一张女士速描额前那一勾，竟然跟我勾得一模一样，难道她也是随手一勾的吗？我拍过的一百部戏唯一一次演作家，角色竟然以张爱玲为原型。这千丝万缕，到底还是与张爱玲有一线牵。

一九八八年秋天，我拎着两盒凤梨酥，爬上三毛在台北宁安街四楼的小公寓，听她读《滚滚红尘》剧本。三毛一句一句地念给我听，读到兴起她播着一九四〇年代的音乐，站起来一边踩着舞步一边演给我看，我陶醉在她忘我的演绎中。现在想起，原来当时她的身体里住着三个作家，一个三毛自己、一个张爱玲、一个剧中的女作家沈韶华，她万万没想到在她眼前看得目瞪口呆的林青霞，将来有一天会把张爱玲和她的故事写进自己的文章里。

二〇二〇年八月三日

（原载《南方周末》2020年9月3日副刊）

人物卷子：木心

_胡竹峰

> 若论参宰罗马，弼政希腊，训王波斯，则遥远而富且贵，于我更似浮云。
>
> ——木心《遗狂篇》
>
> 明天又明天／时而昂奋／时而消沉／明天又明天／回想往日平静／如澄碧长空／把事业的无色风筝／奔跑着引高送远／如今手执风筝的牵线／抬头只见你的容仪
>
> ——木心《廿一日》

容仪

秋日。午饭后。阳光大热。两人一路闲逛，走过文具店，穿过路口到了博物馆。朋友说他见过木心。

哦？

一九八〇年前后，去上海姨夫家玩。汾阳路上，工艺美术所旁，普希金雕像"文革"时被砸了，还没重建。迎面一个中年人，跨步如飞，穿风衣，太招眼了。那时候，上海街头也不见多少好看的衣服。姨夫和他打招呼，喊老孙。木心姓孙吧。

对，原名孙璞，璞玉的璞。

那眼神真不一般，如一道光射过来。你看，几十年了，还记得。

见过不少照片，眼睛瞳瞳，目光炯炯啊。你们说过话吗？

说了几句，后来又见过。问我读什么书，家是哪里的。

嗯。

姨夫和他熟，说他是怪人，读了很多书。

怪人？唔。姨夫呢？

早些年去世了。

哦……

上车，一阵温热、短暂的沉默。话题转向了别处。

照片上中年的木心我见过，戴礼帽，眉眼略藏在阴影里，目光坚毅，一脸决然，嘴唇抿得紧紧的。照片里的木心，直到晚年，眼睛依旧是透亮的。只不过，除了透亮，眼神亦慈亦悲。

木心的模样，真是俊俏，潇洒风流丰神俊朗。相貌好不如气质好，气质好不如风度好，木心是相貌气质风度样样皆好。木心的相貌有名士气，又难得不见丝毫轻狂。名士一轻狂，总觉得是摆出样子来愤世嫉俗。可不可以这么说，容颜是木心的另一本艺术册页。木心留存的相片很多，越老越好看，像古玉杯盘，光彩溢出。

木心不同时期的照片有不同风采，少年时候清秀，青年时候敏感，中年时候儒雅，老年时候斯文，黑白分明，清清爽爽。有帧一九四六年的照片，木心穿学生装，戴白手套，斜站着，身边两位穿长袍的男子也颇不俗，但没有十九岁木心的那一份置之度外。这照片初次给木心看，他完全不能辨认。第二天认识了："噫！……是我呢！神气得很呢！"

木心的照片，越到老越随便家常，但他那张脸却不一般，骨相清峻，两眼到老不昏聩。哪怕最后几个月，躺在医院的病床上，那眼睛兀自黑漆漆一点。木心说唯有极度高超的智慧，才足以取代美貌。木心老年的相貌有仙风道骨的智慧，目光逼人，眼里有智者之光。

纪录片中的木心拄拐，缓缓走在大雪中的小园里。轻松，潇洒，袖子一挥仿佛看得到他手上卷着一册线装书临风低吟的神情，那时候他是卧东怀西之堂的主人。拄拐的木心，失了过去所无的步履，多了过去所无的分量。

《红楼梦》里，元春送贾母的礼单即有沉香拐杖。拐杖，实则杖要高过人头，累了可以扶一扶它，拐只可以拄。过去乡下有不少人用拐，多是苦竹或者杂木做成的。

木心旧照，有雪地留影。纪录片中大雪纷纷，木心穿一身黑色的大衣，老得艳亮照人。寒空中的雪，静而优美，凝聚着冷冷的力，是木心其人，也是木心之文。

百年以来，那么多作家画家，鲁迅、胡适、周作人、齐白石、于右任、林语堂诸贤都有好相貌，木心也和他们一样。中年的木心，英气勃勃，到了老年，英气收敛了，透出极圆融的慧气，让人觉得大人物毕竟是大人物，有说不清的东西在里边。好容仪也是一个人的境界，好容仪是一个人的文章。文章是纸上的容仪，容仪是地上的文章。

文章

木心把文章当文章来写，《文学回忆录》里涉及学问，也是为文为艺者的自说自话，有一点俏皮在里边，那俏皮立意甚诚。

《文学回忆录》是智者之书，眼界高，得意不忘形。中国文学是木心的餐具，欧洲文学是主食，美洲文学是蔬菜，日本文学是点心，其他的文学是肉食。一个人读了那么多书，而且打通了那些关节。前人栽树，后人乘荫。木心有句话对我写作有警示：如果司马迁不全持孔丘立场，而用李耳的宇宙观治史，以他的天才，《史记》这才真正伟大。

《文学回忆录》有流水汤汤光影粼粼的好，一来是那一段历史的别裁，二则是个人的别裁。说的都是文事艺事，写出来也字字都是自己，样样稔熟于心。木心像一只飞在文学艺术星空的大鸟，对一切都平视甚至俯视。

沈从文八十岁生日，汪曾祺写诗贺寿，中有一联"玩物从来非丧志，著书老去为抒情"。流寓海外的诸多作家，大多如扁舟浮于浪间起伏无定，写出的文章，为怀旧，为衣食，为消遣。木心的文章没有怀旧气，没有衣食气，也不见多少闲气。木心为美和艺术写作，著书老去为抒情也是有的。

木心的文章越细屑越好，他不写长篇最可惜。常做木心长篇的假设，龙门大佛石质换了玉质。

木心的小说，开门关门，衣食住行，男人女人，写出人生光亮的明灭。唯其家常，方才感人。我们现在写小说，多少作家最不会家常，最不懂世道人心？张爱玲笔下许多精彩的描写更多的是需要与众不同的感受力并非观察力，木心的感受与众不同，所以才有木心。

木心的文章是经营出来的，胸中有丘壑，字字句句生香活色，别人不容易学得来。他的天才性发展得很好，尽管晚熟，毕竟熟了。木心的文章初看是出水芙蓉，再看则烟波浩渺。每每读他的书，如逛园子，弄不清从哪里进门的，又如何穿径过桥走回廊到初始。像是醒来忆梦，一部分清楚，一部分恍恍惚惚。

读木心有时候仿佛梦游，有时候仿佛洗澡。梦游时若有若无，进入人生幻境。洗澡，春夏秋冬都是痛快事。当然，不喜欢洗澡的人例外。

微生尽恋人间乐，只有襄王忆梦中，一个俗世的老贵族，又风趣，又诚恳，又尖锐，又敦厚。偶尔化身李商隐诗中的襄王，这一点很难得。中国人的思想大抵是道家的儒家的，乐不思蜀，活在当下，文章失却了一份美丽。如果木心不是受了一点佛教影响尼采影响，文章里恐怕要损失好些好看的字面。

一些人的文学没有价值，一些人的文学只有价值，木心的文学有文学的价值或者说是有价值的文学。这么说，玄虚了，木心的文学在文学价值之外。

木心的文学我最喜欢《童年随之而去》。

童年随之而去

木心有中国古典的审美，有西方古典的修养，又有现今的思考。一方面把现代融入传统，另一方面将西方的技巧融入汉字的表达。木心作品现实感与历史性兼具，文学性与思想性兼具，意识流也是中国式的。他写出了那么富于想象的文本，写满了敏感、玄思、哀愁、内敛、悲悯，这是一般作家所没有的。尽管木心作品没有《红楼梦》的气势，深刻性也不及鲁迅，但他作品的切入角度、行文的独特以及弥漫的一层雾气贯穿了神性，是旁人无以类比的。

《童年随之而去》是小说是散文，是自然生长的文学，仿佛春天的竹笋，眼看着一夜之间蹿高了许多。

没有多余的话，开头两句全然罩住文章的意思。

> 孩子的知识圈，应是该懂的懂，不该懂的不懂，这就形成了童年的幸福。我的儿时，那是该懂的不懂，不该懂的却懂了些，这就弄出许多至今也未必能解脱的困惑来。
>
> 不满十岁，我已知"寺""庙""院""殿""观""宫""庵"的分别。当我随着我母亲和一大串姑妈舅妈姨妈上摩安山去做佛事时，山脚下的玄坛殿我没说什么。半山的三清观也没说什么。

前一句跌宕自喜，后一句收回来了。荡得开，收得紧，最后一句滴水不漏。

> 将近山顶的睡狮庵我问了：
> "就是这里啊？"

"是啰，我们到了！"

挑担领路的脚夫说。

我问母亲：

"是叫尼姑做道场啊？"

母亲说：

"不噢，这里的当家和尚是个大法师，这一带八十二个大小寺庙都是他领的呢。"

我更诧异了：

"那，怎么住在庵里呢？睡狮庵！"

母亲也愣了，继而曼声说：

"大概，总是……搬过来的吧。"

庵门也平常，一入内，气象十分恢宏：头山门，二山门，大雄宝殿，斋堂，禅房，客舍，俨然一座尊荣古刹，我目不暇接，忘了"庵"字之谜。

且行且话，文字清凉如清水缓缓润过沙滩，自有一番韵味。褪去才气的锋芒，以对白开始走向内心。不说拉长声音，而用"曼声"，"曼声"二字勾出母亲面目。

我家素不佞佛，母亲是为了祭祖要焚"疏头"，才来山上做佛事。"疏头"者现在我能解释为大型经忏"水陆道场"的书面总结，或说幽冥之国通用的高额支票、赎罪券。阳间出钱，阴世受惠——众多和尚诵经叩礼，布置十分华丽，程序更是繁缛得如同一场连本大戏。于是灯烛辉煌，香烟缭绕，梵音不辍，卜昼卜夜地进行下去，说是要七七四十九天才功德圆满。

当年的小孩子，是先感新鲜有趣，七天后就生烦厌，山已玩够，素斋吃得望而生畏，那关在庵后山洞里的疯僧也逗腻了。心里兀自抱怨：超度祖宗真不容易。

对话久了，来点议论。对话是点心，议论是蔬菜。我们吃饭，常常是吃菜，讲究的饭更是吃菜。

我天天吵着要回家，终于母亲说：

"也快了，到接'疏头'那日子，下一天就回家。"

那日子就在眼前。喜的是好回家吃荤、踢球、放风筝，忧的是驼背老和尚来关照，明天要跪在大殿里捧个木盘，手要洗得特别清爽，捧着，静等主持道场的法师念"疏头"——我发急：

"要跪多少辰光呢？"

"总要一支香烟工夫。"

"什么香烟？"

"喏，金鼠牌，美丽牌。"

还好，真怕是佛案上的供香，那是很长的。我忽然一笑，那传话的驼背老和尚一定是躲在房里抽金鼠牌美丽牌的。

议论多了，开始对话。"跪在大殿里捧个木盘"云云，有孩子的呆头呆脑与不厌其烦。金鼠牌，美丽牌，都是旧日风物。怀旧气不知不觉间有了，怀旧只能点到为止，多了文章太陈，少了文章太新。

接"疏头"的难关挨过了，似乎不到一支香烟工夫。进睡狮庵以来，我从不跪拜。所以捧着红木盘屈膝在袈裟经幡丛里，浑身发痒，心想，为了那些不认识的祖宗，要我来受这个罪，真冤。然而我对站在右边的和尚的吟诵发生了兴趣。

又是孩子话。孩子话让文章多了喜气。好作家有两颗心：一颗童心，一颗诗心。好的作家给人的突出感觉就是非常天真，全部的复杂都用在揣摩那些形而上的问题、一些复杂的思想问题哲学问题文学问题，在世俗层面上很是天真。

"……唉吉江省立桐桑县清风乡二十唉四度，索度明王侍耐唉嗳啊唉押，唉嗳……"

我又暗笑了，原来那大大的黄纸折成的"疏头"上，竟写明地址呢，可是"二十四度"是什么？是有关送"疏头"的？还是有关收"疏头"的？真的有阴间？阴间也有纬度吗……因为胡思乱想，就不觉到了终局，人一站直，立刻舒畅，手捧装在大信封里盖有巨印的"疏头"，奔回来向母亲交差。我得意地说：

"这疏头上还有地址，吉江省立桐桑县清风乡二十四度，是寄给阎罗王收的。"

没想到围着母亲的那群姑妈舅妈姨妈大肆调侃：

"哎哟！十岁的孩子已经听得懂和尚念经了，将来不得了啊！"

"举人老爷的得意门生嘛！"

"看来也要得道的，要做八十二家和尚庙里的总当家。"

母亲笑道：

"这点原也该懂，省县乡不懂也回不了家了。"

我又不想逞能，经她们一说，倒使我不服，除了省县乡，我还能分得清寺庙院殿观宫庵呢。

通过姑妈舅妈姨妈们的对话反观我心我相。对话如繁花乱开，繁花好看正好在乱上，这一段也好看在乱上。

回家啰！

松弛一下，疏可走马，下面开始密不透风。

脚夫们挑的挑，捐的捐，我跟着一群穿红着绿珠光宝气的女眷走出山门时，回望了一眼——睡狮庵，和尚住在尼姑庵里？庵是小的啊，怎么有这样大的庵呢？这些人都不问问。

家庭教师是前清中举的饱学鸿儒，我却是块乱点头的顽石，一味敷衍度日。背书，作对子，还混得过，私底下只想翻稗书。那时代，尤其是我家吧，"禁书"的范围之广，连唐诗宋词也不准上桌，说："还早。"所以一本《历代名窑释》中的两句"雨过天青云开处，者般颜色做将来"，我就觉得清新有味道，琅琅上口。某日对着案头一只青瓷水盂，不觉漏了嘴，老夫子竟听见了，训道："哪里来的歪诗，以后不可吟风弄月，丧志的呢！"一肚皮闷譅的怨气，这个暗戛戛的书房就是下不完的雨，晴不了的天。我用中指蘸了水，在桌上写个"逃"，怎么个逃法呢，一点策略也没有。呆视着水渍干失，心里有一种酸麻麻的快感。

书房的桌上用水写"逃"，课堂的桌上以刀刻"早"。这一篇文章是木心的旧事重提。鲁迅的《朝花夕拾》原名《旧事重提》。

我怕作文章，出来的题是"大勇与小勇论""苏秦以连横说秦惠王而秦王不纳论"。现在我才知道那是和女人缠足一样，硬要把小孩的脑子缠成畸形而后已。我只好瞎凑，凑一阵，算算字数，再凑，有了一百字光景就心宽起来，凑到将近两百，"轻舟已过万重山"。等到卷子发回，朱笔圈改得"人面桃花相映红"，我又羞又恨，既而又幸灾乐祸，也好，老夫子自家出题自家做，我去其恶评誊录一遍，备着母亲查看——母亲阅毕，微笑道："也亏你胡诌得还通顺，就是欠警策。"我心中暗笑老夫子被母亲指为"胡诌"，没有警句。

轻舟已过万重山，人面桃花相映红，虽是文字游戏，中有心绪。

满船的人兴奋地等待解缆起篙，我忽然想着了睡狮庵中的一只碗！

儿童心性，才会想起碗。碗之一事，文章的线头又拽回到过去。好文章是迂回的，一览无余少了回味。

在家里，每个人的茶具饭具都是专备的，弄错了，那就不饮不食以待更正。到得山上，我还是认定了茶杯和饭碗，茶杯上画的是与我年龄相符的十二生肖之一，不喜欢。那饭碗却有来历——我不愿吃斋，老法师特意赠我一只名窑的小盂，青蓝得十分可爱，盛来的饭，似乎变得可口了。母亲说：

"毕竟老法师道行高，摸得着孙行者的脾气。"

我又诵起："雨过天青云开处，者般颜色做将来。"母亲说：

"对的，是越窑，这只叫盌，这只色泽特别好，也只有大当家和尚才拿得出这样的宝贝，小心摔破了。"

这里有《红楼梦》对白的韵味。

每次餐毕，我自去泉边洗净，藏好。临走的那晚，我用棉纸包了，放在枕边。不料清晨被催起后头昏昏地尽呆看众人忙碌，忘记将那碗放进箱笼里，索性忘了倒也是了，偏在这船要起篙的当儿，蓦地想起：

"碗！"

"什么？"母亲不知所云。

"那饭碗，越窑盌。"

"你放在哪里？"

"枕头边！"

母亲素知凡是我想着什么东西，就忘不掉了，要使忘掉，唯一的办法是那东西到了我手上。

"回去可以买，同样的！"

"买不到！不会一样的。"我似乎非常清楚那盌是有一无二。

"怎么办呢，再上去拿。"母亲的意思是：难道不开船，派人登山去庵中索取——不可能，不必想那碗了。

去泉边洗净，藏好。临走的那晚，用棉纸包了，放在枕边。轻轻的，用"藏"字、"包"字，见惜物之情。

我走过正待抽落的跳板，登岸，坐在系缆的树桩上，低头凝视河水。

小时候有了心思，我也低头凝视河水。很多儿童有了心思，多好低头做凝视状。

满船的人先是愕然相顾，继而一片吱吱喳喳，可也无人上岸来劝我拉我，都知道只有母亲才能使我离开树桩。母亲没有说什么，轻声吩咐一个船夫，那赤膊小伙子披上一件棉袄三脚两步飞过跳板，上山了。

文章之锦绣以朴素之笔写来，锦绣在三脚两步飞过跳板，朴素亦在三脚两步飞过跳板。

杜鹃花，山里叫"映山红"，是红的多，也有白的，开得正盛。摘一朵，吮吸，有蜜汁沁舌——我就这样动作着。

"蜜汁沁舌"，能读出儿童心里之急不可待。"沁舌"二字味厚。平白无奇的一句话，因为"沁"字，文气放荡了。立身先须谨重，文章且须放荡。梁简文帝萧纲说的。周作人《文章的放荡》云："文人里边我最佩服这行谨重而言放荡的，虽非圣人，亦君子也。"

船里的吱吱喳喳渐息，各自找乐子，下棋、戏牌、嗑瓜子，有的开了和尚所赐的斋佛果盒，叫我回船去吃，我摇摇手。这河滩有的是好玩的东西，五色小石卵，黛绿的螺蛳，青灰而透明的小虾……心里懊悔，我不知道上山下山要花这么长的时间。

河滩好玩的东西，五色小石卵，黛绿的螺蛳，青灰而透明的小虾冲淡不了山上的碗。

鹧鸪在远处一声声叫。夜里下过雨。

是那年轻的船夫的嗓音——来啰……来啰……可是不见人影。

鹧鸪叫，雨声，船夫的嗓音，都是声音，声声入耳，天地万物来了。

他走的是另一条小径，两手空空地奔近来，我感到不祥——碗没了！找不到，或是打破了。

两手空空，奔，皆船夫之心。

他憨笑着伸手入怀，从斜搭而系腰带的棉袄里，掏出那只盌，棉纸湿了破了，他脸上倒没有汗——我双手接过，谢了他。捧着，走过跳板……

棉纸湿了破了，他脸上倒没有汗。这是小说家的观察。一段动态的文字，写得极静。更静的笔墨跟着来了：

一阵摇晃，渐闻橹声欸乃，碧波像大匹软缎，荡漾舒展，船头的水声，船梢摇橹者的断续语声，显得异样地宁适。我不愿进舱去，独自靠前舷而坐。夜间是下过大雨，还听到雷声。两岸山色苍翠，水里的倒影鲜活闪袤，迎面的风又暖又凉，母亲为什么不来。

"母亲为什么不来"，如此漾开一笔，仿佛晨风吹散竹叶。不只是文学意味了，还有情味，更有人的心理。

河面渐宽，山也平下来了，我想把碗洗一洗。

人多船身吃水深，俯舷即就水面，用碗舀了河水顺手泼去，阳光照得水沫晶亮如珠……我站起来，可以泼得远些——一脱手，碗飞掉了！

那碗在急旋中平平着水，像一片断梗的小荷叶，浮着，伞着，向船后渐远渐远……

望着望不见的东西——醒不过来了。

对母亲怎说……那船夫。

醒不过来了，心里还想着"对母亲怎说……那船夫"。这是文字的人情之美。

母亲出舱来,端着一碟印糕艾饺。

我告诉了她。"有人会捞得的,就是沉了,将来有人会捞起来的。只要不碎就好——吃吧,不要想了,吃完了进舱来喝热茶……这种事以后多着呢。"

最后一句很轻很轻,什么意思?

用儿童的眼光写。非得加上"什么意思"不可。

现在回想起来,真是可怕的预言,我的一生中,确实多的是这种事,比越窑的盌,珍贵百倍千倍万倍的物和人,都一一脱手而去,有的甚至是碎了的。

从儿童视线里回来,以老人心态落墨,命运感出来了。不是声色灵肉的史诗,态浓意迟轻轻一点,多少人事沉浮。

我过去说过。木心的散文仿佛一支大羊毫毛笔蘸满浓墨写出的草书,其语言像正午阳光下的树影,斑斑驳驳。读木心散文,得会意。不会意,摸不进门。木心的诗歌是黑白木刻,有庄严感,读得出肃穆。木心的小说是工笔画长卷,是可以把玩的。

那时,那浮余的盌,随之而去的是我的童年。

结尾一句淡淡的喟叹,不绕梁,余味不绝。

余味不绝

木心的手帖,出入中西,拈出一个又一个短章,片言折狱,举重若轻,游刃有余,有一流见识。那些短句子里潜伏着隐秘的典故,慢点读,才觉得大有余味。木心对事物的感觉,描述与见解,那些联想、想象、比喻,让人惊奇之后,有顿悟的快感与会心的一笑。

木心的手帖有文本之美,解与不解,似与不似,好文章从来如此。说得出好的就不是好文章。好文章简直来自天外,木心让文字之兽飞翔了。

每每有人让推荐一本木心作品,我总说《素履之往》。

余味不绝的还有木心的书法。

书法

如果对木心的审美趣味做些关注,不可忽略他的书法。木心书法,是才情之书,是随意之法,散散松松里尽是法度,如满天星斗,似秋江半月,更像一个人坐在八仙桌旁饮茶。

木心的墨迹,包括部分手稿,在不经意间书写出内心,有自负有内敛,举重若轻,厚思以轻灵出之,不折不扣,条理分明,不拘不泥,一笔带过,悲悯之心含而不发,在个性气质的流露上绝无障碍。我见到的几幅都可以作他的心迹看,有时会稍嫌用笔轻了些,却又觉得轻些好,轻轻道出的是他内心的寂寞。

木心的字,两字概之,曰:斯文。

在一朋友家见过几封木心信札,有竖写的,有横写的,一律繁体字,笔迹古奥敦厚,能感受到书写者的刚与柔,录下其中一款,以为纪念:

> 多谢赐茶
> 欣慰奚如
>
> 余志茶
> 独钟清清
> 亟盼来信
> 以解悬念

悬念

木心作为一个知识人,处在社会的动荡中,身上有许多交叉小径,每一条都能让他自己迷失,木心偏偏没有迷失。这是木心的悬念。

木心的家乡在长江以南,相对于黄河流域文化而言,处在一个旁观者、边缘者的文化位置上。这点造就了特殊的文化立场与文化视角,他的作品,能读出非常明确的清醒，即便是写犹豫彷徨也是澄澈的。

悬念解开。

"文革"期间，木心身陷囹圄。很多年之后，忆及往昔，老人说，当时觉得许多人都跟着我一起下去，托尔斯泰、莎士比亚他们都跟我下地狱。

悬念解开。

解开

木心之绳索绑缚过我，时间的钥匙解开了。

我反对模仿，但木心又的确影响了我。把影响拆开说，似乎更好——影是日影，响是响箭，木心是一支飞在日影中的响箭，射不到我了。但他的日影照耀了我，给我温暖，他开弓的响箭之声犹在耳边，让我知道艺术永存。

论年龄、成长环境，木心算民国人物，但写作蕴涵衔接了西方文明深处的年轮，不论思想，还是手法。

木心去世很多年了，这些年我经常想起他——如果三十岁的胡竹峰能见见八十岁的老人家。

老人家

经常有人问木心属于什么家，诗家、散文家、小说家、画家、学问家？当下有木心这样的诗家、散文家、小说家、画家、学问家吗？不知道，我总是回答说老人家。不愿意把木心脸谱化。"代"和"群"不重要，为什么要将木心划进一个群体？群体已经太多了，让人家在一旁抽烟喝茶吧。

没有和木心风格相近的作家，起码目前没看到。鲁迅一分，周作人五钱，红楼梦半场，金瓶梅二枝，老庄两瓣，京剧昆曲评弹各一本，李白杜甫苏东坡张岱二两，水墨一方，八大与金农三点，约等于木心。这是过去的话，其实还有半场《神曲》，一抹尼采，两卷《圣经》，三曲歌德，四枚雨果……

在我眼里，木心是一个把散文当散文来写，把诗歌当诗歌来写，把小说当小说来写的人。木心的文学不是当下的文学，他用一己之力渡过了时间之河。文学视野和版图像一座神庙，木心是游客，手握烟斗，东看看，西走走。游客是不需要位置的，就好像你我去庙里，看看木刻的罗汉，看看镀金的佛陀，看看石雕的菩萨，我们不会想要坐到那个位置上去。

我心中的木心应该不是木心，是非木心，另一个木心。羞涩、热情、怯懦、勇敢，天马行空，独来独往。木心是庄子文章中的北冥之鱼，是苏子文章中的清风徐来，是张岱文章中的繁华落尽，是鲁迅文章中的花言巧语，是巴黎圣母院的钟声，是哈代笔下的露，是川端康成笔下的雪……

木心应该是一个非常好强争胜的人，拼命读书，写了那么多作品，希望名满天下，也愿意躲进小楼。他了不起的地方是让文学回归到文学，认识到人生之大限，青春难葆，天命不可强求，只有化为艺术才能长存。

木心的思想，一是风风火火走向世界的物质性渴望，类似尼采所说的"酒神精神"；一是清清爽爽走向内心的精神性追求，类似尼采所说的"日神精神"。走向世界，故追求成功。走向内心，故期望超越。木心这个人，释道儒都懂，一言难尽。

木心写作这么多年，通过文字让自己变得大无畏与无所谓了。一个人大无畏容易，一个人无所谓也容易，大无畏中无所谓，无所谓中大无畏不容易，这是木心的禀赋。木心是灿烂的，神当归其位。他的一套文集摆在我书架上，奉若大贤。

附录：

陈若曦的疑惑

二〇一六年秋日访台，文讯杂志社的封德屏先生热情周到，接待晚宴上张罗了一帮台北作家与大陆同行交流，陈若曦前辈的席卡挨着我。陈先生的书读过几本，偶遇真人，过去书中的人事纷纷走出来了。陈先生七十八岁，眼神依旧很亮，站在那里，腰杆直直的，举止是老民国的样子。

陈若曦二十世纪七十年代移居美国，八十年代初遇木心。谈及创作，木心先生凭空神游，依着智识想象，写游历文学。陈先生不赞同，觉得太轻佻，从此不看木心一字，这是老民国的认真，也是读书人的心性。

木心是庄子笔下的大鹏，陈若曦一片儒生心性，一九六六年奔赴大陆，友朋多有挽留，仍执意越海而来，这是老派人的桑梓情深，年轻人不懂。木心先生一九八二年去纽约，二〇〇六年回乌镇定居，自称是一个绍兴希腊人，起居地堂号为卧东怀西之堂。到底是诗人，天马行空惯了，肉身锢不住性灵之翼。

木心的文章好，好在御风而行。陈若曦的文章也好，清清白白，又爽口又干脆。一个是天上的神马,一个是地上的脱兔。陈先生的疑惑自有道理,木心先生文成一体,顾不了那么多。

(原载《红豆》2020 年第 3 期)

抖落思想的尘埃
——《野草》本事考

_阎晶明

一直想寻找一种理解《野草》的方式，也一直在寻找表达这种理解的情境。《野草》是可以看到鲁迅心跳的写作结果，《野草》是有空间感、画面感的，《野草》也有时间上的纵深与沉浮，《野草》是一种状态的书写。越是深读，越能感受到鲁迅写作时的"小感触"和把这些"小感触"写下来的冲动。难以平复的情绪，深邃到极致的思想，那是有可能转瞬即逝的幻觉，是不可能重复回来的情景。《野草》是诗，是哲学，是被压抑的激情，又是这种激情借助文字的点燃与释放。我想起鲁迅《好的故事》的结尾，那正是对迅速用文字抓住幻觉与神思的一种真切描写："我真爱这一篇好的故事，趁碎影还在，我要追回他，完成他，留下他。我抛开了书，欠身伸手去取笔，——何尝有一丝碎影，只见昏暗的灯光，我不在小船里了。"

这就是写作。

作为文学家，鲁迅在文体上的创造与建设，几乎就是后世者要努力攀登的巅峰。因为鲁迅，现代小说彻底冲击了市井和文人写作；因为鲁迅，杂文写作在事与理的结合上，在类型化的比附与揭示某一社会通病上，形成了某种特定的套路；因为鲁迅，散文诗写作在抽象与具象的结合上，在诗意与哲理的追寻上，几乎成了一种固定化的写作格式。《野草》里有抽象晦涩的片段，但也有叙事写景兼抒情的篇章，甚至还有《我的失恋》这样的打油诗，还有《过客》这样的诗剧。我于是想到有必要做这样的梳理，即把《野草》与鲁迅所经历的现实之间的关联做一次专门分析，目的不是要否认研究者大多把《野草》视为"诗与哲学"的结论，而是想要证明，《野草》同时也是现实主义的，《野草》不是天上掉下来的，也不是一种纯粹的文体实验，它是鲁迅创作井喷期的一部分，是鲁迅在小说、杂文里的思想情绪的另一种表达。

故乡绍兴的影迹

考证《野草》的本事,就地域而言,还有另外一个现实世界,这就是"故乡",说是绍兴也无不可。当然,全部《野草》的正文里没有出现绍兴二字,也没有鲁迅小说里常用的鲁镇,有的是大到"江南",小到"山阴道"的指代。但无论如何,《野草》里时而会闪现鲁迅生于斯长于斯的故乡在其中的存在。

从写景来说,《雪》是其中最集中的一篇了,《雪》写了三个不同地域的景象,围绕的意象就是雪,开头第一句"暖国的雨向来没有变过冰冷的坚硬的灿烂的雪花",这里的南国所指何处,《鲁迅全集》的注释说:"暖国,指我国南方气候温暖的地区。"我以为这个注释略显含混,因为接下来鲁迅所讲的是"江南的雪,可是滋润美艳之至了",可见暖国并不等同于江南,应该是比江南更南的地方,比如许广平的家乡广东。1935 年 3 月的《漫谈"漫画"》(《且介亭杂文二集》)中就说过:"所以漫画虽然有夸张,却还是要诚实。'燕山雪花大如席',是夸张,但燕山究竟有雪花,就含着一点诚实在里面,使我们立刻知道燕山原来有这么冷。如果说'广州雪花大如席',那可就变成笑话了。"鲁迅心目中的暖国,应该就是指广东即岭南地区。

我又想起 1926 年 9 月 20 日,时在厦门的鲁迅致信许广平,谈到初到后的感受:"因为是闽南了,所以称我们为北人,我被称为北人,这回是第一次。"可见鲁迅对北方、南方、南国之差异还是很敏感的。鲁迅还写过《北人与南人》这样的杂文。他也时常会在文章书信里探讨同类问题:"由我看来,大约北人爽直,而失之粗,南人文雅,而失之伪。"(致萧军萧红)

强调这一点,对理解《雪》并非无益。《雪》虽然寥寥不足千字,但涵盖的却是整个中国。如果说写"暖国的雨"显露出杂文笔法,对"朔方的雪花"用的是诗性抒发,笔墨最多的"江南的雪"则是纯正的叙事散文。"江南的雪,可是滋润美艳之至了",在这个定位之下,我们读到的是一系列的写实,"雪野中有血红的宝珠山茶,白中隐青的单瓣梅花,深黄的馨口的蜡梅花——"这是鲁迅随意的想象,还是实有的记忆呢?周作人在《鲁迅小说里的人物》中谈到,鲁迅对自己的故乡一向没有表示过深的怀念,但是唯一对地方气候和风物却不无留恋之意。这样的例子即使在虚构的小说里也可以读到。如《在酒楼上》里,吕纬甫在小酒馆里坐下来眺望窗外的"废园"所见:"这园大概是不属于酒家的,我先前也曾眺望过许多回,有时也在雪天里。但现在从惯于北方的眼睛看来,却很值得惊异了:几株老梅竟斗雪开着满树的繁花,仿佛毫不以深冬为意;倒塌的亭子边还有一株山茶树,从暗绿的密叶里显出十几朵红花来,赫赫的在雪中明得如火,愤怒而且傲慢,如蔑视游人的甘心于远行。我这时又忽地想到这里积雪的滋润,著物不去,晶莹有光,不比朔雪的粉一般干,大风一吹,便飞得满空如烟雾……"这样的描写极近于《雪》,都是亲见的写实,而非想象式虚构。周作人也曾提供了证据说:"看者在这里便在称颂南方的风土,那棵山茶花更显明的是故家书房里的故物,这在每年春天总要开得满树通红,配着旁边的罗汉松和桂花树,更显得院子里满是花和叶子,毫无寒冻的气味了。"从小说里的"滋润"到散文诗里的"滋润美艳之至","江南的雪"在鲁迅眼里已经给了很准确的定位。

可以想象,没有次年写下的《雪》,鲁迅对江南和北方的雪景之比较,也就停留于《在酒楼上》了,《野草》的写作为他打开了一个更加广大的世界,即使一般的风景也有了更多重的意义。《雪》是一篇对雪景做反转式描写的文章。"朔方的雪花",原来具有战士一般的风采,它的自由放飞,它的洋洋洒洒,它的无边际飞扬以及它的粗暴,它的狂野,让"江南的雪""的"滋润美艳"仿佛成为一种衬托,就像一个小家碧玉面对一个泼辣的娘子军一样,被夺走了绝大多数风采。

再回到本事。以鲁迅对江南雪景的反复描写,以周作人的旁证文字,可以说,《雪》里的描写主体正是鲁迅对记忆中故乡冬景的记录。在这个意义上讲,《雪》的纪实性极为真切。《雪》的反转在最后。"惯于北方的眼睛"开始对"朔方的雪花"大加赞美。这正与鲁迅当时的心境,与整部《野草》的精神指向相吻合。《在酒楼上》还是"飞得满空如烟雾",到《雪》里就成了"使太空旋转,而且升腾地闪烁"。故乡的雪景固然美不胜收,然而"朔方的雪花"更见品格。是的,"那是孤独的雪,是死掉的雨,是雨的精魂"。

在写作时间上比《雪》晚一周时间,也就是1925年1月24日写成的《风筝》,同样是北京与故乡的交融呈现,都是把关于故乡的叙述包裹在对异乡的简洁描写中。《风筝》从开始描写北京冬季的天空,直接切入对故乡"春二月"的怀念。天空中"有一二风筝浮动",便让人想到故乡的"风筝时节",自然妥帖。北京和故乡始终融为一体。"四面都还是严冬的肃杀,而久经诀别的故乡的久经逝去的春天,却就在这天空中荡漾了。"对儿时的回忆,现实的无可把握的悲哀,也一样交织在内心。《雪》的主体是对"江南的雪"的叙述,它的叙述法是鲁迅最擅长的笔法即类型化、概述性与精微细节的结合,我们可以看到《雪》里没有具体的人物,"孩子们"、"几个孩子"、"谁的父亲",鲁迅是用这种类型概述的方式,描写塑雪罗汉的情景。

《风筝》则就不同了，这是见人见事的叙述，是让读者强烈感受到来自鲁迅少年时代，发生在故乡的真实故事。最真实的是故事的核心人物"我的小兄弟"。"他那时大概十岁内外罢，多病，瘦得不堪，然而最喜欢风筝。"这是小兄弟的基本样貌，按实讲就是周建人，且在基本面上也符合少年时周建人的特征。最写实的是小兄弟的风筝故事，要说这是个简单的故事，是可以忽略或留下美好记忆的寻常故事，真正的一波三折不是故事本身，而是故事产生的无法磨灭的精神记忆。"我"当年一怒之下踩扁、毁坏的小兄弟正在制作的风筝，中年之后悟到这是扼杀儿童天性的错误，"我"想补过，送他风筝。然而他也"早已有了胡子"，"我"想讨他的宽恕，以为他会说"我可是毫不怪你呵"，哪知真正的结局却是，小兄弟对这件事毫无记忆，所以并无怨恨，宽恕是一种不存在的虚无。这才是真正的悲哀和沉重的缘由。

关于"小兄弟"周建人儿时是否酷爱风筝，尤其是否自己偷偷制作并被自己的大哥怒而毁坏，这小小的故事几乎是一个无法对证的悬案。中年后的鲁迅与周作人失和，诱人追寻少年鲁迅与儿时周建人是否也有过一场冲突和暂时的"失和"。

周建人少年时喜欢放风筝并非虚构，他自己晚年的记述里就有过描述。那是谈到自己的祖父出狱回到绍兴家中的情形：

> 我祖父回家的时节，正当放鹞的好辰光，我对放鹞发生浓厚兴趣，也早糊好不少个，想拿出去放，不知祖父会怎么说，但还是硬着头皮拿出去，正好祖父在桂花明堂里撞见，他说阿松你放鹞去，我答应了一声，他拿起我的风筝，看我做的风筝特别精巧，都装上风轮（也叫风盘），正面中有倒三角形的线，叫抖线，这样的风筝不会在空中翻跟头的。
>
> 他问我：是你自己糊的吗？
>
> 我说：是的。
>
> 一面担心他会不会责备我贪玩，不务正业。不料他却大大的赞扬起来，说糊的好，又说你身体瘦弱多病，放鹞好，在空地上空跑起来，对身体有好处。我年轻时候会戏棍，多年不戏了，什么时候戏给你看。
>
> 我听他不仅不反对，而且还赞扬鼓励，高兴极了，玩的更起劲。
>
> （《鲁迅故家的败落》，第175页）

这段对话客观上回应了鲁迅《风筝》里的多处描述。一是直接说出了自己儿时喜欢放风筝这一事实，二是在情态上专门描写了自己内心的不安，以及担心祖父认为这是贪玩和不务正业的表现，结果却得到了鼓励。

不知道为什么周建人这里没有提到自己的大哥，根据"贪玩""不务正业"的担心，如果这种担心有事实前因的话，很可能就是之前受过长兄的训斥，留下了心理阴影，而在祖父这里却得到了正名。《风筝》里说"我"的小兄弟多病，瘦得不堪，最喜欢风筝，与周建人自述中祖父的说法如出一辙。我以为周建人上述自述，有对位回应《风筝》的意思。周建人晚年也曾谈到过涉《风筝》话题，说："鲁迅有时候会把一件事特别强调起来，或者故意说着玩儿，例如他写的关于反对他的兄弟糊风筝和放风筝的文章，就是这样，实际上他没有那么反对的厉害，他自己的确不放风筝，可是并不严厉反对别人放风筝，这是写关于鲁迅的事情的作者应当知道的。"周作人对此也有记述，他说过："他不爱放风筝，这到底是事实，因为我的记忆里只有他在百草园里捉蟋蟀，摘覆盆子，但是记不起有什么风筝。"说到《风筝》，周作人认为："作者原意重在自己谴责，而这些折毁风筝等事乃属于诗的部分，是创造出来的，事实上他对于儿童与游戏并不是那么不了解，虽然松寿（周建人）喜爱风筝，而他不爱风筝也是事实。"（周作人《鲁迅的青少年时代》）两个兄弟如此记述童年的故事，直把《风筝》里的核心情节指向乌有。

文章里的"我"怀着祈求原谅的执念，结果却是根本不存在的虚无。压抑了这么多年的负罪感本身却是不存在的，这实在是比得不到原谅更加悲哀，甚至还有点讽刺意味。我以为，这里却有必要区分鲁迅与"我"的身份，即我们不可以把作品里的"我"与鲁迅完全等同。《野草》的一大特征，正是对于个体"我"的自由想象与诗性设定，或许，《风筝》里的负疚感、负罪感，直至赎罪无果的荒谬与悲哀，是鲁迅《风筝》寻求复杂化的结果，这种创作构思或许有生活里的影子，或者就是作者的想象。作者受某种理念、某个阅读过的故事的触动，产生了幻想、联想，假定性的想象一个故事的另一种走向，进而产生心灵上的冲击，一种对后果的另类假设，并恰好与之正在思考的精神问题相契合，他就有可能改造和创造一种情境，改编甚至编织一个故事来表达自己的心绪和思考。这完全符合文学创作的规律和方法。探讨本事的有无，并不会影响读者对《风筝》的理解，本事有无的纠缠正说明了文学创作的复杂性。

《风筝》借助了一个颇有真实感的童年故事来讲述，这一来自童年记忆的出发点，会使表达的主题更显真切，更加痛彻和更加难以释怀。这正是《野草》的复杂性所在，尽管二弟、三弟否认故事的雏形，却也许并非完全杜撰，周建人和其祖父的对话就是证明。

故乡的云飘散在异乡的天空。眼前，肃杀的冬景与记忆中故乡的春天无端地幻化为一体，让"我"产生莫名的、强烈的悲哀。1843 年 9 月，马克思在致阿尔诺德·卢格的信中说过这样的话："人类要使自己的罪过得到宽恕，就只有说明这些罪过的真相。"作家认识到一种并不都属于自己的"罪过"，并希望通过某种方式去描写、表现，包括寻求宽恕。他于是先有这样的理念，然后去创造一个故事或改变一个故事的走向，使之变成可以得到宽恕的理由。问题是这一真相的揭示并没有使负罪感得到宽恕和释然，反而由于变成子虚乌有，陷入更加复杂且无解的困境当中。如今已无须去辩论故事的有无，因为作为文学素材，它已经很好地发挥了作用，达到了想要的效果。这个或许并不存在，或者要简单的多的故事，由请求原谅的亲情表达，到宽恕无由从而陷入彻底的精神困境的故事，是鲁迅综合了少年时期在故乡生活的片段，使之浸泡至中年之后，苦心孤诣酿造于灵魂的"苦酒"中。

《雪》里的"故乡"由"江南"替代，现实中的"江南的雪"是美的，心灵中却更倾心于"朔方的雪花"。《风筝》里，故乡春天的天空却因内心的眷恋幻化、飘移，融会到北方肃杀的冬天里了，心境变得更加复杂，更添悲凉，然而比这更复杂，更悲凉的，是发生在少年时期的"故乡"的故事。

真正写出心目中故乡之美的美文，是《好的故事》。它其实不是故事，它在形式上同《雪》《风筝》一样，是一种"封套式"结构，即在一个与中心描写形成反向对比的情境中，处于叙事中心的故事在色彩上变得更加抢眼，更因为这种"封套"的存在，使中心情节的内涵更显复杂。《好的故事》同样采取了"封套式"结构。"我"坐在椅子上看书，却进入了梦境，在短暂的梦游后，又从中醒来。"好的故事"就是这一梦游片段的经历。

《好的故事》里的故乡不是抽象的故乡，也不是泛化的江南，它是具体的，有地理方位的。"我"仿佛记得曾坐着小船经过山阴道，山阴道就是位于绍兴县城西南一带的风景优美的地方。《鲁迅全集》的注释借用《世说新语·言语》的说法："王子敬云：从山阴道上行，山川自相映发，使人应接不暇。"中国古代诗人陆游、袁宏道等都有诗句赞美这里。《好的故事》赞美了这里美不胜收的景观，"我"在梦里乘着小船，山阴道的两边花草树木，茅屋塔寺，农夫村妇，日光闪烁——由于一切都在水中荡漾，鲁迅对这一切美景的描写可谓繁复乱眼，而他始终坚持用一个意象来表达这种美景的动感和笑容，这就是倒映在水中的景物如何随着水面的涟漪时聚时散。时而伸长，时而碎散，这美景是如此迷人却又不定。"我"就要凝视它们，结果却是从梦中惊醒，梦中的美景即刻消散，不复重现，如浮云，如泡影，不可捕捉。

正如周作人所说的，尽管故乡的人和事留下的记忆总被涂抹上阴冷、沉重的色调，但故乡的风景大多时被以美的形式记录下来。鲁迅上海时的年轻朋友、学生徐梵澄曾回忆说，他有一次和鲁迅谈到了山水："我说我们湖南的山水,如潇湘八景之类,真是好哪!有自古有名。而绍兴——,没有什么吧!"而得到的回应却是:"唉!你莫说,到底是'山阴道上,应接不暇',也有些好风景!——先生说。我便默然。"(《星花旧影——对鲁迅先生的一点回忆》)

鲁迅作品中的故乡元素,从地理环境到各色人物,从动物植物到美食衣着,俯拾皆是,即如《野草》也不例外。《好的故事》里写到的乌桕树,据绍兴研究者介绍,"乌桕树在绍兴水乡最常见,它在河两岸,秋天叶子泛红,结下的果子可榨油。""乌桕树和其他景物构成山阴道美丽的图画。"(傅建祥《鲁迅作品的乡土背景》)

除去环境背景,《野草》还有方言俚语的引入。最典型的如《秋夜》里的"鬼䀹眼",据称就是一个典型的绍兴方言词汇。且"鬼"在绍兴话里呼ju4。也有说应该呼ju1,《绍兴方言词典》又在解释"老鬼"时认为鬼应该呼作zhu1,而另一词"鬼公"中,鬼应呼zhu3。"鬼䀹眼"的方言含义,是指"一种眼病。眼睛快速地一闪一闪,连续不断地眨。"(据傅建祥)《秋夜》里有两处用到"鬼䀹眼"这个词。一处是描写枣树枝干"直刺着奇怪而高的天空,使天空闪闪的鬼䀹眼"。又说"鬼䀹眼的天空越加非常之蓝,不安了,仿佛想离去人间",又有两处用"䀹"来表示星星的闪烁。这种地方语式的词汇,并非是一种文字修饰,而是因为它更能精准地表达语义,故反复地、灵活地运用着。谢德铣的《鲁迅作品的方言》认为,《秋夜》里的"红惨惨"也是方言,形容"小红花"因天冷而被冻得颜色惨淡的样子。而《死后》里的"毛毿毿",《复仇》里的"钉杀",《雪》里的"呵着",也都被视为是绍兴方言。其中谢著还认为,"钉杀"在绍兴方言里还有"注定、肯定和不可改变"的意思。这一释义对我们理解《野草》里"钉杀"的含义也是一种启发。的确,汉译的《圣经》里用的是"钉"而非"钉杀"。

《野草》还有一些专有名词,也体现有绍兴地方色彩。如《好的故事》里的"一丈红"其实就是蜀葵,"夏云头"则是指"夏天的云块"。《一觉》的结尾写道:"烟篆在不动的空气中上升,如几片小小夏云,徐徐幻出难以指名的形象。"《秋夜》里的"小青蝇"就是青头苍蝇。《野草》里还有绍兴谚语,如《复仇》里的"马蚁要扛鏊头",视同于"人多力量大"、"众人拾柴火焰高"。据《绍兴方言》(杨崴等编著),这一谚语被记为"蚂蚁扛得起鏊头"。"要扛"和"扛得起"还是有区别的。以《复仇》里路人们纷纷去当看客的样态,这里的"要扛"应是"要去扛"的之意,也就是去做不可能之事,并非等同于"人多力量大"。有的方言或口语,还有一定时代色彩,如《好的故事》里的"石油也不是老牌","老牌"在当时就是专指"美孚石油"。《绍兴方言》里还有"美孚灯"一词,意为"旧时家庭照明用的一种有罩的煤油灯,因燃点美孚洋行的煤油而得名"。同书里还将《颓败线的颤动》里的"瓦松"纳入方言。

作为五四新文学的旗手，现代性是鲁迅创作最突出的特征，《野草》是从主题内容到艺术形式的全面现代性，是让同时代人难以完全理解，让后世者众说纷纭的艺术探索之作。然而，即使是这样，一部作品集里却闪现着地方民俗、方言俚语、故乡风情，这是一种不由自主的流露，也是一种创作上的自觉。比起《呐喊》《彷徨》，比起《朝花夕拾》，《野草》似乎在艺术上更加超拔，在意蕴上更加抽象。然而即使如此，也不应该忽略故乡风物、民俗、方言等在其中的存在。而且我以为，正是感受到和共同强调《野草》强烈的现代性，使得对《野草》地方性的识别造成忽略和认知上的淡漠。

为什么会有本事考？

对我而言，写这种考证式的文章，绝非长项。在鲁迅研究里，想提出哪怕一粒米大的人所未见的材料，几乎也是不可能的。但我还是想坚持沿用这一概念，不是因为我可以完成好，而是想强化这一概念在理解《野草》时的助力作用。以往关于《野草》的评价，最突出的是研究相对还不够充分，他的小说杂文不用说了，这几年对他的翻译和文学史研究也都给予相当重视，出了很多成果。相对而言，对《野草》的阐释似乎还是偏少。在并未达到充足的研究中，还有这样一些明显的倾向，即对《野草》的阐释出现明显的差异，一种是把《野草》理解成鲁迅参与社会斗争的产物，把写作《野草》时的鲁迅看成是五四出现低潮，鲁迅的战斗更加孤独，在他还未找到更先进的理论，未看到更大的进步力量的时候，他要肩住黑暗的闸门就更加沉重。作为孤独的个人，他依然努力抗争着，绝不放松。但同时，也会产生失望的情绪，甚至有悲观、愤懑、空虚的感受，《野草》就是这种复杂心境的表达。这类研究对鲁迅的理解仍然达到了相当高的程度，对于具体某一作品的阐释，也多有精彩之处。但明显受局限于研究者所处的历史条件和环境约束，有些话语似乎在针对性上并不强。另一种与之有着明显差异，更强调《野草》的黑暗面，强调其与西方现代艺术的直接间接的联系。侧重对其黑暗空虚的流露及其复杂的寓意，但对与鲁迅战斗、工作、生活的环境的关系却较少涉及。

以上两种分析，前者有把《野草》类同杂文的意思，后者则强调其诗性和现代性。第三种研究，近年来似成主流。这种研究具有综合以上两类观点的意味，综合后的结论，就是强调《野草》是"鲁迅的全部哲学"。思想上是哲学，艺术上是诗，成了大家的基本共识。

相对于《野草》研究的偏冷，持何种观点以及是否周全，也许没有那么值得商榷。也许我们把《野草》太当作散文诗了，忘了它其实来源于鲁迅的"小感触"，而这"小感触"大多又源于鲁迅所生活的现实，现实的环境，现实的人际，现实的经历，现实的心境。《野草》的写作没有离开北京，甚至几乎没有离开宫门口西三条的居所。《野草》里也有《朝花夕拾》里的"故乡"的记忆，也有《华盖集》式的现实的战斗，有学养积累的流露，有博览产生的触动，有天上的星月，也有地上的花草，有远古的神话，也有手边的器物。《野草》不是天上掉下来的，也不是灵感的乍现，更不是迷醉后的呓语。《野草》是现实的土壤生长出来的，"吸取露，吸取水，吸取陈死人的血和肉"。《野草》是有呼吸的，这呼吸有北方的灰尘，也伴着江南的烟雨，有树木的清香，也有眼前的血腥，当然，还有个人的心境和梦幻。《野草》就是用奇崛的文字对这一切做的记录和表达，这所有的一切，一旦进入《野草》，就放大了，变形了，变异了，升华了、极致化了，诗意了，抽象了，总之是经作者之心过滤，经作者之笔落地了。我以为，对《野草》的研究和阐释，不能离开这些烟火气。它们有大有小，时大时小，有对人性的解剖，也有对现实的关切，有对强大的人类共性的描写，也有对稍纵即逝的个人梦幻的捕捉。理解《野草》，离不开这些具体的情节，甚至书架上的一册书，书桌上的一盏灯。这就是我所谓的《野草》的本事。比起真正的学者式的、严谨的本事考订，我这里的本事考有一点像是概念借用，它不完全符合其本意要求，如果哪位方家就此来较真，我是完全应该投降的。但我坚持沿用"本事考"，而非其他诸如"现实素材"之类的说法，就是想强化《野草》在这一层面上的价值。我认为这应当成为打开理解《野草》的一把钥匙，推开开放《野草》意义的一扇窗户，是接近鲁迅、理解鲁迅的一个通道。理解《野草》，也应该回到本事，回味本事，从而抖落这么多年来落在《野草》上面的思想的尘埃。当然，思想本身很重要，这正是我接下来想要努力去接近的。

（原载于《当代》2020年第3期，本文是其节选）

退后，远一点，再远一点！
——从沈从文的"天眼"到侯孝贤的长镜头

_翟业军

一、缘起

一说到侯孝贤，我们就会想起台湾"新电影"，想起他的《风柜来的人》(1983)、《童年往事》(1985)、《恋恋风尘》(1986)、"悲情三部曲"(1989年的《悲情城市》、1993年的《戏梦人生》、1995年的《好男好女》)和《海上花》(1998)，却很少意识到，早在1973年，他就已"混迹"于片场，担任李行《心有千千结》的场记，其后十年光景，他与陈坤厚等人合作了一系列既叫好又叫座的商业电影，比如《就是溜溜的她》、《风儿踢踏踩》和《在那河畔青草青》——"票房毒药"竟是曾经的票房灵丹，"不动明王"(a master of the stationary camera)[①]也有过把镜头推来拉去的跃动的青年时代。那么，侯孝贤从商业电影导演近乎断裂地转身为"新电影"主将的动力源是什么，究竟是一种什么样的精神资源的长养，才使得侯孝贤成为侯孝贤的？

在许多访谈和讲座中，侯孝贤都说到他在拍《风柜来的人》前陷入了混乱，不知道怎么拍，原因大致有二：1. 以前拍都市言情喜剧，用钟镇涛、凤飞飞这样的明星演员，套路早已驾轻就熟，现在拍一群少年的没有故事的故事，如何下得去手；2. 当时一批导演从欧美学成归来，张嘴就是 master shot (主镜头)之类唬人的术语，让"土法炼钢"的侯孝贤如坠云雾，稀里糊涂。就在他不知所措的当口，朱天文建议他去看沈从文的《从文自传》。他看完，简直是拨云见日的欢喜。他说："沈从文的自传提供我一个 view 看人间的事情，一个作者对自己身边的事能够这么客观，这是不容易的。不太有什么激动、情绪在里面,就像上帝在看这个世界一样,这样反而更有能量。"②他还说,看了《从文自传》,"感觉非常好看",特别是沈从文那种独特的 view:"他写自己的乡镇,自己的家,那种悲伤,完全是阳光底下的感觉,没有波动,好像是俯视的眼睛在看着这个世界……"正是因为对沈从文的 view 深有会心,拍《风柜来的人》时他才会反复对摄影师说,"退后,镜头往后,远一点再远一点"③,并由此发展出他的专属的美学标签——长镜头。侯孝贤指认过《风柜来的人》之于自己的"开端"意义:"我说《风柜来的人》就是我整个创作的开头,终于回到了我自己的位置,一路下来,到现在都没有变。"④如果说,只有当《风柜来的人》问世,作为电影作者的侯孝贤才诞生,而且,他还要沿着这条路径一直走下去的话,詹姆斯·乌登那个近乎武断的评论就是非常可靠的了:"沈从文几乎就像是侯的导航员,自此以后侯从来没有完全丢失沈式世界观。"⑤如此一来,我们当然应该追问,沈从文的上帝看世界似的 view 究竟是什么,它又是如何开启出侯孝贤的长镜头的?或者说,侯孝贤的长镜头既是沈从文的 view 的绵延、放大,当我们弄清楚长镜头的美学奥秘时,也就把沈从文那个因为过度克制而含藏着、读者又因为审美惯性所障因而一直视而不见的 view 看得格外分明了。

《风柜来的人》不只是侯孝贤的"开端",还是一些大陆导演的发蒙之作,比如贾樟柯。贾樟柯回忆,初读北京电影学院,他一片茫然,直至看到《风柜来的人》,方才明白,"原来在中国人的世界里,只有侯孝贤才能这样准确地拍出我们的今生"。他梦游般地走出电影院,立马跑到图书馆,翻看侯孝贤的资料,见他屡屡说及《从文自传》,连忙借了一本,一支烟一杯茶,在青灯下随着沈从文来到奇异的湘西世界,他"似乎通过侯孝贤,再经由沈从文弄懂了一个道理:个体的经验是如此珍贵"⑥。很快,他回汾阳,拍出处女作《小武》。正是因为有了这样的机缘,他才说《风柜来的人》对自己有"救命之恩",而恩同再造的关键点,大概还是侯孝贤从《从文自传》汲取并传递给他的那个 view 吧。一个大陆青年从台湾导演那里接触到沈从文,而他所接触的沈从文还不是大陆传布甚广的作为"人性"神庙的建造者的沈从文,而是"看待世界的角度还有这么多,视野还有这么广",不强行楔入自己的态度,珍视每一个个体的经验的沈从文,这一反常现象敦促我们去思索大陆和台湾之于沈从文的见与不见——某些从来如此的看法也许并不充分,甚至就是错的。更有趣的是,大陆的新文学神话是鲁迅,在台湾,沈从文也是神一样的存在。朱天文说,1984 年 1 月 29 日,陈坤厚从香港回来,给大家看一本摄影集里一张沈从文的近照:"老人笑眯眯的温柔敦厚的脸,使人想象昔年他写《边城》《丈夫》《萧萧》的时候,以及二十八岁就写出的一本我们都爱极了的《从文自传》。"⑦聚拢、瞻仰,是一种神圣仪式,此时的沈从文还在人世,却已成为海峡对岸文艺青年的传说、图腾。黄春明更是直接地"认祖归宗":"我常常说我有三个爷爷,一个是生我爸爸的那个爷爷,一个是生我妈妈的外爷爷,还有文学的爷爷——就是沈从文。"⑧台湾文坛奉张爱玲为"祖师奶奶",黄春明又指认了一个"文学的爷爷",夏志清《中国现代小说史》发皇沈、张,原来有着深刻的地域和文化渊源。不过,我们都知道台湾文坛推重沈从文,却很少追问为什么会推重,台湾所推重的沈从文还是大陆所熟悉的沈从文吗,或者说,大陆所阐释的沈从文会被台湾所推重吗?

让我们从沈从文,特别是《从文自传》说起。

二、"我永远不厌倦的是 '看' 一切"⑨

沈从文说:"不要为回忆把自己弄成衰弱东西,一切回忆都是有毒的。"⑩奇怪的是,他在不到三十岁的年纪就走回到自己生命的前二十年,提笔写下自传。写自传的外在动因,是邵洵美创办书店,请他"打头阵",内在驱力,则是他需要为自己取得初步成就的写作寻找到传记学的成因,并由此成因出发,进一步确认自己的写作。于是,《从文自传》理所当然地成为他发挥"乡下人"美学的主阵地。这里不论"乡下人"美学的是非,我感兴趣的是,沈从文"永远不能同城市中人爱憎感觉一致",从而必须也只能站在"乡下人"立场打量世界,这样的审美选择竟然是一系列"看""听"和"嗅"的必然结果:在湘西,"我看了些平常人不看过的蠢事,听了些平常人不听过的喊声,且嗅了些平常人不嗅过的气味;使我对于城市中人在狭窄庸懦的生活里产生的作人善恶观念,不能引起多少兴味……"⑪整部自传,他好像都在无限放大自己的感官,去接收所有似有若无对他来说却是确凿存在过、还将在他的文字中永远存在下去的信号:

> 就为的是白日里太野,各处去看,各处去听,还各处去嗅闻:死蛇的气味,腐草的气味,屠户身上的气味,烧碗处土窑被雨以后放出的气味,要我说来虽当时无法用言语去形容,要我辨别却十分容易。蝙蝠的声音,一只黄牛当屠户把刀剸进它喉中时叹息的声音,藏在田塍土穴中大黄喉蛇的鸣声,黑暗中鱼在水面泼剌的微声,全因到耳边时分量不同,我也记得那么清清楚楚。⑫

读者自可质疑,二十多年前的光影声色怎么可能在他的记忆里保存得如此活色生香,记忆不就意味着变形和遗忘?不过,是否真的"记得那么清清楚楚",有什么要紧呢,他就是要把不清不楚勾描、夸大甚至是创造得"清清楚楚",用意只是在于强调感官的唯一可靠性,他只能用自己的感官去拥抱世界,世界只有在被他的感官显影得可感、可触之后,才是绝对真实的。这样的真实,哪怕从来没有过,也还是真的,就像他说《边城》:"这种世界即或根本没有,也无碍于故事的真实。"⑬此种真实观,类似于侯孝贤的"再植"真实论:再植出来的真实与"真正的真实、实质上的真实"是等同的关系,可以独立存在。⑭以感官为唯一信靠,沈从文便拒绝任何横亘在他与世界之间的中介,哪怕这个中介的合理性好像是不证自明的:"我的智慧应当从直接生活上得来,却不需从一本好书一句好话上学来。"⑮《从文自传》不厌其烦地描述那些未必真实的逃学经历,其实就是从反面来夯实感官的可信度。感官对应着现象,所以,他只为现象所倾心,五色令他目眩,五音令他神迷,五味令他醺然,万象皆葆有神秘、永恒的因子,他怎么忍心用无趣的价值、思想来估定他的爱憎?或者说,只有祛除了价值、思想的迷魅,万象才能以自身的样态打开并平等地陈列在一处,就像万颗异星镶在天穹。于是,湘西就不再是野蛮、愚蠢的化外之地,而是"人性"神庙的地基,那里的柏子们比文明人活得本真、舒展、恣肆太多。盗女尸的豆腐店老板死到临头还在喃喃地说,美得很,美得很,又柔弱地笑,那微笑仿佛在说:"不知道谁是癫子。"——癫子是理性对非理性的恶谥,但是,万物有理、有灵的世界里,不为美而癫狂的人才是癫狂的吧?就连砍下的人头如何沉重、开膛取胆时怎样把刀在腹部斜勒再从背后踢上一脚之类阴森、愚蠢的经验,也并不比美国兵英国兵穿什么、鱼雷艇氢气球是什么等明朗、科学的知识来得卑微,他甚至自得地说,自己从文秘书口中虽得到不少知识,但是,"他从我口中所得的也许还更多一点"⑯。他和文秘书奇异、对等的经验交换,正是现象无分尊卑这一态度的恰如其分的说明,而现代性的要义,却是要在科学与愚昧之间划下一道鸿沟的。1980年,他接受凌宇访谈,说自己的创作与改造国民性思想"毫无什么共通处",并强调"我一切习作都缺少什么喻意"⑰,种种近乎决绝的论断,只是要把自己从以德先生、赛先生为支撑的新文学传统中释放出来。他深知,新文学传统是以现代性知识为利器去剖析世界、整理世界、改造世界,而他所要做的只是永不厌倦地"看"世界,让万象在他笔下绽开——万象正在绽开,切勿惊扰!

沈从文"看"得真是入微、着迷啊,他甚至可以看到新鲜猪肉砍碎时尚在跳动不止。于是,他一定会一再地看到杀人这一湘西世界反复上演着的胜景,看到那些糜碎的尸身、污秽的头颅。不过,很快他又将看到杀牛,"老实可怜畜生"被放倒的过程和牛内脏的位置,他同样弄得一清二楚。把杀人和杀牛有意无意地并置在一处,他就是要取消掉任何现象被价值、思想所赋予的特殊性(就像鲁迅就"幻灯片事件"所发挥的那样),让它们只是作为现象本身而存在,进而组构成一片现象的网络,现象的网络中,在在都是胜景,都是新鲜。你看,一个直爽的朋友爱说粗俗的话,"总仿佛不用口去亲女人下体时,就得用口来说它",他认定,这种说话样子"常常是妩媚的"。[18]一个四十来岁妇人见到兵士、火夫走过,脸掉过去,看也不看,"表示贞静",若是军官过身,"便很巧妙的做一个眼风",对于她,他简直是抑制不住地欣赏:"这点人性的姿态,我当时就很能欣赏它,注意到这些时,始终没有丑恶的感觉,只觉得这是'人'的事情。"[19]——在鲁迅那里,如此势利、尖刻的中年妇女只能是一支"细脚伶仃的圆规",哪配做人;在沈从文看来,看人下菜却是生存智慧之一种,越是有着眉高眼低越是说明她渴望活得好点,有光彩点,这都是"人"的题中应有之义,"人"岂是德先生、赛先生可以一言以蔽之的。胜景无关乎价值、思想,甚至可以违背人情,因为人情哪里是准绳,它也只是万象之一种而已,更何况人各有情,怎么可以拿我之有情来证实你必无情?他宣称,发表于1932年的《都市一妇人》是一个"很不近人情的故事",但是,为了爱,有什么不可以做,毒瞎爱人双眼,在他心中留驻一个永远不老的美好的自己,这样的做法也许才是"更合理而近情的"。于是,那个美丽如罂粟的阴鸷妇人就像一颗艳异的流星,本体已向不可知的方向流去,毁灭多时,她留给"我"的印象,却"似乎比许多女人活到世界上还更真实一点"。沈从文真是既痴迷到热辣辣,又超然到冷飕飕。

仅止于"看",让现象的网络自行铺开,这就是侯孝贤所说的客观;客观的世界里,生或者死,相爱或者勾心斗角,其实是一回事,这就是侯孝贤所说的上帝看世界的眼光,用朱天文的话说,就是"天"的眼光。就这样,沈从文很沉湎(万花缭乱,真是好看啊)又极超然(只是被动地"看",绝不以某种既定的价值观来惊扰、判断)地"看"着现象的川流汩汩流淌,由此造就一种高度单纯的文体。这是天赋,也是习得,因为他所钟爱的屠格涅夫同样拥有一个"被动的、充满爱的、观察入微的"[20]自我,只有这样的自我才能写出"明显的超然""明显的单纯"的《猎人笔记》。

三、 把这些小事原原本本说给你听

朱天文说,"侯孝贤用这个天的眼光来看他自己的少年时候,就拍了《风

柜来的人》",而"天眼"在电影中的美学呈现,就是"冷,冷,冷"和"远,远,远"的长镜头。[21]也就是说,长镜头不只是技巧,更是一种类似于沈从文"看"世界的眼光、态度。那么,作为一种眼光和态度的长镜头有哪些特点,又会带来什么样的后果?

长镜头不迫近世界、组织世界,而是以不动的冷眼"看"世界,于是,世界以自身的而不是你所要的样子打开,这一种"看"世界的方法意味着对于掌镜人的语法的狐疑和摒弃,意味着真实。侯孝贤说:"着迷于真实到偏执的地步,是我拍片最痛苦的地方。年纪愈大愈偏执,越不能让渡、过关。"[22]为真实而疯魔,他就只能选择长镜头,长镜头后面是一个久久地缄默着,等待真实的灵光乍现的他自己。镜头不单要推远、不动,就连高度也有讲究。他津津乐道于小津安二郎的摄影机始终只比地板高几十公分,与人物坐在榻榻米上的高度齐平,这样的机位设置源于小津强烈的自觉:日本人是盘坐在榻榻米上看世界的,要忠实再现他们所看到的世界,机位就必须是低的,如果把摄像机架起来,就有另一种统摄性的叙事声音强行闯入、改造这个世界。让世界自动呈现,就不会有完整的故事,因为故事必有语法,必有一根总绳,而世界本身却是不规则的、散乱着的;就不需要规整的对话,因为一环套着一环的对话把事件引向结局,而事件是应该作为事件本身而存在的,它们并不通往什么,它们决不是结局的铺垫,更何况生活中的人们并不是有话就要说出来的,没说的往往比说出来的多很多。反故事,去对话(去对话的顶峰,就是《最好的时光》的第二段,是默片),那还要编剧干什么?要知道,编剧的任务就是"编"故事,"编"对话,最终把世界"编"入一套语法。朱天文一再说电影是导演的,自己的责任只是在讨论过程中做一个"空谷回音",这不是谦虚或者诿过,而是基于对侯孝贤的电影美学充分认知和体谅之后的自觉。这样的电影也不需要演员,因为"演"就是一种强调,就是对于世界的取舍,而取舍的根据就是演员及其背后的导演对于世界的理解。于是,侯孝贤大量启用业余演员,像辛树芬、高捷、陈松勇,他所要做的,只是创造一种情境、氛围,让他们沉浸其中,做他们自己,而不是"演"某个角色。就算用到职业演员,比如李天禄、梁朝伟、舒淇,他也会卸下他们的"武功",或者把他们淹没在人群,就像《戏梦人生》的画面每每壅塞着熙熙攘攘的人流,却找不到李天禄在哪里——平凡人再怎么放大自己,都不可能得到一个特写镜头。如此,我们才能理解侯孝贤的"非演员"论:"不管是非演员还是职业演员,其实都是非演员。"[23]不"编",不"演",创造甚至只是等待一个契机,让世界自行发生,侯孝贤就是在拍巴赞所设想的"纯电影"啊:"不再有演员,不再有故事,不再有场景调度,就是说,最终在具有审美价值的完美现实幻景中:不再有电影。"[24]作为"完美现实幻景"的"纯电影",不就像哪怕压根没有也无损其真实的《从文自传》?侯孝贤也真的跟沈从文一样,放大他所有的感官去捕捉光影声色:他要"看",于是有了李屏宾的摄影、廖庆松的剪辑、黄文英的美术;他要"听",于是有了林强的配乐、杜笃之的录音;他甚至要"嗅",他会让原是圆山饭店助厨的高捷做出一桌好菜,令演员们食指大动,也让观众垂涎……就这样,他"再植"出一个个"完美现实幻景"。这里的完美不单指真实,更指在他的幻景里,万象皆以一种增加了的强度被我们感知,它们瞬息万变、川流不息,在被我们感知到的刹那,却又好像是凝结的、发光的,像结晶体,这就如同《从文自传》里的湘西世界"完全是阳光底下的感觉"。

"纯电影"让电影走开,其实就是不承诺寓意,拒绝语法的编码,抵抗象征锁链的吞噬,到现象为止,只为现象所倾心,对此,朱天文有所总结:"一切的开始从具象来,一切的尽头亦还原始具象。"[25]这样一来,侯孝贤就会像沈从文一样,视理论为寇仇。在香港浸会大学的一场讲座中,他开宗明义:"拍电影,无关理论。"[26]他还说:"我没有去想这符号上的问题,或是象征的意义,我不来这一套。"[27]难怪他为《大红灯笼高高挂》做监制,只去过一次片场,因为他很清楚,张艺谋的处理方式跟他完全不一样。张艺谋把"妻妾成群"的繁复图景删繁就简成权力的结构,为了强化这个结构,他甚至把老爷陈佐千虚化成一个宰制性的声音,而这一切,都服务于反封建的主旨。侯孝贤却是要朝繁复、细密的现象走去的,在他看来,贾政打儿子,未必不痛在自己心上,西门庆与女人们一物之授受,未必就没有温情和恩义,于是,要是他来拍一个类似的故事,就会发挥"各房之间微妙的关系,还有那些大宴会场面,表面底下的冲突"[28],像是后来的《海上花》——再怎么闹,面子还是要的,大老婆的权威还是要尊重的,所以,关系总是微妙的,冲突总是潜隐在表面底下的,这才是一个没有被理论、主旨扭曲了的人间世。

去理论、反主旨,侯孝贤就会刻意绕开最易阐明理论、凸显主旨的"行动",把目光投注在几乎无事之事上。就连表现"二二八"等重大事件的《悲情城市》,最多的镜头还是吃饭、喝酒,事件本身只是以陈仪广播等方式轻轻点出。这样做的理由在于,日复一日、年复一年的日常生活看起来绝无变化,无法被理论穿透,所以是小事,但小事才是人生的基数,必须打起精神来应对,而大事因其宏大到不可把捉,所以并不切身,它们顶多是小事的背景,或者以渗透进小事的方式来显现自身。对于小事的耽溺,也像极了沈从文,《从文自传》一再写到的无非是看杀人、炖狗肉,好像战争并未发生,他更拒绝交待战争的来龙去脉和意义(身处其中的他未必清楚,写作自传时却是一定了然的),仿佛打仗、杀人只是为了"就食"。不过,事实不就是这样的吗?

作为一枚小兵，沈从文入伍只是混饭吃的，他又不是为了写一本军阀史去体验生活。陈丹青有一本书，叫《多余的素材》。我想，沈从文、侯孝贤所关注的无非就是一些"多余的素材"，这些素材因为无法被穿透、提升进理论体系而多余，却又因为多余而葆有原初的真实。拍《海上花》时，阿城对美术组发过一条貌似无理的指令："要多找找没有用的东西。"[29]我们家里堆积的东西大多是没有用的，但就是这些没有用的东西堆积成了我们的生活环境，构成了我们自身，就像平凡人能有什么用，他们却是世界的基数一样。小事不单葆真，它本身就是重的，有力的。《猎人笔记》中的拉季洛夫和"我"谈到一种常有的情况："最琐碎的小事给人的印象，往往比最重要的事给人的印象更为深刻。"他回忆，妻子难产而死时，他悲痛，却哭不出来，第二天，他无意中看到，她的一只眼睛没有完全闭上，有一只苍蝇在上面爬，他一下子翻倒在地，不停地哭。侯孝贤多次提及的《童年往事》里的三个眼光，都是这种令人震撼的琐碎小事。比如，第三个眼光是奶奶去世，收尸人翻动遗体，看到她的背部已经溃烂，淌满血水，便回头看了"我"一眼。"我"才十六七岁，父母都已过世，哪有能力照料卧病在床、大小便失禁的奶奶，显然没什么责任；奶奶去世多日，"我"都没有发觉，以至于遗体腐败成这个样子，当然又是有责任的。不过，谁会向没有能力承担责任的"我"追责呢，唯有看了"我"一眼，看"我"一眼不是指责，却比指责更深重地触痛了"我"。我想，侯孝贤以及沈从文的创作就是在讲述一系列类似于苍蝇在眼睛上爬的琐碎小事，你只要看了，就再也忘不掉，撼动你的不是他们借着小事向你灌输的观点，而是小事本身的力量。也许，一位单纯的艺术家的德性就在于：把这些小事原原本本说给你听。

四、都是"好男好女"以及我们怎么可以不悲伤

有趣的是，小事并非只是作为小事而存在，小事会被大事影响、渗透。比如，哪怕只是吃饭一事，《悲情城市》中"小上海酒家"里喧腾的推杯换盏，文清与宽美在九份的照相馆吃饭，是家常日子，却又是新婚，以及文清去山里看望被政府通缉的宽容时潦草的进食，哪里可以等同视之，它们背后都是或和煦或惨烈的大事。所以，小事其实是复杂的，有光晕的，怎么"看"都看不透，看不厌倦。侯孝贤之所以钟爱小事，就是因为他敏感到小事之复杂，而大事早已被权威话语所阐释和界定，能有多少嚼头。他说："不想去制造那些action，我感觉复杂的是前面与后面的那种situation。"[30]action指"行动"，指冲突

的漩涡,而漩涡之前或之后的 situation 则是密布着的看似平静实则被大事浸染,细细想来真是一夕数惊的小事。不过,仅止于"看",小事的复杂性怎么可能得到揭示?侯孝贤会反问的是,我为什么要把复杂性揭示出来,揭示出来的复杂还是原来那个复杂吗,揭示这个过度强悍的动作难道不会惊扰到复杂,使复杂逃遁,就像小兽从枪口下跳开?他的做法是,让含藏着的复杂继续含藏着,绝不惊扰。他一再申说,"我在处理人物的结构,其实很多东西不显露;有些显露一点,那我也不理,都是埋藏的","我最喜欢玩这种游戏,不喜欢暴露太多"。㉛大幅度的含藏,使他对布列松和小津安二郎有了更多的共鸣。

  含藏使人费解,观众有理由抱怨侯孝贤的电影太闷、太晦涩。但是,自然法则支配着我们的出生、死亡,关于它,我们却几乎一无所知,它不就是始终含藏着的?还是沈从文说的好:"自然似乎永远是'无为而无不为',人却只像是'无不为而无为'。"㉜自然之"无不为",说的是它对于人类的全方位支配,"无为"则指含藏着,完全不动声色,万象的生成毁坏好像与它无关。对于这样的自然,我们"无不为"地追索,注定劳而无功,"无为"地"看",它却有可能自行运演,当然是如其自身一样地含藏着运演。基于此,侯孝贤才有底气设想,说不定他的长镜头能拍出"天意",那就太过瘾了。紧接着,他又换了一个大家更能接受的现代一点的说法:"我希望我能拍出自然法则底下人们的活动……"㉝以天意为鹄的,侯孝贤就一定是冷的,冷到他的镜头可以是"空"的,只是夏天繁盛的树叶在风中摇响,只是云卷云舒,往绵延青山投下迟迟又速速奔走的影子。但是,正因为有着"天意"一般的超然,他才能挣出观念(不管是何种观念,观念本身都是板滞的)所赋予我们的狭窄、固定的眼光,看出人们的无奈,哪怕是《千禧曼波》中的豪豪,这个他的电影中唯一不值得同情的人物,他也能看出他的"身不由己":"每一个人物都有他们的身不由己,是时代的氛围和意志所笼罩的,他们的善念都很微弱。"㉞至于布袋戏大师李天禄,他更不会简单地贴上一个"汉奸"的标签,从而错失一个丰富到浩瀚的世界。他太清楚,李天禄出生在日本人统治的时代,他所知道的世界就是这个样子的,只能就他所知道、所理解的世界去看他的一生,并由他的一生见证时代的变迁。正因为此,朱天文说:"《戏梦人生》就是描绘大海一般、恒久不变的人生。"㉟于是,侯孝贤的镜头所及无非就是一些各有一份属于自己的无望以及对于无望的挣扎的人们,挣扎着的他们都是艰难的,也都是动人的,他们都是"好男好女"。在《好男好女》中,他以颓废青年梁静出演蒋碧玉的方式,把钟浩东、蒋碧玉的烈士豪情与梁静小小的却又是剪不断、理还乱的爱恨勾连在一处,就如同沈从文对于杀人和杀牛的并置。他的用意当然不是否定钟、蒋的感天动地,而是意在强调梁也是一位"好女",她也有着她的悲哀，也许和钟、蒋一样的深沉。峻切的人会指责侯孝贤暧昧、犹疑。他们理解不了的是，在现实生活中侯孝贤立场非常分明，但是，只要进入创作状态，他就必须暧昧起来，因为只有暧昧才能遏制住判断的冲动，让万象平等地绽出在他的胶片上。从这个意义上说，暧昧就是宽忍，就是慈悲。值得一提的是，侯孝贤从《从文自传》获取的超然到暧昧的眼光，汪曾祺也从老师那里悟到，比如，《受戒》说，荸荠庵里的牌客，除了师兄弟三人，还有一个收鸭毛的，一个打兔子兼偷鸡的，"都是正经人"。侯孝贤说，汪曾祺的一些小说让他非常感动，我想，这是因为他在汪曾祺那里找到了"家族相似性"，他们拥有一些同样来自于沈从文的基因。

巴赞如此定义蒙太奇："仅从各影像的联系中创造出影像本身并未含有的意义。"㊱他的意思是，蒙太奇的制作者涂抹影像本身的意义，并在"影像间"开启出新意义，这样的新意义服从于制作者的语法，当然是单一的。与之相反，长镜头中的影像却是摄影机所"看"到的，现象有多暧昧，影像就有多驳杂。于是，蒙太奇是"可看"的，观者看制作者让他们看的东西；长镜头则是"可写"的，它的意义暧昧、歧义，洇染开去，"端赖观者参与和择取"㊲。再往深处说，不管是蒙太奇还是长镜头中的影像，都绝对地溢出了创作者，这源自摄影机的"一仆二主"性：摄影机服从于两个主人，"一个是直接在摄影机背后按下快门的人，另一个是在摄影机镜头前，被动地向被动的相机装置提出要求"。也就是说，影像先天就是分裂的、症候性的，突破创作者的意图，把可见性机制中的不可见者带出场，于是，朗西埃断定："电影影像的优势在于，它是从这种不确定的意义中'十分自然地'流露出来的。"㊳侯孝贤虽然对理论敬谢不敏，却绕开体系和论证过程，直觉到朗西埃的结论。他多次征引卡尔维诺在《新千年文学备忘录》里所征引的霍夫曼斯塔尔的话："深度隐藏起来。在哪里？在表面。"他想说的是，现象之外无深度，深度就栖居于现象自身的矛盾、罅隙，在我们通常的话语实践里，这些矛盾和罅隙早已被语法抹平，是不见者，现在却被影像带出。矛盾、罅隙很小，却是光滑膜面上的"刺点"，顺着它们撕开，就裸呈出生之无意义，悲伤骤然袭来，竟是无以言说——能言说的悲伤不是悲伤，它已被言说所抚慰，而悲伤是裸露在风中的伤口。侯孝贤对阿萨亚斯说，你的片子很悲伤，阿萨亚斯说："我的片子哪有你的片子悲伤！"㊴是啊，直面"生命在发展中，变化是常态，矛盾是常态，毁灭是常态"㊵，"好男好女"却毫无抵抗之力的真相，我们怎么可以不悲伤？《风柜来的人》有一场接近一分钟的戏，就是四个少年在海滩上唱、跳。看近景，你会误以为他们真是欢快，生命蓬勃到不得不任意抛洒，就像沈从文笔下那些快乐的水手；看远景，你却会刻骨地觉得，那一点热实在算不了什么，被滔天海浪衬得比凉还凉,就像那些多情水手在跟多情妇人调笑、温存,却有一匹小羊"固执而且柔和"地叫着,它不知道它只能在这世上再活个十天八天。㊶大化运行如火,"好男好女"却是孤独似雪,这样的真相不在深层或者内里,就在表面。沈从文"看"一样的"写",亦能带出许多不可见的真相。《我的教育》里,"我"在某日清晨,"怀了莫名其妙的心情",来到杀人桥,看到一具尸骸边上烧过一些纸钱,纸灰就像路旁的灰蓝色野花,"很凄凉的与已凝结成为黑色浆块的血迹相对照"。这是一个太触目的"刺点",穿透了早已看惯杀人把戏,并不以为有何不妥的"我"。也许,那个时候,"我"意识到,死去的人们都是"好男好女",但他们都死了,只有一点蓝色野花一样的纸灰,作为他们的"薄奠";当然,"我"也可能并没有想到什么,看了一会死尸,又看了一会桥,然后返身——大概,这就是无以言说的悲伤。㊷

由侯孝贤的长镜头回看沈从文的"天眼",我们会看出,沈从文原来是在拍电影一样地做文学,他的笔就跟镜头一样地"一仆二主",他不愿也无力阻止现象冲破他的意图在不停地绽出、绽出。现象真是好看,湘西世界魅惑着所有文明的心,现象真是酷烈,总使人感到无言的哀戚,而他所能做的,只是把这些现象"拍"下来,让世人看到。

这样一个令侯孝贤、朱天文深有会心的沈从文形象,对于大陆学界却多少有点陌生,于是,我写下此文。

【注释】

①侯孝贤说:"早年我常常遇到人问,有没有受到小津电影的影响,最显而易见的当然是指,小津不移动的固定镜头,因此还被人戏称为'不动明王'。"《重新再看小津安二郎》,《书城》2004年第1期。

②《煮海时光:侯孝贤的光影记忆》,【美】白睿文编访,朱天文校订,广西师范大学出版社2015年版,第467页。

③侯孝贤:《我的电影之路》,《恋恋风尘:侯孝贤谈电影》,侯孝贤著,卓伯棠编,新星出版社2018年版,第18页。

④侯孝贤:《我的电影美学信念》,《恋恋风尘:侯孝贤谈电影》,侯孝贤著,卓伯棠编,新星出版社2018年版,第108页。

⑤【美】詹姆斯·乌登:《无人是孤岛:侯孝贤的电影世界》,黄文杰译,复旦大学出版社2015年版,第118页。

⑥贾樟柯:《代序:侯导,孝贤》,《煮海时光:侯孝贤的光影记忆》,【美】白睿文编访,朱天文校订,广西师范大学出版社2015年版,第14页。

⑦朱天文：《〈小爸爸的天空〉拍片随记》，《红气球的旅行：侯孝贤电影记录续编》，山东画报出版社2009年版，第446页。

⑧黄春明、白睿文：《原作心声——黄春明论〈儿子的大玩偶〉和台湾新电影的崛起》，《煮海时光：侯孝贤的光影记忆》，【美】白睿文编访，朱天文校订，广西师范大学出版社2015年版，第557页。

⑨沈从文：《女难》，《沈从文全集》（第13卷），北岳文艺出版社2002年版，第323页。

⑩沈从文：《一周间给五个人的信摘录》，《沈从文全集》（第17卷），北岳文艺出版社2002年版，第181页。

⑪沈从文：《怀化镇》，《沈从文全集》（第13卷），北岳文艺出版社2002年版，第306页。

⑫沈从文：《我读一本小书同时又读一本大书》，《沈从文全集》（第13卷），北岳文艺出版社2002年版，第261页。

⑬沈从文：《习作选集代序》，《沈从文全集》（第9卷），北岳文艺出版社2002年版，第5页。

⑭侯孝贤：《谈法国导演布列松的电影》，《恋恋风尘：侯孝贤谈电影》，卓伯棠编，新星出版社2018年版，第141页。

⑮沈从文：《我读一本小书同时又读一本大书》，《沈从文全集》（第13卷），北岳文艺出版社2002年版，第253页。

⑯沈从文：《姓文的秘书》，《沈从文全集》（第13卷），北岳文艺出版社2002年版，第315页。

⑰凌宇：《沈从文谈自己的创作——对一些有关问题的回答》，《中国现代文学研究丛刊》1980年第4期。

⑱沈从文：《船上》，《沈从文全集》（第13卷），北岳文艺出版社2002年版，第333页。

⑲沈从文：《怀化镇》，《沈从文全集》（第13卷），北岳文艺出版社2002年版，第308页。

⑳【美】哈罗德·布鲁姆：《如何读，为什么读》，黄灿然译，译林出版社2011年版，第18页。

㉑朱天文、白睿文：《天文答问——写作，新电影，最好的时光》，《煮海时光：侯孝贤的光影记忆》，【美】白睿文编访，朱天文校订，广西师范大学出版社2015年版，第541-542页。

㉒侯孝贤：《重新再看小津安二郎》，《书城》2004年第1期。

㉓侯孝贤：《我的电影之路》，《恋恋风尘：侯孝贤谈电影》，侯孝贤著，

卓伯棠编,新星出版社2018年版,第32页。

㉔【法】安德烈·巴赞:《评〈偷自行车的人〉》,《电影是什么?》,崔君衍译,文化艺术出版社2008年版,第283页。

㉕朱天文:《〈悲情城市〉十三问》,《最好的时光:侯孝贤电影记录》,山东画报出版社2013年版,第277页。

㉖侯孝贤:《我的电影美学信念》,《恋恋风尘:侯孝贤谈电影》,侯孝贤著,卓伯棠编,新星出版社2018年版,第73页。

㉗《煮海时光:侯孝贤的光影记忆》,【美】白睿文编访,朱天文校订,广西师范大学出版社2015年版,第148页。

㉘《煮海时光:侯孝贤的光影记忆》,【美】白睿文编访,朱天文校订,广西师范大学出版社2015年版,第262页。

㉙朱天文:《〈海上花〉的拍摄》,《最好的时光:侯孝贤电影记录》,山东画报出版社2013年版,第302页。

㉚《煮海时光:侯孝贤的光影记忆》,【美】白睿文编访,朱天文校订,广西师范大学出版社2015年版,第404页。

㉛《煮海时光:侯孝贤的光影记忆》,【美】白睿文编访,朱天文校订,广西师范大学出版社2015年版,第253页。

㉜沈从文:《〈断虹〉引言》,《沈从文全集》(第16卷),北岳文艺出版社2002年版,第340页。

㉝朱天文:《〈悲情城市〉十三问》,《最好的时光:侯孝贤电影记录》,山东画报出版社2013年版,第285页。

㉞《煮海时光:侯孝贤的光影记忆》,【美】白睿文编访,朱天文校订,广西师范大学出版社2015年版,第337页。

㉟侯孝贤、朱天文、白睿文:《文字与影像》,《红气球的旅行:侯孝贤电影记录续编》,山东画报出版社2009年版,第541页。

㊱【法】安德烈·巴赞:《电影语言的演进》,《电影是什么?》,崔君衍译,文化艺术出版社2008年版,第60页。

㊲朱天文:《这次他开始动了》,《最好的时光:侯孝贤电影记录》,山东画报出版社2013年版,第290页。

㊳参见蓝江《历史与影像:朗西埃的影像政治学》,《文艺研究》2017年第5期。

㊴《煮海时光:侯孝贤的光影记忆》,【美】白睿文编访,朱天文校订,广西师范大学出版社2015年版,第69页。

㊵沈从文:《抽象的抒情》,《沈从文全集》(第16卷),北岳文艺出版社

2002年版，第527页。

㊶沈从文：《鸭窠围的夜》，《沈从文全集》（第11卷），北岳文艺出版社2002年版，第243页。

㊷《我的教育》发表于1929年《新月》第2卷第6、7期合刊。王德威《从"头"谈起——鲁迅、沈从文与砍头》亦提及这一细节，见《想像中国的方法：历史·小说·叙事》，生活·读书·新知三联书店1998年版，第141页。这种不在深层、内里而在表面的悲伤，在沈从文的创作中处处皆有流泻。比如，发表于1928年《新月》第1卷5-8号的《阿丽思中国游记》（第2卷）写到阿丽思在苗乡奴隶市场所见的一幕：经纪问一个看样子不过三岁的小奴隶年纪时，她"却用了差不多同洋娃娃一般的低小清圆声音"说，"朱"（苗语，六），众人皆笑，小奴隶恼了，跟父亲要证据。经纪问作父亲的价钱，父亲为难，不敢说，小奴隶就用小得像米粉搓成的两只手拢成环形，比拟两百钱的样子。为了表现自己的乖巧，她学城里的太太走路，像唱戏，走了一阵就不走了，望着众人笑；照着拍子唱歌，是苗歌，送春的歌，虽然只有她一个人不明白歌中的用意。既已成交、画押，阿丽思便走了，路上却见到一个女人牵了一头小猪过去，猪脖子上圈着一圈草绳。

（原载《文学评论》2020年第2期）

辑七

从麻雀山到樱草丘
——关于赫尔岑的随想

_ 江弱水

终于,我敛衽拜读了赫尔岑的《往事与随想》,项星耀译本,人民文学出版社一九九三年版,上、中、下三部,一千五百页。此书写于一百五十年前,现在读起来,感觉就像以赛亚·伯林说的,"现代得惊人"。赫尔岑从一八一二年莫斯科大火写起,经过一八四八年欧洲革命,一直写到一八六七年,他与加里波第同在威尼斯欢庆意大利只差一脚的解放,跨越了半个世纪。作者波澜壮阔的人生场景,不同民族的斗争与生活的漫长画卷,在莫斯科的麻雀山和伦敦的樱草丘之间相继出现、变换和消失。"它们有时引起的是微笑,有时是叹息,有时也可能是啼泣……"(下,428页)打过交道的历史名人至少有一打以上,恰达耶夫、别林斯基、马志尼、加里波第、密茨凯维奇、普鲁东、巴枯宁、欧文,都不是泛泛的握手之交,连詹姆斯·罗斯柴尔德——沙皇尼古拉也不得不买账的犹太银行家,也有浓墨重彩的一笔。曾经沧海的赫尔岑,其人深情而卓识,是贵族气质和民主智慧的统一;而其文沉郁而通脱,隽语络绎,胜义纷呈,令人目不暇接,足资我转述与抄录,连评点也似多余。我的侧重点,不在从时间轴上追寻其"往事",而在从空间轴上检视其"随想"。由东向西,我选取了社会形态不同、发展程度各别的几个国家,俄国、德国、法国、英国与荷兰,来展示赫尔岑的政治理想、历史意识与社会价值的诸多面向,以及投诸其上的苦痛、欢愉、困惑与纠结。

俄国

这本《往事与随想》,如果有一个副题,那就应该是:俄国与西方。

西方是一个滑动的概念。就像恰达耶夫《疯子的辩护》所说的,俄国夹在德国与中国之间,是西方的东方,又是东方的西方。但别尔嘉耶夫说出了那个时代的共识:西方只是英国和法国。"不过,对我们而言,德国也是西方,在德国,理性主义也占据着上风。对印度和中国来说,俄罗斯则是西方。东方和西方是有条件的。"(《自我认知》)

然而无条件的是,在那个熟悉的语境中,在那条歧视链上,东西之别就等于文野之分。十九世纪拖着辫子的中国不必论,俄国人对这个问题最揪心,因为西方从来就是与俄国对位的镜子,只有以西方为坐标,俄罗斯才能找到自己的存在意义。在进步的西方面前,他承认自己野蛮。在堕落的西方面前,他相信自己文明。这样的精神分裂,在赫尔岑身上也有所表现。

赫尔岑一生都在控诉沙皇俄国的野蛮。一八二五年十二月党人起义失败后不久,少年赫尔岑在莫斯科麻雀山上与好友奥加辽夫相拥而发誓,要为俄罗斯的解放事业献身。从那时起,尼古拉一世三十年的暴政,是持续了两代人的瘟疫,俄罗斯思想的动脉被钳住了。"在尼古拉统治下,爱国主义成了某种皮鞭和警棍,尤其在彼得堡,为了适应它的世界主义性质,这股野蛮的风气愈演愈烈……"(上,133页)一滴不小心为波兰洒下的眼泪,就能换来牢狱之灾。

尼古拉唯一的爱好是步法操练。他十分勤政,事无巨细而必躬亲,连赫尔岑的出国护照都得由他特批。赫尔岑第一次流放外地五年后回到莫斯科,给父亲写信时,谈到一个岗警杀人抢劫的事。信被宪兵拆开,认定是攻击政府罪,立即汇报给沙皇。在《彼岸书》中赫尔岑说,奴役和教育同时增长,"国家越是强大,个人就越是弱小"。

赫尔岑属于西方派,而与斯拉夫派观点对立。但是,最国际化的赫尔岑,同时也最俄国化。在经受了对西方的幻灭之后,他走回到与斯拉夫派接近的地方。他在著名的给斯拉夫派的悼词中说:"我们像伊阿诺斯或双头鹰,朝向不同的方向,但跳动的心脏却是一个。"(中,165页)与斯拉夫派一样,赫尔岑在传统的村社中看到了独特的未来发展的天赋，正如他在青年中看到了未来。他刚刚还在冷冷地描述年轻一代对德国哲学的生吞活剥，现在却骄傲地反问："试问，在现代西方的任何角落，任何地方，你们会看到这么一群群思想界的隐修士，科学界的苦行僧，这种把青年的理想一直珍藏到白发皓首的狂热信徒吗？"（中，41页）他赞叹俄罗斯的生机和活力，赞叹新一代高尚、纯洁、热烈，不考虑物质，忠实于自己的使命，而且，"同学中没有一个告密的，没有一个奸细"。（上，103页）

赫尔岑对民族感情的维护，有深刻的理性一面。他认为斯拉夫主义或俄罗斯主义是外来冲击的产物，是作为一种被侮辱的民族感情、一种模糊的回忆和忠贞的本能而出现的：

> 民族性作为旗帜，作为战斗口号，只有在争取民族独立，推翻外来压迫的时候，才带有革命的光辉。因此民族感情及其一切夸张之辞，在意大利和波兰是充满诗意的，然而在德国却是卑鄙的。（中，126页）

可是，这种受了伤的自尊心，以及受外来压迫和侵略的谵妄症，被俄罗斯民族扭曲放大成不可理喻的弥赛亚心结：从拜占庭的第二罗马，到莫斯科的第三罗马。平视西方，甚至拯救人类，就看俄国的了。在这一点上，赫尔岑未能免俗。他固然痛恨帝俄用强势的皮靴碾碎了别的弱小民族的基本生存，甘为波兰一掬同情之泪而不惜与同胞闹翻，但他对俄罗斯野蛮落后的厌恶，与对祖国蕴蓄的力量的赞赏，经常混杂在他的话语中。对他而言，俄国的伟大天赋和对于西方与世界的使命，也是无须论证的，必须强调的。与俄国知识分子一样，赫尔岑也具有对他的祖国的"蜜汁"崇信。

德国

赫尔岑说到德国，没有好话。这很奇怪，因为他母亲就是德国人，德语是他真正的母语。他的《彼岸书》最初的版本是德文版。但在他眼里，德国人粗鲁无礼，枯燥无味，迂腐无力，是闯进大都会的乡巴佬。他们算计得很迂腐，自私得很幼稚，带着甜得腻人的感伤情调，哪怕思想最激进，私生活领域依然是市侩，身上有一种连歌德都不免的鄙俗气。

赫尔岑对市侩的轻蔑与憎恶，与他对专制的愤恨构成其思想的两个端点，而德国偏偏是两者的结合。那个毁灭了赫尔岑家庭的德国诗人黑尔韦格，正是市侩世界的代表。这在《往事与随想》最伤心的篇章《家庭悲剧》中有充分的描写。赫尔岑嫌弃德国人，与此有关。他连带着不喜欢几乎所有德国人。他们不能简单地看待世界，像浮士德博士一样，始终保持着否定精神，沉湎形而上学的理论，一行动就出洋相。德国的学究式的革命无法走向广场，因为领导人是教授，将军是语文学家，战士是戴圆形软帽的大学生。赫尔岑说：

> 我不相信，世界的命运会长期掌握在德国人和霍亨索伦王朝手中。这不可能，这违反人类的理性，违反历史的美学。我要说的话与肯特对李尔说的正好相反："普鲁士，我在你身上看不到必须称你为国王的东西。"（下，462页）

既然西方意味着自由，专制的德意志就不算西方，何况德国人在文化精神上本来就是分裂的。正如历史学家 S. 平森说的："德意志从来就没有与西方文化融为一体。强烈的反西方传统一直存在。"事实上，日耳曼人只被西欧视为比斯拉夫人开化程度稍高而已，所以自身也带有一种非西方心态，他们与斯拉夫俄国惺惺相惜。但赫尔岑并不跟德国人相惜，他瞧不起普鲁士同样存在的警棍和书刊检查制度。他认为，德国在政治上只属于二流地位，却竭力想扮演一流角色。但他却准确预见了德国人不远的将来：

> 普鲁士吹响了震耳欲聋的号音，要开始最后的军事审判，这能唤醒拉丁欧洲，告诉它文明的野蛮人正在到来吗？（下，462页）

法国

赫尔岑关于自由西方的想象，真正崩溃于一八四八年，在巴黎。法国二月革命爆发，工人们推翻了七月王朝，成立了共和国。赫尔岑从意大利赶回来，却目睹了工人起义遭到残酷镇压，三千多人被枪杀。路易·波拿巴在随后的普选中高票当选为总统，三年后发动政变。共和国的检察官监督投票和计票，告诉投票的人不听话甭想过好日子，然后全法国一致为接下来的帝制投了赞成票。

赫尔岑以为在法国能看到他追慕已久的自由，没想到却遇见最血腥的专制。夏多布里昂早在《墓中回忆录》里说过："法国人不爱自由，他们追求平等。但是平等和专制却有秘密的联系。"赫尔岑也终于领教了：

> 他们像仇视叛逆一样仇视独立的思想，甚至过去的独创性见解也遭到他们的非议。这种高卢情感竭力用群体代替个体，他们追求平均，追求军队式的统一，追求集权，即追求专制的思想，就是建立在这个基础上。（中，430页）

这种专制有着深厚的群众基础，现在赫尔岑发现，自己身处一个暗探的王国，信件被无耻地拆阅，走到哪里都有人跟踪。他由衷地钦佩，告密者能够把做人的良心讲得头头是道，还能写革命的文章。他们受到政府的奖励，教会的祝福，军队的保护，而且不怕警察，因为他们本身就是警察。

一八四八年的一个冬夜，赫尔岑走过旺多姆广场，发现一个波兰人在纪念柱下脱帽，不禁望着柱顶上的拿破仑雕像，想：既然这么多人爱戴他，又怎能指望不受他压制和迫害呢！他在《彼岸书》中说：一般来讲，法国老百姓语文都不好，对"自由"与"共和国"没概念也没感觉，听到"帝国"和"拿破仑"却有如电击，因为他们拥有深刻的民族自豪感。"拉丁世界并不爱好自由，只喜欢为它而斗争；它有时为了争取解放出生入死，但永远不会为了保卫自由鞠躬尽瘁。"（中，441页）《往事与随想》给欧洲革命的流亡者的许多速写，特别令人印象深刻。这些"流亡者行会"中，大体上来说，意大利人可敬，波兰人可怜，德国人可鄙，而法国人可笑：

> 他们从童年起就习惯了政治骚乱，爱上了它的戏剧性一面，它那庄严而辉煌的景象。正如尼古拉认为步法操练本身是军事训练的主要方面，他们也认为，宴会、游行、示威、开会、祝酒、旗子是革命的主要内容。（中，286页）

还没有解放自己，却只想解放别人，赫尔岑将他们命名为"革命的合唱队"，并由此看见了法国革命未来的无望。法国人自认为是世界的中心，是历史的发动机，总觉得动见观瞻，我不走别人都不走，因为不知道怎么走。但是，赫尔岑认为，法国人在精神上是不自由的。他们按照流行的观念和公认的形式来思想，给观念披上时髦的外衣就心安理得了。

越到这部回忆录的后面，赫尔岑越是相信，普鲁士的时代到了，而法国已然过气。他们那唯我独尊的心态、夸张浮滥的发言、花哨华丽的外表，以前可以原谅的，现在不行了。赫尔岑死后半年，普法战争爆发。但他三年前就已经预告了德国的钢盔将从莱茵河对岸潮水般涌来。

英国

赫尔岑在巴黎感到窒息，直到透过雨雾望见英国泥泞的白垩海岸，他才呼吸自由。

伊恩·布鲁玛在《伏尔泰的椰子》一书中，把赫尔岑归入崇英者行列，但说他态度有点暧昧。随着年纪越大，在英国住的日子越多，赫尔岑就越欣赏那个雾蒙蒙的国度泥泞难行的中庸之道。独立的司法系统，自由的新闻出版，得到了英国人普遍的、基本的尊重。恩格斯到英国两年，就说："英国无疑是地球上（北美也不除外）最自由的，即不自由最少的国家。因此，有教养的英国人就具有在某种程度上来说是天生的独立自主权利，在这一点上法国人是夸不了口的，德国人就更不用说了。"（《英国状况·英国宪法》）从严格意义上说，整个亚欧大陆的最西头的英国，才是真正的西方。

英国法律赋予的权利和自由，都穿着中世纪的服装和清教徒的大褂，其曲径通幽使赫尔岑惊叹，认为法国人不可能理解：

> 英国法律中互不协调的多种多样的判例，使他感到困惑，仿佛走进了黑暗的森林，根本看不到树林中高大雄伟的栎树，也看不到正是在这种千姿百态中包含着它的诗意、美感和意义。一部小小的法律全书就像一个小巧玲珑的园林，大自然不能与它相比，那里有的只是沙砾小径和修剪整齐的树木，园丁则像警察一样守卫在每一条林荫道上。（下，28页）

小小的法律全书，当指拿破仑法典，伟大的成文法，拉辛一样精确，但英国的法律却像莎士比亚一样繁复。这是赫尔岑的栎树，也就是伏尔泰的椰子，在印度能成熟，在罗马却不会。即便在英国，成熟也是需要时间的。"橘生淮南则为橘，生于淮北则为枳，叶徒相似，其实味不同。所以然者何？水土异也。"所以，伏尔泰自诩他在费尔奈的花园满满的英式风格，布鲁玛却断定还是太法国化。但赫尔岑对英国并非有赞无弹，他知道不列颠各阶层的不同状况与阴暗面。他写到伦敦最偏僻的富勒姆区，住的是蓬头垢面的爱尔兰人和面黄肌瘦的工人，煤烟灰给街道披上了丧礼服似的黑纱，没有光，没有色彩，没有手推车和出租马车，连狗都找不到一点吃的。偶尔有一只皮包骨头的猫爬上屋顶，弓着背，靠着烟囱取暖。（下，315页）还有一个让赫尔岑不爽的地方，也让马克思、恩格斯不爽过，那就是英国大众素有排斥异己的传统，和无形的社会偏见：

> 英国人的自由主要得力于体制，不在他本人和他的良心。他的自由来自习惯法，来自人身保护法，并非来自个性和思想方式。在社会偏见面前，骄傲的不列颠人低下了头，毫无怨言，恭恭敬敬。（下，202 页）

一个国家，政府的干预越少，言论和自由独立的权利越能得到承认，群众也越是不能容忍异己，舆论也越是带有强制作用；你的邻居，你的肉商，你的裁缝、家庭、俱乐部和教区，都随时在监视着你，对你履行着警察的职责。（下，211 页）所以拜伦不见容于英国。赫尔岑很讶异地发现，政治上受奴役的大陆，精神上却反而比英国自由。因为大陆人忍受权势，但不尊敬；忍受锁链，但不喜欢。英国人却拘于习俗和成见，甘于集体的平庸。别人不做的事你不能做，别人都做的事你也不能不做，大家相互盯着。

荷兰

没有去过荷兰的人，也可以充分地想象荷兰。在十七世纪荷兰画家的画框里，低地的运河，晦暗的云朵下驶来的帆船，人物在室内劳作，脸色红润，神态安详。两百年不变的这景象，让赫尔岑感到，自由的欧洲是疲倦的、停顿的，接近了饱和状态。

他在阿姆斯特丹买过一幢不大的房子，由此产生的票据和契税让他很劳神。在赫尔岑的意识中，标准的西方是英国、瑞士和荷兰。彼得大帝不是到荷兰学习过造船么？出于航海和生意的需要，荷兰人培养出商业道德与契约精神，以及对自由和宽容的信赖。然而，英国有贵族气息，瑞士很穷但很健康，荷兰却是纯粹的市民社会，用赫尔岑的说法是，它在市侩制度中找到了巩固自己社会的方式，而令他大失所望：

> 看看西方那个最稳定的国家，那个已经开始生长白发的国家——荷兰，这里，那些伟大的国务活动家，伟大的美术家，高雅的神学家，勇敢的航海家如今在哪里呢？还要他们做什么呢？难道它由于没有他们，由于生活平静，社会安定，便不幸福吗？它会指给你看它那些建立在干涸的洼地上的含笑的村庄，它那整洁的城市，那整齐的花园，那舒适恬静的生活，它的自由，说道："我的伟大人民为我取得了这自由，我的航海家留

给了我这份财富，我的伟大艺术家美化了我的住宅和教堂，我觉得一切都很好，你们还希望我怎样呢？与政府展开尖锐的斗争？然而难道它压迫人民吗？但从这生活能得到什么呢？"（下，63页）

面对荷兰，赫尔岑早已经得出了福山式的结论："荷兰人跑在前面，它是第一个安于现状、让历史终止的国家。而成长的终止是成年的开始"——

> 与此同时，思想水平、视野、审美情趣降低了，生活变得空虚，除了外界的冲击有时带来一点差异以外，只是单调的循环，稍有波动的一泓死水。议会在开会，预算在审查，演说头头是道，形式略有改进……明年还是这一套，十年以后也还是这一套，生活进入了成年人平静的轨道，一切只是例行公事。（下，234—235页）

这就是 B. B. 津科夫斯基所说的，"关于现代性的审美悲痛"："账房先生的正直取代了骑士的荣誉，循规蹈矩取代了优美的风度，僵化的程式取代了礼节，狭隘取代了高傲，菜圃取代了花园，向一切人（即一切有钱人）开放的旅馆取代了公馆。"（中，368页）这些规行矩步的人共同构成一种无形的社会压力，一种思想与习俗的暴政。在《法意书简》中，赫尔岑说，这无暴政的暴行之可恶更甚于沙皇政权，因为后一种你知道厌恶谁，前一种则是匿名的集体，为了金钱，出于恐惧，进行着无兴致的扼杀、无信仰的压迫。

赫尔岑心下了然。在他的梦想终结处，没有密探，没有政治犯和绞刑，没有警察半夜敲门，但也没有个性，没有激情和狂想，没有创造性。伟大的梦想已经死灭，每一个铜子都被用于精明的投资，人们只为暴利冒险，艺术与思想的花朵得不到滋养而枯萎。

乐土

追日的赫尔岑的滚烫的能量，冻结在了西方的乐土。

贵族革命家的双重身份，使得他一方面珍视人的自由，另一方面蔑视功利的计较。他懂得，金钱对一个人总是意味着独立与力量，做贫穷的奴隶是可怕的。听从罗斯柴尔德的指点，他买了美国的股票，购置了荷兰的地产，让自己变成了西方的食利者。从前在俄国，自有乌进孝之流替他打理巨大的田产。现在他得自己跑证券市场，跟银行家和公证人打交道。他罕见地拥有财务自由，在流亡的革命家中只有他能做孟尝君，每天家里管着几桌饭，还不时资助事业经费。而这些钱，是俄国的农庄和美国的工场为他提供的，这让他很分裂。赫尔岑虽然头脑清明有余，但灵魂深处是浪漫的。诗意与美学，对他来说至关重要。英国法律的幽邃丛林他很欣赏，是因为它所包含的诗意；德国强悍的未来他看不起，是因为其不符合历史的美学。但是，这一点太隐蔽了：赫尔岑骨子里未尝没有感染到俄国人的通病，把贫穷纯洁化，把苦难崇高化。西方的商业社会和市民阶层及其平淡安稳的生活非俄国人之所欲，最终还是艰苦的反抗、高贵的牺牲中呈现的人格光辉打动得了他们。一句话，俄罗斯无苦不欢。

赫尔岑最后还是同意斯拉夫派的观点：俄国不须要重复西方，而应该走自己的路。我们难道也得像西方人一样，把乡村小道换成大马路，然后修铁路？不，我们没有必要按照另一种规律重新开始。极重个人道德和英雄气概的赫尔岑，瞧不起平庸、老实、不出彩的事功精神。可是，革命的钟声不再敲响，噼啪作响的只有资产者和小市民的算盘珠子。

问题是，推翻专制的暴力革命又能怎么样？由不平和仇恨导致的"彼可取而代也"，在赫尔岑看来毫无建设性："第一个砸碎锁链的人，也许便可以占有主要的位置，不过他自己也会马上变成警察。"（下，44页）赫尔岑珍视人的自由，但也非常清楚：大众对于个性自由、言论自由不感兴趣，他们喜爱的是权威，他们头晕目眩于政权身上迷人的光泽，他们把平等理解成同等程度的压迫，他们连想也不想自己管理自己的事。（《彼岸书》）这样的大众，不过是穿翻领衫的儿童。可是人类的成年阶段也不过是进入市侩社会，然后停留在那里。全书最后的附录，有卡莱尔给赫尔岑的信。这位《英雄与英雄崇拜》的作者说，他尊重俄国人民拥有的"服从的天赋"，认为比起在议会辩论、出版自由和普选计票中发展起来的无政府状态，沙皇制度更为可取。这让赫尔岑大吃一惊。更吃惊的是他看到，整个欧洲竟然到了需要专制主义的地步。

赫尔岑既反对尼古拉，也反对荷兰。可是他从未设想过，还可能有一个尼古拉的荷兰，混合了专制主义与市民社会，他心目中最糟糕的两样东西。一个美丽新世界，政府像慈父或者大哥（big brother），一切都可以在内部解决，尽一切力量让社会保持安定与平静。具文的宪法，举手的议会，经济的自由化。路灯明亮，警察彬彬有礼，法律保护商务合同。人们操持着家务，按规矩和榜样教育孩子，享有政治正确的言论自由，还有音乐会。这就像令茨威格不胜低回的《昨日的世界》，却会让赫尔岑落得两手空空。

（原载《读书》2019年第11期）

卡夫卡的两种解读

_景凯旋

卡夫卡有着多种身份，他是奥匈帝国的臣民，血统是犹太人，生长在布拉格，用德语写作。他生活在一个动荡的年代，经历过欧洲十九世纪末的和平与繁荣、自由主义的失败、第一次世界大战、奥匈帝国的崩溃，作品内容却与这一切无关。他的一生平平淡淡，内心深处却充满恐惧。世界与他的关系，完全不同于世界与我们的关系。这使他就像一个不谙世事的诗人，在人们眼里觉得荒诞的事物，对他来说却是异常真实的。

迄今为止，世界上有无数作家、学者对卡夫卡进行了研究，他被看作是一个时代的预言家，一个现代派文学的开创者。自卡夫卡以降，荒诞开始成为文学的主题，也成为人们对生活的评判。但是，在卡夫卡生活与写作过的布拉格，他的作品却在一段时期成为禁书，最主要的原因是，他的小说会令人产生某些联想。有很长一段时间，捷克的作家和读者只能在私下偷偷阅读他的作品。

在捷克人的心目中，约瑟夫·K的形象一直游荡在布拉格街头。1963年在利贝雷茨，捷克作家第一次为卡夫卡举行了一个小型纪念会，年轻的作家昆德拉也参加了这次会议，并在《新文学》上发表文章，呼吁文学必须说出真相，几年后他就出版了小说《玩笑》。

2003年，卡夫卡逝世80周年前一年，捷克政府为卡夫卡建立了一座纪念雕像，这座雕像竖立在老城一条街上的小公园里，周围是犹太教堂和天主教圣灵教堂。雕像采用了现代派风格，作家头戴礼帽，骑在一具身穿西装却没有脑袋和躯干的空壳肩上。在揭幕典礼上，布拉格市长对前来参加典礼的人群说道："今天我们终于还了债，这个债是欠历史的，也是欠卡夫卡的。"

对于全世界的读者，卡夫卡的作品可能会有各种不同的解读。但对于布拉格人,他的作品就是捷克社会的真实写照。历史上,布拉格是一个不断被强权征服的中欧城市,在抵抗与屈从中形成了它的悖谬精神,捷克、德国和犹太三种文化的融合与张力更是加剧了这种悖谬,这使得布拉格人既有精明顺从的世俗性格,同时又保持了严肃悲悯的宗教情怀,由此产生了幽默的哈谢克和荒诞的卡夫卡。

捷克戏剧家哈维尔便曾指出:"在我们中欧的语境中,似乎存在着一种将最认真的东西和最富于喜剧性的东西奇怪地交融在一起的途径。更准确地说,是某种距离感、自我更新和将自己看得很淡,它将我们的关注和行为直接导向一种分崩离析的严肃性。难道卡夫卡,这个国家最严肃和最富悲剧性的作家,不同时也是一位幽默家?任何人读他的小说而不发出大笑(如同卡夫卡自己在向他的朋友大声朗读的那样)便没有理解他们。"

对于卡夫卡,捷克作家有着不同于他人的独特会心。用哈维尔的话说,他们"有机会从底层看到这个世界的本来面目"。他们既以反讽的角度去解读卡夫卡的情境,同时也以严肃的角度去解读卡夫卡的情境。

在"一战"爆发那天,卡夫卡在日记中只写了两句话:"德国向俄国宣战。——下午游泳。"将最公共性的事件与最私人性的事件并置,这便是卡夫卡的距离感。二十世纪八十年代,布拉格曾流传着一篇化名约瑟夫·K写的文章《历史与细枝末节》,似乎是这篇日记的注脚。文章的作者认为,每当捷克人面对强权的侵凌时,总是用关注物质生活来寻求保护,放弃对生活意义的追求。捷克现象学家帕托切克将此称作是"日常规则"统治的世界。

卡夫卡的作品表现的是维护私人生活,还是反抗"日常规则"的世界?对此,捷克作家有着不同的解读。在昆德拉看来,应当是前者,因为只有个人的经验世界是最真实、最珍贵的。而在克里玛看来,则应当是后者,因为捷克文化还有着胡斯的超验传统,为了生活的意义而甘愿付出生命的代价。

昆德拉在《某处背后》一文中,讲述了一个真实的故事:一位工程师出国参加学术讨论会,回国之后,他看到官方报纸刊载了一条消息,称他在西方发表了诬蔑国家的声明。他感到十分惊惶,开始去各个部门澄清,所有人都告诉他,这事肯定是搞错了,不会有什么问题。但接下来,他发现自己被人跟踪,电话遭到窃听。最后,他实在受不了这份紧张和恐惧,不得不冒险离开了自己的国家。昆德拉将这位工程师的遭遇看成是一个"卡夫卡现象"。现代机制构成了一个匿名的世界,遮蔽了个人的存在,人们关注的是自己分内的工作,没有人去思考工作的意义。面对机制的迷宫,一个人被判有罪,却永远找不到判决自己的人,甚至连判决书也找不到。那个工程师就像卡夫卡的人物,最终相信了自己的罪行,昆德拉将他与《罪与罚》中的拉斯科尔尼科夫比较,得出结论：

> 拉斯科尔尼科夫承受不了他的罪恶的重压，为了获得安宁，他自愿同意接受惩罚，这是众所周知的处境：罪行寻求惩罚。在卡夫卡那里，逻辑正相反，受惩罚者不知道惩罚的原因。惩罚的荒谬性难以忍受，受惩罚者为了获得安宁，需要给自己的惩罚找一个正当理由：惩罚寻求罪行。

五十年代，一位诗人在狱中写了一本诗集，布拉格人将这本诗集戏称作《约瑟夫·K 的感恩》。在当时，有许多人以莫须有的罪名受到审判，他们都是照着约瑟夫·K 的样子，"检查自己过去的一生，直到每一个细节"。正如昆德拉所说，在西方，"卡夫卡现象"会被看作是作者想象的荒诞世界，而在捷克，"卡夫卡现象"则成了生活的组成部分。

对昆德拉来说，私人生活与公共生活是有区别的，他厌恶任何崇高的激情，因为激情的灵魂总是喜欢将公域和私域混为一谈，以历史的名义泯灭私人生活。"卡夫卡现象"表明，现代人不是须要克服孤独的命运，而是须要摆脱被群体控制的命运。昆德拉从制度层面解读卡夫卡，注意到卡夫卡故事的场所都是发生在办公室，那是现代权力的象征，是服从和非人化的世界。在那里，就连律师也不是为被告服务，而是为法庭服务。

昆德拉在十四岁时就读到卡夫卡的作品，他认为卡夫卡不是在写寓言，而是看到了别人看不见的事实，孤独的个人面对象征权力的城堡，无力掌控自己的命运。克里玛则是在成人后才读到卡夫卡的《在流放地》，他感到这部小说是对自己生活的一个启示，克里玛父亲在二十世纪五十年代曾遭到迫害，他当时的感觉就像小说中那个囚犯，被迫躺在一架杀人机器的"床"上，目睹那些刽子手将杀人当作正义的行为。

这使得克里玛对卡夫卡的解读更偏重于人生层面。昆德拉反感卡夫卡的遗嘱执行人布洛德，认为后者是以一种浪漫主义的思维，将作家的经历与作品联系在一起，把卡夫卡塑造成一个圣人。而克里玛同样有着浪漫主义倾向，在《刀剑在逼近》一文中，他同样是通过卡夫卡的个人经历去解读卡夫卡，认为卡夫卡的主人公身上都有着他自己的影子，他反抗的不是社会，而是孤独。克里玛注意到，卡夫卡故事的开头都是发生在床上，那是人的私人性的最后领地。

在克里玛看来，卡夫卡对普通人视为正常的外在世界感到陌生，他几乎只考虑自我——他想要与周围环境建立起联系，但却惧怕他人，因为他从来不知道如何与他人相处，这种自虐使他将婚姻看作是一把逼近的刀剑，这造成了他一生的痛苦。《审判》其实就是卡夫卡在第二次解除婚约后,男女双方进行谈判的翻版,其创作动机是要表达他对私人性的维护。与此同时,卡夫卡又把这种意识转化为一种形而上的体验,使他的作品产生了一个反方向的主题,即个体能否与他人建立起联系?这样一来,荒谬就不仅意味着一个人无力掌控自己的命运,而且更意味着一个人无力与外界建立起联系。

卡夫卡一生曾有过四个情人,他努力想要接近她们,但却没有能力完成婚姻关系,这成为对他自己的一种审判和惩罚,"女人们对于他来说成了难以接近的城堡,当她们终于接纳他,让他上自己的床,给他自己的爱时,他又被疲倦、焦虑和自己的优柔寡断控制,没有把握机会接受她们给予的爱"。正如康德所言,人性中同时具有社会化与孤立化的倾向,以展现人的自然禀赋,因而处处会遇到阻力,他既不能容忍社会,又不能脱离社会。

《城堡》中的土地测量员 K 体验的便是这种基本的人类处境。他来到城堡,是为了摆脱孤独,为了证明自己能够进入社会。当现代人普遍陷入历史与革命的狂热时,卡夫卡却在担心人类会彻底失去个人与外界的真正关联。这就是土地测量员不懈战斗的目的:"他想冲出自己孤独隔绝的监狱,成为自己命运的主人,战胜阻碍他进入城堡的障碍。"

在康德看来,社会化与孤立化的矛盾会造成灾难,同时也会推动人们鼓起力量,发展自身禀赋,这正是睿智的造物主的安排。然而,现代科学理性造成了一个功能性的社会,人在摆脱造物主的同时,也失去了价值世界,从而加深了人的孤立感,不得不屈从于生活的"日常规则"。在这个社会中,每个人都被分配了一个角色,拥有自己的工作,并且严格按照社会的要求而不是自己的内心生活,就此度过一生。可以说,现代社会展现出来的荒诞背后,实质上是价值虚无,而大多数人之所以无力掌控自己的命运,也是因为他们的内心同样是价值虚无。

事实上,卡夫卡内心渴望的是一种绝对的东西。他意识到,正是由于现代人摒弃了价值世界,无能跨过他自己设置的门槛,所以才对存在感到恐惧。荒诞的实质就在于,人对存在的恐惧不过是对自己内心一无所有的恐惧。卡夫卡的那些主人公最终都失败了,但他们始终都在追求一个与个人权利、与尊严相一致的世界,他们渴望进入外界,同时又坚持内心的独立,尽管在此过程中他们被剥夺了所有的手段和武器,"除了由他们内心提供的希望外就再没有任何希望",但他们仍然凭借这种希望,坚持生活在真实中。

土地测量员 K 清楚自己的处境,在这个世界上,他是唯一正常和自由的人,拒绝赋予他的必然性世界,拒绝像普通人那样去生活。他已经做好了准备,无论周围的人把他的行为看成是固执还是愚蠢,他都要去进行一场不懈的斗争，以便至少让一丝光亮照进生活：

> 正如普罗米修斯的故事是来自人类历史上英雄时期的一个神话，约瑟夫·K和土地测量员K的故事是属于人类历史上现代的、非英雄时期的神话。也正如普罗米修斯如果没有彻底接受他的牺牲和受难，没有拒绝给予他的有损尊严的仁慈，他的行为就不会是英雄的行为，如果没有弗朗兹·卡夫卡完全的牺牲和受难，也就不会有躺在酷刑机器上的被处极刑者约瑟夫·K和土地测量员K的非英雄故事。只有愿意让自己被镣铐锁在岩石上，使自己的器官暴露于鹰，任凭处置的人，才能为人类提供火，照亮人类穿过黑暗的道路。

就这样，克里玛将卡夫卡那些孤独无助的人物视作当代英雄，或者说反英雄，用自己的牺牲为人类提供意义的光亮，即使陷在卑污的泥坑里，仍在进行一场捍卫个体尊严的不屈斗争。

昆德拉与克里玛这两位捷克作家都看到了卡夫卡对人类命运的担心，看到了现代社会中私人性的彻底丧失，但他们解读的角度却大相径庭，对于作品中的两个对立面，前者强调人类机制的压迫，后者强调独立个人的反抗。

这与他们的世界观不同有关，昆德拉对世界抱持怀疑的态度，他不相信生命中存在着任何意义，认为文学应当捍卫人的绝对的孤立性。1968年之后，昆德拉移居国外，他嘲讽克里玛等人的公开反抗，视这种反抗的激情为"刻奇"。对于这个世界，他看到的是卡夫卡揭示的荒诞与绝望的一面，这个荒诞是无解的。

而克里玛却相信，意义是一个事实，文学应当表现人的孤立性与社会性之间的复杂关系，展示人的禀赋。克里玛毅然回国，成为萨米亚特的重要作家之一，因而他更强调卡夫卡所展现的反抗与希望的一面。在他看来，这正是卡夫卡作品的价值所在：对最富精神性事物的追求，是人之为人的崇高体现。

实际上，卡夫卡的作品有两个相反的面向，如果说《审判》表现的是必然性对个人自由意志的压迫，主人公对此只能毫无反抗地屈服，将耻辱留存于人间，那么《城堡》表现的则是自由意志对必然性的斗争，主人公始终没有屈服，尽管他最终还是失败了。是服从必然性而接受毁灭，还是依靠自由意志而获得拯救？这是卡夫卡对现代人提出的问题。

阿伦特曾引用卡夫卡的一个寓言："他有两个对手，第一个从后面，从源头驱迫他，第二个挡住他前面的道路。他跟这两个敌人交战。准确地说，第一个对手支持他和第二个厮打，因为他想把他往前推，同时第二个对手又支持他和第一个厮打,因为他要把他往后赶。而他却梦想跳出战场,上升到一个裁判的位置,旁观他的两个敌人彼此交战。"阿伦特由此指出,卡夫卡准确地描述了现代人的困境,彻底颠覆了经验与思想之间的固有关系。

按照阿伦特的解读,现代性的发展是从沉思到行动,从哲学到政治,它们分别代表过去与未来两股力量,在其中还有一个卡夫卡称作"他"的人,这个人真想立足就必须与这两股力量作战。由于卡夫卡仍然将时间视作单向的直线运动,"他"处于时间之中,因而跳不出战场,置身于超验之境。换言之,过去与未来的进程是从超验到经验,从自在到自为,从个人到社会,体现为超验价值与经验事实的冲突。克里玛强调的是过去的力量,而昆德拉强调的是未来的力量。

就此而言,昆德拉和克里玛对卡夫卡的解读是一致的,同时又是不全面的。按照阿伦特的说法,卡夫卡的"他"同时在进行着两场或三场战斗,既怀疑心灵,又反抗行动,而每一场战斗都是真实的。在卡夫卡那些噩梦般的故事里,主人公处在思想与行动的裂隙中,处于超验与经验之间,而真理问题始终悬而未决,一如阿伦特对过去与未来的思考:"它们唯一关注的是如何行走在裂隙当中——或许那是真理最终显现的唯一场所。"

(原载《随笔》2020年第1期)

布鲁克纳札记

_周志文

布鲁克纳（Anton Bruckner，1824-1896）跟别的音乐家很不同。用绘画来比喻，别的音乐家从素描出身，画作虽然色彩缤纷，但看得出后面的线条，有的是炭笔画的，有的是油彩或水彩勾勒。譬如肖邦与李斯特，勾勒线条的是钢琴，舒伯特也是，他们大部分的作品都不脱钢琴的色彩；贝多芬比较复杂，主要是用钢琴，但有时也会用弦乐尤其是小提琴作为线条工具；马勒也同样复杂，但他不太用钢琴，他喜欢用弦乐做底子，线条还是很清楚的。布鲁克纳的音乐就线条而言不是很清楚，他的音乐是块状的，或者说他的线条已因移动而成了"面"，有时那个"面"又继续移动，就成了一个"体"，就是我说的"块状"。块状物当然也有线条，但那些线条因块状的形成而被忽略掉了，至少让人不很容易看出来。

这缘于布鲁克纳曾经是个管风琴手，后来成为一个作曲家，一生完成了十首体制庞大的交响曲（他的交响曲作品系列有9个编号，附加一个编号No. 0，总共有10个）。布鲁克纳的交响曲大多来源于他在演奏管风琴时得到的灵感。管风琴是一种居高临下的乐器，需要极大的场域来驰骋音色。管风琴的音乐非常讲究声音在空间回荡的效果，所以演奏管风琴出身的音乐家跟一般作曲家很不相同。布鲁克纳跟他景仰的作曲家瓦格纳一样，特别注意音乐中的低音与管乐，尤其是铜管，瓦格纳就说过，低音号是神的呼号，不在大声而在神圣（别忘了瓦格纳就曾采用铜管低音号的发音方式，将法国号改成一种叫作"瓦格纳低音号"［Wagner Tuba］的乐器）。布鲁克纳是个很低调的作曲家，一生好像不脱宗教与音乐（19世纪之前的管风琴家都与宗教结缘很深，因为大多数管风琴都在教堂里），他不仅完成了十首交响曲，还写了许多宗教音乐，如弥撒曲、安魂曲、感恩赞（Te Deum）等。尽管一度被冷落，也偶尔被人重视，布鲁克纳好像都不太在乎，依然创作不休。布鲁克纳早期活动的地方是家乡奥地利的林茨（Linz），曾任林茨大教堂的管风琴师，后半生活动范围在维也纳。布鲁克纳个性孤僻，作品推出时很少引起众人的赞誉，也很少引起争议，原因是根本没人理他。

布鲁克纳一度因敬佩瓦格纳而被归为瓦格纳一派，当时反对瓦格纳的人很多，他也受到攻击，成了受害者。反瓦格纳一派的领袖是勃拉姆斯，勃拉姆斯的音乐以现在的眼光来看有不折不扣的浪漫派的味道，但勃拉姆斯从来不标榜自己的浪漫，而是以继承巴赫、贝多芬以来的古典为艺术精神的核心，对瓦格纳在音乐上的"离经叛道"非常不以为然，形成了壁垒。其实，用平常心来看，两"派"的争议很可笑，以贝多芬为例，有古典的成分，也有浪漫的成分，端看你取他哪方面。布鲁克纳也看出了这点，他一度对两派的争议很不以为然，为表示支持瓦格纳在音乐中的革新，特别把自己的《第四降 E 大调交响曲》命名为《浪漫》（*Romantic*），这可看出布鲁克纳虽然沉默，但也有反抗的意识。

现在来看，这首《浪漫》在乐坛算是名曲，但刚推出时并不受欢迎，骂的人比赞美的人要多，这是因为维也纳人对他那种"块"状音乐还是不太能接受。而布鲁克纳对自己的作品也一直不那么有自信，就以《浪漫》为例，他写出后屡经修改，竟留下四个不同的版本，每次演出，得注明演出的是哪个本子，这说起来也有点好笑。

布鲁克纳的音乐总是写得太长，一部交响曲的演出，短的也不下一个小时，《浪漫》算短的，正式演出也得一个小时整。布鲁克纳重视的是全曲的编制与动能，不那么重视旋律。但音乐当然不能没有旋律，布鲁克纳的旋律总是反复出现，重叠得厉害。有的地方又过强了，声音从密不透风的音乐厅强迫灌进人的耳里，当时还没空调，震耳欲聋的声响令多数人疲乏。布鲁克纳稍早于马勒跟理查德·施特劳斯（Richard Georg Strauss，1864 – 1949），但他的音乐总比不上后两者的"迷人"，缺乏"甜"味，在市场上受欢迎的程度自然就稍逊了。

布鲁克纳之受音乐界普遍肯定，是在他完成《第七交响曲》之后。他的《第七交响曲》作于 1881 年到 1883 年，1884 年首演于莱比锡，当《第七交响曲》被人普遍赞扬后，他在维也纳乐坛上的地位才告确定，之前的《浪漫》《第五交响曲》也随之被人注意与肯定。

"崇拜"布鲁克纳的历史名人不是很多，因为他的音乐稍嫌笨重，又沉闷了些。这又与布鲁克纳对瓦格纳的敬佩有关。瓦格纳的歌剧不再走意大利歌剧嬉笑怒骂的老路，他的目的在于创造日耳曼式的艺术，走的是硬与重的路子，歌剧故事取材于德国，音乐中呈现出瓦格纳内心中的日耳曼意识。布鲁克纳虽不写歌剧，但他敬佩瓦格纳对音乐诠释的意见，敬佩瓦格纳在处理音乐时的种种谨慎，如管弦乐的特殊配器法，强调低音与铜管的音色，对音响中的回荡效果特别注意等。瓦格纳不仅改进乐团，甚至改建了音乐厅，如他为"贝鲁特（Bayreuth）音乐节"的许多经营，都深为布鲁克纳所钦服，因此布鲁克纳的交响曲是采取了不少瓦格纳音乐的"画素"的，如果以绘画比喻音乐的话。

《第七交响曲》原是为哀悼瓦格纳的死而写的，布鲁克纳可能认为，死不是结束，而是再生，所以这段悼亡的音乐并不绝望，总在进行到极低暗的地方，会有长笛或其他乐器反复着几个单纯而清越的乐音，仿佛提醒你不要放弃希望。就像攀爬在磊磊巨岩之间，长时间滴水未进，连站的力气都没有了，彻底绝望的时候，却发现岩石最深的隙缝里传出很微小的滴水声。

演奏布鲁克纳的交响曲得编制很大的管弦乐团，二十世纪有很多著名的录音，还有一个特殊的现象，即对布鲁克纳音乐的好的演奏，似乎都出自指挥家们在很老的年纪的演出。二十世纪后半叶，有许多大师级的指挥演出过布鲁克纳的作品，像《浪漫交响曲》《第七交响曲》《第八交响曲》都是比较热门的作品，好的录音不少。克伦佩勒（Otto Klemperer, 1885—1573）、卡拉扬、约胡姆（Eugen Jochum, 1902—1987）、海汀克（BernardHaitink）等，都有很好的演出（后两者还指挥过布鲁克纳交响乐的全集）。活动力比较不如那些"大"指挥家的旺德（Günter Wand, 1912—2002）也指挥汉堡的北德广播易北爱乐乐团（NDR Elbphilharmonie Orchester）演出过几首布鲁克纳的经典音乐，都精彩得很，尤以《第八交响曲》《第九交响曲》为最佳。我看见过一张旺德的演出照片，是他在指挥演奏《第九交响曲》。那年旺德八十八岁，出场得由人搀扶，但他指挥时一直站着，不像别的老人坐着指挥。过了两年，他就过世了，每听他的指挥录音，总觉余音在耳，绕梁数日而不绝。

最后想谈谈切利比达克（Sergiu Celibidache, 1912—1996），他对布鲁克纳的推广贡献很大，许多人是因为他而爱上布鲁克纳的。他指挥演出的布鲁克纳特别慢，别人演出一小时，他常要在这个基础上再多十几二十分钟，对进场、退场还有中途休息时间都有特意安排，是个非常注重"仪式"的指挥家。

切利比达克极重视现场演奏，不喜录音，曾说音乐一经录音，就成了罐头里的"死豆"了。说起切利比达克，不由得想到这位原来最有可能接手福特万格勒在柏林爱乐乐团位置的人，后来竟意外地被长他四岁的卡拉扬"抢"走了位置，只得"流落"到慕尼黑去，在那儿领导一个名气与程度比柏林爱乐乐团要差很多的乐团。但在他的刻意经营、严格训练之下，慕尼黑爱乐乐团竟脱胎换骨地成为一个极好的演奏团体，成绩不下于柏林爱乐乐团。切利比达克在慕尼黑的时候，常被人期望有一天会回柏林，想不到卡拉扬一直到1989年去世为止，共在柏林爱乐乐团做了34年之久的"终身指挥"。切利比达克当然没机会了，因为卡拉扬死时，他也早已垂垂老矣。1992年，一次机缘，已八十高龄的切利比达克被邀回柏林爱乐乐团，他蹒跚着走上舞台，坐着指挥完布鲁克纳的《第七交响曲》，当时人称此演出是切利比达克的"凯旋"（Triumphant Return），而布鲁克纳的《第七交响曲》，也成了这场凯旋典礼最耀眼的祭品。

看布鲁克纳的照片，壮硕得像一个举重选手，真想不到是位作曲家呢。孤独、倔强又生产力旺盛的他，可说的还很多，一时是说不完的，暂时就说到这里吧。

（原载《书城》2020年第2期）

霍克尼：图像世界也许是可承受之轻

_颜榴

2018年11月16日，英国艺术家大卫·霍克尼的一件绘画作品《艺术家肖像（泳池及两个人像）》，在佳士得纽约的"战后及当代艺术晚间拍卖"中创下了9031.25万美元（折合人民币6.26亿）的价格，成为在世"最贵艺术家"。重要的并非价格，金钱不能代表艺术家的天才，却又是信号和象征。在霍克尼之前，占据世界艺术拍卖纪录高点的是波普艺术家杰夫·昆斯。波普艺术自上世纪60年代以来兴起、风靡欧美至今，与消费文化的绚烂图景相呼应，几乎成为这个时代最生动的注脚。霍克尼则多次想与波普艺术撇清干系，他迷恋的是图像，因而这一纪录凸显了绘画在被装置、行为、新媒体包裹的当代艺术中突围，获得了重新的关注，让人再次思考绘画在当今的意义。或许是霍克尼对中国艺术的某种偏爱，上世纪80年代他已为国人所知。1981年和2015年，霍克尼曾两次来华，这期间的影响绵延至今。

更大的画·更大的信息

在获得"最贵"的称号之前，霍克尼早已是当代西方最负盛名的艺术家，他的多重身份让大众觉得神奇。英国书店里，他绘制的蚀版画《格林童话六则》图书是儿童的畅销读物，法国《时尚》杂志可见他设计的封面与内页，德国宝马汽车销售他画的艺术汽车，美国歌剧院的《图兰朵》呈现他设计的舞台。更重要的是，这位名家的画，人们都看得懂，而且今天在纽约看他的画展，只需租一个耳机，就能听到他自己的解说词。做霍克尼的朋友常有惊喜，自从iPhone发明后，一觉醒来他们的手机会收到一束"花"，那些淡紫色玫瑰相当迷人，而且不会凋谢。

霍克尼看上去是一个有趣的人，年轻时的一头金发、蓝眼睛与衣着装扮俘获了画家与摄影师。1963年，安迪·沃霍尔初见他时就喜欢上了这位同道，将他画入"名人头像系列"。《Vogue》杂志1969年发表了摄影家塞西尔·比顿的照片《四目相对》：浅金色头发、大黑圈眼镜的霍克尼与一位美女对看，亮相时尚圈。在同时期的英国摄影家斯诺登伯爵拍摄的一张照片中，他穿的西服为玫瑰金色，放在今天依然高调炫目。每次出现在公共场合，霍克尼的身上连同眼镜不会少于四种颜色，多为高纯度的单色与条纹图形，领带或蝴蝶形领结的颜色醒目，毛背心的图案复杂，而且他双脚的袜子还经常不同色，这种造型迥异于一般艺术家常见的黑白酷装扮，让人过目难忘。多年来霍克尼总是戴着一顶鸭舌帽，站在自己的画作前，就像是一个调色板，与画中的颜色印证，让人感到一种童趣。随着他的声望与日俱增，他的画作连同穿搭风格竟也成为近年来奢侈品牌的设计素材。

霍克尼的高知名度还在于，他是艺术家当中少有的被影视导演偏爱的对象，40多年来，数次在纪录电影中出镜。早年由杰克·哈桑于1973年拍摄的《水花四溅》，今天看来是不可多得的了解他创作与感情生活的影片，尤其是他与男友的分手并绘制相关画作的过程，正好为那幅在2018年底创拍卖纪录的画作提供解读依据。由于霍克尼长居的洛杉矶是世界电影的高地，他创作于此的代表作蕴含画家独特的眼光，赋予了这座城市新的质地，也被洛杉矶所接纳。2013年，霍克尼接受了好莱坞的致敬，导演马丁·斯科塞斯表示他的电影受到了其画作的影响。

1937年，霍克尼在出生于英国约克郡，24岁就读于伦敦皇家艺术学院（RCA）时成名。年轻时他在保守的英国社会里公开展示同性之爱的画作，曾以画"毕业证书"的方式来抗议不允他毕业的艺术学院（后来学院妥协）。2001年，他因为一部影片和书籍引起轩然大波，一度被称为"诋毁西方美术的艺术疯子"。2012年，他获得了英国女王颁发的"功绩勋章"，却拒绝为女王画像。那么霍克尼究竟做了什么，为何赢得如此的荣誉？他又是否有哗众取宠的嫌疑？

"bigger"是霍克尼喜欢用的词，从1967年他的成名作 *A bigger splash*（《更大的水花》），到2012年的画展"A Bigger Painting"（更大的画）与2013年的 *A Bigger Exhibition*（《更大的展览》），以及2016年英国出版的书 *A Bigger Message*（《更大的信息——戴维·霍克尼谈艺录》，参见上海人美出版社中文版），bigger的中文对应词"逼格"似乎十分恰切地显示了他对于绘画的野心。1973年毕加索去世，霍克尼制作了版画，让裸体的自己坐在大师的对面当模特，同时又表明自己以大师为榜样，向毕加索致敬。其实，霍克尼要致敬的是几百年来具象绘画中兴的时代，他始终坚信绘画不会消失，"因为它无可替代"。

反透视的观看之道

20世纪的英国贡献了几位伟大的画家，其中就有属于"伦敦画派"的弗朗西斯·培根和卢西安·弗洛伊德。培根是霍克尼在RCA学习时的老师，他和另一位老师理查德·汉密尔顿都很赏识这个学生。汉密尔顿在1956年举起了英国波普艺术的大旗，霍克尼的同校好友K.B.奇塔伊也投到培根门下。霍克尼却不愿归属于任何流派，尽管他与年长自己15岁的弗洛伊德保持了近50年的友谊。

霍克尼18岁时卖掉了第一张画，到1970年代已获商业成功。然而他的烦闷在于：他不屑于以波普艺术的方式，用现成的商业图像来讽刺流行文化，而彼时风头正盛的抽象艺术和观念艺术也不为他所喜，可是具象绘画的前途在哪里？贡布里希是他喜欢的艺术史家，但他认为，贡氏用"征服真实"（《艺术的故事》第12章标题）来暗示欧洲的画家们已经征服了我们观看世界的方式，这却是有些天真了——如何观看世界？这个问题并没有解决。霍克尼怀疑的是给欧洲绘画带来强烈逼真效果的透视法则。当然，他并非第一个怀疑者，先辈的后印象派、野兽派、立体主义者早已将画面从三维降到二维，问题是：历经现代主义的洗礼，架上绘画似乎已经走到尽头，一个热爱绘画的英国人面对深厚传统的艺术，还能如何突破以及颠覆？霍克尼从视觉艺术的空间特性跳脱出来，追寻观看的时间性如何体现在空间之中，绘画如何实现时空一体，这同样是20世纪自爱因斯坦提出新的时空论之后人类面对的最大命题。

有趣的是，霍克尼解决这个疑惑的途径居然是摄影。摄影曾经是历史上绘画的"敌人"，1839年，法国人路易·达盖尔发明了银版照相法，这相当于敲响了奉逼真为圭臬的欧洲写实绘画的丧钟。巴黎的学院派绘画开始了内部的分裂，到19世纪晚期印象派崛起，之后绘画的线条与色彩到毕加索那里已经分崩离析。霍克尼从他热爱的毕加索的立体主义中看到了一种更接近真实的观看方式：我们并非以文艺复兴时期绘画中的焦点透视那样来观看世界，而是在双眼不停歇的移动中，从多个方向看去。1964年，霍克尼开始拍摄宝丽来相片并迷上了摄影，他不停地拍照片，为自己的绘画寻找不同的视角，然后将这些照片拼贴起来，形成为摄影拼贴，创造出一种反转透视。在《我的母亲》

(1982)与《梨花公路》(1986)中，画面多达几十个视角，我们不是一下子看见了对象的全部，而是在分别的、不相关联的几瞥中，不断建构起我们对于画家的母亲和美国这条高速公路的经验。

为了对抗透视法的欺骗性，喜好文学的霍克尼还从戏剧舞台找到了呈现壮观场面的用武之地。从1966年做第一部戏《乌布王》开始，他用10年时间设计了十几部歌剧或芭蕾舞的舞台，用绘画性布景将真实的立体空间压缩成平面，再运用灯光对色彩的调节，画布上的真人便像是在画中移动。这种虚拟与真实的结合充满想象力，恰恰是通过平面化的而非沉重的体积感完成了对无限空间的幻想。

然而，观看的问题并未就此止步。1999年，伦敦国家美术馆"安格尔笔下的肖像"展给了霍克尼以强烈的刺激。从安格尔回溯那些令人景仰的古典绘画大师，霍克尼不相信他们徒手就能把人像和饰物的局部画得那样精确，一定是借助了光学仪器，破绽就在于画面中透视的漏洞。为了证明这点，他亲手制作投影转画仪来做实验，揭开了一些"秘密"：15世纪初的尼德兰画家扬·凡·爱克用凸镜做透镜，把要画的对象投射在屏幕上成像，然后照着描摹，投影简化了纺织物的颜色，使得肌理和图案容易描绘。16世纪晚期意大利的卡拉瓦乔给模特摆弄姿势，并打上灯光，人物的投影形成了大片的黑暗，然后他一一画下来，再把这些人像加以拼贴。17世纪初西班牙的委拉斯凯兹用了10面大镜子的反射来作画。17世纪中期荷兰的维米尔很可能使用了好友列文虎克（显微镜的发明者）秘密磨制的放大镜。直到19世纪中期，法国的安格尔也在使用照片来辅助作画。如此便可以解释：为什么在卡拉瓦乔的《基督下葬》中，臂膀太长，且人物被塞入的空间小得无法装下他们，显然是由于人物群像的多次投射后的再组合，造成了图像整体透视的不一致。霍克尼这种如侦探般的想象力，以及对"案件"的推理与复原过程，被兰德尔·怀特拍摄成电影《大卫·霍克尼：隐秘的知识》，在2001年由BBC播出。这部纪录片迅速引发了轰动，随即出版的同名书籍也大卖（参见《隐秘的知识——重新发现西方绘画大师的失传技艺》，浙江人民美术出版社2012年版）。

问题在于：当我们知道这些秘密后，重新站在那些大师的杰作前，其作品是否就黯然失色了呢？不然。可以肯定的是，500年来，尤其是在17世纪镜片磨制业相当繁荣的荷兰，掌握透镜、镜子、用暗箱手法的画家绝非这几位名家，既然都拥有秘笈，又是什么因素让数以万计的肖像、静物、人物画只留下了这为数不多的闪光之作呢？霍克尼的答案是——观看之道：相机只是几何式的观看，艺术家则是主观心理的观看。2013年，美国德州一位毫无绘画经验的发明家蒂姆历时五年，终于用自制的透镜与搭建的室内景观复制出维米尔的油画《音乐课》，实验结束之际他没有狂喜，沉默良久，流下泪水。即便是借助了光学仪器，也决不能限定画家的精妙构思。今天的人可以搞出卡拉瓦乔式的黑暗投影，把笔触磨得像安格尔那样细，却不理解卡拉瓦乔的错误透视丝毫无损于他对人性的深刻洞察，安格尔过于修长的女人体凸显的是古典主义的理想美，一只磨得再精细的透镜也抵不上维米尔的眼睛。只有艺术家的心理观看才会赋予作品以情感，它是非技术的，而技术之外的情感张力才是一切艺术品的灵魂。从这个意义上说，古典写实画家的观看与现代派画家的观看并没有本质意义的不同。

霍克尼的这场揭秘实验还有一些有意思的发现，比如17世纪的两位法国画家普桑和克劳德·洛兰的画作都富于戏剧感：普桑作画会搭一个虚拟的舞台来确定构图，靠做人偶得到合理的光线。洛兰会把树放在左右，营造中部的纵深空间，画面非常像舞台布景。从洛兰的素描看出，他已熟悉相机的投影；至于卡拉瓦乔，是他开创了好莱坞电影的用光。于是，古代的绘画、传统的戏剧、现代的摄影与电影，由技术的层面在霍克尼这里全线打通，使他站在了艺术史巨人的肩上。

早年，霍克尼对版画技术运用娴熟（包括铜版画、蚀刻版画与彩色石版画），其后层出不穷的新技术成了他艺术的兴奋剂和催化剂。除了照相机，霍克尼还用传真机传输素描，用激光彩色复印机复制自己的油画，用摄影机拍摄运动中的公路风景，21世纪的手机和平板电脑更是成了他的掌上"玩"具。表面看来，霍克尼是个深度的技术控，内在的却是执意维护图像的价值。他说，"我只对图片感兴趣，我认为真正有力量的是图像，而不是装置和行为"。

多视角的图像抵达"真实"

1964年，年轻的霍克尼爱上了美国西海岸强烈的日照，定居洛杉矶，加州无所不在的蓝色泳池与棕榈树让他亢奋，美国产的里奎特克斯牌新型水溶性颜料色彩强烈，比油画颜料更适于表现这些景物。丙烯画"泳池系列"看上去像是广告喷画，但那些被按进二维平面又溅起的水花却让人莫名的不安，《更大的水花》（1967）开创了描绘水和光的新方式。此外，色彩鲜艳的西部大峡谷与迷宫一般的洛杉矶公路画，则印证了霍克尼对这片他青春时代热爱的锦绣大地空间与光线的陶醉。

有趣的是，离乡多年的霍克尼在2002年回英国给弗洛伊德做模特时，第一次"看"到了故乡的春天，自己从前忽视的地方，植物和光线的变化竟是这样动人。他留下来描绘风景，四季轮回、日出日落、树木田野、海景风光，这些被英国先辈大师康斯太勃尔和透纳所钻研的主题，在他这里更换了技术手段。转瞬即逝的黎明被霍克尼用 iPhone 记录下来，发给友人。iPad 则是绝佳的室外速写本，霍克尼能用 2 秒到 3 秒的极快速度捕捉到不同光线下的各种颜色。布里德灵顿的隧道、沃德盖特的树林在季节更替中的样貌被精确地记录到年月日，包括那些被伐倒的树以及树墩继续被砍掉的场景都会成为他惦念的对象。小到一棵野草，大到 25 棵大树的半埃及风格水平饰带，原先黯淡的东约克郡风光成了晚年霍克尼心中的天堂。

在霍克尼的学生时代，人物画被认为不时髦，他鼓捣了一阵抽象与变形艺术之后，终究还是忍不住用自己习得的学院派自然主义手法，为亲朋好友绘制肖像画。《克拉克先生与夫人珀西》（1971）中的这对设计师夫妻是时尚界的名流，丈夫的花心让妻子心神不宁，他们在加州明亮的阳光下貌合神离。《艺术家肖像（泳池及两个人像）》（1972）投注了霍克尼失恋后的悲痛。站在泳池边的彼得·施勒辛格是他的第一位恋人，画中水底的人向彼得游去，隔着水面的两人承受的是阳光下的黑暗心绪。彼得的形象是画家根据他为恋人拍摄的 5 张照片叠合后再绘制而成，这暗合了霍克尼此后数十年以摄影为基础的观看方式；并且长时间努力地观看是他的准则。霍克尼在 65 岁时为弗洛伊德做过 100 多个小时的模特，与弗洛伊德一样，他数月、数年地看着模特，画下各种草图，然后形成画作，他只画自己熟悉的人，因而他拒绝为英国女王画像并非恃才傲物或故作姿态。

2013 年，霍克尼结束了英国的风景画创作后回到加州，投入了对世人百态的肖像画描写。美国批评家格林伯格曾说"如今不可能去画一张脸了"，霍克尼的反对方式是，在人物画上也用多点透视开创新的空间，让观者产生与单一透视不同的体验。那些在多年里被画家一次次描绘的朋友们，慢慢超越了对个体人物的单纯记录，形成了人物心理绵延旅程的画传，最终汇聚成有如巴尔扎克式的《人间喜剧》众生。

很久以来，霍克尼不停地问自己："我喜欢看着世界，我们是怎么看的，又看见了什么？"答案就是如何通过不同的视角来创造出一个我们看起来最真实的东西。在回答这个问题的时候，不管用什么方式，他始终从往昔的伟大风格获取灵感，与绘画大师站在一起。年轻时他用线条勾画轮廓，流畅度不亚于安格尔；后来像惠斯勒一样，靠插图和蚀版画声名鹊起，并在用色上走向平涂。他对透视的激烈反拨受惠于毕加索，对色彩强度的坚持源于马蒂斯。他曾经模仿杜布菲，让人物带有戏谑感，也曾陶醉于培根，让模特坐在一个立方体的框架中。当他用很细的笔描绘《大水花》中的水珠时，心中以达·芬奇的一件探讨"冻结"的水波作品作为参照。2010年，他用Photoshop软件"净化"了克劳德·洛兰的《山巅上的布道》，然后在30张画布上画下仿作《更大的信息》。近几年，他绘制塞尚《玩纸牌者》、马蒂斯《舞蹈》的变体画。

霍克尼对梵高敬佩之至，包括他从寒冷的英伦迁到炎热之地带来想象力的脱胎换骨，似乎也是学了梵高。20岁之前，霍克尼居住的布雷福德比荷兰还要靠北，但加利福尼亚的光线强过那里10倍，他由此获得了高度清晰的视觉。2019年春，一个名为"霍克尼/梵高：自然的喜悦"的展览在荷兰的梵高博物馆展出，霍克尼的60多件风景画与梵高的11件作品隔空对话。霍克尼坦言自己偷学梵高，可尽管他用了新技术让图像清晰，依然感到自己不及梵高的作品有双重图像的清晰度。他感叹梵高一定会喜欢用iPad画画，也会用它来写信，并且再也不用担心颜料不够了。

西方古典的色彩学到现代主义时已彻底崩溃，打倒酱油色，让色彩解放，但时不时还是有人对色彩的自由加了某种限定以及锁链，大家总认为有一种老练深沉的色彩，但霍克尼如顽童一样，就要那个最鲜明、最响亮的，如同拨开丛丛枝叶去摘取那些多汁的果实，因为只有那些迸溅着的果汁才能让我们口齿留香，感官愉悦。霍克尼就是一个嚼食着这些新鲜果实的人，也许因为他来自幽暗而多雾的英国，所以对鲜亮的东西更加敏感与渴望。

中国视觉空间

颇有意味的是，霍克尼对视觉空间的探求与中国艺术暗通款曲。1986年，霍克尼在纽约大都会博物馆享受了看《康熙南巡图》的特权，那就是将90英尺的卷轴画慢慢展开，仔细看数千个人物的动态。他跪在地上看了3个多小时，兴奋不已，中国画的移步换景、散点透视恰好与他跟西方的单点透视唱反调不谋而合。第二年，霍克尼专门与菲利普·哈斯拍摄了影片《与中国皇帝的大运河一日游，或曰表面即错觉而深度亦然》，他亲任撰稿、导演与讲述者，在影片中说道："上帝总是难以触摸，西方文艺复兴时期透视法的消失点在无穷远处，可中国卷轴画家却用另一种方法替代了它。"2003年，霍克尼画起了之前用得不是很多的水彩，希望由手带出流动感，因为他了解到，中国式的作画需要手、眼、心三者的结合，任有两者都不够；并且中国画用手臂大胆做出来的作画痕迹可见，这也吻合了他反摄影的心态。

霍克尼认为，中国画里的透视要求观众必须融入画中而不是简单地观看，这样一来观画者应该置身于自然的无限之中才对。2005年以后，霍克尼的画变得像广告牌那么大，这须要将几十幅小画拼合起来，只有靠电脑和数码摄影才能完成。他最大的画《沃特附近较大的树》，长约15米，超过了莫奈著名的睡莲全景画。然而画家的野心不止是放大空间，还要用时间作画。2010年，霍克尼通过九台摄影机来拍摄家乡沃德盖特的风景，组合成九屏幕多图像的广角高清影片，由于九个镜头的对焦与曝光度各不相同，只要选取不同的时间点，九个画面的拼合则营造出不同的空间，这样便在平面上从时间创造了空间。

早在1981年，霍克尼来到北京，由邵大箴陪同参观了中央美院。之后他与诗人斯蒂芬·斯彭德在中国游历，并合作出版了《中国日记》（参见浙江人民美术出版社2017年版）。

1983年，《世界美术》杂志率先介绍了霍克尼其人与艺术，作者林桦是两年前霍克尼访华的陪同者，他在文末对时年46岁的艺术家提出厚望——坚持严肃认真的画风，不断创新，成为一个不凡的人物。之后国内美术杂志更多地介绍霍克尼。1994年《霍克尼论摄影》一书在北京出版，这位英国画家于是成为有着学院派背景的中国具象画家在心中揣摩西方现代艺术的一把标尺。

2015年，78岁的霍克尼第二次来华，这位不负中国人期望的大人物带来了他最新的作品，一批由iPad绘画打印出来的风景画。画展"春至"于4月18日在北京佩斯画廊开幕，盛况空前。之前霍克尼在北京大学和中央美院有两场讲座，启动了好几个分场直播。在中央美院的讲座中，霍克尼显得低调，一辈子烟不离手的他直到耐心地介绍完自己的作品一个多小时后才掏出一根烟。虽然他也喜欢中国的一句名言"绘画是老年人的艺术"，但在回答提问时说，"当我画画时，我觉得我是30岁"。近三年来，霍克尼的书籍是中国美术出版界的热门。不仅因为画家本人言谈出众，40岁时就出版了第一本自传，还因他与多位评论家、导演是挚友，他的创作一直被追踪，谈话录即是生动的读物，如《图画史——从洞穴石壁到电脑屏幕》《我的观看之道》《容貌即是一切——大卫·霍克尼的肖像画和他的朋友们》等。

后现代的图像大师

霍克尼11岁时已明确自己要当个画家，他年少成名，从未被经济所困，到美国后住进富豪云集的比弗利山庄，有花花公子的做派，六七十年代的画作尽显奢华、宁静与快乐。但那些对个人幸福的罗列没有掩盖住一位艺术家的严肃思考，在他眼里，将三维的东西付诸二维表面，这始终困难。归根结底，我们无法把握世界的样貌。霍克尼不画画的时候就会情绪低落，他用艺术对抗绝望，今天他还在不停地画下去。他知晓艺术家的声望有可能带来诅咒，在离群索居搞创作与涉及展览的社交活动中进退自如。

霍克尼对艺术史有着清醒的认识，一边手不释画，一边著书阐释。1976年，霍克尼在一部电视片中说，视觉艺术的发展上下波动，危机总会出现，也会被克服，过渡期通常为30年，我们不幸地处于过渡期。他对摄影的运用已被贡布里希写入了《艺术的故事》第十五版的结尾（28章《没有结尾的故事，·潮流的再次转向》），并认为"这种摄影师和艺术家之间的和好在今后几年会变得越来越重要"。那么他是幸运儿吗？

霍克尼不拒斥时代的技术进步以及新颖的传播方式，在别的艺术家看来，这简直就是矛盾，但在他却是一种调和。新技术恰恰是架上绘画复活的契机，而非死亡的悼词。这是一种大师般的包容态度，与民主的理解事物的方式。大家认为机器把这个世界毁了，但机器却开满了鲜花，他在手机里向好友递送鲜花。

艺术何谓保守，何谓进步？当初巴黎开始使用电灯时，塞尚认为夜晚消失了，非常痛苦。电话来临时，德加嘲笑，认为呼叫者对人有强制作用。埃菲尔铁塔竖起时，莫泊桑等文学家痛心疾首，认为这个丑陋的钢铁怪物破坏了巴黎的美感。然而今天，电灯无处不在，埃菲尔铁塔已成为巴黎的象征，手机成为人们交往不可或缺的工具。技术是魔鬼，但霍克尼会用魔术把它变成天使。技术的脚步是作为艺术家的个体难以阻挡的，只能接受。更重要的是，霍克尼的接受不是一种对时代的虚假讨好，而是带着一种来自深处的欣赏与喜悦。他看到了罗斯科从纯净的色彩转向对黑暗的痴迷并走入深渊（1970年罗斯科自杀），但霍克尼喜欢听"要有光"的声音，而iPad、iPhone可以在黑暗里作画。

霍克尼的艺术是取悦的，妩媚的，是没有赞美生活与女人哲学的马蒂斯，是没有诡异感的马格利特，没有美式孤独的霍珀。他不是开创性与革命性的人物，却是综合、包容、变通与跨界的，因而是后现代的。他的作品没有怪异、黑暗、故意的丑恶与恐怖，呈现一种松弛的、无所谓的小品化的状态。也许有人说，表达深渊的存在才深刻，但霍克尼不管这一套，他只用明亮的色彩，你尽可以说他浅薄。他最独特的是风景画，有种新时空观。大众喜欢他的明快、简单、直接与抒情性，特别契合美国人乐观的天性。总之，他是消费时代的艺术家，拒绝严肃、严重与深刻，也让人追问这个时代艺术是什么，艺术家是什么。一切变得简单、实用与暧昧，因而又看不清道不明。画面的多焦也是失焦，反对意义与确定性所指，虚无与空遍布他的作品，没有质感，也无力度与重量，是现代派的超现实主义在后现代的还魂。后现代空间散漫、无焦、疏离，也正因此，霍克尼终究敌不过另一位波普艺术的超级明星杰夫·昆斯，2019年5月，昆斯的雕塑《兔子》在纽约以9100万美元的拍卖价格成交，重登在世最贵艺术家宝座。

（原载《文汇学人》2019年9月20日、9月27日"观画记"）

辑八

一九二四年的北京大雪

_张诗洋

一九二四年末的北京很冷,清华学堂教务长张彭春在十二月三十日的日记里,写下了这样一段意味深长的小诗:

> 大雪!
> 纯美的雪!
> 雪说:
> 你必须写。

大雪纷纷扬扬落下,持续了一天一夜,北京一派银装素裹。张彭春赞美雪的纯美,并借大雪之口说出"你必须写"。但十八岁就出国留洋的张彭春其实并不擅长中文诗歌创作,在他的日记《日程草案》里,他时常痛恨自己不能娴熟驾驭文字,以至于在清华任职期间,其改革观念因为不擅记录、发表而"被人剽窃"。一般书信、公文尚且令他为难,更遑论创作诗歌。所以,这首勉强押韵的四句小诗写得直白,甚至显得有些戏谑。大雪要求"你必须写"的"你",恐怕不是张彭春对自己的指称,而是另有所指。

1. 认清方向的志摩君

年末岁尾，张彭春依然忙碌得很。十二月十六日，同学胡适生日，张彭春前往贺寿。日记载，他当晚"宿石虎胡同"。石虎胡同七号的好春轩，即是挚友徐志摩在北京的住处。廿二日，回天津，见丁文江，商谈清华校事。次日，见清华校长曹云祥。廿五日，访前校长周诒春。廿七日下午，陈独秀组织"年终俱乐会"，张彭春因事未能出席，错过了"与校人联络的机会"。到了十二月廿八日，"志摩请午饭"。

在张彭春年底访见的朋友中，徐志摩与他最为要好，仅一九二四年末，他们已经聚会两三次了。后来，在徐志摩与陆小曼热恋时，有次徐志摩拜访张伯苓、张彭春兄弟，忽然要找纸和笔来写信。张伯苓问他写给谁，徐志摩答曰："不相干的人。"张彭春却了然在怀，打趣道："顶相干的！"待徐志摩与陆小曼筹备婚礼时，想邀请老师梁启超担任证婚人，还是张彭春去找梁启超说情，梁才勉强答应出席。张、徐二人惺惺相惜，亲密程度可见一斑。张彭春对徐志摩话里有话的调笑，与日记里把大雪拟人化的幽默如出一辙，让人不禁联想，张彭春是否因为频繁与志摩君见面而受到鼓励尝试写诗。徐志摩也的确创作过与雪有关的诗歌，即是那首著名的《雪花的快乐》：

> 假如我是一朵雪花，翩翩的半空里潇洒。我一定认清我的方向——飞扬，飞扬，飞扬，——这地面上有我的方向。……在半空里娟娟的飞舞，认明了那清幽的住处，等着她来花园里探望——飞扬，飞扬，飞扬，——啊，她身上有朱砂梅的清香！

……徐志摩仿佛化身那一朵雪花，自由、飘逸，在半空中寻找自己的方向。《雪花的快乐》写于一九二四年十二月三十日，发表于次年一月十七日的《现代评论》。果然，正是张彭春日记里所记的十二月三十日那场雪。用徐志摩自己的话，他胸中的诗情"不分方向地乱冲"，如同最早写诗那半年一样，徐志摩感受到一种伟大力量的震撼，"意念都在指头间散作缤纷的花雨"，"绝无依傍，也不知顾虑"。（徐志摩：《〈猛虎集〉序》）可以想见，张彭春与徐志摩聚在一处共同赏雪，张彭春见证了徐君诗兴大发，也促成了徐志摩诗中"最完美的一首诗"。（朱湘：《评徐君〈志摩的诗〉》）

英国留学归来的徐志摩,与美国博士毕业的张彭春志趣相投,共同组织成立了日后红极一时的文艺社团"新月社"。"新月社"的得名,其实来自张彭春的提议。一九二三年十一月十日,张彭春二女儿出生,他因极崇拜印度诗人泰戈尔,并且当时正筹备泰戈尔访华事宜,便用泰翁诗集《新月集》之名,为女儿取名"新月"。这名字寄托了张彭春对新生儿的期待,也及时地宽慰了他因大女儿明明在归国途中生病、落下后遗症的终身遗憾。张彭春又将"新月"这个名字,推荐给徐志摩等聚餐会成员,大家欣然接受。徐志摩进一步阐述"新月"的寓意——"虽则不是一个怎样有力的象征,但它那纤弱的一弯分明暗示着、怀抱着未来的圆满。"(徐志摩:《新月的态度》)的确,回国不久的徐志摩此时也正在寻找自己的方向,他希望集合一些"对于文艺有兴趣"、志同道合的朋友,组成社团,"每两星期聚会一次",使成员之间得以"互相鼓励"。这便是新月社的前身。一九二四年,泰戈尔访华,新月社排演诗剧《齐德拉》。张彭春任导演,徐志摩是主演之一,交往密切。作为美国克拉克大学的校友,张彭春从徐志摩身上"觉出一种特别的力量涌出来",每每见面总被他宽厚温雅的人格魅力鼓舞。徐志摩也十分珍视其与张彭春的情谊,他说自己对于话剧只是一介摇旗呐喊的小兵,真正在行的,"只有张仲述(彭春)一个"。后来,张彭春为陪同梅兰芳访美、出国讲学做准备。徐志摩得知,取书以赠,并记下了一些交往点滴以及由此而起的"伤离别":

尘世匆匆,相逢不易。年来每与仲述相见,谈必彻旦,而犹未厌。去冬在北平,在八里台,絮语连朝。晨起出户,冰雪嶙峋,辄与相视而笑。此景固未易忘。……濒行,无以为旅途之贶,因检案头《寐叟题跋》次集奉贻,以为纪念。愿各努力,长毋相忘。(据黄仕忠《偶遇徐志摩》辑录)

两人畅谈通宵达旦,至晨起出户时,"冰雪嶙峋,辄与相视而笑",此情此景,不足为外人道也,却真令两位知心人难以忘怀。

2. "坚硬灿烂"的鲁迅先生

一九二四年观看新月社《齐德拉》演出的鲁迅先生对剧作者泰戈尔访华颇有微词,对于主事者徐志摩也并不欣赏。他在《集外集序言》里明说:"我更不喜欢徐志摩那样的诗,而他偏爱各处投稿,《语丝》一出版,他就马上来了，有人赞成他，登了出来，我就做了一篇杂感，和他开一通玩笑，使他不能来。"有趣的是，与徐志摩《雪花的快乐》差不多同时，鲁迅于一九二五年一月十八日创作了散文诗《雪》，并发表在一月二十六日的《语丝》上。据曾任晚清军机大臣的那桐的日记，一九二四年十二月三十日，北京下起大雪，"卯刻落雪至午刻止，天仍阴，入夜大雪至天明止"。此前的十二月十七日，只有早上飘了一丝"微雪"，不符合鲁迅笔下所谓"朔方的雪"。此后两个月间，北京均"晴和"，未再降雪。也就是说，鲁迅和徐志摩诗中所写的，均是一九二四年十二月三十日那场雪。

同月发表的这两首诗歌，有着根本性的差异。如果说徐志摩《雪花的快乐》是具象的、浪漫的、无所顾忌的，那么鲁迅的《雪》则是抽象的、冷峻的、意有所指的。虽则都是对于生命的思考，却透露着作者迥异的艺术特点和审美风格，从中可见二人此后"道不同不相为谋"的内在根由。查《鲁迅日记》一九二五年一月十六日记："夜赴女师校同乐会。"除了自然气象意义上的大雪，这次同乐会也成为鲁迅创作《雪》的动因之一。（李哲：《"雨雪之辩"与精神重生——鲁迅〈雪〉笺释》）这天是周作人四十岁生日，周作人到女师大参加"同乐会"。而鲁迅同日亦赴"同乐会"，失和的兄弟二人极有可能在会场尴尬地见了一面。待一月十八日（农历小年），为周作人庆生的孙伏园等人又去鲁迅家中拜访。同日晚间，诸友散去，鲁迅便写下了"野草之八"——《雪》。

在对"雪"的凝视中，鲁迅保持一贯的横眉冷对的风格，拿"雪"与"雨"做对比。联系到周作人曾写过散文《苦雨》、把"苦雨"题为书斋名，自称"苦雨翁"，并被时人誉为"博识"，而这些恰恰都在《雪》中出现了，就不难理解鲁迅笔下雨雪之间的比照、较量，正是周作人与鲁迅人格差异的折射。雪冰冷、坚硬、孤独，却也灿烂。鲁迅不留情面地写道，"雪是死掉的雨，是雨的精魂"。笔笔诛心，掷地有声。鲁迅的怒视不无道理，也包含着对混乱时局的忧思。这场大雪的第二天，重病缠身的孙中山北上，重申了《入京宣言》中宣称的"救国论"，而具体手段则是与"老敌人"段祺瑞合作——他乐观地把段祺瑞当作反对袁世凯称帝的爱国军人。以后见之明来看，这个策略注定会失败。两个多月后，孙中山逝世，段祺瑞召开善后会议，目的是争取包括军阀、政客、文人在内的各界支持，存续北洋军阀的统治寿命。此时的中国，军阀走马灯一般地轮流登场，任何一派都无法弥合派系之间的利益冲突，更无力统一全国。北京将落入谁手，中华又将何去何从，成为飘零时代里知识分子内心的困局。

3. "北漂" 青年沈从文

寻找方向的,还有从湘西走来的沈从文。他化名休芸芸,在《晨报副刊》的一篇文章中写道:"我坐在这不可收拾的破烂命运之舟上,竟想不出法去做一次一年以上的固定生活。我成了一张小而无根的浮萍,风如何吹——风的去处,便是我的去处。"(沈从文:《一封未曾付邮的信》)

一九二三年,二十一岁的文学青年沈从文从湘西来到北京,希望能考取大学。不难想象,仅有小学文化程度的沈从文会在求学路上遭遇什么。他坚持创作,并把作品寄给当时的主流报刊,在穷困潦倒中等待着被发现。努力过后,沈从文报考清华、燕京大学等院校都失败了,好不容易被中法大学录取,却最终因为交不起每月二十八元的膳宿费而未能入读。沈从文成为一个名副其实的"北漂"。沈从文不得已给素未谋面的郁达夫写了一封求助信。这位文坛前辈甫一登场,就被认为用小说创造了一个"完全特殊的世界","吹醒了当时的无数青年的心"。(郭沫若:《论郁达夫》)一九二四年冬,郁达夫冒着大雪,去沈从文的"窄而霉小斋"看他。寒冬腊月,沈从文还穿着单衣,见此情景,郁达夫抖了抖自己羊毛围巾上的雪片,给沈从文戴上。又请他吃饭,把结账找回的三元二毛钱留给沈从文。雪中送炭的温暖,让沉在深渊谷底的沈从文看到了希望。

正如沈从文没有想到郁达夫的"雪日造访",令他同样意想不到的是,郁达夫在见面后,竟专为沈从文写了篇鸣不平的"檄文"。这篇《给一位文学青年的公开状》亦刊登在《晨报副刊》上,一经发表就引起社会强烈反响,也彻底改变了沈从文的命运。郁达夫随即介绍《晨报副刊》的编辑,为沈从文提供发表习作的机会。他还引荐沈从文与自己杭州府中学校的老同学徐志摩相识。一九二五年,徐志摩应陈博生、黄子美之邀,正式担任《晨报副刊》的主编,开辟新月社的又一阵地。沈从文这一时期在《晨报副刊》上发表的文章多达五十余篇,尤其在第五十期(一九二五年十一月)上一连发表了《市集》《水车》《玫瑰九妹》等六篇作品。主编徐志摩特别在《市集》后写了一段欣赏语,表达对沈从文的推崇和赏识。

沈从文走上了文坛,虽然起步时经历了穷苦潦倒,却在一九二四年那场雪之后,因郁达夫、徐志摩的鼎力相助成功"突围"。然而,在其后的一系列论争中,不论是鲁迅以"第三种人"为由将沈作排斥在"中国新文学大系"之外,还是三十年代众人批判他"不写阶级斗争""缺乏爱憎分明的立场",以及抗战时期与左翼作家关系恶化，沈从文几乎每一次都站在了对立方向，被列为批判对象。沈从文围绕在徐志摩周围，却未曾加入新月社。一九三一年，徐志摩乘坐的飞机失事，灵柩暂厝于济南福缘庵。沈从文闻讯立即前往，为年仅三十六岁的徐志摩送行。随后几个月间，沈从文多次致信胡适，商量如何处理徐志摩的生前资料，后来又一再写文章缅怀这位"没有一个别的师友能够代替"（沈从文：《友情》）的天才诗人。此是后话。

一九二四年的大雪，映照了当时几位年轻人不同的文艺观和方向感。在《雪花的快乐》发表后的第三年，徐志摩写下同样著名的《我不知道风是在哪一个方向吹》，显然与此前飞扬、潇洒的形象不同，似乎也有些"坚硬"和"孤独"。原本可以"先不问风是在哪一个方向吹"（徐志摩：《新月的态度》）的平静被打破，正预示着飘摇年代的风向瞬息变换，各种"主义"此消彼长。不过，激荡年代里的文人们，从"时代的破烂"里规复人生的尊严与方向，靠着从生命内核里供给的信仰、忍耐，抱团取暖，或者踽踽独行。

（原载《读书》2020 年第 4 期）

吴宓和他的《世界文学史大纲》

_吴学昭

我父亲吴宓一生学习和研究世界文学，讲授世界文学，非常重视文学史于文学的功用。他认为"文学史之于文学，犹地图之于地理也。必先知山川之大势、疆域之区划，然后一城一镇之形势之关系可得而言。必先读文学史，而后一作者一书一诗之旨意及其优劣可得而论。故吾人研究西洋文学当以读欧洲各国文学史为入手之第一步，此不容疑者也"。（吴宓《希腊文学史》）

据父亲早年的清华弟子、原北大西语系教授李赋宁回忆："早在（1921年任教）东南大学时期，吴宓就已制订出'世界文学'讲授提纲（英文），包括各国重大历史事件和各国文学史。这在我国是最早的世界文学教程。有了世界文学的基础知识，才有可能从事比较文学的研究。吴宓在东南大学、清华大学、西南联合大学、燕京大学、武汉大学，以及解放后在重庆大学、西南师范学院一直讲授世界文学课程，他是这门学科的创始人之一。"（李赋宁《在第一届吴宓学术讨论会上的讲话》）

父亲去世以后，曾从他受业的许多友生，关心他有关世界文学，尤其是他最早开设的世界文学史的遗著的整理出版，谆谆以此嘱托家人。除了父亲最亲密的学生李赋宁，我印象最深的是西南联大外文系上世纪四十年代初毕业的几位校友：许渊冲、李俊清、许芥昱、关懿娴、沈师光等，他们谈起当年听吴宓的"世界文学史"课，常是眉飞色舞，兴致勃勃，使我也很受感染。当时就想，有朝一日，父亲关于世界文学史方面的遗著得以出版，一定要请他们写点什么，作为纪念或读后，配合发表。

然而十分惭愧，我们一直迟迟未能着手于此。缘于父亲以他多年对世界文学的系统研究，虽编撰有"世界文学史"中英文讲授提纲、讲义多种，可惜他的这些倾注心血的手稿，不幸于十年动乱中悉遭抄没，而他于当时所托付代为保藏讲义、手稿的人，至今不肯归还，家中一无所存；以致此书在他生前未得付印，身后也无法出版。我们多方寻访征集，亦无所获。

很久以后，西南联大外文系一位1944级的校友李希文闻讯，将他珍藏了半个多世纪的吴宓所编世界文学史大纲（英文），辗转托人"赠与吴师家人留念"。"大纲"系打字油印于战时通行的粗糙纸上，历经岁月沧桑，纸张已发黄变脆，最后几页且有缺损。虽然如此，对我们来说，仍如获至宝，异常珍贵。现今出版的吴宓《世界文学史大纲》一书，即是以李希文学长惠赠的这份不全的西南联大外国语文学系所印《世界文学史大纲》为主编辑的（并借此题命名全书），附录吴宓所撰《希腊文学史》《西洋文学精要数目》《西洋文学入门必读书目》等文，所翻译、增补材料并详加评注的美国李查生与渥温（William L. Richardson & Jesse M. Owen）二氏合著的《世界文学史》，为清华大学外国语文学系所制订的办系总则和课程设置，以及他对世界文学史上几位著名文学家、批评家的论述。此外辅以两篇不同时期友生对吴宓授课的感受。虽不能充分表现吴宓研究和讲授世界文学史的观点和心得，也算是对他四十多年教学生涯的一个纪念。祈愿如今散失各地的父亲遗稿，终有一日得以刊行面世。

感谢美国芝加哥大学比较文学博士、斯坦福大学东亚系副教授周轶群女士受编者之请，于百忙中在细读深研吴宓日记、作文、书信，及其他许多有关著作的基础上写出《吴宓与世界文学》的长篇导读，为本书增色不少。感谢商务印书馆陈洁同志精心编辑，将本书收入中华现代学术名著丛书。相信吴宓和他已故的授业弟子地下有知，也会感到慰藉。

在吴宓的《世界文学史大纲》出版之际，我深感遗憾的是，由于此书着手太迟，当年谆谆敦促我们及早寻访搜集、编辑整理父亲世界文学方面遗稿的清华、联大外文系诸位老学长，如王岷源、李赋宁、许芥昱、李俊清、沈师光等，已先后故去，不及亲见此书，予以批评指正；而今健在的两位，亦皆年届高龄：关懿娴102岁，许渊冲99岁，不便叨扰。于是原拟敦请这些曾亲炙吴宓授课的友生，为本书写点读后或书评之类的愿望全然落空，只有根据我当年的访谈笔记和点滴回忆，将他们对先师教课的感受，略述一二，与读者分享。

据清华学校历史档案，学校自1926年西洋文学系（1928年改称外国语文学系）初建，即很注意西洋文学概要及各时代文学史的一体研究。设有自古代希腊、罗马，中世纪至但丁、文艺复兴时代的西洋文学史分期研究学程，由吴宓与翟孟生（R. Jameson）及温德（R. Winter）分授。1937年全面抗战爆发，翟孟生返美；清华南迁，温德滞留北平以外侨身份帮助处理校产；西洋文学史乃改由吴宓独自讲授。

吴宓在西南联大所授"世界文学史",为外文系二年级的必修课,8学分,是外文系学分最多的一种。该课原名"西洋文学史""欧洲文学史",后因实际讲授内容范围很广,包括了东方的波斯、印度、日本等国文学,遂改称"世界文学史"。西南联大"世界文学史"课,一直由吴宓讲授;1944年秋他休假离校,无人接任此课,最后改为"英国文学史",由他的弟子李赋宁讲授。1946年联大解散,清华复员北平后,"世界文学史"课亦未重开。

"世界文学史"为联大当年最叫座的课目之一,外系旁听的同学不少,何兆武说他就是来"听蹭"的。彭国涛1941年选修了这门课程,从此爱上外国文学,第二年由历史系转入外文系。他回忆吴宓上课,从不看书和讲义或卡片,讲到作者生平,名著情节的时间、地点以及一些著作的原文,都能准确无误地说出,并写在黑板上。讲述荷马史诗《伊利亚特》和《奥德赛》、但丁的《神曲》、卢梭的《忏悔录》、塞万提斯的《唐·吉诃德》等,滔滔不绝,有声有色,如数家珍,使他至今难以忘怀。"先生对书中人物,不仅介绍,且作出评价,指导人生,使你思想感情上受到感染,潜移默化。我们听课,既学到许多知识,也提高了思想境界,升华了感情。"(彭国涛《我的导师吴宓先生》)

同学们反映吴宓讲课极为生动,讲述那些名著中的故事,更引人入胜,让人不知不觉如身历其境。沈师光、于绍芬等犹记当年听先生讲卢梭《忏悔录》,尤其卢梭牵着两个少女的马涉水过河的一段,听得她们如醉如痴,直以为那是卢梭的一段最幸福的生活,最美丽的文字。

同学们喜欢吴宓的要言不烦,一语中的,如"欧洲文学史"讲文学与非文学的分别,说:文学重情感(emotion),想象(imagination),乐趣(pleasure);非文学重理智(reason),事实(fact),教导(instruction)。这比下定义好得多。又说:哲学是气体化的人生;诗是液体化的人生;小说是固体化的人生;戏剧是固体气化的人生。哲学重理,诗重情,小说重事,戏剧重变。形象地概括了事(小说和戏剧)、情(诗词)、理(哲学)三者的分别,说出了小说和哲学的关系,等等。

同学们印象深刻的还有,吴宓常用列表来概括事实。如"欧洲文学史"讲Dante(但丁),讲到Dante's life in relation to his works(但丁生活和作品的关系),他就列出了一个简单明了的表:

1. Love(Dream)梦想产生爱情,写出作品 *New Life*(《新生》)
2. Study(Learning)学术作出研究,写出作品 *Il Convito*(《飨宴》)
3. Politics(Experience)经验造成政治,写出作品 *Divine Comedy*(《神曲》)

但丁在翡冷翠河滨遇见贝雅特丽齐,一见钟情,在她死后,写了悲痛欲绝的《新生》。《飨宴》把各方面的知识通俗地介绍给读者,作为精神食粮,所以书名叫作《飨宴》。《神曲》描绘了翡冷翠从封建关系向资本主义过渡时期的社会和政治变化。书中的地狱是现实的情况,天国是争取实现的理想,炼狱是从现实到理想的苦难历程。

除了列表,吴宓有时亦绘图来说明问题,如所绘但丁《神曲》的"宇宙结构图",使学生一目了然,印象深刻。何兆武至今记得吴先生画的一张七级浮屠式的图,把对权力的追逐放在最下层,以上各层依次是对物质的追求,对荣誉的追求,对艺术创造的追求;最上一层为对宗教的追求,据说是采纳了沈有鼎的建议。

1943年从军的许芥昱(1941年11月,美国志愿空军大队来华对日作战,需要大批英文翻译,联大外文系高年级男生,除个别例外,全部应征服役)曾与级友李俊清交流,说他从吴宓的"欧文史"课程得到比较文学的思想启发,由此决心从事比较文学的研究。

许芥昱后来果然赴美研习比较文学,获斯坦福大学文学博士学位,其后在旧金山加州州立大学授比较文学。1973年突发奇想,携其比利时裔的妻子和两个可爱的儿子远来漫游中国半载;其间亟欲赴重庆北碚拜谒卅年未见的导师吴宓,为此通信往来多次,最终以当时四川尚未对外宾开放而不果。许芥昱在他返美后所出版的 *Our China Trip*(《我们的中国行》)一书中这样写道:

> 对李赋宁两个小时的访问,话题几乎没有离开过"奇普斯先生"。我们的 Mr. Chips,我们背地里这么称呼他,我们对他绝不说再见。[昆明战时放映过一部英国1939年拍摄的影片 Goodbye, Mr. Chips(《再见吧,奇普思先生》,中文片名《万世师表》)描叙一位老教师的职业生涯和个人生活。联大外文系许多人看了很受感动,有些同学觉得吴先生与 Mr. Chips 很相像,于是背地里就称他为"奇普思先生"。]——他仍然活着,在四川。他教过我们所有的人。
>
> 我告诉李赋宁,吴先生仍旧用红墨水批改我的信,拼写出所有缩写的词,在字里行间用印刷体整齐地改正错字。另在我去信的边上写下对我的回复。
>
> 李赋宁说:"他对我也这样。"李已任北大副教务长有年,1950年自美国留学归来,在教师中保持领先地位。"那就是吴,"李说,"我想他永远不会改变。"

李过去多年一直是老诗人吴宓最亲密的学生和朋友。吴是安诺德坚定的赞赏者及丁尼生的模仿者，他为同情他的因失恋而憔悴的学生落泪……

关懿娴对吴宓将《红楼梦》与萨克雷的 *Vanity Fair*（《名利场》）进行比较，很感兴趣，她的毕业论文就是以《名利场》为题作的。她发现吴先生特反对"古今中外、人天龙鬼，无一不可取以相与比较"的轻率态度；讲授中，始终以历史的演变及系统异同的观念，着眼于探索某些"中西古今"的"不易之理"和"东西文学公认之言"在文学领域里的普遍应用。中西比较如此，西西比较也这样。

"欧文史"考试却很使关懿娴发怵：吴宓出的考题包罗万象，从狄更斯某部小说的出版年、出版家到定价的细小题目，到 Fully describe（详述）一部世界文学名著如荷马史诗、歌德《浮士德》等的内容、文学价值及其在文学史中的地位等等。她常是最后交卷的几个同学中的一个。吴先生总是彬彬有礼地站在一旁，或坐着看书，还不时微笑着说："不急，慢慢答。"有次期终考试，关懿娴和几个同学竟考了五个小时，最后一同交卷。吴先生边叠齐考卷，边说："你们的食堂已经关门了，来，跟我到'文林'（学校附近的一家小饭馆）一起吃饭去。"时值冬季，一顿热腾腾的饭菜，吃得既果腹又暖和。用餐中间，吴先生还讲些他青少年时代的学习轶事，其乐融融，久久难忘。

1938 年考入西南联大外文系的许渊冲，是吴宓"欧洲文学史"班上最出色的学生。他仰慕吴宓学识渊博，吴宓赞赏他聪明好学。这方面许渊冲在联大日记和学习笔记中多有记述。他说：

> 吴先生是联大外文系唯一的教育部部聘教授，中国比较文学的奠基人，他的中文和英文水平都不是当时英美任何汉学家所能比拟的。他是哈佛的毕业生，在联大外文系讲"欧洲文学史"，用的方法完全和哈佛一样，所以外文系的精英们等于身在联大，心却可以去哈佛。吴宓还是清华大学中文系第一任系主任，第二任是杨振声，第三任才是朱自清。这样学贯中西的教授实在难得。

> 他品评别人总是扬长避短，对自己则从严，严格得要命。从他对钱锺书的评论中也可看出他的学者风度，虽对自己学生也能虚怀若谷，可见他多么爱才！对我也是这样：1940 年 5 月 29 日，上完"欧洲文学史"时，吴先生叫住我说："我看见刘泽荣送俄文成绩给叶公超先生，你小考 100 分，大考 100 分，总评还是 100 分，我从没有见过这样好的分数！"吴先生是大名鼎鼎的老教授，这话对一个 19 岁的青年是多么大的鼓舞！我当

时就暗下决心"欧洲文学史"一定也要考第一；结果我没有辜负吴先生的期望。（按，许渊冲当年"欧文史"月考 98 分，学期平均 95 分，学年平均 93 分；比全联大总分最高的张苏生的"欧文史"成绩还高了两分）

　　吴先生讲"欧洲文学史"，其实也讲了"欧洲文化史"，因为他讲文学也将哲学包括在内，如讲希腊文学，他却讲了苏格拉底、柏拉图、亚里士多德。后来他为外文系三年级学生开"欧洲名著"，讲的就是《柏拉图对话录》。他最善于提纲挈领，认为柏拉图思想中最重要的是"一""多"两个字："一"指抽象的观念，如方、圆、长、短；"多"指具体的事物，如方桌、圆凳、长袍、短裤。观念只有一个，事物却多种多样。柏拉图认为先有观念，然后才有事物。如果没有方桌的观念，怎么能够制造出方桌来？他还认为观念比事物更真实，因为方的东西、圆的东西，无论如何也没有方的观念那么"方"，没有圆的观念那么"圆"。因此，一个人如果爱真理，其实是爱观念超过爱事物，爱精神超过爱物质。这就产生了柏拉图式的精神恋爱观——这后来对我产生了不小的影响。但是观念存在于事物之中，"一"存在于"多"中，所以爱观念不能不通过事物或对象。而对象永远不能如观念那样完美、那样理想，因此，恋爱往往是在"多"中见"一"，往往是把对象理想化了。但理想化的对象一成了现实中的对象，理想就会破灭；因此，只有没实现的理想才是完美的。但丁终身热恋贝雅特丽齐，正是因为她没有成为但丁夫人啊！

　　许渊冲学习动脑筋，爱琢磨，他不"师云亦云"，有不同意见，乐于同老师探讨。吴宓讲"世界文学史"，从语文系统开始。他说表现思想的方法有两种：一种是声音，一种是形式；前者如欧洲的拼音字，后者如中国的象形字。两种文字各有其长，各有其短，不能说哪种好，哪种不好。所以他不赞成（汉字）拉丁化。当时许渊冲认为，从艺术的观点看来，吴先生的意思没错；但从教育的观点来看，他的意思却未必对。因为教育的目的是要普及，而方块字的确太难，就是中国人也要学几年才能学会。何如拼音文字能说就能写，能写就能读书呢？久后才体会，吴先生的意思还是对的，自己的意见却很幼稚，完全是跟着鲁迅走，并没有消化鲁迅的思想，也没有用实践去检验拉丁化是否正确，就说出了自己后来也反对的话。其实鲁迅也说过：中国文字有三美：意美以感心，音美以悦耳，形美以悦目。而欧洲文字只有意美和音美，没有形美。欧洲有个大哲学家甚至说过：世界上如果没有中国文化，那真是人类的一大损失。如果没有中国文字，人类文化就要大为减色。实际也是如此，如杜甫的著名诗句"无边落木萧萧下，不尽长江滚滚来"，兼具对仗，重叠，草字头、三点水偏旁等形美,是西方文字万万无法翻译的。由此回想吴先生所说中西文字各有长短是有道理的,拉丁化没有形美确是一大缺点。

"欧洲文学史"课上,吴宓曾说:古代文学希腊最好,现代文学法国最好。许渊冲却认为俄国文学不错。吴宓说:法国文学重理智和形式,德国文学重感情,不重形式;英国文学理智和情感并重,但都不如法国和德国,只比德国更重形式,却又不如法国。依许渊冲看,俄国文学和英国文学差不多;除普希金重情之外,果戈里、屠格涅夫、陀思妥耶夫斯基、托尔斯泰,都更重理,而且很重信仰。后来读了屠格涅夫的《春潮》,故事给他的印象是:爱情有如春潮,时涨时落。这和德国斯托姆的《茵梦湖》不同:莱茵哈德几十年后还留恋青春时代的旧情人,可见德国文学重情,歌德的《维特》也一样。而屠格涅夫最重情的《贵族之家》结果和《春潮》也有相似之处,只是伤感之情更接近《茵梦湖》。这样想想,吴先生的结论还是有道理的。

许渊冲后来还选修了吴宓的"文学与人生"和"翻译"课,亦心得多多。

吴宓外貌严肃、古板,似乎很难交往;同学们接触多了,才发现先生其实待人谦和热情,诚挚率真,是一至性中人。对学生课外问难求教的,无不认真细致为讲述解答;倾诉思想苦闷的,或为感情问题烦恼而请予指教的,一一耐心给予教益和安慰;生活困窘来求助的,亦极尽己力济助,尽管自身生活也很清苦。(全面抗战初期,联大授薪津,仅发原薪的70%)

吴宓特喜与爱好文学的学生交流。他赞同 Arnold(安诺德)所说 Literature is the best that has been thought and said in the world.(文学是最好的思想和言论。)他认为 Literature is the Essence of Life(文学是人生的精华)。他乐于把自己读过的好书,见闻的好事,思考过和感觉到的问题,直接和间接的生活经验,献给学生;通过与学生无拘无束、心情愉快地讨论交流,与许多同学成了朋友,吴宓称之为"友生"。

2009年春,吴宓的几位海内外弟子,一次偶聚北京。大家聊起难忘的 Mr. Chips,回忆他循循传播的古圣先贤的智慧与禅意;都说他们所受益于先生的风格者,不亚于受益于先的学问。李鲸石复诵先生对他说过的 "Everything I say and everything I do is in accordance with the teachings of Confucius, Buddha, Socrates and Jesus Christ."(我的一言一行都遵照孔子、释迦牟尼、苏格拉底和耶稣基督的教导。)许渊冲对吴宓当年所论 The Golden Mean(中庸之道)和 Virtue, Justice vs Profit, Gain(义利之辨),记忆犹新,感叹道:"吴先生的儒家思想深深地影响了我们这一代外文系的学生。"

(原载《文汇报》2020年4月22日"笔会"副刊)

沈从文与故宫博物院

_祝勇

一、故宫的调令

1956年，吴仲超院长为了给故宫博物院的文物研究"充血"，决定大批引进"外援"，将包括唐兰、徐邦达、沈士远、罗福颐、孙瀛洲在内的一批文博界学术骨干调入故宫。沈从文，就在吴院长的这批调入名单中。

关于沈从文与故宫的渊源，印象最深的就是陈徒手的文章《午门城下的沈从文》。此文初刊于《读书》1998年第10期，影响巨大。2000年，陈徒手在人民文学出版社出版的《人有病，天知否——1949年后中国文坛纪实》一书收入了此文；2013年，北京三联书店又出版了修订版，该文亦在其中。

在这篇文章中，作者援引对多位老辈文人的采访来描述沈从文在1949年以后的处境。其中，萧乾1998年3月9日在北京医院病房谈到沈从文时曾说："那个时候他在故宫处境很不好。"[1]加之陈徒手在文章中有意凸显"午门城下"这一语意，以表达沈从文当年的孤独与伤感，如其笔下所流露的："独自站在午门城头上，看看暮色四合的北京城风景……明白我生命实完全的单独……因为明白生命的隔绝，理解之无可望……"[2]尽管陈徒手也援引郑振铎的话，说明"历史博物馆在午门前面"[3]，但许多读者依旧会误以为，沈从文当时的工作单位是故宫博物院。

因此，在陈徒手的文章之外，须要补充一点：在当时，午门以及午门与端门间的东西朝房，自1918年起，就成为国立历史博物馆筹备处的办公地，1926年10月，北平历史博物馆（1949年10月改称北京历史博物馆）正式开馆，1959年搬入天安门广场东侧的新馆大楼，北京历史博物馆也更名为中国历史博物馆。午门一直是历史博物馆的办公和展陈场所，并不属于故宫博物院。

如此一望而知，"午门城下"的沈从文是历史博物馆而非故宫博物院的一名工作人员。但许多史料、传记仍然表述含糊。如《不列颠百科全书》的"沈从文"条目下就有："1949年后，在北京中国历史博物馆、故宫博物院做文物研究工作。"④《中国大百科全书》则说："1957年后，沈从文放弃了文学生涯，在北京中国历史博物馆、故宫博物院等单位工作。"⑤

2005年，时任文化部副部长兼故宫博物院院长的郑欣淼先生在《故宫学刊》发表《沈从文与故宫博物院》一文，对沈从文当时的人事关系进行寻根溯源。他从故宫博物院保存的档案中，找到了1956年5月9日文化部文物管理局发来的《调沈从文到故宫博物院工作通知》。该通知"主致"中国历史博物馆，"抄致"故宫博物院："你馆沈从文同志业经部同意调故宫博物院工作。接通知后，请即办理调职手续为荷。"⑥

郑欣淼先生发现，在这份通知的边上，竖写着"没有来"三个字。在所附中国作协党组致文化部党组的函件上，故宫博物院人事科注明这样一段话："因本人不愿来院工作，现征得组织全［同］意来我院陈列部兼研究员工作。"⑦

郑欣淼先生的文章，终于打破了困扰多年的混沌，厘清了沈从文与故宫的关系，即："沈从文先生并未调入故宫博物院。"⑧

然而，沈从文与故宫的缘分，并未因"没有来"三个字而终结。查沈虎雏编《沈从文年表简编》可知：1956年5月，故宫博物院吴仲超院长请沈从文担任故宫博物院织绣研究组顾问，每周有一定时间在故宫上班；他协助织绣组培训业务骨干，有些经过自己不懈努力，成为某一领域的文物专家。由于有更多机会接触故宫馆藏文物，也扩大了他的研究视野。⑨正如郑欣淼在文中所述："他虽未正式调入故宫博物院，但实实在在在故宫上过班，神武门内东侧大明堂原织绣组办公室有他的办公桌。他不只从事研究，还做了大量的实际工作，就连故宫博物院的一些人也理所当然地以为沈先生就是故宫的工作人员。"⑩

对沈从文在故宫博物院文物研究等方面的筚路蓝缕之功，郑欣淼先生在文中做了全面梳理，时隔六十多年，我们依旧可以感受到他学识与人格的浸润。我所工作的故宫学研究所，在神武门西侧的西北角楼下面，与沈从文当年工作过的神武门内东侧大明堂相距不远。每次从这条路上走过，心里有时会怦然一动，想到我所热爱的沈从文先生也从这条路上走过，心底会生起说不出的温暖。十几年前，我还是一个精力充沛的小伙子，曾怀揣一本《边城》，前后七次奔赴湘西，感受沈从文笔下那个蓬勃充沛的世界，还写了一本名为《凤凰：草鞋下的故乡》的书。那时的我万万不会想到，很多年后，我竟然与沈从文先生成为"同事"，只不过中间隔了半个世纪的时光。

半世纪时光，在这苍茫浩大的紫禁城里，不过是俯仰之间，但对于个体来说，那又是一堵多么厚的墙。正是出于对"沈从文"这三个字的敏感，我在读过郑欣淼先生这篇文章之后还心有不甘，试图寻找出沈从文在故宫博物院留下的更多印迹。于是，从故宫博物院的尘封档案中，我又翻检出若干与沈从文相关的物证，这些应为外界学者和读者难得一见。陈徒手曾记感叹："没有找到沈先生的官方档案文件，在几个单位中来回寻问都无下落"，"官方文献这一主要来源实际上是缺失的"。[11]张新颖2014年出版的《沈从文的后半生》，也基本是依据《沈从文全集》和其他公开出版的著作写成的。我翻找出的这批尘封半个多世纪的档案，虽然微小零碎，但毕竟未见披露。特别是一封沈从文书信手稿，《沈从文全集》没有收录，或许连沈虎雏先生都未曾见过，借此刊布，算是给沈从文的故宫岁月平添了一份佐证，也期对学界研究提供某种补充。

二、 生命的隔绝

尽管在沈从文精神困顿之际，得到了梁思成、巴金等朋友关心鼓励，但他最初的转变，应当来自他在1949年8月正式调入北平历史博物馆、被分配在陈列组工作的经历。临时性任务有抄写文代会时事宣传橱窗内图片说明，主要工作是在库房清点登记馆藏文物，编写文物说明、抄写文物卡片。虽然感受到"生命的隔绝，理解之无可望"，有领导来视察，安排他做文物讲解，他早早到来，但一听说来者是他的学生、已任北京市副市长的吴晗，就转身躲开了，那心情定然是复杂的。关于当时的处境，他在"文革"中的申诉材料里这样写道：

> 记得当时冬天比较冷，午门楼上穿堂风吹动，经常是在零下十度以下，上面是不许烤火的。在上面转来转去学习为人民服务，是要有较大耐心和持久热情的！我呢，觉得十分自然平常。组织上交给的任务等于打仗，我就尽可能坚持下去，一直打到底。[12]

一次郑振铎来看他,面对着这位30年代的文坛老友,沈从文握住他的手,只叫了声"西谛",眼圈儿就红了。

老朋友蹇先艾、李乔也来看他,见沈从文满面憔悴,不停地咳嗽,心里很伤感。沈从文看见了他们的伤感,反而内疚起来,反过来安慰他们,还把他们带到公园里吃茶,陪他们聊天,给他们讲笑话。

巴金在一封信里对沈从文这样说:"朋友中待人最好、最热心帮忙人的只有你,至少你是第一个。"⑬此时,轮到沈从文须要帮助了。1955年11月21日,沈从文给老乡兼老友丁玲(时任中国作协副主席)写信,说:"帮助我,照这么下去,我体力和精神都支持不住,只有倒下……让我来看看你吧,告我地方和时间。我通信处在东堂子胡同廿一历史博物馆宿舍。"

丁玲没有如期而至,而是把信转给了刘白羽(时任中国作协书记处第一书记)和严文井(时任中宣部文艺处长),并在附信中说:"去年他老婆生病想进协和,陈翔鹤同志要我替他设法,好像不去不行……现在又来了这样一封信。……这样的人怎么办?我希望你们给我指示,我应该怎样同他说?"

时隔半个世纪,我仍然能够感受到他的憋闷与委屈。此时的他,只能困守围城,在晨晚的昏黑中,独自面对那些苍老而冰冷的古物。

或许沈从文和丁玲都没有想到,刘白羽向周扬(时任中宣部副部长兼中国作协党组书记)汇报后,周扬做出了积极回应,让丁玲、严文井等去看望沈从文,听一听他的想法。丁玲等人没有去,但时任文化部文物局副局长的王冶秋去了,与沈从文谈了两小时,表示可以安排他去作协搞文学写作,也可以搞文物研究。但沈从文当时说:"没有主意,脑子乱得很。"搞创作,怕受批评;搞文物,怕受轻视。⑭

沈从文就是在这个时候,收到吴仲超院长的邀请的,也是在这个时候,收到《调沈从文到故宫博物院工作通知》的。1956年4月10日,沈从文在给沈云麓信中透露:"我可能去故宫专搞绸缎,因为已经有了点常识。"⑮一个多月后,他在给沈云麓信中又说:"我大致要调到故宫搞丝绸专馆,已有公事。"⑯6月10日,又说:"工作已调过故宫搞丝绸馆,一时还不能去。"⑰

三、 艰难的选择

如郑欣淼先生文中所说,沈从文在几经踌躇之后,最终还是"没有来"。"没有来"的原因,他在"文革"中的申诉材料《我为什么始终不离开历史博物馆》中写了,却没有写得太明白。或许因为年事已长,"人老了,要求简单十分……白天不至于忽然受意外冲击,血压高时头不至于过分感觉沉重,心脏痛不过于剧烈,次数少些,就很好很好了"。[18]

但今天看来,这些都像是推托之辞,因为当时的沈从文才54岁,还没有到老眼昏花、无法工作的程度。1956年,沈从文曾经的新文学伙伴们,大都年过五旬,且高居庙堂。其中,茅盾60岁,任文化部长;郑振铎58岁,任文物局长;老舍57岁,任北京文联主席;丁玲52岁,任中国作协副主席。老舍之子舒乙先生回忆父亲20世纪50年代写作状况时说:"跟延安、国统区来的许多作家心态不一样,老舍心想自己是穷人出身,在很偶然的机会下免费上了学校,没上过大学,亲戚都是贫民,在感情上觉得跟共产党有天然关系,跟新政府是一头的。毛泽东认为知识分子是小资产阶级分子,要脱裤子割尾巴。一些作家受到精神压力,谨慎小心,有的做投降状,生怕自己是否反映小资情调?是否背离党的要求?很多作家不敢写,写不出来。而老舍没有顾虑,如鱼得水。"[19]

老舍根红苗正,与人没有仇怨,而且有来自最高领袖的亲切关怀,春风得意。汪曾祺曾经回忆过一个细节:有一次,老舍很郑重地拿出一瓶葡萄酒,说是毛主席送来的,让大家都喝一点。[20]

沈从文没有正面评价过老舍。但,不评价,不等于没态度。多年后,他被年轻学者问到您跟老舍熟不熟?他说:"老舍见人就熟。这样,反倒不熟了。"再被问到老舍的幽默作品好不好?他回答:"我不太熟悉。"(转引自何大草:《书生剑气沈从文》,原载《文学教育》中旬版,2015年第三期)

相形之下,身处"主旋律"边缘的沈从文,已然成为革命文学的"多余人",他的处境,正如他在"文革"中的申诉材料所写的:

> 和一般旧日同行比较,不仅过去老友如丁玲、简直如天上人,即茅盾、郑振铎、巴金、老舍,都正是赫赫烜烜,十分活跃,出国飞来飞去,当成大宾。当时的我呢,天不亮即出门,在北新桥买个烤白薯暖手,坐电车到天安门时,门还不开,即坐下来看天空星月,开了门再进去。晚上回家,有时大雨,即披个破麻袋。我既从来不找他们,即顶头上司郑振铎也没找过,也无羡慕或自觉委屈处……[21]

但是,假如说沈从文的心底没有创作的冲动,也绝非实情,特别是1949年之后的时代气象,也让他无法保持真正的沉默。1949年,他就在书信里写道:"让我生存来讴歌这个新的时代的秩序,岂不是比促我毁灭为合理?"[22]

但文学创作,依旧是艰难的。从旧时代来的知识分子,不脱胎换骨,就进不了社会主义这个门。有评论家甚至将中国当代文学命名为"国家文学",即"由国家权力全面支配的文学","纳入到国家权力范畴之中的意识形态"。[23]在这种情况下,沈从文无法对接。即使如茅盾、巴金、老舍这些新文学巨匠,也同样举步维艰,他们后来的命运,都证明了这一点。

相比之下,博物馆那些具体而细微的工作、古色斑斓的文物,还能让他心有所寄。那颗因无法融入时代、不能再写出从前那样流丽文字而备感焦虑的心,也一点点平复下来,除了"死心塌地地在博物馆作小螺丝钉"[24],他已别无他念。他开始努力学习毛泽东著作,尝试着用《实践论》,指导他"研究劳动人民成就的'劳动文化史'、'物质文化史',及以劳动人民成就为主的'新美术史'和'陶''瓷''丝''漆',及金属工艺等等专题发展史"。"这些工作,在国内,大都可说还是空白点,不易措手。但是从实践出发,条件好,是可望逐一搞清楚的。"[25]

沈从文最终选择文物研究,或许深藏着一个不言自明的原因:与那些心急火燎地走进新时代的文学创作相比,文物研究相对静态、单纯,尽管同样须要掌握"历史唯物主义"、活学活用毛泽东思想,但面前的文物,毕竟是华夏几千年文明的物化体现,传承着我们民族数千年发展中最高等级的生命潜流和精神气脉,千百年间,人们的月下歌舞、江边咏唱,都凝聚在上面,我们整个民族蓬勃浩大的文化记忆和文化认同,全靠它们整合和统一。它们不是一朝一夕间完成的,它们的价值也不是一时一世的,而是深远的、超时代的。那是一条真正意义上的长河,收纳了人世间的所有真相,历经颠簸和迂回,却依旧宽厚和坦然。在水边成长的沈从文,更容易体会到它的仁慈与悲悯。

当时的情况是,除了为历朝历代的农民运动和阶级斗争提供物质佐证之外,这些文明的碎片正日趋受到年轻人的冷落。沈从文回忆:"老一辈'玩古董'方式的文物鉴定多不顶用,新一辈从外来洋框框'考古学'入手的也不顶用,从几年学习工作实践中已出问题。同级研究工作人员,多感觉搞这行无出路,即大学生从博物馆系、史学系毕业的,也多不安心工作。我估计到我的能力和社会需要,若同样用五六年时间,来继续对文物作综合研究,许多空白点,一定时期都可望突破,或取得较大进展。我再辛苦寂寞,也觉得十分平常,而且认为自然应当,十分合理了。"[26]

同样从事文物研究,他为什么选择留在历史博物馆而没有去故宫,他没有说。在我看来,以故宫顾问的身份帮助故宫开展文物研究,或许二者(历博与故宫)可以兼得。

四、兴奋与满足

沈从文最终"没有来",对此,故宫给以了充分尊重,并同意他到陈列部"兼研究员"。我找到此前未见披露的一份故宫博物院档案,可见故宫对此事的谨慎庄重:

> 我院聘请沈从文先生为织绣专门委员,王世襄为历代专门委员,二人已开始来院工作(沈于3月、王于5月,每星期工作一日)。我部每人每月补贴来往车马费肆拾元(与阎文儒相同),拟由院行政费项下支付,是否有当,
>
> 　　　　　谨呈
> 院长
> 批示
>
> 　　　　　　　　　　　　　故宫博物院陈列部(公章)(唐兰印)
> 　　　　　　　　　　　　　　　　　　　　　1957,6,21[27]

7月11日,吴仲超院长在批示栏里批道:"照准,从来的月份发给。吴仲超。11/7。"

同日,唐兰在拟办栏批道:"因与阎文儒先生同为专门委员,拟同意均补贴车马费40元。唐兰。7,11。"[28]

需2012年1月,我在时年89岁的郑珉中先生的办公室,采访了这位曾与沈从文共事的前辈学者。半个多世纪前,却还只是一个毛头小伙子,对沈从文投以景仰的目光。郑珉中先生说:沈先生是大研究员,我是故宫的小职员,对他是仰望的。有什么问题请教他时,他都会一一解答,非常耐心。

当时在故宫博物院织绣组任实习研究员的于善浦先生还记得第一次见到沈从文时的样子:"那是一个初冬的时节,先生头戴着半旧的皮帽,身着一件黑面皮领的大衣,慈祥的面庞上,戴着一部眼镜,平易近人。""沈先生常常徒步走故宫内线来织绣所研究组上班,有时也搭乘公共汽车到故宫北门(神武门),再走到办公室。"

于善浦先生还回忆,沈从文曾带着他多次去前门、珠市口一带的估衣铺看织绣品。有一次,在东珠市口的一家店铺里,掌柜拿出一件古旧的刺绣"麻

姑献寿"，沈从文让于善浦鉴定，当时于善浦只有 24 岁，只在故宫看过一些宫廷织绣品，对民间织绣了解甚少，一时不知所措。沈从文微微一笑，对掌柜说："这是民国年间仿制的'麻姑献寿'，而且是人工做的'旧'。"掌柜知道此人眼力不凡，只好承认。这家店铺里还存着许多从故宫流散出去的织绣品，有缂丝、织锦、刺绣，沈从文再次让于善浦鉴定。这一次，于善浦凭借他对宫廷织绣品的熟悉，给出了清晰的回答，沈从文眯着眼，点头不语，掌柜也频频点头，表示他说得八九不离十。[29]

在故宫，沈从文把自己的研究经验传授给眼前这群年轻人，很多年后，他们也都成了学术大家。反过来，故宫丰富的藏品，也刺激了沈从文，让他曾经黯淡的精神光源重新燃亮。"文革"中，有人贴他大字报，他在答复中写："故宫藏上万种绫罗绸缎，我大抵都经过手，兄弟民族纺织品也以千计，留下了深刻印象。"[30]言语中，依旧难掩满足。

美国汉学家金介甫在《沈从文传》中这样描述他当时的状态："故宫的珍藏文物，现在可以听任他自由使用。他可以从中学到不少东西了……简直'像一个刚蒙受上帝恩宠的虔诚教徒一样'的兴奋。"[31]

至于他对"血压高时头不至于过分感觉沉重，心脏痛不过于剧烈"的担忧，此时都烟消云散了。

五、 给唐兰的信

那封沈从文先生未刊书信手稿，故宫博物院档案编号为 19630481z，看见纸页上隽秀儒雅的笔迹，我的内心无比温暖，仿佛隔过茫漠的时间，与沈从文默然相对。沈从文把脸沉在时间的暗处，默然不语，他想说的，都写在那份苍黄的纸页上。那是他写给唐兰（时任故宫博物院陈列部主任）的一封书信手稿，内容是谈朱家溍先生一篇关于漆器的文章，但字里行间密密麻麻，却都是他对那些旧物的小心与珍爱。信的内容如下（□：未能辨识的字）：

力庵先生：[32]

　　得示并朱先生文案和王魏诸兄意见，文章一再读过，得益正多。有关艺院"漆工艺教材"，系四川沈福文先生编辑，我只是当时读者之一而已。这方面我实在是个外行，说的话恐支蔓无分寸，附纸望斟酌情形，觉得对朱文修改有点益，且有必要修改，再发表，即转致一下。觉得意义不大，且院刊又急于付排，即留下来，且候将来拟作大型图录序言用时，再供朱先生修改参考。

本文中既说是"漫谈",我同意世襄兄意见,只须能多用点心,多抄改几次,发表时自然更好些。删去些不必要字句,无妨作院刊用。因为当作一般说明性介绍文字,还清楚有条理,且有些见解极正确。若作图录序言,分量似乎轻了点,压不住阵脚。最好能再下点工夫,引用些其他文献和相关形象材料,作作爬梳探讨工作。纵横联系看看,把技法、图案、造形［型］、来龙去脉弄个清楚,至少比日本学人搞得深、透,文字也写得稳妥、扎实一些,送出去比较好。因为故宫元明藏品多,而漆工艺进展又有个历史传统,近十年发现又给人极多有益启发,元明成就并不孤立存在,不仅和以前生产成就有联系,也和同时工艺各部门息息相关,要介绍得恰到好处,有关问题不能不摸摸。比如文中引明人叙述谈唐宋漆事,多不怎么具体,只近于一般鉴别家言,而缺少客观分析,极容易以讹传讹,似是而非。如说唐法之平锦地,宋之金□胎,只据笔录孤证而信其有,不就大量宋人笔记而轻其无,便值得商讨。求序言有分量,有见地,能配合图像,代表国家博物馆对于这一部门研究新的成果,我想除了如世襄兄说的"宜就现有实物作较深刻细致比证分析",还值得在技法、图案、造形（型）、探源溯流上作点工作,远者不论,至少得从唐代襄州生产影响到全国效法的"库露真"作起。日人有专文,说得不透,大可充实提出种种问题。库露真据六典称有"碎石纹"和"花文"两式,唐诗却称为"玲珑"之至,碎石文或和"斑犀""豆瓣犀"有关,花文［纹］则绘、嵌、镂、剔及其他尚多。若联系"玲珑"而言,便挖"剔红",总之和后来发展必不可分。云雕应即"福儿犀",同属犀皮之一,目前虽尚无唐宋实物足证,但信阳出战国时漆几,已作瓦楞式珍雕剑□如意云。唐则敦煌画二妓女图,有一人捧筐子,恰作此式花纹。宋则一谈茶事书曾引一云雕"盏"托,近年出土实物一艮瓶上作如意云纹。直接间接材料都说明这种作法实源远流长。又宋代除《梦粱录》曾提及临安有"金漆行""犀皮行",得知犀皮漆在当时已为专业生产,花样必不少。还有史书中叙鞍制十余种,和漆器加工进展关系都格外密切,而带制廿余种花纹,和《营造法式》石作部分均提及浮雕中的"剔地突起""识文隐起"等作法,明《髹饰录》中在漆作法中就有同样名目,决非偶然凑和［合］。所以谈明漆来源不引宋事,说"承先顾后"将不免会落空。又明人称宋官内作漆用金□胎。但宋代可靠而重要文献之一《大金吊伐录》中提及金人围城,索金□犒军时,宋政府回答,却说宫中金□器物已敛尽,余下只是一些漆器,答有金□胎、宋人岂有反而不知之理?至于图案布置艺术风格等,各仅就漆言漆，许多方面将难得尽解，谈不很透，易成附会。如能就同时宫廷工艺各部门加以综合分析，则无不可，望得到较深一层理解，……在这种比较广泛认识基础上来谈得失，谈发展，自然就有话可说，并且说得斤两相称，对得起这部门遗产，也不至抑扬过实，影响到其他写专题教材和写美术史的提法上辗转致误。因此我想这个文章即当成一般性说明，用到院刊上，能够较细心作些修改充实，还是比草草付刊好。所以不怕琐屑，将个人读后意见另纸录陈，供朱先生参考。只当成"普通读者中，也还有那么细心人，注意到文章中一字一句的轻重分量"，作者或者就不至于以为修改重抄过于费事了。

并□著安

沈从文
九月二十七日[33]

1961年，全国大专院校重新编写教材，调集十余位专家参加编写《中国工艺美术史》《中国陶瓷史》《中国漆工艺史》《中国染织纹样史》。这与沈从文在全国政协第三届全国委员会第三次会议上就美术史出版工作发表一份提案有关。

我在故宫博物院所存档案中，找到了1962年1月政协就沈从文的提案给文化部的回复：

文物各单位及美术出版社，今后出版新的图录，宜扩大眼光，从全局出发，特别是应当较多注意对于新的日用工艺品和特种工艺美术生产改进提高有显著帮助方面出发，考虑进一步加以安排。过去十年情形，似略偏重于一般性画册图录，能满足比较少数人爱好，和画家爱好，实无从满足数以十万百万计工人正在从事生产，而且有些还和外销具有密切关系的日用轻工业品美术设计和特种工艺品生产设计改进提高迫切需要（例如能帮助丝绸、陶瓷、漆器、雕玉、竹、木、牙、石、家具，及内销新的日用品搪瓷、玻璃、塑料……生产可以观摩取法，具有民族艺术健康活泼的花纹图案资料，编印得却很不够）。但是谈美术教学和生产改进，和万千工作艺师的艺术上的共同提高，却唯有把这些重要参考资料大量送到他们手中，才具有现实意义……[34]

沈从文是在1956年1月10日被增选为全国政协特邀委员的。4月17日，沈从文在致沈云麓信中说："政协参加后，还常有小会，和人民代表在一起开，如像过去参众两院小会情形，可听到些专家报告，也可听听些书生说自己事情。过去想不到的人都能见到。许多知识分子，似乎还少有人体会得到真正在建设这个国家的，是千百万工农生产努力，并不是旧知识分子。但这些人还是主人翁一般，对工农并不会感到什么爱，也可说至今还缺少了解……"㉟这意味着沈从文的"政治待遇"已经发生变化。进入故宫，他迎来了盼望已久的人生逆转。此时的他终于沐到了几缕春风，看到了几丝希望。

真正的春风，来自1956年1月中共中央在中南海怀仁堂召开的知识分子问题会议。在这次会议上，周恩来宣布："我国的知识界的面貌在过去六年来已经发生了根本的变化"，"他们中间的绝大部分已经成为国家工作人员，已经为社会主义服务，已经是工人阶级的一部分。""因此，我们要又多、又快、又好、又省地发展社会主义建设，除了必须依靠工人阶级和广大农民的积极劳动以外，还必须依靠知识分子的积极劳动，也就是说，必须依靠体力劳动和脑力劳动的密切合作，依靠工人、农民、知识分子的兄弟联盟。"㊱

沈从文就这样在时代中转身，从革命大学中的被教育、被改造者，又被拉回到联盟中，成为一个平起平坐的阶级兄弟。他并没有被时代彻底遗忘和抛弃。他在给友人信中说："国家新的形势对于知识分子新要求，正如日昨周、郭诸领导同志报告所说到种种。文史研究也必然有一个总的大计划待实施。"㊲一个月后，他又写道："我在北京历史博物馆，听到传达周总理关于对待知识分子问题报告后，和馆中同事，都充满了一种说不出的心情。"㊳

沈从文的政协提案被采纳后，故宫博物院朱家溍先生作为美术院校编写组的成员，参与了沈福文主编的《中国漆工艺史》的撰写。60年代初，朱家溍先生被调到工艺美术部。吴仲超院长对他说："故宫藏品中，书画、青铜、陶瓷这三个门类现在都有专人在进行研究工作，藏品中占比重最大的明清工艺美术品，却只有保管而没人进行研究，这是一片空白，我想让你到工艺美术部进行研究工作。"㊴不久，朱家溍在初步研究的基础上，布置了两个前所未有的陈列，一是按照《髹饰录》的系统，布置了一个漆器陈列室，另一个是结合文献材料，布置了一个珐琅器陈列室。

此前，王世襄先生已经披阅十载，于1958年完成了《髹饰录图说》书稿，朱家溍先生说："邀世襄来参加工作是十分合适的，但由于大家都知道的原因不可让他来。"㊵朱家溍先生所说的"大家都知道的原因"，是指1957年，他已被划为"右派"。朱家溍先生坦诚地说，王世襄先生那本未被印行的《髹饰录图说》书稿（王世襄先生自费油印了200本，署名"王畅安"），成为教材的主要参考书，"尤其是明、清实例的描绘，往往整段地录引。教材《后记》没有提到世襄的名字，只笼统地说一句：'参考了不少近人有关漆器方面的论著，从中吸取了他们的研究成果。'"[41]

我从故宫博物院档案中找出的两页此前亦未见披露的朱家溍便签，其中一份写道：

> 去年编全国美术院校教材，沈福文主编（我不考虑参加）漆器史，已将此文的重要论点和材料引入并注明作者和篇名，以希望在书出版之先将此文发表。昨天，文物出版要我审查院刊中一篇关于雕漆的稿子，我问他们院刊稿子是否已发齐，他们说尚未发齐，所以现在将此文送上，打算在本期发表，不知唐老以为如何？
>
> 朱家溍[42]

1963年，朱家溍又编写了《雕漆图录》，准备将序文在《故宫博物院院刊》上发表。在该档案中的另一份朱家溍便签写道：

> 这本图录于1960年经唐顾二位先生审阅，关于概况及图片提了宝贵的书面意见。我非常同意这些意见，已于1962年按照所提意见改写改编完毕，现在再度提出请审查修改。
>
> 朱家溍[43]

唐兰在右侧批道："请老魏同志看一下并请提出意见。唐兰。"

我找到了王世襄、魏松卿的所提书面意见手稿，沈从文给唐兰的信，应当也是一份对朱家溍此文的专门意见。档案有一张便签："连沈从文先生所提意见交朱家溍先生"，时间为1963年10月26日。由此可以推断，前引沈从文致唐兰信，时间应为1963年9月27日。

六、 工作的庄严

王世襄先生的意见有两页稿纸，主要指出朱家溍先生此文"泛论多而具体分析少"，"如想抓住各时代的特征，似应从具体的比较入手"[44]。魏松卿的书面意见更短，只有从笔记本上撕下的一页纸，也提出"没有抓住各代雕漆工艺的艺术风格和技术特点"[45]。唯有沈从文洋洋洒洒，270格的稿纸，足足写了四页半，一千二百余字。尽管开头部分不失客套，但进入具体问题后，就变得"锱铢必较"了，丝毫不顾自己只是一个没有受到过专门的文物教育的业余选手——如他在 1956 年一份手稿中所写:"只是个凡事一知半解的'假里手'。"[46]而朱家溍纵然比他小了整整一轮,却出身显赫,家学渊厚。他是宋代理学家朱熹的第 25 代世孙,高祖朱凤标,在清朝做过吏部、户部、兵部侍郎,体仁阁大学士,进了《清史稿》;曾祖朱其煊,官至山东布政使;祖父朱有基,官至四川按察副使;父亲朱文钧,在故宫博物院成立后,任专门委员会委员,负责鉴定故宫所藏古代法书、绘画、碑帖及其他古器物。其本人在抗战结束后正式成为故宫博物院的工作人员,1950 年,已是故宫博物院陈列组组长。有一次,朱家溍和启功到故宫神武门门口,朱家溍对启功说:"到您家了。"因为启功姓爱新觉罗,启功却笑答:"到您家了。"因为紫禁城建于明朝,而朱姓正是明朝的皇姓。

但沈从文没有去理会这些,而是就事论事,提出诸多"值得商讨"之处,透露出他个性的纯真。他自己也说:"到大都市几十年后,许多方面还像是乡下人,处理现实生活缺少世故和机心。"[47]对于故宫博物院来说,沈从文带着他对中国古代服饰、织绣的深刻理解介入文物鉴定,无疑为此提供了一个新的视角。

比如顾恺之《洛神赋图》、展子虔《游春图》、顾闳中《韩熙载夜宴图》、韩滉《五牛图》等,都是故宫博物院的一些看家收藏。然而,对于它们的断代,沈从文都得出了与故宫专家不同的意见。他认为《洛神赋图》并非东晋时代的作品,最早也只在隋唐之间。理由是:

第一,洛神穿的衣服,不是汉晋式样,近北朝时。头上双鬟上耸发髻,史志明确记载,起于东晋末,流行于齐梁,名"飞天紒"。因此,顾恺之不可能未卜先知地画在洛神头上。

第二,男子侍从和驸马二人,头上戴漆纱笼冠,是典型北朝式样,比顾恺之的时代晚上百年才出现。

第三,驸马二人执弹弓前导,应是唐代制度,系贵族车乘出行,用弹弓压迫行人让路。唐制多本于隋,再早就没有发现。因此,这一车乘制度不是晋代的,而是隋唐的。东晋时贵族出行多驾牛车,也没有警卫相随。

第四,双鬟髻只限于妇女使用。图中冯夷击鼓,却把冯夷当成女人,但又着男子鼓吏短装,不伦不类。显然是由不明白双鬟髻用场的后人所做。沈从文分析,从这个不应有的错误来看,此画可能比隋唐更晚,产生于五代以后,因为唐代敦煌壁画里的龙女天女,出现了这种双鬟髻。

第五,两位船夫衣着完全是北朝时北方劳动者的装束,裤管膝部加缚,具有时代特征。这一点,可以从敦煌画和龙门石刻中找到例证,晋代则没有这种式样。

沈从文举出上述证据,证明故宫藏《洛神赋图》只能产生于隋唐,不可能是东晋顾恺之作。

对《韩熙载夜宴图》,沈从文则从器物角度出发,提出如下质疑:

第一,喝酒用的金银持壶注碗,是典型的北宋式,而且是北方所习用的。这种壶下有棱碗着温水,共成一套,当时名"注碗",从北方出土的瓷器中可以得到印证,而在南方,没有见过。在宋画《文姬归汉图》、胡瓌《文姬归汉图》以及盗出国外的《文姬归汉图》、宋人绘《洛阳耆英会图》等宋代绘画中,都可以见到相同式样的酒器。

第二,床前有一条案,上置镜台,是典型宋式。下铺大花串枝牡丹锦,时间更晚,必北宋《洛阳花木记》《牡丹谱》等记叙"洛花"盛行时,才会反映到锦缎上。

第三,画中男人多衣绿,这与宋人所说"南唐降官淳化时还一律衣绿"相吻合。而《韩熙载夜宴图》描述的是李煜降宋以前南唐大臣们的淫靡生活,此时是不可能衣绿的。

第四,靠背椅的式样出现也晚。这种椅子因靠背平直展开,如宋代官僚平翅冠帽式样,而被称为"太师椅",并不是太师才能坐的。如此可以确定,这幅画是北宋时宫廷画家依据传说而绘制的。[48]

类似的质疑,在这封致唐兰的信中再次出现。那个温文尔雅的沈从文消失了,倔强、执拗、不肯妥协的沈从文浮现出来。我没有找到朱家溍先生《雕漆图录》序文的原文,但从沈从文信的内容看,他在漆器工艺、图案、造型、风格、源流等方面提出的意见,旁征博引,以出土实例与文献相参照,不仅展现了他的学术风采,也显示出他治学态度的严谨。

无论与当时炙手可热的当红作家比起来,专心文物的沈从文显得多么弱势,他却始终坚守着内心的底线——在学术问题上,绝不含糊。他个性里的完美主义倾向,在文学之外得到了表达。在他心里,工作永远是一件庄严的事情。据黄永玉回忆,有一次,他为《新观察》杂志刻一幅木刻插图,一个晚上就赶出来,沈从文看见了这幅插图,专门找到他家里,狠狠地批评他:"你看看,这像什么?怎么能这样浪费生命?你已经30岁了。没有技巧,看不到工作的庄严!准备就这样下去?……好,我走了……"[49]

沈从文去世后,巴金在悼文中写道:"……争论曾一度把他赶出文坛,不让他给写进文学史。但他还是默默地做他的工作(分派给他的新的工作),在极端困难的条件下,一样地做出出色的成绩。我接到从香港寄来的那本关于中国服装史的大书,一方面为老友新的成就感到兴奋,一方面又痛惜自己浪费掉的几十年的光阴。"[50]

表面上，建国后的沈从文躲进旧物堆，采取了一种避世的态度。今天看来，这种看似消极的态度里，却暗含着强烈的进取精神。萧离用"宠辱不惊，守分尽职"[51]八个字来形容他，沈从文自己则将此解释为："安于寂寞是一种美德。寂寞的人是充实的。"还说："寂寞是一种境界，一种很美的境界。"他通过默默无闻的工作，将现代学术的光芒，重新投射到博物院中。他也像一个孤独的水手，在挣扎与坚持中，体验了生命的壮阔。

2015年3月-4月6日

【注释】

①③⑪⑲陈徒手：《午门城下的沈从文》，《人有病，天知否——1949年后中国文坛纪实》（修订版），北京三联书店，2013年版，第33页，第34页，第25页，第67页。

②⑮⑯⑰⑱㊲《沈从文全集》第19卷，北岳文艺出版社，2002年版，第117—118页，第448页，第458页，第467页，第29页，第439页。

④《不列颠百科全书》，第十五卷，中国大百科全书出版社，1999年版，第288页。

⑤《中国大百科全书》中国文学卷，第二册，中国大百科全书出版社，1988年版，第716页。

⑥⑦⑧⑩⑭郑欣淼：《沈从文与故宫博物院》，《故宫与故宫学》，紫禁城出版社，2009年版，第414-415页，第419页，第414-417页。

⑨沈虎雏编：《沈从文年表简编》，《沈从文全集》附卷，北岳文艺出版社，2002年版，第51页。

⑫㉑㉒㉔㉕㉖㉚㊳㊻㊼㊽《沈从文全集》第27卷，第244页，第247页，第255页，第245页，第245页，第250页，第363页，第221页，第234-239页。

⑬㊿巴金：《怀念从文》，《巴金文选》，香港文汇出版社，2010年版，第282页，第284页。

⑳汪曾祺：《老舍先生》，《汪曾祺全集》第三卷，北京师范大学出版社，1998年版，第345页。

㉓吴俊、郭战涛：《国家文学的想象和实践》，上海古籍出版社，2007年版，第1-2页。

㉗㉘《拟关沈从文王世襄车马费》，档案编号：19570819z。

㉙《沈从文在故宫》，档案编号：19900084z。

㉛［美］金介甫：《沈从文传》（全译本），湖南文艺出版社，1992年版，第256页。

㉜唐兰，字立庵。

㉝《顾铁符魏松庆王世襄沈从文对"藏漆序"的意见》，档案编号：19630481z。

㉞《中国人民政治协商会议第三届全国委员会第三次会议上沈从文所提提案》，档案编号：19620224z。

㉟《沈从文全集》，第20卷，第181页。

㊱周恩来：《关于知识分子问题的报告》，《建国以来重要文献选编》第八册，中央文献出版社，1994年版，第11－45页。

㊴朱家溍口述、朱传荣整理：《朱家溍》，文物出版社，2003年版，第108页。

㊵㊶朱家溍：《王世襄和他的〈髹饰录图说〉》，《故宫退食录》上册，北京出版社，1999年版，第230页。

㊷㊸㊹㊺档案名称及档案编号因疫情阻碍未能抄录。标点为引者所加。

㊾黄永玉：《太阳下的风景——沈从文和我》，《花城》1980年第5期。

㊿谷林：《寂寞的生涯和美的境界》，《党有情——谷林文萃》，海豚出版社，2014年版，第82页。

（原载《新文学史料》2020年第2期）

关于夏志清的博士论文及其他

_ 季进

一

1947年11月28日，经过半个多月的海上漂泊，26岁的青年夏志清终于抵达旧金山。略事休整，12月初再乘火车抵达俄亥俄州克利夫兰附近的欧柏林学院（Oberlin College），从此漂萍海外，开始了他在美国的求学之旅与研究生涯。欧柏林学院是美国最好的文理学院之一，以浓厚的理想主义与人文主义氛围而闻名，可惜夏志清听了几堂课，觉得讲得跟沪江大学的一样浅，完全不能满足自己深造的愿望。于是，他赶紧到甘比亚的垦吟学院（Kenyon College）拜访此前已有通信往来的新批评大师兰色姆（J. G. Ransom, 1888－1974），请其帮忙另找学校进研究院。兰色姆特别热情，先是找了爱荷华大学的奥斯丁·沃伦（Austin Warren, 一年之后随着他跟韦勒克合写的《文学理论》出版而暴得大名），再找哈佛的麦西生（F. O. Matthiessen），无奈沃伦马上要跳槽，哈佛名额已满，都没有成功。兰色姆只得给刚到耶鲁不久的布鲁克斯（Cleanth Brooks, 1906－1994）写信，希望他能帮忙，推荐夏志清入读耶鲁大学研究生院。布鲁克斯与兰色姆同为新批评名家，又有师生之谊，自然鼎力相助，夏志清很快就顺利拿到了耶鲁大学的入学许可。转年的2月8日，夏志清由兰色姆亲自开车送至火车站，第二天中午到达耶鲁大学的所在地纽黑文，旋即投入到紧张的学习之中。夏志清在布鲁克斯、曼纳（Robert James Menner）、普劳迪（Charles Prouty）、帕德尔（Frederick A. Pottle, 1897－1987）、寇克立兹（Helge Kokeritz）等一众名师的指导下，如鱼得水，寒窗苦读，博闻强记，仅一年多的时间，就于 1949 年 6 月拿到了硕士学位，顺利进入博士阶段的学习。

夏志清只花了一年左右的时间，就修完了博士课程，准备博士资格考试。考试内容包括了乔叟以后、20 世纪以前全部的英国文学，所有经典小说家与大诗人，都要精读其代表作。夏志清胸有成竹，应答如流，1950 年 10 月底顺利通过了口试。据他自己所说，一个小时的考试中，"所问到的作家有 Chaucer（乔叟），Spenser（斯宾塞），Shakespeare（莎士比亚），Marlowe（马洛），Swift（斯威夫特），Dryden（德莱顿），Pope（蒲伯），Tennyson（丁尼生），Browning（布朗宁），Arnold（阿诺德），Swinburne（斯温伯尔尼），Rossetti（罗塞蒂），W. Morris（莫里斯），Whitman（惠特曼），Dickinson（狄金森），Hawthorne（霍桑）等十数位"①，没有点真才实学怕是难以应付的，而他却是"烟卷在手，无题不答，自感很得意"②。关于博士论文的方向，原来有两个选择，一个是跟着布鲁克斯研究英国玄学派诗人安德鲁·马维尔（Andrew Marvell, 1621 – 1678），二是跟帕德尔研究 18、19 世纪之交的英国诗人乔治·克拉伯（George Crabbe, 1754—1832）。从内心来说，夏志清更喜欢马维尔，觉得马维尔研究起来比较有趣，"可是 metaphysical poetry 给大批评家发挥得已差不多，很难有新见解，而且要看的当时的哲学书也较多。不如十八九世纪的诗，容易 attack，有发挥"③。所以，他最终还是决定跟帕德尔做克拉伯研究。他在给夏济安的信中说，"我的论文大约跟 Pottle 做 Crabbe，这题目不太 ambitious，可是研究他的人不多，还可以有话讲。他晚年的 tales 都有很 obvious 的 moral concern，有时胜过浪漫诗人。Leavis 把他推崇很高。预计一年可以做完，如找不到 job，可以在 Yale 再拖一年，把论文慢慢做出"④。前人研究得不多，夏志清觉得"正好给我机会把他的诗集全部审阅一遍，再决定可否给他一个更公正的评价"⑤。当然，夏志清决定写克拉伯，除了学术的考量，还有一个原因，就是经济的因素，希望尽快写完论文，"不再向李氏基金会或耶鲁英文系请求经济补助"⑥，找到工作，挣钱养家。

说起来，帕德尔当年也是英国文学研究的名家，声名不亚于布鲁克斯。他出生于缅因州，1925 年获得耶鲁大学博士学位后即留校任教，做过英语学院的院长，当时已是史德林讲座教授，是英语文学研究界举足轻重的人物。帕德尔对夏志清可谓青睐有加，颇为赏识。夏志清在课堂上关于雪莱长诗 Episychidion 的发言颇有见解，帕德尔就主动建议夏志清跟他做一篇为雪莱翻案的博士论文。夏志清知道帕德尔一向对艾略特、利维斯、布鲁克斯等人轻视雪莱很是不满，而这几位都是他服膺的大师或者是他的恩师，"不可能作违心之论而去大捧雪莱的"，只得婉言谢绝。没过几年，帕德尔又收了一位特别优秀的弟子，就是去年刚刚去世的哈罗德·布鲁姆（Harold Bloom，1930—2019），果然跟着老师写了一本《雪莱创造神话》，了却了老师的心愿。布鲁姆后来也成为欧美文学研究的大师。如此说来，夏志清倒是布鲁姆正宗的同门师兄。帕德尔热爱浪漫派诗人，尤其是华兹华斯、雪莱、布朗宁，但是他主要的学术建树却是鲍斯威尔（James Boswell，1740-1795）研究，博士论文写的就是《鲍斯威尔的文艺生涯》，几乎穷尽毕生精力整理出版耶鲁大学1949年买下的全部鲍斯威尔手稿（Boswell's papers），出版了十三卷的鲍斯韦尔日记，四卷注释本，还有六百多页的《鲍斯威尔传》（James Boswell：The Earlier Years，1740-1769）。帕德尔的诗歌理论与新批评背道而驰，不遗余力地为浪漫主义辩护，但他提倡"批评的相对论"（Critical Relativism），认为所有的批评论断都是短暂的、暂时的，必然会在下一个时代被推翻，现在浪漫主义文学和维多利亚文学的声名不济只是短暂的，所有伟大的浪漫主义诗人都将在合适的时机重获辉煌，赢得大众喜爱。对所有的判断，我们都应该保持一种宽容的心态。因此，即使夏志清的立场与他并不吻合，他还是给予夏志清很高的评价。夏志清终其一生，对帕德尔教授也是心怀感激，在他家里至今还收藏着关于帕德尔的各种报道和剪报。

不管帕德尔对新批评或克拉伯看法如何，似乎都没有影响夏志清的论文写作。夏志清从本科到现在，学术积累与学术训练基本都是以英美文学与英美批评为中心的。早在大学阶段，他的本科论文写的就是《丁尼生的思想与性格》（*The Mind and Character of Tennyson*），还广泛阅读了莎士比亚、威廉·布莱克、T. S. 艾略特等名家作品以及《精致的瓮》等批评名著。到了耶鲁，更是在名师指导下，系统阅读与研究英国戏剧、英国文艺复兴时代的诗歌、华兹华斯、雪莱、乔叟、蒲伯、乔伊斯等，还在布鲁克斯"二十世纪文学"这门课上充分领略到"新批评"文本细读的乐趣。有了扎实的前期基础，再加上现实的压力，夏志清的博士论文写得异常顺利，大半年即已完成初稿。当然，写作过程中也不是没有犹豫，"因为研究范围太狭，不大能感大兴趣，每天读他和他同时的作品，多少有点perfunctory的感觉"⑦。甚至还想过要换题目，但想想换了题目，要看的材料也很多，索性就算了。正好1951年6月，他幸运地得到饶大卫（David Rowe，1905-1985）教授的聘用，参与编写《中国手册》（*China：An Area Manual*），年薪三千九百美元，这份年薪相当于普通助理教授的薪水，对于穷困的夏志清来说，不啻是一笔巨款。于是，7月份之后，他白天在耶鲁总图书馆一间房间里办公，编写《中国手册》，晚上回去快马加鞭，边打字边修改，9月中旬终于全部完成二百页的博士论文《乔治·克拉伯的批评性研究》（*George Crabbe：A Critical Study*），并提交给研究生院，于11

月15日顺利通过。只是这个时候已经错过了1951年的毕业典礼，要等到第二年6月才行，所以夏志清自编的履历表上，是1951年获得博士学位，而校方则把他算成是1952年的毕业生了。

从1951年到现在，已经过了将近七十年的时光。这篇博士论文除了夏志清自己在回忆文章中偶尔提及，几乎就没有人谈过。论文的其中两章曾经发表于《淡江评论》创刊号（1970年）和第二卷第一期（1971年），但从来没有任何人完整地进行过研究，殊为可惜。夏志清后来成为中国文学研究的大家，开创了英语世界中国现代文学研究的先河，可无论如何，他是英美文学，尤其是英语诗歌研究的专家。哪怕是他后来转向中国文学研究，也从来没有停止对欧美文学的关注与阅读，《夏志清夏济安书信集》中随处可见兄弟两人的交流与讨论。这样的知识谱系与学术背景显然深刻地影响了夏志清的中国文学研究，博士论文所体现出来的文学观、审美观、人文观与批评观，都与他的中国文学研究息息相关。要真正深入地论说夏志清的中国文学研究，就必须梳理他以博士论文为中心的英美文学研究，将其作为考察夏志清学术思想的重要维度。夏志清曾经说，"两册论文的精装本由耶鲁图书馆永久保藏，想至今还在"⑧。2019年秋天，我趁着到耶鲁大学做讲座的机会，请孙康宜教授和图书馆孟振华博士帮忙，提前预约了调阅，终于在耶鲁大学斯特林纪念图书馆特藏室见到了这册博士论文。我特地询问了图书馆员，似乎从来没有人来查阅过这篇论文。穿越68年的历史烟尘，重新触摸到这本博士论文，真是让人感慨系之。论文黑色精装，打开即是一页的提要，扉页上有论文题目和作者中英文的名字，以及提交研究院申请博士学位的字样，提交时间写的正是1951年9月。目录之后就是正文，连同封面正好两百页。

有意思的是，不仅夏志清的博士论文乏人问津，就是他所研究的克拉伯，无论在国外，还是在国内，都绝对算是冷门。比起他曾经研究的丁尼生、华兹华斯、乔叟、弥尔顿等大诗人来说，相关的研究几乎乏善可陈。国外的研究还好，艾略特、庞德、温特斯（Yvor Winters）等重要的诗人或评论家曾对他作品有所品评，据说还是简·奥斯汀最喜欢的诗人，比较重要的研究著作也有几本，比如他儿子撰写的《乔治·克拉伯的一生》（*The Life of George Crabbe*, 1834），还有贝尔哈姆（Bareham, T.）撰写的《乔治·克拉伯》（*George Crabbe*, 1977）等。1988年牛津大学出版社出版的麦克甘（Jerome J. Mcgann）的诗歌研究著作《抑扬顿挫之美》（*The Beauty of Inflections*）中也有一章专门研究克拉伯。2015年，企鹅经典丛书中还出版了克拉伯的《诗选》（*Selected Poems*）。在中文世界，克拉伯研究就难寻踪迹了。目前国内的各种英国文学史，大都只是一笔带过，或只字不提，甚至也没有相关的研究论文。只有梁实秋《英国文学史》对他的成就略作了评说，钱青主编的《英国19世纪文学史》罕见地有两页多篇幅讨论了克拉伯的名诗《乡村》，不过，近两页的篇幅是《乡村》的片断译文[9]。倒是无书不读的钱锺书在他的中英文笔记中留下了些许克拉伯的痕迹。钱锺书当年读的就是《乔治·克拉伯的一生》（见《钱锺书手稿集·外文笔记》第37卷），后来又在《容安馆札记》中加以引用。《容安馆札记》第767则，从德国诗人克里斯汀·摩根斯特恩（Christian Morgenstern）的《海浪》说起，认为是"奇思妙笔"，"只是等等等……等待，/我的臂膀被拉向深渊，沉、浮、沉、浮，/浮不胜沉，愈来愈深，终至无人之境，/只剩下我……我、我、我、我，/只有我……在等待"。美国诗人罗伯特·弗罗斯特（Robert Frost）诗中也有这样的句子："巨浪后浪推前浪地涌来；/想要对海岸有些什么举动，/造成对大地前所未有的破坏/……/你虽说不清，但看来似乎，/海岸幸亏有悬崖在它后面支撑，/而悬崖，则幸亏背靠大陆可作依赖。"钱锺书认为，"这首诗亦颇蕴此意，而未抒写饱满"，相形之下，克拉伯的《乡村》中的诗句，"谁留下来听海洋的咆哮，贪婪的波涛吞噬了愈来愈弱的海岸"就显得"黯然无光焰矣"[10]。钱锺书的评价，倒与克拉伯的地位颇为相称。不管怎么样，夏志清博士论文的寂寞与研究对象克拉伯的寂寞，叠加形成了无边的空洞。

二

那么，克拉伯究竟是一个什么样的诗人？夏志清的博士论文是如何阐释与评价克拉伯的呢？

根据乔治·克拉伯传记资料，我们知道克拉伯1754年出生于英国英格兰萨福克郡奥尔德堡（Aldeburgh），早年曾跟着当地的医生当学徒，学徒期间遇到了萨拉·埃尔米——他的诗歌和日记中的"米拉"（The Mira），两人于十年后结婚。1770年，克拉伯决定转赴伦敦，从事写作。在伦敦，他得到著名作家、政治家、哲学家埃德蒙·伯克（Edmund Burke）的赏识和相助。伯克不仅在文学创作方面给予指点，而且还把他介绍给了约翰逊博士（Samuel Johnson）这样的有影响力的朋友。也是在他们的鼓励和帮助下，克拉伯由拉特兰公爵指定为贝尔沃堡的牧师，同时从事文学创作。1783年，克拉伯发表了他最著名的长诗《乡村》（*The Village*），一举成名。该诗用英雄双韵体写成，细致描绘了乡村田地荒芜、贫困痛苦的现实，打破了同类诗歌所描写的理想化的幻景。进入19世纪，克位伯凭借两本叙事诗集才真正大受欢迎，一本是1812

年出版的《韵文故事》(Tales in Verse),还有一本是 1819 年出版的《礼堂故事》(Tales of the Hall)。1822 年,他去爱丁堡拜访瓦尔特·司各特(Sir Walter Scott),两人相见恨晚,成为终生的好友。克拉伯于 1832 年在特洛布里治逝世后,许多未发表的作品,陆续被人编选出版。现在比较权威的克拉伯文集,一是 1834 年出版的八卷本《克拉伯牧师诗集》(The Poetical Works of the Rev. George Crabbe),还有就是 1988 年达尔林普-钱普尼斯(N. Dalrymple-Champneys)和波拉德(Arthur Pollard)编辑的三卷本《乔治·克拉伯诗歌全集》(George Crabbe. The Complete Poetical Works)。在浪漫主义文学蓬勃发展之时,克拉伯坚持自己的写作方式,以奥古斯都文学时代(Augustan Age)的英雄双韵体对乡村生活和景象作出了精准的、近距离的描绘。[11]一百多年后,克拉伯遇到了来自遥远东方的知音——夏志清,两人在诗歌世界中展开了心灵的对话。

如前所述,虽然克拉伯并非大诗人,可是一些重要的诗人或评论家都曾对他有所品评。夏志清希望把克拉伯的诗歌放到英国诗歌传统中重新加以品鉴和论断。诚如夏志清最推崇的艾略特所说,"现存的不朽作品联合起来形成一个完美的体系。由于新的(真正新的)艺术品加入到它们的行列中,这个完美体系就会发生一些修改。在新作品来临之前,现有的体系是完整的。但当新鲜事物介入之后,体系若还要存在下去,那么整个的现有体系必须有所修改,尽管修改是微乎其微的。于是每件艺术品和整个体系之间的关系、比例、价值便得到了重新的调整,这就意味着旧事物和新事物之间取得了一致"[12]。真正的批评家应该衡文具眼,迈辈流之上,以自己的立场与标准,将这个"完美的体系"重加整理与排列。对夏志清影响甚深的 F. R. 利维斯的《重估价:英诗的传统与发展》《伟大的传统》就是这样的作品,从博士论文到《中国现代小说史》《中国古典小说史论》,夏志清也始终坚持了这样的立场。大家都知道克拉伯继承了以蒲伯为中心的 18 世纪英国诗歌的传统,但是在哪些方面又有所推进呢,给英国诗歌的"体系"带来哪些修改和调整呢?这正是夏志清的博士论文所要回答的问题。

《乔治·克拉伯的批评性研究》共分四章,系统探讨了克拉伯诗歌的写作技巧、结构谋篇及其深层意涵。整篇论文可谓文洁而体清,锋发而韵流,文学史的宏观把握与诗歌文本的细读阐释有机融合,谈言微中,颇多新见。现在回过头来看,相信这不仅是克拉伯研究的重大收获,同样也是英国文学研究的重要著作,值得深入研读。

论文开篇第一章《克拉伯诗歌及其局限》(Crabbe's Poetry: It's Limitation)首先对克拉伯诗歌做出了总体评介。夏志清认为,克拉伯的创作有其局限性,比如他不习惯使用隐喻，也因此无法抵达更为深层的诗意组织。从浪漫主义的观点来看，克拉伯的诗歌也未免有想象力匮乏的缺憾。但是，克拉伯在他能力所及的范畴内已然达到了某种诗性的统一。夏志清批评学界关于克拉伯的研究并不充分，多为泛泛之论，只关注诗歌中的社会人生与时代背景，而对诗歌本体的批评尚未深入展开，缺乏全面、细致的分析。他大段引用T. S. 艾略特的评论，认为艾略特触摸到了克拉伯诗歌的特质，读者不应该在克拉伯诗歌中寻找"传奇"，而应当关注他的现实性。"乔治·克拉伯是一位优秀的诗人，但你不应当从他身上寻找传奇，如果你喜欢120年前英国萨福克乡村生活的现实图景，认为此景非优美的诗歌不能表达，那么你会因同样的理由爱上克拉伯。"[13]根据夏志清的判断，克拉伯研究之不足与其诗歌风格及诗人所处的时代密切相关，正是因为克拉伯的创作风格与时代品位之间存在着明显的距离，所以不易被主流批评界所认可，主流批评界受限于时代审美取向的文学视野和批评立场，直接影响了对克拉伯声名与地位的评定。与同时代的诗人相比，克拉伯并未拘泥于神学宗教的单一视野，自然科学的背景使得他的视野更开阔、也更具个人性，因而与书写传奇相比，他明显更喜欢描写底层生活，热衷于摹写自然、乡村和穷人。因此，克拉伯虽然不是一位伟大的诗人，但却是一位有独特性的、为英国诗歌的"体系"带来了新的质素的优秀诗人。

在此基础上，夏志清在第二章《蒲伯、克拉伯与其传统》(*Pope, Crabbe and the Tradition*) 中，进一步探究克拉伯与18世纪欧洲文学传统的内在关联，发掘克拉伯的诗歌创作在不同面向所取得的突破与进展，其中尤以对人物肖像的塑造最为惊艳。夏志清认为，克拉伯之所以在人物塑造方面颇有心得，很大程度上得益于对蒲伯诗歌的借鉴，唯其对蒲伯诗歌的熟悉和借用，克拉伯才得以在创作中充分施展技巧，书写自己的故事。经由文本细读的方式，夏志清梳理了克拉伯诗歌的发展脉络，厘清了克拉伯与蒲伯的异同，以一种历时的分析——拆解克拉伯对蒲伯的承继与发扬，尤其关注人物肖像塑造方面蒲伯对克拉伯的启迪及影响。他敏锐地指出，克拉伯并不擅长人物的外貌描摹，也不擅长性格的刻画，其人物塑造的精彩之处每每在于"借由人物刻画传递出道德真理，抑或反映出道德沦丧"[14]。除了蒲伯的影响，夏志清还关注克拉伯与同时代其他诗人的联系，爬梳克拉伯与新古典主义、18世纪文学传统之间复杂的文学渊源，从五个方面论述了克拉伯为诗歌发展所注入的新活力，并以此说明克拉伯的诗歌的辨识度缘何而来。

夏志清从人物肖像、景物描写、人物对话等方面——解析克拉伯诗歌的艺术特色。他观察到在克拉伯现实主义的描写背后实则蕴藏着极为强大的个人能量，这显示了克拉伯与同时代一般的田园诗、风景诗之间的显著差异。比如克拉伯从18世纪业已僵化的田园牧歌中移植了对话，经过润色和改造，这些对话在他的叙事诗歌中重获新生。这些对话受到蒲伯和同时期其他诗人的影响，但在诗人笔下形成了一套完整的克拉伯模式，充满克拉伯式的智慧与机锋。除了在人物、表达和对话方面的匠心，克拉伯诗歌中还有一项较为独特的元素，即重视语音语调对表达情绪，尤其是表达反讽与同情时候的重要作用。克拉伯诗歌中人物形象的拓展、对话的自由表达以及不仅仅以地理描述为目的的景物描写，都是克拉伯对18世纪诗歌的拓展和贡献。夏志清大量引用了克拉伯的诗歌《教区记事录》和《村庄》，以具体文本说明了克拉伯对18世纪文学资源与写作技巧的纯熟运用。18世纪诗歌发展到后期已经不能为诗人提供足够的内容和技巧，因此后期的诗人各有其发展的路径。如果说华兹华斯是属于19世纪新时期的诗人，那么克拉伯则是承前启后的人物，他为18世纪的田园诗注入新的活力，同时也回应了19世纪叙事诗的重要母题。总之，把克拉伯与蒲伯以及18世纪其他名诗人相比较，"至少在人物描绘、景物描绘、对白处理这三方面，克拉伯都代表了重要的新发展"[15]。

第三章《克拉伯在浪漫主义时代》（*Crabbe in the Romantic Period*）着重讨论克拉伯在浪漫主义时代的诗歌成就。夏志清认为，克拉伯与浪漫主义时期的其他诗人一样，有能力自我建构一个完整且连贯的诗意世界。如果把克拉伯与华兹华斯相比较，就会发现他们存在有趣的相似之处，但在人生态度、社会思考、艺术处理方面，二者的观念又颇多不同。在处理现实与想象的关系时，克拉伯秉持传统的二分法，华兹华斯则显示出拓展二者边界并使之融合的野心。克拉伯认为现实性与想象力一样，可以在诗歌中呈现自然与真理；华兹华斯和柯勒律治则坚持他们的诗歌能够同时传递真理与想象。在对待自然的态度上，华兹华斯与克拉伯之间值得探讨的内容更为丰富。对克拉伯而言，自然的描写几乎是诗歌的决定性因素，而对华兹华斯而言，人物的塑造才是重中之重。克拉伯长诗《乡村》中的《监狱》一节可以明显看出他借鉴了华兹华斯的调和理论，不过克拉伯并不打算拔高人与自然的关系，而是希望借此探索人在多大程度上能够适应黑暗与贫穷。《监狱》中描写犯人在处决前夜的梦境，这梦境仿佛恰是华兹华斯理论的印证，即在某些重要时刻，某些回忆能够借由想象而重现。只不过华兹华斯由想象重返少年时代身处自然的美好记忆，而克拉伯则更符合欧洲文学传统，由梦境唤起的回忆聚焦于男女间美好的浪漫之爱，犯人在处决前夜梦到的是多年前与心爱之人在海边共度的美好时光，诗歌中对自然的描写正与这种绵绵情意相融相通。[16]

夏志清认为克拉伯在社会框架内对人类关系的探索明显体现出人的局限性。克拉伯与浪漫主义诗人最根本的不同，在于他对人类自私本性的认知，明显更偏向古典主义而非浪漫主义。另一个可供参照的对象是简·奥斯汀,克拉伯与她处理着相似的问题,即如何在秉持传统规范的同时保持开阔的视野。若论在一个被世俗传统限定的世界里对成人关系的探索,没有人比简·奥斯汀与克拉伯更相像,尽管前者以小说闻名,而后者专注于诗歌。在简·奥斯汀的许多小说中,夏志清都找到了她与克拉伯的共通之处,例如他们都以卓越的智慧去评判传统道德,都对人类的审慎品质持有矛盾的态度,"他们一方面认为审慎是人在社会生活中强烈需要的品质,另一方面又纠结于审慎对自然天性的禁锢"[17]。在克拉伯和简·奥斯汀笔下,天真烂漫的少女和邪恶多事的姨妈总是成对出现,构成某种象征符号;敏感少女的爱情之路永远多舛,常常受到年长女性亲人的恶言恶语或有意刁难。夏志清将《傲慢与偏见》《理智与情感》《爱玛》《曼斯菲尔德庄园》等简·奥斯汀的名著与克拉伯的诗歌逐一比对,从情节、主题和人物多方面进行比较,公允地指出,虽然克拉伯与简·奥斯汀存在诸多相似之处,但克拉伯始终未曾达到简·奥斯汀小说的艺术高度,也不具备后者具有的细腻入微的女性关照。

由于克拉伯在创作技巧与诗歌韵律方面并未过多取法于浪漫主义,所以夏志清这部分的论述主要集中于诗歌的主题和思想。虽然用了大量篇幅梳理华兹华斯、简·奥斯汀与克拉伯的联系,但夏志清的野心显然并不止于比较异同,而是试图通过这种比较,重新定义克拉伯在浪漫主义时期的文学地位。他敏锐地发现,如果论者忽视克拉伯所处的时代背景,那么对他作品的评价也将失之公允,或许难以就其诗歌成就做出整体判断。19世纪初期的文学并未对克拉伯产生多少影响,也看不到他从中汲取养分的迹象,事实上,他在19世纪的前二十年致力于建立一个高度个人化的、饱含激情和风景的世界,而这个世界显然有别于浪漫主义诗人那种深陷于社会宗教氛围的世界。借由华兹华斯、简·奥斯汀与克拉伯的比较,夏志清抉发了克拉伯诗歌的创作主旨以及他诗歌中道德意蕴的重要性。

如果前三章更多的是总体性的阐述,那么论文的最后一章《结构与意义:诗歌与故事》(Structure and Meanings: The Poems and Tales)则进入文本世界,专注于结构和意义对诗歌主题的呈现。夏志清充分施展他在新批评理论方面的功力,以大量扎实的文本细读梳理克拉伯诗歌的内在理路,探究写作技巧和内容构思如何以巧妙融合,成功地整合于诗歌结构。夏志清对克拉伯的名篇《乡村》和《梦的世界》进行了精妙详尽的解读。以《村庄》(The village)为例,这是克拉伯最受批评家关注的诗作,但评论多半聚焦于时代与文学的背景,关于诗歌内部结构与意义的分析却极少。夏志清缕析《乡村》的结构与意义,一一分析克拉伯运用的多重技巧,包括回忆、反射、人物肖像,以及两两对比，比如现在与未来、城市与乡村、富裕与贫穷的彼此映衬。某种意义上，克拉伯笔下的乡村是属于荷马史诗时代的，在那个世界里，身体的力量与耐力都将得到肯定和颂扬。

夏志清的研究重点仍在于克拉伯的叙事性诗歌。通过对《传说》《大厅中的传说》这两部晚期作品的解读，以及对《彼得·格莱姆斯》《延宕》等其他作品的解析，夏志清论述了克拉伯在诗歌创作中或成功，或失败的创作经验，向读者展示了克拉伯如何将故事的主题呈现于诗歌结构之中。比如他观察到克拉伯的诗歌结构自创一种平衡，较为简单的故事情节总是搭配有丰盈的诗歌层次和令人满意的主题阐释。《少女的故事》采用第一人称叙述，构建了一个重要的女性世界，讽刺视点的使用使得克拉伯在刻画祖母形象时了产生令人惊喜的喜剧效果。《芭芭拉女士》中克拉伯设计了三个层次的诉说，第一层次是浅薄且谨慎的道德劝说，认为一个年长的女性不应与年轻男子结婚；第二层次是情节层面，指出芭芭拉女士的不快乐明显与她拒绝服从兄弟的要求相关；第三层次是深入内里的，揭示心理层面受到基督教观念影响下罪孽与愧疚的故事。通过细析克拉这些创作于不同时代、风格各异的诗歌，夏志清尝试为读者重现诗人的创作之路，让我们看到克拉伯如何穷尽各项技巧表达诗歌主旨，又如何运用观点、人物、语调、对话、自然描写和象征符号书写主题。夏志清相信克拉伯绝非一个天真幼稚的现实主义者，通过自己深入的研究，他更加认定，"克拉伯或许是整个浪漫主义时期和约翰逊博士时代最被低估和忽视的重要诗人"[18]。

三

显然，英美文学对于夏志清来说，"如水之在地中，无所往而不在也"。（苏轼《潮州韩文公庙碑》）这种学术背景与知识结构，以及其中体现出来的理论立场与文学趣味，又怎样影响了夏志清后来的中国文学研究，尤其是中国现代文学研究呢？篇幅所限，这里只能从三个方面略作发覆，以待来者。

首先是一以贯之的"新批评"的理论立场。夏志清与"新批评"一脉的渊源人所共知，耶鲁的学术训练赋予他颇为娴熟的"新批评"的方法。他曾自述，"五六篇 papers 写下来，批评的技术大有进步，diction, imagery, structure 都能讲得头头是道。主要的原因还是细读 text。……二十世纪的 creative writer 大多代表各种 attitudes，没什么系统的思想，把一首诗，或一个人的全部作品，从 rhyme, meter 各方面机械化地分析，最后总有些新发现，并且由此渐渐可脱离各家批评家 opinions 的束缚，得到自己的 judgement。我觉得这是正当 criticism 着手的办法"⑲。上述第四章几乎就是这种批评方法的精彩实践。博士论文中也时时可见 T. S. 艾略特、燕卜荪、兰色姆、T. E. 休姆、韦勒克、沃伦等新批评名家的身影。夏志清引用这些大师的论点并非为了装点门面，也非因为师承渊源，他们中的每一位都为他的写作或提供了灵感，或指点了路径。譬如 T. S. 艾略特认为克拉伯的价值不在传奇性而在现实性的观点，就促使夏志清进一步思考克拉伯在浪漫主义时期缘何被低估，时代的审美趣味和读者需求是否同样影响了批评家的判断。T. E. 休姆关于浪漫主义和古典主义在人类本性的认知方面的论述，帮助夏志清辨明了克拉伯与浪漫主义的本质差异，意识到克拉伯与古典主义的相似，并进一步爬梳他与新古典主义、浪漫主义之间的复杂关联⑳。韦勒克和沃伦的《文学理论》对外部环境在诗歌描写中重要作用的论述，正好印证了克拉伯诗歌的创作特色，夏志清由此将华兹华斯的自然观念与克拉伯的自然描写进行比较，探索克拉伯对其技巧的借用与发展。㉑

正是博士论文的写作，训练了夏志清对"新批评"等西方理论的娴熟运用，为进入中国文学研究领域做好了理论储备和技术工具的双重准备。紧承其后的《中国现代小说史》的写作，自然也就承续了这样的理论立场。一方面是追求普适性的审美标准，他说，"我受了 New Criticism 的影响，认为审定文学的好和伟大，最后的标准是同一的"。不应该以一种"特殊标准"来衡量中国文学，"其实中国诗同英国抒情诗相比，《红楼梦》同欧洲最好的小说比，我相信都是无愧色的"㉒。正是对这种普适标准的追求与坚守，使得夏志清别具只眼，大浪淘沙，以同一的审美标准来重估中国现代文学，独标四大家，改写了中国现代文学史书写的传统格局，为后来的中国现代文学史重写提供了最直接的刺激和启发。另一方面是实践文本细读的方法。《中国现代小说史》中，每有所论，必定建基于深入的文本解读与阐释，在与文本、语言、文字的心灵沟通中，在对结构、细节、意象的细致体味中，彰显文本自身的审美价值与文本传达的道德关怀。可以说，《中国现代小说史》是"新批评"理论在中国文学研究方面一次成功的实践。

其次是广阔的世界文学的阐释语境。夏志清评价中国现代作家与文本时常常与西方作家作品相比较，旁征博引欧美文学来阐释中国文本，鲁迅的讽刺艺术使他联想到贺拉斯、本琼生、赫胥黎等讽刺大家；沈从文的田园气息，"在道德意义来讲，其对现代人处境关注之情，是与华兹华斯、叶慈和福克纳等西方作家一样迫切的"㉓；钱锺书的《灵感》明显受到德莱顿、蒲伯、拜伦的影响；张爱玲的"成就堪与英美现代女文豪如曼殊菲尔（Katherine Mansfield）、泡特（Katherine Ann Porter）、韦尔蒂（Eudora Welty）、麦克勒斯（Carson Mc-

Cullers)之流相比,有些地方,她恐怕还要高明一筹"[24]。……《中国现代小说史》中诸如此类的中西比较与分析时时可见,正与刚刚完成的博士论文写作密不可分。夏志清用以阐释中国现代文学的文本资源与理论资源,基本上都来自他熟悉的欧美文学领域,将博士论文中熟悉的作家作品移植到中国现代文学研究中,在比较中加以品评,可谓顺理成章,驾轻就熟。当然,应该指出,这种比较未必完全恰当妥帖,某种程度上也显示了夏志清写作《中国现代小说史》时的局限。但是,不管怎样,这样的比较建构了一个以世界文学经典为准绳的阐释语境,凸显出夏志清的文学趣味和审美标准。他对西方文学和中国文学的审美趣味与评价标准是相融相通、一以贯之的。博士论文是夏志清最早的大部头学术写作,也是研究夏志清思想脉络与学术渊源的重要路径。《中国现代小说史》的写作并没有采取另一套"中国式"的话语体系,而是追求普适的共同标准,自觉地将中国文学纳入世界文学的语境中加以品评阐释。夏志清深厚的欧美文学的功力和纯正的审美趣味,自然直接影响了他对中国现代作家作品的品评。比如蒲伯、华兹华斯都是对夏志清影响较大的诗人,他对二者的喜爱和熟悉程度甚至要超过克拉伯,对克拉伯的阐释往往是在与这些大诗人的比较中展开的。同样,对中国现代作家文本的重估,也离不开与欧美文学名家的比较与阐释,博士论文中的审美趣味弥漫至中国现代文学领域,喜欢华兹华斯田园图景的夏志清选择了沈从文,欣赏奥斯汀悲剧人生观的夏志清看到了张爱玲,甚至他对卞之琳诗歌的贬抑也是由于有了英诗强大的审美参照[25]。如此广泛的有意/有益的比较阐释,将中国现代文学放到了世界文学的语境中,既彰显了中国文学的差距与不足,也揭示了中西文学对话与互补的可能性,赋予中国文学一种世界性的维度。从这个意义上说,我们完全同意王德威的论断,"与其说夏对欧美文学情有独钟,倒不如说他更向往一种世故精致的文学大同世界"[26]。

最后是丰沛的人文主义精神。夏志清自述,对他的博士论文写作"最具有启发性的"是英国著名的人文主义批评家利维斯(Frank Raymond Leavis,1895-1978),正是因为他对克拉伯的极度推崇引起了夏志清的关注[27]。利维斯是最早注意到克拉伯与简·奥斯汀相似性的人,根据他的提示,夏志清发掘了更多克拉伯与奥斯汀的共通之处,也由此开辟了新的研究路径[28]。夏志清早在上海时就已经读过利维斯的《重估价:英诗的传统与发展》(1936)和他论现代诗的名著《英语诗歌的新动向》(1932),对利维斯的著作相当熟悉。夏志清直接引用了利维斯的话,"不太重要的诗人对传统的承担是一种说明性的关系,重要的诗人则承担了更有趣的关系:他们代表着重大的发展"[29],认为克拉伯虽然缺乏华兹华斯那样的原创意识,但他决不仅是一个说明性的诗人。

夏志清以此出发，对克拉伯与蒲伯之间的继承关系进行了深入的分析，重估了克拉伯在英诗大传统中的重要意义。作为一个来自东方的青年学者，夏志清没有对欧美文学研究的前辈亦步亦趋或奉命唯谨，也不甘于在已有的文学框架内做些修补或填充的工作，而是以异常的自信和横溢的才华，对克拉伯进行了重新评价，以一己之力重新"干预"文学史，"打捞"出一个被边缘、被低估的重要诗人。两百页的论文中援引文献资料的比重并不多，大部分内容都是作者自己的发现与阐释。这样的选择与他发掘沈从文、张爱玲、钱锺书，重新建构中国现代小说史的工作何其相似？无论是博士论文还是《中国现代小说史》，夏志清显然更愿意构建一个全新的、由自己主导的研究框架，以竭泽而渔的方式，孜孜矻矻通读所能读到的同时期所有作家和所有作品，"识英雄于风尘草泽之中，相骐骥于牝牡骊黄以外"㉚，重新建构了中国现代小说史的"完美的体系"（艾略特语）。夏志清真正做到了钱锺书所推崇的那种境界，"能于历世或并包所视为碌碌众伍之作者中，悟稀赏独，拔某家而出之；一经标举，物议佥同，别好创见浸成通尚定论"㉛。这既是一种批评的精神，也是一种人文的持守。

夏志清人文主义的精神更体现于他从利维斯那里所接受的"道德视景"（moral vision）的立场。与浪漫主义相比，夏志清对现实主义、古典主义的好感显然更多，克拉伯赋予诗歌文本以道德意涵，正是夏志清高度肯定克拉伯的重要原因。当初之所以选择做克拉伯研究，原因之一也是因为他晚年作品中"都有很 obvious 的 moral concern，有时胜过浪漫诗人"㉜。"道德视景"成为他评判中西文学的共同标准。他说，"我们认为好的小说剧本，都是读过之后觉得作者最后给我们较世俗看法更精细的 moral perception 的作品"㉝。他还直接道出了自己道德视景的来源："我的 moral preoccupation 想是受了 Leavis 的影响，Leavis 对诗小说方面都严肃老实说话，不为文坛 fashions 所左右，一直是我所佩服的……"㉞早在编写《中国手册》时，夏志清就对中国现代文学有了一个初步的评判，认为五四以来的文学"应有的估价，当然不高，最主要的原因是一般作家不知 sin，suffering，love 为何物，写出来的东西就一定浅薄。西方作家对罪恶和爱都（是）从耶稣教出发的，中国没有宗教传统，生活的真义就很难传达了"㉟。因此，《中国现代小说史》中充满了对道德、对人性的热切关注，把人生批评、道德批评与审美批评融为一体，既展现了中国现代文学独特的道德景观，也客观显示了中国现代文学与欧美经典文学的差距。总之，无论是欧美文学研究，还是中国文学研究，夏志清总是坚守自己的立场，忠实于道德的视景，尊重人的尊严与自由，显示了与利维斯近似的自信与锐气，成为西方人文主义精神的传承者与实践者。宋淇认为，夏志清"继承了

19世纪英国批评家安诺德的传统。我们与其说他是个职业批评家,不如说他是个文人(倒过来便是人文)批评家,他的地位绝不在现代美国学者兼批评家屈林、威尔逊之下"⑧。这样的评价不无溢美之处,但从人文主义的立场来讲,夏志清称得上是一位真正的人文主义批评家。

2020年2月2日初稿,2月15日再改
于疫情肆虐之际

【注释】

① 《夏志清致夏济安》(1950年10月31日),见王洞、季进编注《夏志清夏济安书信集》第二卷,香港中文大学出版社,2015,第3-4页。

②⑤⑥⑧夏志清:《耶鲁谈往》,见《岁除的哀伤》,江苏文艺出版社,2006,第64、67、67、69、68、68页。

③④《夏志清致夏济安》(1950年11月15日),见王洞、季进编注《夏志清夏济安书信集》第二卷,香港中文大学出版社,2015,第11页。

⑦《夏志清致夏济安》(1950年12月4日),见王洞、季进编注《夏志清夏济安书信集》第二卷,香港中文大学出版社,2015,第22页。

⑨钱青主编:《英国19世纪文学史》,外语教学与研究出版社,2006,第83-85页。

⑩钱锺书:《钱锺书手稿集·容安馆札记》第3卷,商务印书馆,2003,第2330页。另一处提及克拉伯的材料见于第470则,比较了霭理斯、蒙田、克拉伯等人关于猴子爬得越高越容易露出屁股的相似表达,见《钱锺书手稿集·容安馆札记》第1卷,第737页。谢谢张治兄的提示。

⑪以上生平简介参阅 Margaret Drabble, The Oxford Companion to English Literature, Oxford: Oxford University Press, 1985. pp. 236-237.

⑫T. S. 艾略特:《传统与个人才能》,见李赋宁译注《艾略特文学论文集》,百花文艺出版社,1994,第3页。

⑬T. S. Eliot, "What is minor poetry?", Sewanee Review, Vol. 54, 1946, p. 14. 转引自 Chin Tsing Hsia, George Crabbe: A Critical Study, Yale University Library, 1951, p. 4.

⑭⑯⑰⑱⑳㉑㉓㉙Chin Tsing Hsia, George Crabbe: A Critical Study, Yale University Library, 1951, p. 53、95、119、189、100、93、130、27.

⑲《夏志清致夏济安》(1948年5月16日),见王洞、季进编注《夏志清夏济安书信集》第一卷,香港中文大学出版社,2015,第73页。

㉒《夏志清致夏济安》（1953年11月16日），王洞、季进编注：《夏志清夏济安书信集》第二卷，香港中文大学出版社，2015，第200-201页。

㉓㉔夏志清：《中国现代小说史》，刘绍铭等译，香港中文大学出版社，2001，第144-145、293页。

㉕《夏志清致夏济安》（1948年11月19日），见王洞、季进编注《夏志清夏济安书信集》第一卷，香港中文大学出版社，2015，第199页。

㉖王德威：《重读夏志清教授〈中国现代小说史〉》，见夏志清《中国现代小说史》，刘绍铭等译，香港中文大学出版社，2001，第xlix页。

㉚㉛钱锺书：《管锥编》第四册，中华书局，1994，第1446、1446页。

㉜《夏志清致夏济安》（1950年11月15日），见王洞、季进编注《夏志清夏济安书信集》第二卷，香港中文大学出版社，2015，第11页。

㉝《夏志清致夏济安》（1953年1月19日），见王洞、季进编注《夏志清夏济安书信集》第二卷，香港中文大学出版社，2015，第166页。

㉞《夏志清致夏济安》（1957年7月13日），见王洞、季进编注《夏志清夏济安书信集》第三卷，香港中文大学出版社，2017，第233页。

㉟《夏志清致夏济安》（1951年10月26日），见王洞、季进编注《夏志清夏济安书信集》第二卷，香港中文大学出版社，2015，第103页。

㊱林以亮（宋淇）：《禀赋·毅力·学问——读夏志清新作〈鸡窗集〉有感》，见夏志清《鸡窗集》，上海三联书店，2000，第2页。

（原载《南方文坛》2020年第3期）

辑九

爱书琐记

_董桥

老人冷清，分外怀旧，爱说故人犹如庭中树，一日秋风一日疏。朝夕相伴那几架子老书我最念顾，卖书给我的许多书贾故人也常在心中。大半不在了，说绿意疏落不如说枝叶衰秃。少小时候老家老街上利泰、开明那些书局难免变迁消亡。五六十年前台南求学时代常去的书铺听说也老早关张了。暑假寒假闲逛台北牯岭街书摊的情景倒依稀记得。鸳蝴小说在那边买了不少，张恨水最多。五四老作家遗作也收了些。明清线装笔记喜欢的都要。沧海桑田，萍踪漂泊，年轻爱买爱读的那些书其实散失殆尽，等不到人书俱老那么萧瑟浪漫了。一九四三年初版《花随人圣盦摭忆》倒是惦挂到现在。书摊老板说印得甚少，稀罕得很，勋旧世家流出来，他讨了高价，我不舍得买，隔两天老前辈张作梅先生听了想要，赶去追踪，卖掉了。我还记得书摊老板衔在嘴里那支烟嘴，镶着一大节翡翠，又亮又绿，水灵极了。其实那部初版不是全编，北平印制，瞿兑之写序。作梅先生笑笑说难得是初编的残缺！老先生是诗家，主编《中华诗刊》多年，他偏爱残缺之美也许也是诗人情怀。我那时候不懂，后来猎书成癖，既求初版，也求错体，兴许正是老先生那句话的开示。

　　老先生老得整洁体面，真好。书也是老的好。卖旧书的更是老一辈的书贾好。这样的偏见我改不掉，也不想改。客居英伦那些年我结识过一位喜欢背诗的老书贾，他指点我读丁尼生（Alfred Lord Tennyson）名诗《悼念》，我从此喜欢这部组诗，收了一八五〇年不同装帧的初版，也收了后来出的几种版本，全是十九世纪末二十世纪初名家装帧，各显秀美。《悼念》悼的是诗人一位剑桥故交，维多利亚时代读书界一读倾心，连丧夫不久的女王都说《圣经》之外这部诗给了她很大的慰藉。收集不同版本不同装帧的同一本书别有情趣。《悼念》之外我也收了好多种《鲁拜集》（Rubaiyat），专收费兹杰罗（Edward Fitzgerald）英文翻译的这部波斯十一世纪诗人名诗。英美藏书界好像从来不太追买《鲁拜集》初版，大家要的是不同名家装帧的这部长卷，尤其追慕英国著名书籍装帧家桑科斯基精心创造的孔雀华丽装帧。桑科斯基最精致的那部孔雀装《鲁拜集》一九一二年跟泰坦尼克邮轮一起葬身大海。别的几部孔雀装都在欧美藏家手中，他们家后人偶然放出一部都成抢手货。机缘凑泊我有幸买到了一部：皮面上葡萄蔓藤围边，金地花卉做框，孔雀竚立中央，满身珐琅，蓝绿流光，柔美呈祥；翼冠镶珍珠五颗，尾翎呈大幅尾屏，金翠的细纹展开彩扇三十一股，尾梢各镶石榴红宝三十一颗。这部著名诗篇落墨妩媚，鬓影婆娑，醉意盎然，深深影响了西方世纪末颓废派诗风，清霄杨花梦，深灯孔雀屏，一位老朋友说《鲁拜集》镶孔雀寄托治身之诫，暗合刘向《说苑》里说的君子爱口，孔雀爱羽，虎豹爱爪，治身之法也。

　　我爱上洋书装帧其实是受了六十多年前台北缊霞山房江先生的启蒙。先生渊博，中英皆精，温文尔雅，藏书丰盈，不惜传授许多装帧知识给我，助我后来在英伦访书略识优劣，知所进退。前辈这样的情谊我终生难忘。我小时候的英文家教老师是个银头白髯的英国人，他挑了英国散文泰斗蓝姆（Charles Lamb）几段小品教我读，那跟江先生后来提点我的蓝姆妙笔大不相同：《伊利亚随笔》给了我深刻的熏陶。蓝姆全集我书房里珍藏两套。一套是英国首相阿斯奎斯一九〇五年七月六日亲笔题字送给友人祝贺新婚的礼物，十二册一套，装帧典雅。阿斯奎斯（H. H. Asquith）出任首相是一九〇八年到一九一六年，这套全集是他拜相之前出任财政大臣时期的贺礼。我的另一套蓝姆全集也是十二册，大开本，Birdsall装帧作坊的精美装帧，每册红皮烫金字，封面正中镶一幅皮画，皮革上钩勒了书中插图再上颜色，人物灵动，背景细腻，人见人爱。这套书是著名藏书家保尔·爱德华侯爵旧藏，一九九〇年在纽约拍卖，买家过后放出来转卖给我。这是装帧最考究最堂皇的蓝姆全集，十二幅封面皮画是蓝姆笔下人物的幽灵。可惜江先生看不到，散文家蔡思果先生也看不到。蔡先生是蓝姆专家，我每次和他聊天总会想起蓝姆。

我中学在南洋读英文书院，进了台南成功大学读的是外文系，潜心追读英国文学作品倒是旅居英伦那七八年了。经典小说读得最多。名家韵文偏爱济慈（John Keats）和雪莱（Percy B. Shelley），两家诗集初版向来又贵又难找，全靠美国加州旧书商戴维学福尔摩斯到处侦察替我找出来。戴维是英国书香子弟，祖上在伦敦世代经营旧书，一九七〇年代那本很出名的《查令十字路八十四号》写的正是他的曾祖父开办的那家伦敦旧书店，书中隔洋买书该是他祖父接手之后的故事了。戴维比我年少，也七十三了，抛下英伦老巢去美国发扬祖业，生意做得大，店里每一部旧书都由他亲笔撰写相关资料，拍照推介，招引顾客。这位老朋友知道我也爱读〇〇七间谍小说，提醒我说欧美年轻一代企业家银行家深受〇〇七电影感染纷纷集藏小说的初版，一定炒高书价，不妨留意，要原装护封不要皮革改装，标价不剪掉，否则贬值。我到处搜罗，终于凑齐原装初版十四部。一九五三年第一部〇〇七故事《皇家赌场》最贵最难找，我买到的那本竟是作者弗莱明（Ian Fleming）题字送给故交的签名本，戴维半信半疑，看了照片才回电邮恭喜我。他经常提醒我买初版要买品相上好的初版。英国小说名家维琴妮亚·吴尔芙（Virginia Woolf）的出版社一九二三年给诗人艾略特出版的《荒原》不破不烂的我找到一本，跟狄更斯《圣诞故事集》精装初版一起成交。藏书读书是乐趣。访书猎书的过程也是书生处世的考验：后花园待久了出去体验营营役役的市井百态也是好的。

英国文学读多了我也喜欢读一些美国的创作。海明威和斯坦贝克的小说都好看。海明威文字清澈，偶见激流，跟斯坦贝克笔下沉重的脚步声很不一样。光读这两家的作品不难看出当代美国小说已然远离英国文学创作的传统风格，一心唾弃空山，追慕灵雨。历来书籍装帧家装帧美国文学经典于是崇尚破格的图像，不求纤秀但求豪壮，比如我手头这部海明威《午后之死》的立体派艺术装帧。费兹杰罗的《大亨小传》和《夜未央》美国风情更浓了，我至今还遇不到这两部小说的皮面装帧本。其实装帧做得新颖一定也好看。伦敦那位爱背诗的老书贾真是典型的老派绅士，满身是维多利亚旧衣箱的樟脑味道，我在他店里先后找到很多装帧典丽的袖珍散文名著，多年后好几位书友看了喜爱，可惜老先生早就回乡养老去了，书店变成专卖影碟的时麾店铺，吵闹不休。老先生还教我挑选美术字抄写配图的手工册页，都抄在犊皮纸上，有的配工笔花卉，有的配工笔仕女，精致得不得了。这种手写册页他们叫 illuminated manuscript，通常只做一本，装帧家桑科斯基有个兄弟做得最精美，我多年来陆陆续续集藏了许多部，都装在烫金烫花的皮匣里，英美旧书店只有很少几家有一两件，珍如拱璧，买到一册是一册，戴维说他好几年才遇到一册。我旧藏那七八册都抄名家名诗，有一册抄了散文大家培根那篇《说花园》，大写镶花，文中配图，工笔设色，秀丽堂皇。这样典雅的诗笺文抄英国品味浓，像简·奥斯汀小说那么细致那么芬菲。

奥斯汀五部小说初版很难收齐，我盘算张罗几十年才圆梦。去年英国报上书籍拍卖消息里大略总结市价：一八一一年初版《理性与感情》起码两万英镑；一八一三年初版《傲慢与偏见》九万英镑；一八一四年《曼斯菲尔园》一万八英镑；一八一六年初版《爱玛》要一万二英镑。奥斯汀一七七五年生，一八一七年殁，四十二岁，她逝世翌年一八一八年初版的《诺赞格寺院》和《劝说》合订本也要一万三四千英镑。最难求最昂贵的向来是《傲慢与偏见》，这部压卷之作初版听说只印六百多本。这五部小说初版当年都是厚纸封面，读者为了耐读耐藏找装帧店做真皮封面，装帧店通常要撕掉只印一行书名的副标题页才糊上皮面，少了那一页并不影响今日价格。完整保留当年皮装封面比晚近补做的书皮更值钱。我手头五部齐全的初版四部保留了当年书皮，只有一部《理性与感情》是桑科斯基二十世纪初叶补做的皮面，幸好这部初版是著名藏书家 Austin Smith 的旧藏，贴了他的真皮烫金藏书票，补回不是当年皮面的落差。奥斯汀五部初版小说每部都印成三册一套。凑齐这五部初版不容易，我这样的深情应该赢得书中丽姬一个回眸。

二〇二〇年元宵节在香岛

（原载《文讯》2020 年第 4 期）

八十年代阅读生活忆往

_沈建中

生于"三年自然灾害",长在"十年动乱",幸而在十七八岁赶上了"改革开放"——那是一个以读书为荣的"狂热"求知年头,连乘坐电车、购物排队时阅读都是如饥似渴的模样,一如当下车站喇叭喊叫"请不要看手机"的盛况,就差"注意脚下安全"的警示;而书刊供不应求,图书馆、新华书店和报刊门市部经常排起长队,皆为我的流连忘返之地。我当时正热衷于学画,偏偏摄影突然闯进来,成了我的新爱好。

1980年代初,我由耽好闲情逸致的"沙龙趣味"摄影逐步转向人文性专题的"纪实摄影"。常去拜访的老先生都嘱咐我"多读书",耳濡目染,不知不觉中劲头越来越大。下班后如果不去暗室冲印,就乘电车赶往图书馆,读了上世纪五六十年代出版的绘画、摄影及构图、用光方面的书籍,好多是翻译苏联的电影戏剧教材。

曾在上海图书馆南京西路旧馆的阅览室里读过郑景康《摄影创作初步》,书里阐述的摄影观对我颇有启蒙意义。有次在卢湾区图书馆翻检目录卡片,突然看到《景康摄影集》(1958年版),赶紧填单借阅,如获珍本,又连续好几天一下班就去赏读。早就听摄影界老先生议论此集因为康生而被打成"禁书",以为再也看不到了。集内收录吴玉章、林伯渠、欧阳予倩、郭沫若、梅兰芳、张仃、新凤霞等人的肖像,构图饱满,用光考究,眼神光运用尤为传神,为我的摄影练习树立了典范。

那时几乎每周都要去报刊门市部,先去四川北路桥下这家,规模、供应量全市最大,像紧俏的《当代》《十月》《世界文学》都能买到。再过桥走到福州路近山东路口那家,会供应一些少见的报刊,如《外国文艺》《电影艺术译丛》,还买到《音乐爱好者》创刊号,夹页是赖礼庠的素描贝多芬像,我把它放在写字桌玻璃板下学习，试着摹仿那样的调子来拍摄肖像。《美术》每期必购，那些作品像一股强大的新兴思潮在涌动，让我也创作激情奔腾，摄影题材、表现技巧一度全方位仿效罗中立《父亲》（1981）。孙鹤《神圣的职责》亦吸引我模仿拍摄护士特写，画面充满口罩，只剩一双大眼睛、左下角是手持针筒；还有王川《再见吧！小路》，程丛林《一九七八年夏夜——身旁，我感到民族在渴望》，无论立意与构图都是我的示范。

《美术》上的"创作谈"诸篇洋溢的激情与深刻的见解，成为我创作的动力与指引，像钟鸣《从画萨特说起——谈绘画中的自我表现》、何多苓《关于〈春风已经苏醒〉的通信》；冯国东《一个扫地工的梦》（1981）自述因没文凭，调动工作失败了，买不起油画颜料就变卖东西，没画布就用衣服、裤子、床单等代替，最后说"为了画画请假和旷工太多，我将被工厂解雇，从此，我可以不必去为'笤帚'和'画笔'不能统一的难题再去伤脑筋了，但，我得另谋生路"——其遭遇固然沉痛，可他为艺术而坚韧不拔的热烈追求，令我心潮澎湃。

凡周日，要去新华书店。有回花了半个月工资买了《斯坦尼斯拉夫斯基全集》（1979年版），喜笑颜开地抱着书回办公室，颇有当时"万元户"的感觉。印象最深的是1981年上海书展，还有南京东路新华书店开设"文史哲专柜"，我犹如饿汉撞上大餐，大快朵颐，当然，貌似"广泛涉猎"，可很多中外文学经典，在我毕竟是皮相之读。而外国美术普及性读物，皆是薄薄一册，印制虽差，却使我开眼，真像进入"大观园"似的，知道了丢勒、拉斐尔、鲁本斯、伦勃朗……我从这些大师画作里，学习人物造型的明暗光影、空间透视和色彩调子等表现技巧，也在艺术思想层面上获得丰富滋养。我的朋友吴怀泽时任上海美术电影厂绘景设计，在我眼中可是身处"艺术前沿"，每次见面他所供给的信息，都给我带来"新潮阅读"。当我正读着冯伊湄回忆丈夫司徒乔《未完成的画》（1978年版），还在入迷《门采尔素描》（1977年版）时，他向我推荐毛姆《月亮与六便士》（1981年版），又推荐《美术丛刊》第18期（1982）介绍康定斯基其人其作。

我从那时起便养成见缝插针似的阅读习惯，并锐意夜读，阅读量随之积少成多，书亦越买越多——戴勉《达·芬奇论绘画》（1979年版）、宗白华《欧洲现代画派画论选》（1983年版）；读了朱光潜译《歌德谈话录》（1978年版）、罗大冈译《拉法格文论集》（1979年版）；还读过《李斯特论肖邦》（1979年版）、《西方美学家论美和美感》（1980年版），伍蠡甫、林骧华《现代西方文论选》（1983年版）……还有"美学译文丛书""二十世纪西方哲学译丛""文化生活译丛"等很多丛书。它们都使我在创作理念、艺术鉴赏诸方面受到指导。如今这批书依然抖擞地排列在我的书架上,偶尔也还会取下,边轻轻掸尘边小心翻阅,顿生亲切之情。

西方文论画论极大地影响了我的摄影价值观,我想借鉴西方美术造型方法致力于人物摄影,可发现过分讲究"情调"、倾向"纯艺术"的作品,与当时摄影比赛的录取标准格格不入,便立即转移拍摄题材。没多久,一幅拍摄炼钢工人的《小憩》,另一幅拍摄郊县老农的《农家乐》,入选1980年市级摄影展,还被报刊转载。从此,我拍摄工农兵人物屡投屡中,有一幅《老支书》获得上海市工人摄影展一等奖,又获全国展铜牌奖。可我内心却仍向往一条荒野小道,恰巧用稿风向转变,于是接连拍摄的《归侨老人》《象牙海岸的村民》等作品皆能入选。《阿拉伯船长》还得奖了,虽不是金奖,但那种充满西洋画意趣的拍法,至今仍诧异当时何来的创作勇气。

有次读到《四川青年画家谈创作》(1981),其中谢军谈青年美展不让其作品《幽灵狂想曲》参展,我看了好多遍,"我喜爱强悍的艺术。最喜爱贝多芬的《第五交响曲》。我相信悲惨的命运在每个人头脑中都会反映出来,这种痛苦、压抑、冷漠荒诞的感情应该发泄出来……形象的荒诞证明了人生的荒诞。我借用超现实主义手法,这不是纯艺术形式的追求,我也绝不认为它是成功的,但起码真实,我要寄托自己的感情"。这对热衷于投稿参赛、以入选获奖为摄影目标的我来说,是不小的冲击,督促我反思,从困惑中走了出来。

正沉浸在西方美术中时,巧遇丁绍光《西双版纳白描写生集》(1979年版),我体会出一种东方艺术层面的亲和力。不久又读到李少文《读画杂感》(1981),他站在古代壁画前、翻开古代碑版拓本的感慨追问,以及其作《九歌图》的表现形式,无疑使我开拓摄影境界,启迪艺术构思,"心摹而手追之",试图在摄影表现方法上寻求一种历史趣味感。

因为对东方造型艺术的学习兴趣,遂有意识地接触古代人物画像刻本,先是绍昌先生魏老带我到愚园路顾炳鑫府上欣赏明清版画藏本,听了魏老为顾老收藏的陈洪绶《博古叶子》谋划影印的讨论。有位老先生得知我的阅读方向,居然开列《吴郡名贤图传赞》《清代学者像传合集》诸本须读目录,明清绣像的造型手法对我很有吸引力,并期望阅读古代文论来获得学业养料,从中追寻传统艺术的精神,拍摄出形神兼备的人物作品。一次,我在扬州大明寺殿前拍摄作品《拂尘》,以为是在实践"寓人物精神于形象结构,蓄肖像意境于光影格调"的自我艺术理想,便寄往香港《摄影画报》投稿,居然获得银牌奖。

我还喜好郑逸梅的书,他的《艺坛百影》(1982年版)写了百来位人物,对我来说如同读人物摄影集似的饶有兴趣。其在描写技巧上多有经验之谈,把写人物喻为拍照,倘使一本正经用传记方式写,那就和端坐或挺立着照相差不多,形是有了,神犹欠缺;倒不如突出神,从动态中去表现,抓住人物片段活动来写;构思时务须把被写者的风度神采和内心活动一点点渗入字里行间,写出的人物才有骨干和血肉。郑老还谈及对于近现代人物更感兴趣,有的在前辈口角春风中略知梗概,有的曾亲自追随杖履,获聆清诲。这些所见所闻,应尽快记叙;否则相关掌故泯灭,岂不可惜。这番教导使我深感鞭策,推而及之,肖像摄影又何尝不是如此。有段时间,我曾追逐夸张奇怪的表现技巧,但很快由迷失而回归,大约与受过郑老"亲切有味"的审美观教育有关。

1980年代末期,我在京城范用先生家里终于见到邓伟《中国文化人影录》(1986年三联香港版),册内有他拍摄的78位文学家、学者、艺术家的肖像,作为专题拍摄并出版专著,不由得欣羡。以吾国人文摄影而言,邓伟于郑景康诸先生后继起,使得这些社会科学家、文学艺术家的形象得以留存、泽被后世。我有些不知天高地厚,觉得规模能更大则更好;但也深深知道,这需要胆识和学识。虽然愧已无才,尚不敢作此想,可见猎心喜、不禁手痒也是肯定的。

如今回想曾经的阅读生活,袁运生《魂兮归来——西北之行感怀》(1982年)曾诵读再三,"我徘徊在霍去病将军墓前石刻馆,抚今追昔,无限感怀……我常以激动的心情想起敦煌、麦积山、龙门,尤其是想起北魏艺术……魏塑总以其特殊的造型意识勾画它那原不惊人的形态,既不富丽也不堂皇,但观之良久,总是将我吸引到它的精神世界里去"。我后来按图索骥前往参观,所收获的历史感对我的艺术追求具有重要引导意义。

最初,我的摄影理想,是期许"二十世纪中国文化名家肖像"摄影专题,能让更多的读者走近上世纪末期一大批人文学科的名家大家。这里面寄托了我多年的阅读兴趣、学术理想以及对走过二十世纪的前辈们的心仪,所有被摄人物都是我通过广泛阅读而自己选择的(也有因种种原因错过摄影时机的)。终于,用了十余年时间,造访拍摄各地老辈专家学者三百余人,又经历了两年多时间,将已扫描转为电子数据的底片选编装为一帙,名曰《创造者》。然而,就像我曾在"二十世纪中国文化名家肖像摄影作品捐赠展"开幕时说的,"上海图书馆是我的业余学校,我在这所学校上学已有四十个年头了,至今仍然在读"——我,还是一名学生。

(原载《文汇报》2019年12月23日"笔会"副刊)

Wait and hope：未来总是美丽的
——杨苡先生、宁文兄和我

_ 姚法臣

这是我一直想写的题目，但越是想写，下笔就越犯踌躇。

我住所的海湾岬角有一处巉岩，晚上散步，望着黑魆魆的远影，总让我想到电影《呼啸山庄》里的镜头。疫情期间，女儿让我荐书，就给她推荐了毛姆在《书与你》（译林出版社二〇一四年八月版）里推崇的艾米莉·勃朗特的《呼啸山庄》（杨苡先生的经典译本）和其他一些书籍。觉得有话要说，便援笔草成此文。

我最早"认识"杨苡先生，是在三十年前，我开始有意识地购藏并阅读经典的年代。那时，私营实体书店很少，买书只能到新华书店，隔着柜台老远眯眼打量做巡阅使，看好后，店员给拿出来，很多时候还得看店员的脸色。杨苡先生翻译的《呼啸山庄》（译林出版社一九九〇年八月版）就是这个时候被蒐藏的，且记住了杨苡这个挺特别的名字。我绝对不敢奢想数十年之后，能通过南京《开卷》杂志董宁文兄与杨苡先生建立起一种"书友"关系（杨苡先生题签所言）。因这种"书友"关系，更因为宁文兄，我不仅获得杨苡先生签名的多种书籍，而且还得到更加珍贵的墨宝（可能也是唯一的）。

之后，因为读李辉《一同走过：杨宪益与戴乃迭》（大象出版社二〇〇一年五月版），深深被书里书外的故事吸引，曾为宪益老、戴乃迭和杨烨（多么英俊帅酷的青年）的不幸遭遇流过泪。获知杨宪益是杨苡引以骄傲、自豪和崇拜的大哥，自此而后，便开始搜读与杨赵两家有关的书籍，包括杨苡翻译的威廉·布莱克的《天真与经验之歌》（译林出版社二〇〇二年四月版）、《杨宪益自传》（人民日报出版社二〇一〇年二月版）、《杨宪益对话录：从〈离骚〉开始，翻译整个中国》（人民日报出版社二〇一一年一月版，宪益先生老年常言"无所谓"的话对我影响很大，他在家里席地而坐与朋友痛饮的场景，大概没有第二人，多么纯粹可爱的一位智者，活得通透）、杨宪益译维吉尔的《牧歌》（上海人民出版社二〇〇九年五月版）、赵瑞蕻《离乱弦歌忆旧游》（文汇出版社二〇〇〇年五月版）、赵瑞蕻翻译的弥尔顿《欢乐颂与沉思颂》（译林出版社二〇〇六年十月版）、赵蘅所著《宪益舅舅的最后十年》（三联书店二〇一一年五月版）、《拾回的欧洲画页》（作家出版社二〇〇二年一月版）、杨苡编注《雪泥集：巴金致杨苡书简劫余全编》（上海远东出版社二〇一〇年一月版）、杨苡《青青者忆》（复旦大学出版社二〇一三年十一月版，杨苡先生在书里深情追忆了当年给巴金写信的情景，此书可视为《雪泥集》诠释性的"姊妹篇"）、杨苡、赵蘅主编《纪念杨宪益先生诞辰百年丛书》（北方文艺出版社二〇一五年二月版），且收藏杨苡先生翻译的《呼啸山庄》数个版本。

　　为写这篇文章，我把这些书籍找出来，将《雪泥集》（辛笛命名，黄裳题签）等重读了一遍。约翰·弥尔顿说："一本好书是一位大师精神凝结而成的珍宝，是为了超越生命的生命而永久珍藏。"杨苡先生编注的《雪泥集》就是一部这样的书籍。王辛笛在《雪泥集·再版序言》里说："与静如（杨苡先生原名）相识数十年，特别欣赏她是一位潇洒自如、卓然不群的女作家。不论从她当年对诗人穆旦的赞叹，对巴金先生的敬仰，以及和瑞蕻诗人的联姻，都显示出她性格的独到之处。经过十年浩劫静如同样经历许多坎坷，却能冒着种种危险坚持把她和巴金往来书札保存下来，这是多么不容易的事啊！"老友辛笛，寥寥数言对杨苡先生作了最精准的刻画，杨苡先生身上的特质就是"卓尔不群"，至于潇洒自如，那是后来人生经历太多凝结成的般若智慧（我觉得杨苡先生和她的大哥宪益老，都具备潇洒自如的品格，一门书香大家风范）。杨苡先生在《雪泥集·初版前记》里说，给巴金先生写信，那时她才十七岁："我向巴金先生倾吐我所有的苦闷，并且向他描述我的每一个梦，他叫我相信未来，说未来总是美丽的。"杨苡先生从巴金那里得到鼓励，其实巴金先生又何尝不从一位年轻的青年女学生身上得到一些蓬勃的朝气。一九三七年十二月，巴金在《感想——在"孤岛"》一文最后引杨苡的来信说："那个天津的女孩说得好：'我记得 The count of Monte Cristo 书里的末一句话：Wait and hope, 我愿意如此。'"（大仲马《基督山伯爵》）

　　读《雪泥集》，常常令人感动。杨苡先生从十七岁开始一直写到七十二岁（据《雪泥集》统计，从一九三六年至一九九二年，中间因"文革"浩劫被迫中断数年，一些早年信件被迫被处理掉，此册书简统共六十封）。《雪泥集》的意义，不单单见证一位青年学生成长为一名著名翻译家、作家的过程，更重要的是它见证和记录了一位作家和读者之间关于文学、生活与人性的多重光芒。杨苡先生在《青青者忆·前记》里说:"现在还有没有像我们这样的读者和作者能够通信几十年、结成真正的友情和信任呢?没有丝毫功利的动机,不掺杂任何杂念的絮叨,只是把心上掠过的快乐、烦恼和痛楚一股脑儿交给读信的人,绝无顾忌,也不必设防,更不必害怕纸上的只言片语被别人'存底'!我从年轻时到年老还能保持这个习惯,任凭我的笔流出我的欢乐和哀思,这个习惯是巴金先生给予我的,因为朋友之间必须说真话,要坚持不说假话,宁可沉默,这才是待人处事的基本原则。"这段话说得太好了!与《随想录》一脉相承。当年巴金鼓励杨苡,要多读书,"你进中大后盼好好读书,在今天还能有读书的机会,这毕竟是幸福的,不管环境如何困难,盼你坚持着你的主张,坚定你的决心和勇气。生活的琐碎事情是免不掉的,人不能因为这个就悲观绝望。你有空我还是劝你好好翻译一本你喜欢的书,不要着急,一星期译几百、几千字都行,再长的书也有译完的时候"。(一九四二年十月四日)巴金不断叮嘱鼓励杨苡,生活遇到困难要忍受一些折磨,"一个人的生活不能永远是一定不变的"。(一九四三年一月十五日)"你要译 W. H. (《呼啸山庄》缩写)我很高兴,这书你译出后一定要寄给我看,我会设法给你印。你可以驾驭中国文字,你的译笔不会差"。(一九四五年七月七日)这一年杨苡二十六岁,她说,那时"我一直受着巴金与沈从文先生的鼓励,他们不希望我总是过着一事无成的日子"。从《雪泥集》里,我们可以看出杨苡先生翻译《呼啸山庄》的心路历程,年轻的杨苡作为一个青年学生已经开始大量地翻译练笔,她试译拜伦的长诗《栖龙的囚徒》(查良铮译为《希雍的囚徒》,杨苡以为查译地名是正确的),由巴金介绍给桂林的《自由中国》,后发表于靳以主编的《现代文艺》上,"我当时在重庆沙坪坝中央大学外文系借读,有足够时间坐在茶馆里读英美文学原著,并可以写诗或作翻译作为练笔"。此后,杨苡翻译了海明威的小说《春天的激流》(译稿散失)、苏联短篇小说选《俄罗斯性格》(巴金、汝龙予以校改,巴金曾在信里说她"译得有点草率")等,巴金对杨苡的译笔充满期待,这也极大地鼓舞了杨苡。在西南联大和中央大学外文系,杨苡也深受潘家洵、陈嘉、范存忠等教授们的教诲和影响。杨苡对艾米莉·勃朗特这部"最奇特的小说"情有所专,她对梁实秋的译名(《咆哮山庄》)和译笔均有自己的看法(其实就是不满意,杨苡先生说得委婉),故而决心迻译。巴金在信里对杨苡说:"你说要译 W. H. 我希望你好好地工作,不要马马马虎虎地搞一下子了事,你要是认真严肃地工作,我相信你可以搞得好。"(一九五三年七月二十五日)杨苡先生在一九九七年四月撰写的《呼啸山庄·再版后记》里写道:"在我那篇《一枚酸果》中我写道:'有一夜,窗外风雨交加,一阵阵疾风呼啸而过,雨点洒落在玻璃窗上,宛如凯瑟琳在窗外哭泣着叫我开窗。我所在的房子外面本来就是一片荒凉的花园，这时我几乎感到我也是在当年约克郡旷野附近的那所古老的房子里。我嘴里不知不觉地念着 Wuthering Heights 苦苦地想着该怎样确切译出它的意义，又能基本上接近它的读者，忽然灵感自天而降，我兴奋地写下了'呼啸山庄'四个大字！"（译林名著精选插图本《呼啸山庄》二〇一一年九月版）。就这样，自一九四五年算起，到一九五六年上海平明出版社出版《呼啸山庄》，从想法、酝酿到译事告成，足足十年之功（赵蘅在《拾回的欧洲画页·寻访呼啸山庄》（作家出版社二〇〇二年一月版）里说，杨苡先生写下"呼啸山庄"四个大字时三十五岁。一九九六年，赵蘅老师访问"呼啸山庄"时五十一岁，赵蘅对母亲杨苡先生说："我俩总也走不出呼啸山庄了。"（文中赵蘅说母亲一九四八年萌念翻译《呼啸山庄》有误，应为一九四五年）后经杨苡先生几番修订，《呼啸山庄》一版再版成为翻译小说中经典中的经典（一九九三年杨苡先生的《呼啸山庄》中译本被英国北部豪渥斯镇勃朗特家族博物馆收藏）。美文姑且不论，就凭"呼啸山庄"四字杨苡先生足以流芳译坛，功名不刊。

  认识董宁文兄皆因书缘辐辏，某年在薛原兄的书房我们见到《开卷》，视为雅物，他送了我几册（在此之前，其实我早已购藏了宁文兄编辑的《我的书房》《凤凰台上》《我的开卷》等精美书籍，并从薛原兄那里获赠《书缘与人缘》，只是与宁文兄缘悭一面），不久我通过《开卷》的通信方式与宁文兄取得联系，或许是因缘天定，宁文兄慨然以书待我。查读书日记，二〇一五年十月十五日，收到宁文兄自南京寄来《开卷》四册，这是我第一次得到《开卷》赠刊，甚感宁文兄古道热肠和君子风度。我邀宁文兄方便时来青做客，宁文兄在网信里说，曾经来过青岛，喝过啤酒街的原浆啤酒。我回信："原浆啤酒喝了易上头，即墨老酒正是秋冬季节就着螃蟹温着喝的。持螯把谈，正是时候。想当年，台静农、闻一多诸教授执教国立青岛大学时，围桌高谈喝的就是即墨老酒，台先生称之为苦老酒，他赴台多年在歇脚庵书斋还记得这酒的滋味。"

  因书得缘，缘可久。

  二〇一六年九月初秋，宁文兄来访数日，相谈洽然。其中，就聊到我们所共同敬爱的杨苡先生。多年习惯，因喜爱而关注。《文汇报·新书摘》二〇〇一年摘《漏船载酒忆当年》（杨宪益著 薛鸿时译，北京十月文艺出版社二〇〇一年四月版），我存剪报《杨宪益与戴乃迭》，距今二十年矣；二〇一五年九月十一日，读书日记见记：秋雨，凉意频频。读《文汇读书周报》张昌华、赵蘅写杨苡先生文章两篇。近年，关注微信公众号"六根"（杨苡先生领衔"六根的朋友们"）和"一群文人画"（赵蘅是主笔之一，赵蘅在母亲百岁生日之际撰写的长文《她是呼啸而来的奇女子》，像《宪益舅舅的最后十年》一样耐读），我算得上是杨赵两家文化巨匠们的"粉丝"。这是宁文兄与我"速成"好友的重要原因之一。

接着说，九月十二日，杨苡先生生日，宁文兄微信我说，前去给杨苡先生庆贺九十七岁生日，把敬意替我转达到了，宁文兄还带去一册书籍请杨苡先生签名送我，并特别注明是今日得到的唯一签名本，值得珍藏。九月十九日，收到宁文兄寄来的书籍包裹并信札："今检拙编数册以奉，以记一段书缘矣。《寓记》待俞律先生签署后再另奉。过往《开卷》散册亦在近日检出再奉，只是十余年不太可能配齐。匆此，即颂艺祺！"我心为之激动扑腾，立刻回信宁文兄："您惠寄的'开卷书坊'第五辑八卷毛边本、《开卷闲话》七编九编、杨宪益先生《去日苦多》以及杨苡先生亲自签名'法臣文友惠存'之《魂兮归来》，并您的书札均已收悉！如此厚情高谊，怎一个谢字可当。您在书册扉页上的签题，一一赏读，如晤左右。《开卷》自开办迄今，十五年来其中冷暖甘苦，唯君自知。使我想起彭国梁先生赞叹您之费心尽力之数字种种，将心比心，慨然久之。"

宁文兄顷刻回复："缘为书来，相聚更是善缘，真正的书缘使然。"

当日我将杨苡先生签名的《魂兮归来》读完。过午给宁文兄发去微信："宁文兄，匆匆将杨苡先生《魂兮归来》拜读完，对文中'绛舍'（《绛舍的故事》）两字极感兴趣，以前读《漏船载酒忆当年》《宪益舅舅的最后十年》，包括李辉编著的'大象人物'等，印象里均未见提及'绛舍'二字。我是这样理解的：绛舍，乃昔日宪益老为小古董店所起的字号，我在阅读的过程中觉得这里面蕴含着极为丰富的文化讯息，'绛''舍'让我想起杨绛和老舍，'绛舍'字号又为宪益先生亲题，故这寻常的两个字就特别有意义。且杨宪益、老舍、杨绛三先生互有往来，此尤难能可贵！我有一个奢侈的请求，能否拜请杨苡先生为弟山里的红瓦书斋题写'绛舍'二字，作为斋号！如此，'绛舍'二字就有了文化'四重奏'的含义，在一个好书人眼里意义非凡。当否，拜请宁文兄酌定。千万不要给您和杨苡先生添麻烦为念！"

晚十点，宁文兄发来短信："法臣兄，'绛舍'妙思颇佳，当寻机请题，只是老人只用细笔写小字，恐不易完成也。"即复："在这里先拜谢宁文兄！细笔小字不妨，当请高手放大镌刻，关键是杨苡先生所题，乃至背后的故事！"我的这个想法得到宁文兄的赏识，冒昧叨扰的不安心绪稍得安定。

写此拙稿，我又翻读了一遍赵蘅老师《宪益舅舅的最后十年》，书里收录杨苡先生写给其兄宪益老的四封书信，其中说到《悦读》杂志连续刊发杨苡先生文章事，遂找出订阅的部分《悦读》杂志，果然在第五、八、十一、十

四、十八卷里（不完全）见到杨苡先生的数篇文章，令我惊讶的是在第十一卷《悦读》（二十一世纪出版社二〇〇九年三月版）第五十四页"往事"版，读到《绛舍的故事——超载的故事之一》，可以肯定地说在阅读《魂兮归来》之前（早七年），我与"绛舍"就相遇过，此冥然缘分耶？在第八卷也找到杨苡先生告知宪益老"徐坚忠（虞非子）写的《杨家兄妹与'坚强的人'》可读"的文章。（虞非子，是当年《文汇读书周报》的编辑，我长年订阅此报，后因其改刊辍罢。虞非子，也是远东版《雪泥集》的策划，杨苡先生甚是欣赏此公。宁文兄五月一日在微信里说虞非子已于今年一月份突然去世，命妒英才，阿弥陀佛）

坐等相望间，倏忽一月，十月八日，我在日记中写道：宁文兄寄来往年《开卷》四十九册、俞律老人编辑其父俞长源诗文随笔集《寓记》（俞律老人九旬高龄，扉页盖白文印戳）。宁文兄题跋曰："俞律老长源老人公子，近九旬儿子为父亲编印遗稿，亦文坛佳话耳。四十余日前，弟赴青岛与兄书缘际会，并奉拙编，其时恰与亚平先生初次晤面，法臣兄嘱将其转赠以记一段书缘。故当席小记数语呈亚平先生。吾归乡后又请俞老重签一册再奉，此亦书之归去来之趣也，又可见因书结缘并乐此不疲之书生意气耳。十月六日傍晚开卷楼灯下漫记。"《寓记》（黄山书社二〇一五年二月版）是宁文兄编辑、观止堂未氓装帧设计的一册典雅的书籍，曾荣获海峡两岸十大最美图书称号。拥有此书，值得浮一大白。但不见所望，未免怅然，有所失。

倏忽又一月，时间到了十一月十六日。查阅日记：南京《开卷》杂志董宁文兄寄来杨苡先生题写的"绛舍"信笺（字迹写在"借墨结缘 以文会友"的信纸上，"绛舍"二字写得古拙沉厚，清雅的文气深敛其中）以及《雪泥集：巴金书简》签名本（三联书店一九八七年五月初版，编注杨苡，封扉设计范用，署名叶雨，书籍是宁文兄提供的），这是我读书几十年得到的最珍贵的礼物，没有之一。杨苡先生九十七岁高龄，依然写得秀丽的小字："法臣文友存，杨苡2016年11月2日"，钤朱文印戳。宁文兄在短信里说："杨苡先生从不用软笔写字，而且这个（'绛舍'）在杨先生所写的字中非常难得，我是动了不少脑筋才请老人家写成的（因杨苡先生总谦说字难看，不愿用软笔写）。当时写好后，我也很激动，在它纸试钤了两次，最后还是因激动弄反了。你可写一篇杨苡先生的文章给我。那本书（《雪泥集》）也是我在藏书中特意找出请她签给你的。"看到"绛舍"二字是一位近百岁高龄的文化老人所亲题，就激动不已。杨苡先生肯为一个曾未谋面的晚辈题写斋号（听宁文兄讲，杨苡先生从来没有给任何人题写过斋号什么的，这是唯一的），足见老人家清风朗月般的襟怀（再次想起辛笛"卓然不群"的话），亦足可见之杨苡先生对宁文兄的偏爱,我在赵蘅老师《四弦琴·宁文印象》(暨南大学出版社二〇〇一六年一月版)里,找到答案:"如今我们的董宁文已成为我母亲的身边人之一。"凡是杨苡先生和赵蘅老师的大事小情包括访客、活动、稿件书籍传递,甚或生病等都会马上想到宁文兄。宁文兄不辞烦难、成人之美的善举懿行,令我感激在心。此后,宁文兄又寄来杨苡先生签名版《呼啸山庄》,唯东坡先生"喜出望外"四字可以形容我收到此书的心情(《雪泥集》和《呼啸山庄》是杨苡先生最看重的两部编译著作)。翻查日记:二〇一七年五月十五日,宁文兄寄来《开卷》(两百期)精装合订本十七卷六百万言,并杨苡先生翻译的初版本《呼啸山庄》(江苏人民出版社一九八〇年七月版),杨苡先生亲笔题签:"法臣文友惠存 杨苡 时年98岁"。杨苡先生,现寓居南京颐养仁寿,怕影响老人家作息,所以一直未敢前往请安,却屡屡得到宁文兄襄助获得先生签赠,深感不安。这册《呼啸山庄》和《雪泥集》都是宁文兄的旧藏,像这样的初版本已是十分难得,杨苡先生赐签,使得这两册书籍弥足珍贵成为珍稀的罕品,这大概就是宁文兄常说的书缘吧(但又绝非书缘二字可以囊括)。日前,我在旧书网站上,见到这册杨苡先生署上款的签名本《呼啸山庄》,标价两千元。我没有别的意思,只想说明拥有杨苡先生的签名本,我感到极其光荣和骄傲。

获得杨苡先生所赐"绛舍"墨宝,珍存近一年,方由书法名家刘德先和马斗进兄觅得民间高手手工刻治匾额,材料用的是古旧的硬杂木。匾成,那是一个雨天(二〇一七年九月二十六日),斗进兄携匾从即墨古城驾车送往我的山居石溪山房。是日晌午,余东道置酒,席间老刊、斗进、德先诸兄听我娓娓道来此中"故事",广播电台的艺翰还朗诵了诗人秋窗的诗以助酒兴,秋雨随风婆娑,是日余大醉而归。现在这块珍贵、厚重的"绛舍"匾额悬挂在我山里的书房,尚有书法大家杜颂琴的行草"云中白鹤游昭旷,石上青松处洁清"和花鸟画名家、文职将军周永家的"悟道图"共芳陋室。

前年杨苡先生百岁生日来临之际,烦劳宁文兄帮我代献鲜花表达晚辈的祝福和敬仰,不久收到由宁文兄转寄的杨苡先生自制"生日纪念卡片",封面是三只活泼可爱的小熊,内文"Thank you for the birthday gift and then to tell you , too, It makes it all the nicer just to know it came for you"! 里面有杨苡先生的签名,钤印并加盖"世界真奇妙"椭圆形闲章,时间是二〇一八年九月十二日。赵蘅老师在推文《意外之喜——百岁妈妈生日侧记之一》里描述道:"二〇一八年九月十二日这天,百岁妈妈很给面子,灿烂的笑容好似凝固般持续到惊人的地步,见谁来她都两眼放光,热情地握手,显然并非在应付,一改平日来人多就烦的脾气。"在《猜猜百岁生日礼物都有啥?——百岁妈妈生日侧记之二》里说道：这些纪念卡片是弟弟、弟妹从美国带回来的，"妈妈选了封面是小动物的送给拜寿的朋友"。原来这些珍贵的百岁生日纪念卡，是杨苡先生和赵蘅老师共同完成的，杨苡先生负责签名，赵蘅老师负责钤印。读着赵蘅老师的文字，再看看此刻手里拿着的这枚纪念卡片，我仿佛置身其中，被杨苡先生灿烂的笑容、人们真诚的祝福声和鲜花的芬芳所陶醉，沉浸在这位文化老人百岁初度的无限喜悦中。

这些年来，宁文兄对于我来说，一言以蔽之可谓：良师益友。宁文兄的勤勉、坚持与守望，是一种潜移的力量对我起着默化的作用。前年宁文兄再访青岛晤面时，我将这些年国内国外逛书店的一些经历和想法相告，宁文兄鼓励我写出来，这才有了在《开卷》上"逛书店"的系列。我读宁文兄编著的书籍和《开卷》杂志，成为日常，滋养拙笔，每有所得。宁文兄编辑、出版的书籍早已超出"等身"之量，他的《开卷闲话》（已编辑出版至第十辑）是一部当代读书人的"退食录"，对宁文兄来说是日常随札，对编辑出版界而言，是一份独创的"档案"，值得学界收藏和研读。他主持编辑的"开卷文丛""开卷书坊"等诸多丛书，深深地烙下了"董氏"印记和"董氏"风格，书香盈室。"董氏"读物担得起"书香"二字，这是多年来"董氏"编辑出版的"开卷"丛书所共有的质地，受到爱书者的追读。我特别喜欢宁文兄编著的《我的书房》《凤凰台上》《我的开卷》《相约在书店》《人缘与书缘》《书脉人缘》《闲话开卷》等（前几册都是一书难求的）。这些年，"我们的董宁文"（赵蘅老师语）兄，还给我寄赠了不少师友的大作，每每令我感动不已，这些书籍的作者，大部分是我熟读且敬重的师友，包括徐雁、金小明、罗银胜、韦泱、李福眠等老师的题字签名本，王稼句、止庵、吴钧陶、谢其章、高克勤、张叹凤等先生的毛边本，王慧骐先生签题的《青色马文存》、香港脉望出版公司覆刻的限定版周作人《药味集》（编号八八）以及邵川先生编著、签名《林散之年谱》，精美极了。我偶或想到，宁文兄身上闲定、淡远、朴拙、无争的气质与涵养，或许与他长年跟那些学界巨擘、文化老人和书界翘楚打交道有关，宁文兄有福了。

"开卷消永日，丹青送流年"，这是宁文兄写给我的便笺，我想永日也好，流年也罢，只要 Wait and hope，只要坚持读书，读好书，相信未来总是美丽的！

二〇二〇年五月二日二稿 五日三稿

（原载《开卷》2020 年第 6 期）

《读库》百期话库事

_刘柠

1

今年6月2日,老六发来微信,"库在南通的新库房已经基本就绪,准备于6月6日(本周六)在那里做一场小小的开业典礼,与各位亲友分享",问我"是否方便来南通热闹一下"。我当然知道库在紧锣密鼓地推进南通仓库的事,这应该也是库史上最重要的一次战略转型。但刚好那几天,手头有无法再拖的译事,着实难以分身,只好请辞,"俺在首都自酌同贺吧"。

尽管没能出席开业式,但我知道老六对南通相当中意。这个有"中国近代第一城"之誉的长三角城市,深受清末民初实业家张謇的形塑,其影响无处不在。目前,在全国地级市二十强中,排名第六。不知是不是这最后一点,促成老六下的决心,反正他对斥巨资打造新仓库,且不惜把华北旧仓库的库存整体搬迁的大手笔,是成竹在胸。后来我浏览各种媒体发布的视频和文字资料,看到老六在"6"号库房里,脚踩风火轮似的平衡车,手执麦克,为来宾和读者导览的画面,目光中透出笃定。活动后没几天,我收到了寄自南通的读库礼包,内容丰盛到淤:有第101期的《读库》(2002),有艾莉设计的冷冰川墨刻作品明信片版合辑《江东江东》,文库版NB"因书而在""有书而美"。还有一册新库本,日本女作家佐佐木凉子的非虚构作品《以纸为桥》,记录了在"3·11"巨震中被摧毁的日本制纸石卷工厂,如何实现灾后重建、复生的故事,在今天看来,简直像是隐喻,格外有意义。在随附于礼包中的信中,老六写道:

这本小书与读库用半年多时间完成的重生有着微妙的同质性，书中真正感动我的，是这家纸厂毁灭于纸媒式微之际，当他们决定重建时，并不是因为市场前景一片光明；也明知恢复生产后，还是要面对纸质出版物不可预知甚至萧条衰落的命运，但他们依然要完成重建，依然要恢复造纸，因为这个世界上有人需要。

当然有人需要，有很多人。日本制纸承担了日本这个出版大国约四成的纸张供应，其中不乏字典纸等特种纸。我估摸着，老六在旧华北仓库"囤积居奇"的纯质纸库存中，就有不少日本制纸的产品——不过，我并没有确认过。礼包照例是读库标配的包装——纸盒、气泡膜加填充物，虽历经千里颠簸和快递过程中的种种蹂躏，却完好如初。这一点，知易行难。说起来，读库确实是最早确立了自社包装标准的出版机构，适合本土物流配送特征，经得起折腾，已不逊于日美亚马逊。多年来，我受赠和购买过各种开本的读库本，几无品相之虞。

愚钝如我，直到第101期刊物到了案头，才猛然意识到，原来《读库》已悄然过了百期。大抵，一本刊物如果办了百期，还没有挂掉的话，是应该说点什么的。当然，万一挂了的话，更应该说点什么。如果说，后者是为了盖棺定论的话，那么前者则旨在盘点库存，着眼于"继往开来"。何况，读库的存在价值和意义，远不止于作为MOOK的《读库》本身，在出版不景气的今天，风景独好，俨然成了一种现象级景观。

2

《读库》创刊本身，就堪称"现象级"事件。这当然与老六的个人气质和"卡里斯玛"有关。可以说，他是赤手空拳，以"闪开，让我歌唱八十年代"式的爱谁谁，在传统媒体和纸质出版已开始下滑，呈现出不同程度的后期症状的情况下，撕开了一道口子，跟着就是一通猛冲狂打，一路练到今天，这是最直觉的印象。我至今仍保留着《读库》创刊报道的报刊，犹记得其中做得最大的《南方人物周刊》那一期的封面。老六是新闻系科班出身，极擅长应对媒体，善于把一件其实并不简单的事，提炼成极简单而形象的语言，干脆利索地撂出来，有点像后来自媒体的标题党，却远比后者真诚、实在。直到现在，我闭上眼睛，脑子里仍会浮现出老六所定义的读库体及其工艺标准，如"摆事实不讲道理";如所谓"三有三不"原则:有趣、有料、有种和不惜成本、不计篇幅、不留遗憾,等等。但到底什么是"读库体"呢?在我看来,一言以蔽之,就是读库范儿的叙事文本。当然这个叙事,绝非新闻综述,也不是流水账,而务须达到读库所要求的气味、浓度和容量。如后来常被当成摹本的东东枪写郭德纲的那组文章,三年跟踪采访,三个月的写作,最终以76页的硬货,兑现了老六的"我们要为读者在纸上留住一个纯天然、无公害的郭德纲"的技术要求。

关于《读库》的创刊时间和创刊号问题,其实是同一个问题,可始终有两种说法:一说是《DUKU0600》号扉页上印的"2005.11.6"的日期,二是《DUKU0601》号扉页上的"2006.2.6"说,二者前后差了仨月(但必须都是"6"号!)。先说结论:在库内和亲友团层面,一般认为,2005年11月6日付梓的《DUKU0600》是试刊,而三个月后正式出版的《DUKU0601》才是创刊号。我很迟钝,差不多读了一年之后,才逐渐摸清规律:读库每年1月推出的前一年度《DUKU××00》号(即"DUKU00"系列),其实是正刊之外的非卖品,基本只作为面向亲友团和常读者的福利,无偿赠送。"00"系列与正刊的装帧规格一样,有扉页和藏书票,但没有目录和版权页(唯一例外是《DUKU0600》号,有目录),封面和书脊上也不打出版社名,严格说来,只是印刷品。其内容多为编辑日志、编读互动、作者八卦和杂碎、插画、摄影等,有些干脆选自老六的博客"见招拆招"。唯其那些文字多属于正刊文章在打造过程中的边角料,故更加原生态,生猛逗趣,透着真诚的焦虑。当年,我之耽读"DUKU00"系列,并不逊于正刊。随便翻开一本"00"系列,都能嗅到那种溽热潮湿的时代空气。如发表于"0700"号上的《〈读库〉前期日记》一文中,老六写道:

(2005年)9月22日

和余世存在MSN上聊天,他说:我的野心是要找一帮朋友重建官方之外的价值评判系统,最重要的是要有产品,而不是只做自由主义的二传手。

大家都想到一块去了,当然我的志向没有那么高。只是想打捞一些故事,为这个时代留下一些细节和记忆。

9月24日

昨天,顺得像缎子一样滑溜……卢跃刚大叔为《出三峡记》写的序被三联书店毙了,他也同意被我征用。

诸如此类的桥段，俯拾皆是。

2006年2月，《读库》横空出世。毕竟是近十五年前的事了，多亏一张三联书店的出货小票，夹在创刊号中，这个泡书店时不经意的自选动作，帮我织补了千疮百孔的记忆，好歹连缀成了一块整布。3月14日11点半，我从当时工作的位于东三环北路的发展大厦，打了一辆夏利直奔三联书店。在前网购时代，书店我常泡，但从不恋栈。目标或在心中，或记在手账上，什么书何时到货，大致摆在哪个位置，门儿清。去了直奔主题，从新书台上成摞成山的书堆中，捋着书脊，挑选其中最完品者，然后结账，走人。当天买了两种三本书，外加一份《中华读书报》，有两本《读库》创刊号。其中的一本，随后寄给了我长年的学术合作伙伴、一位研究中国知识分子问题的日本朋友，这个习惯一直保持至今。那个时期，我午间不食。出书店门，打车，直接到凯宾斯基饭店，在大厅西侧的咖啡厅，找了一个角落中的座位。凯宾就在我工作的大厦斜对过，那儿的咖啡是京城第一高大上，是我外企时代的隐蔽会所。一边啜着泡沫丰富、味道浓厚的凯宾经典黑咖，一边翻阅"0601"。牛皮纸灰色书封，楷体字书名，扉页上贴着蔡志忠绘制的藏书票，内文是略显瘦长的书宋体……无须确认，我至今仍记得创刊号上的作者和文章。除了上面提到的东东枪写郭德纲的文章之外，还有王康、余世存、高尔泰、卢跃刚、史航、沈胜衣等，有些已成当世名文，如高尔泰先生的《谁令骑马客京华》。因为在看到书之前，已经被各路媒体的《读库》报道给炸了个溜够，满脑子净是老六的"三有三不"之类的，由不得会对着实物比照。坦白说，关于《读库》的美学印象和评价，很大程度上是后来不断惊艳和调试的结果，也有"建构"的成分。可那会儿，当我手里拿着这本毫无色彩可言、瞅着多少有些楞磕磕的317页的牛皮书，直觉是质朴豪放，不装不作，文章够硬核，一点不cheap（"cheap"云云，是我个人一向爱用的文字评判指标）。这就够了，足以支撑我一路购读，且每期买两本的理由。

《读库》创刊时，封面和版权页上打的是同心出版社。可同心社版《读库》满打满算，只出了三期，从"0604"号起，换成了新星出版社，直到今天。而就在那短暂的同心时代，还发生了一些故事，且多少与我有关。应该是"0602"号出版后不久，我听说"0603"号上将有"重文"发表。此前，我为读库写了第一篇文章《蕗谷虹儿的抒情画时代》，照通常的节奏，我估计会在"0604"之后的号上发表。文章须配图，我想反正还有时间，便没有马上做。事实上，最初付梓的"0603"号上，也确实没有我的文章——可关于这点，我是后来才知道的。按说，扉页上印着"2006.6.6"的这一期（"0603"），是老六极其重视的，下一次三个"6"同时出现，要到十年以后了。但不知怎的,过了6号、16号,过了26号,却迟迟不见"0603"号上市,我本能地意识到出了问题。正在我准备给老六发邮件,想问个究竟的当儿,他的电邮却先到了,他告诉我"最近《读库》又遇到了一些麻烦,正在全力克服",同时,让我尽快把蕗谷虹儿文的图片和图说做好,"第三期(指"0603"号)发"。

那会儿已是7月初了。接下来,又是几轮你来我往,澄清了一些疑点。我在邮件中回复过老六最后一个编辑问题,是7月17日。大约两周后,我终于看到了"0603"的样刊,扉页上的出版日期是"2006.8.6",比原计划整整迟了两个月。直到拿着发表我读库处女作的"0603"号样书,我才大致弄明白到底发生了什么。照老六当初的计划,"0603"号上会发表两篇文章,即我听到的所谓"重文":《一幅油画的缘起》和一篇关于唐山大地震的文字。前者是画家李斌谈他的巨幅油画作品《共产党人》背后的创作秘辛,后者实际上是报告文学作家张庆洲撰写的一组文章,是对唐山大地震的追忆。后者容易理解,如按正常节奏走的话,"0603"号出版,进入主流书店,刚好是7月——唐山大地震三十周年前后;前者比较复杂,在此多说无益。广州学者、艺术评论家李公明先生称李斌的作品为"批判的历史主义绘画",其创作主题可想而知。后来,我仔细读了李斌的文章,并花了整个下午,泡在今日美术馆,看了画家的展览,2012年,又从李公明先生处受赠了李斌的画集《生于1949》,总算理解并厘清了那件事的利害关系。

就结果来说,两篇文章被毙,拙文和摄影师陈雄回忆指挥家李德伦的文章成了"备胎"。原编"0603"号虽已出了印厂,却没上市。最后拿出来铺货的,是推迟了两个月的新编"0603"号。当然,作为亲友团和作者的福利,我有幸受赠了原编。2014年5月,我在深圳做讲座。活动结束后,跟朋友去了位于南山区的独立书店"我们书房"。女老板王宝珍是北京人,也写书评,爱书如命,是资深库友。在店里,我一一"鉴定"了她的"库藏",可以说,是我在除了自己书房和《读库》编辑部之外,所见过的最完整收藏,且均是完品,但唯缺两种:一是原编"0603"号,二是一种读库版"梦二本"(后面会谈到)。回北京后,我把照片发给宝珍老板,感到了从微信那端传来的羡慕嫉妒恨的表情。后来,每当我把两本的目录摊在桌上比对,然后再翻回扉页,看到原编上,萧延中手绘藏书票的正下方,"DUKU0603"后面印着的一行数字"2006.6.6",我仿佛听到了老六的一声叹息。就这样,老六痛失十年一遇的三"6"同现,而俺却赶上了同心版《读库》的末班车。不知是不是原编"0603"号闯祸的缘故,从"0604"号起,《读库》的合作出版社从同心社换到了新星社。

3

2008年秋，《新京报》书评周刊召集有关作者，在那个时代著名的小资据点、读库设计师艾莉当老板的文化书咖钱粮胡同32号开评书会。正经事儿说过啥全忘了，只记得我端着咖啡杯，站在窗边跟止庵老师聊竹久梦二。聊了一会儿，老六现身，照例是蓝色T恤，跨肩斜背着书包。他先是坐在边上，跟严歌苓说了件什么事，好像与书稿有关，见他从包里掏出一沓清样似的纸，让严歌苓看，后来又请严歌苓签了几本书。然后，严作家退席，老六加入了我和止庵老师的闲扯。话题仍是关于竹久梦二，老六兴趣浓厚。先是问了我几个问题，我只记得其中一个与图片有关。我根据自己所掌握的情况，谈了自己的看法，老六当即向我约稿。为每期买两本的《读库》写竹久梦二，夫复何言？遂当场接招。

彼时，我刚从外企辞职，职业转型之初，精气神十足，加上竹久梦二确实是我迷恋已久、且有一定收藏与研究的大正期集大成艺术家，相当熟悉，文章写得够快，不到一个月，就拿出了一万三千字的初稿《竹久梦二：寂寞的乡愁诗人》。后检索邮件发现，我居然是在竹久梦二和我生日的那天——9月16日，接到了老六的电邮回复，说"过几天，贺友直先生那本出来后，请您喝酒，捎带献上新书"，并指示"你先整理图片吧"。接着，又是几轮浓密的邮件往返，关于编辑问题，关于图片，关于丰子恺等。拙文发表在"0902"号上，占了35个页码。题目改为《乡愁诗人》，文首题记，录了文中一句话："颓废似乎是通向神的相反方向，其实是捷径。"深得吾心。

文章发表后，反响如何，我并没有问过老六。但其实，我自己是得到了一些反馈的。有段时间，在一些文人饭局上，我经常被要求讲竹久梦二。后在《读库》文的基础上，经过大幅扩写和编订，我分别在新星出版社（2010年5月）、山东画报出版社（2013年5月）和台湾印刻文学出版公司（2012年6月），出版了我的三种梦二传。其中，山东画报版梦二传，著名装帧设计师王芳女士的设计好像还得了个最美图书设计奖；台湾印刻版，则被日本三大梦二美术馆之一、位于石川县金泽汤涌的竹久梦二纪念馆，作为中文世界出版的第一种梦二传记收藏，馆长太田昌子教授特意给我寄来了明信片通知。后来，国中各出版机构，竞相推出梦二本，愣是催成了一波"梦二热"，而《读库》可以说是这一出版现象的幕后推手。

竹久梦二确实是对我的人生产生过深刻影响的艺术家。我在山东画报版

《竹久梦二的世界》一书的跋文中,谈及生日问题,曾如此写道:"……梦二居然与我同一个生日(9月16日)。这有如神助般的巧合,让我的心灵更加接近了这位东洋艺术家。我深知对处女座艺术家来说,艺术意味着什么。"

关于竹久梦二,我与库的库事并未就此结束。但后续将涉及《读库》的下一个时期,权且先把话头带住。忘了是在什么场合,我与老六闲聊,我谈到自己关注的另一个日本艺术家藤田嗣治。藤田早年赴法留学,在巴黎的蒙帕纳斯,与毕加索、莫迪里阿尼、阿波利奈尔等艺术家穷折腾,早在"一战"前便已成名,是狭义巴黎画派中唯一的亚洲人(黄皮肤)。老六盯着我:"写!"

前两篇文字,我没让老六催过稿。大概在他的心中,我应该也被归入"靠谱"作者的序列。可藤田嗣治不一样,艺术生命太长,且风格多变。五任太太,吸猫无数。日本、法国、南美,太平洋战争时应招回东京,旋即奔赴前线,"彩管报国",成为日本战争画第一人。战后受到整肃,遂辗转又回到巴黎,并归化法兰西,改名列奥纳多·藤田,皈依天主教。生命中的最后两年,虽沉疴在身,却以一己之力,承担了位于南法尼斯的一座小教堂(兰斯和平圣母礼拜堂)内全部湿壁画的创作,直至油灯燃尽……我需要充分的研究,中间不止一次去东京观展、淘书、查资料。从接到任务到动笔,确实"拖拉机"了一段时间,但老六给予了最大限度的耐心。尽管我也接到过电邮和电话催稿,但基本属于"温柔的施压",那条据说始终存在老六手机中,随时会射向作者的著名短信"再不交稿,就拿弹弓子崩你们家窗户玻璃",终于没有射向我。

多亏了老六的施压,2012年5月初,我终于交了卷,全文五万二千字。经过个把月的编辑,《巴黎画派中的黄皮肤》全文刊发于"1203"号上,占了近90个页码,不知道是不是《读库》创刊以来的篇幅记录。记得那一期扉页上的藏书票,是杨以磊的手绘,一头色彩斑斓的萌象。来过寒舍做客的朋友都知道,我是大象控,家中各处,栖息着近百头大象,大到数十公斤,小到拇指大,木、石、玉、金属、布艺,应有尽有。扉页下方的出版日期,印着"2012.6.6"。拿到样书后,我在心里对老六说:好吧,"0603"号让你痛失三"6"同现的机遇,这回还你一个"不着四六"——"12"相当于俩"6"。一年半之后,由山东画报出版社付梓的《藤田嗣治:巴黎画派中的黄皮肤》一书,即是在库版文的基础上,经重新编订而成。

到藤田嗣治文发表时,《读库》已今非昔比。除了双月刊的MOOK(《读库》志,简称"库志"),也开始做书(读库本,简称"库本"),还有NB(Notebook)、绘本、学童日课等产品线,读者遍撒全国。与传统的出版单位相比,库爱办线下活动是出了名的,也有借机回馈读者的意思。老六自己就是首都文艺圈饭局名人，我也被邀请过好几次。而库友会，则是年年搞，逢六大搞。每逢有大活动，库会发出设计得令人致幻、印制考究的请柬，名曰"饭局通知"。2011年11月5日，是《读库》创刊六周年。我收到了两张请柬，应该都是艾莉的设计：下午的时尚廊读者现场会请柬，题图是姬炤华的画，带着读书的意趣；晚上的饭局通知，题图是多雷的《堂吉诃德》插画，七个汉子，抱着酒囊，坐地狂饮。读者会请柬上备注道：请备此帖前来。现场有礼包相赠，故提请各位最好不要携带太多随身物品；而饭局通知则曰：请各位不要开车，携带此帖以及足够的酒量和感情进入现场。

晚6点，"库六"大轰趴在朝外万通中心D座的汉舍中国菜馆举行，整个大厅都坐满了，目测多一半是从时尚廊转战而来。酒过三巡，老罗（永浩）现身。当时老罗头上顶着"新东方最牛逼的老师"和牛博网创业者的光环，声名如日中天。我落座的亲友团那桌，包括我自己在内，就有不少是被老罗请来的博主，老六的"见招拆招"，更是名博。老罗作为德艺双馨的戏精，真是浑身的表演细胞。汉舍入口处有个下楼的台阶，楼梯通着大厅。那时的老罗比今天更胖一些，从楼梯上下来，慢悠悠地走到大厅中央，好像在寻找追光灯似的。老六迎上去，双手相握。老罗说："两双伟大的手，终于握在了一起。"老六望着天花板道："其中的一双手，应该会更伟大一些。"全场哄堂大笑，轰趴进入高嗨模式。我拍下了那个戏剧性的时刻：老罗面带标准的罗氏微笑，一派谦和，却不无得意；而老六一直朝上看，以致在我的数码相机取景屏上，好像是在翻白眼，似乎在讽刺什么，又像自嘲。可惜我不善于管理数码文件，那张照片藏在某个收藏夹中，死活出不来了。

库后来的活动，动静越搞越大，会场也改到朝阳九剧场、尤伦斯当代艺术中心（UCCA）等地界儿。老六与柴姑娘、白岩松的对谈，气场好强，每次都像是一个媒体事件，但我参加的就比较少了。不过，凡我参加过的库事，大到十六开、八开的印刷品，小到一封信、一枚请柬、一张明信片，甚至连当时的包装纸，我都会悉数保留，多少年过去，皆完好如初。

尽管我知道《读库》团队已初具规模，但至少到那个时期，老六一直是事必躬亲，负责一切：《读库》上刊发的每篇文章，必亲自编辑，给我寄书，每次都是自己写信封（到后来是快递单），寄信人地址始终是海淀区曙光花园的公寓。早年，每每收到寄自曙光花园的印刷品，我脑子里时常会浮现出他手提购物袋，在邮局柜台前，吭哧吭哧填单子的样子，同时会冒出诸如"胼手胝足""踔厉奋发"一类大词，老六的形象瞬间就变得高大起来，真是要多励志有多励志。

4

日本资生堂旗下有本著名的时尚文化志《花椿》（*HANATSUBAKI*），创刊于1924年，说话也快成百年老店了，据说最近出了中文版。花椿的掌门人樋口昌树有句名言，曰："有些美，只有纸张才能呈现。"虽然我跟老六并没有交流过这方面的看法，但我知道他是深谙个中三昧的。老六原本就是资深出版人，读库在经过初期的动荡和调整，顺应网络化潮流，构筑自己的网购平台，确保稳定的读者群，走上良性循环的轨道后，他内心的出版理想便开始膨胀了。也难怪，按每期20万字的文字量来计算，一年光发表的文章就有120万字，而这120万字，基本上都是有一定容量的非虚构叙事文本，容易转化为单行本，遑论压在硬盘中尚未发表或暂无法发表的库存。守着如此"富矿"，不走深度开发的心思才怪。在国外更是如此，如日本综合杂志《文艺春秋》的背后，是文艺春秋社，在文春上连载的虚构和非虚构作品，多数由文艺春秋社推出单行本；同样，曾几何时的月刊《现代》和后来的非虚构MOOK《g^2》，有讲谈社撑着；月刊《新潮45》，则有新潮社接着……MOOK是介乎于媒体与出版之间的形态，而出版则是对MOOK内容的深耕和完成。

我并不确切了解读库从单纯的库志时代，转型到志本并重是在哪一年。但我知道，中间曾有一个过桥，而过渡时期的过渡产品，则是NB和一些完美再现纸本之美的复刻本，及精印刷品。在这个过程中，老六在满足自己作为"印刷控"的穷奢极欲的同时，面向后来的库本时代，致力于从资源（印厂、纸张等）、技术（装帧设计），到人才（作译者）、选题的储备，既夯实了基础，扩大了粉丝层，客观上也做了不少文化抢救的工作，如对贺友直、张守义等文化职人的开发，便具有这种性质。

笔记本原本是传统得不能再传统的廉价消费品，人人在用，可没人会在意其品牌和设计。但读库整合自身的出版资源，使其创意化、品牌化，在老六粉丝和读者效应的双重加持下，一时间，DUKU – NB成了小资标配，酷娃必携。窃以为，库版NB和单向空间的单向历，将来一定会作为成功的创意案例，被写进中国设计史，成为类似日本的手账、大学笔记本那类长销不衰的文创产品。我的竹久梦二长文在"0902"号上发表后，也出过一两种NB。我自己也是DUKU – NB的收藏者。最早的五种，均是精品中的精品，分别为吴兴文老师的《比亚兹莱的异色世界》，贺友直老先生的《纸上做戏》，张守义老先生的外国文学卷首绘和插绘，及冷冰川先生的墨刻绘两种，其中一册上有老六的题款签名。冷冰川 NB 两种，最能体现库版印刷的品质，告诉你什么叫作"纤毫毕现"。直到不久前，我还下单了一种库版 NB——艾莉设计的《丰氏书影——作为书籍设计家的丰子恺》，是我研究丰氏装帧的重要资料。

千万别以为老六的创意、印刷冒险仅止于 NB，那些尚不足以满足印刷控、装帧控的贪欲。点检手头库存，可对库本出版轨迹做一番大致的梳理，但极其粗线条，挂一漏万，充其量算是私家记忆版，权当是对未来库史研究的抛砖引玉。2010 年 11 月，库再版了挪威漫画家奥纳夫·古尔布兰生手写手绘的图文自传《童年与故乡》。原版系德文版，1951 年，文化生活出版社曾刊行过一版，但开本略小于德文版，由吴郎西译成中文，丰子恺用他那清丽的硬笔手写体誊录。库版恢复了德文原版的版式，某种意义上，可以说是一本翻译复刻本。

同一年，库还修复了一套民国老课本《共和国教科书》，作为"读库·老课本丛书"刊行。这套老课本实际上是民国时期的小学教材，分为初小和高小两部分，包括《新国文》（七册）、《新修身》（四册）和《教授法》（六册）。采用传统线装工艺，按类别分装在四只纸匣中，完美再现了民国范儿，既是蒙学教材，亦兼具字帖和画帖的功用，可谓一石三鸟。当时，老六曾就此选题做过一个长篇编辑报告，与读者分享了修复过程中的种种秘辛与惊险，印象中是被编入了某年的"00"号中。类似的尝试，还有库版《护生画集》。《护生画集》，是李叔同、丰子恺师徒合璧、共同打造的"生命工程"，史上曾出过 N 种版本，包括英文版，影响极大。读库团队以其中公认最有品的新加坡六集版为蓝本，精心复刻。诗画分六集，外加释文一册，装在一只印有莲花图案的牛皮纸匣中，美到无以复加。那套书是我自己下单的，后"忍痛"送给了长年来惠我良多的日本画家泽野公先生，得到了老先生的重谢。

更过瘾者，是几种大开本特装版库本。2011 年出品的《多雷插图：堂吉诃德》，配有杨绛先生的译序和图说，简直就是一部多雷绘堂吉诃德画传，且是八开本，融纸张的质感和手感于视觉文本中，妙不可言。《佩文斋耕织图》系依母本、明治二十五年（1892）付梓的日本东阳堂石印本，原寸复刻。而原东阳堂版则依康熙内府刻本套色影印，内收康熙三十五年御制序。内页为焦秉贞所绘全部耕图、织图各 23 幅，共计 46 幅。每页上文下图：上文辑有雍正帝所题五言律诗和康熙帝所题七言绝句，及雍正帝和其原韵的题诗；下图中的文字则是楼璹的原诗。八开筒页线装，夹在一只硬纸夹中，再入匣，并配有一册四色套印的《〈耕织图〉流变》（张家荣著）。印刷之精湛，工艺之繁复，装帧之考究，令人发指。2015 年，老六去平湖市李叔同纪念馆参观，瞻仰了弘一法师手书十六屏《佛说阿弥陀佛》，"顿生膜拜之感"。适逢浙江省文物局组织翻拍这件国家文物,经纪念馆方面斡旋,读库有幸得到了全部数据文档,并于 2015 年刊行成册。应该说,读库的确没有辜负那份佛缘,而且用诚心和出版人的专业品质,续缘并弘扬之。捧读之际,令人不禁感慨系之,深感是一桩圆满的功德。

2012 年 5 月,再得老六信:

> 去年我在绍兴,见到朋友手上有从日本购得的一个竹久梦二册页,非常喜欢,就讨了过来,准备按原样复刻。经过锲而不舍的钻研,终于快付印了。

他希望我写篇小文,"方便读者理解梦二,理解这个册页"。类似的梦二本,我见过不少,也小有收藏,遂当即应下。没过几天,我便给老六交了篇短文《竹久梦二与"梦二式"美人》,然后就忙别的去了,几乎忘了那件事。过了几个月,有天收到快递,我一看那个包装风格,便知是读库的包裹。打开纸箱,再仔细拆开层层包装,居然是一个木盒,盖子上呈纵向镂刻着"晚春感伤梦二"的字样,是我熟悉的梦二风行草。掀开盒盖,底下还有一层木板,尺寸刚好封住木盒的内框。木板上也刻着字,是楷体镂刻,上面是"刘柠藏",下面是"读库",均是纵排。只是在"读库"的上面,横向刻着四个英文字母"DUKU"。拿掉这层木板,下面才是那个册页,封面衬布,是那种素雅的中间和色。十六开本,像线装书的帙似的,左边贴着一条蛋白色的布地,上面题着书名和梦二的名字,与外盒上镂刻的字体一样,只是多了一个梦二的圆章,是淡淡的红色。全册页应为宣纸套色印刷,色泽逼真而柔和,墨迹清晰,虚实有致,不仅绝妙地呈现了梦二特有的绢本着色的美感,足堪乱真肉笔。木盒里面,还有一个小册页,开本比日版文库本略大些。封面绘是梦二的《黑船屋》,左侧印着拙文的标题,算是书名;内页也是连张折叠式,全拉开足有一米长,均为双面印刷,采用繁体字;封底绘是梦二的"雪夜之传说"。拙文的后边,是梦二的几幅纸本、绢本着色的代表作。背面从左至右,是两篇文章:册页的主人、绍兴从阳先生的《得梦二记》,介绍了他对梦二绘画及日本艺术品的关注,谈了册页的由来,算是缘起;张立宪(老六)的《复刻记》,则扼要记述了制作过程中的种种细节,权当是跋了。读了跋文,我才知道,为追求"与原册页相仿佛"的效果,"内文纸为徽产三层熟宣",为此只能在富于宣纸印刷经验的江苏金坛古籍印刷厂印制;册页封面封底的装饰布料,经友人多方打探、试错,终于"在辽宁丹东找到了基本接近原样的野蚕丝布"……后来,我不止一次想到,真的只有印刷控、职人和不计成本的幻想型出版家，才能成就此等纸上的幻戏、造物的极致。上文中提到2014年，我从深圳回京后，把《晚春感伤》并那本传说中的原编《DUKU0603》，拍发给了"我们书房"的宝珍老板。她果然被惊到了，而我呢，自然小得意了一把。

就我个人的观察，如果说，在早期库志时代和志本并重的过渡期，库所推出的一系列特装本，多少还带有某种印刷控的实验性，或者说幻想型出版家的任性色彩的话，在成立十年前后，读库则走上了一条扎实稳健的发展道路。从"1601"号开始，《读库》改版，开本变小，用轻型纸，但页数增加，总容量应该无甚变化。关于改版问题，库友中间似乎有争议，我个人是肯定派，对每个年度的色彩变化，包括封面刊名和期号的起鼓印刷等，这些变化元素的导入，我觉得都蛮好。喜欢的人，会越来越喜欢；而开始不习惯者，也会逐渐习惯起来，只要《读库》还是那个《读库》。而改版前后推出的库本，选题更富于公共性，更接地气，版式也更舒适，对图片版权处理更加规范，特别是开本，沉淀为几种主流形态，已基本定型化，甚至不无引领潮流、成为新标准的态势。总之在业界，对库本认知度越来越高，确是一个不争的事实。

5

说到库本的几种主流开本，当首推标准三十二开的圆脊精装函套系列。据我所知，这个书型标准的确立和定型，也经历了一番磨合。早期的一本，是《钓客清话》。这本出自17世纪英国传记作家艾萨克·沃尔顿之手、欧陆史上著名的"闲书"，被称为垂钓者的"圣经"，风行三个世纪而不衰。不仅内容本身逸趣横生，铜板插绘也超有名。缪哲先生精妙的迻译，更被认为是"译者必读"。诸如"宁做个有礼、有节、有度的穷钓手，也不做浑浑噩噩的醉君王"等佳句，不胜枚举。2014年4月，库曾出过一版特装本。所谓"特装"，确切地说，是"遵译者嘱，依平装版书芯，制作了二百本精装版。缪哲先生又延请画家明瓒先生以鱼钓为题材做版画，得一百五十幅原图，附于精装版的扉页"，实际上是用带版号的版画原作充当藏书票的豪华本。这本书从开本版式、到装帧设计，我都很喜欢。特别是函套，做工精细，且颇人性化，在书脊侧，开有一个自然弧度，便于把书从函套中抽出。夹在扉页的一张卡片上，印着"依版画编号，本书为105号，由刘柠收藏"，不仅相当"拉风"，其版本价值自不待言。美中不足的是，作为库本的初期产品，印装工艺上似乎存在一些瑕疵：我这本因精装布套脱胶，带动前环衬页和扉一到扉三页，及后环衬页到版权页，与书脊分离而"遗世独立"。也许是个别问题，却就此坐下了心病，乃至数度动念把书带到东京，想花钱请东瀛业者修复。

但瑕不掩瑜。这个版型和开本，显然获得了读者的广泛认可，类似开本的小伙伴渐增。继与《钓客清话》同年付梓的果尔达·梅厄夫人自传《我的一生》之后，眼瞅着，就成了库本国的"华丽家族"，且精装工艺进一步提升，从在函套上印刷书名和 Logo，到书与函套之间空隙的公差管理，直到内置式书签丝带及夹在书中的纸书签等细节，都相当到位，目测已接近或达到出版先进国的制作水准。

除了精装华丽家族，库本文库最是贴心可人。如套用出版开本的东洋标准的话，库本小开本介乎于"新书"与"文库"之间，且规格尚待统一，既有从日本"原装"引进的标准文库，如 MUJI 文库系列，亦有基本接近新书规格者，如王南的"建筑史诗"系列，如《茶书》和新近引进的法国学者阿尔贝·雅卡尔的几种著作，及话题之作"医学大神"系列等。但更多被称为"文库"的库本，其实是读库自创的小开规格，如《教养之托付》《嵇康之死》《乌托邦年代》，如项美丽的小书三种（《潘先生》《香港假日》和《吉尔小姐》）、《侘寂》《摄影师手册》，及今年 6 月，在南通仓库开业典礼上，赠给每位嘉宾的《以纸为桥》，等等，均可归入此类。一个总的感觉，是小开库本，方兴未艾，势头正猛，大有蔚然成林之势。我等库友，且入且读之，乐见其成。

6

蓦然回首，《读库》百期，近十五载。如今两茬库娃，遍布国中，机场、地铁，动辄遭遇库志库本，本土书业和小资读者已殊难想象没库的日子。我本人虽不能说是读库发展的全程见证者，但从最初的同心版，到后来的新星版，从纯库志期到志本并重的今天，可以说每个时期，都与库发生过物理硬链接，且与自身职业转型的轨迹大致重合，真有某种置身于文化共同体的归属感，荣莫大焉。一日为库写作，终身享作者待遇，不但有稿费可拿，隔三差五，还能蹭库本福利，天下还有比这更爽的事儿么？

（原载《上海书评》2020 年 9 月 20 日）